AU-DELÀ DE L'INSIGNE: REZ

Blue Avengers MC
Tome 4

JEANNE ST. JAMES

Traduction par
LITERARY QUEENS

Jeanne
ST. JAMES

Termes utilisés

LEO - agent de contrôle des alcools et/ou policier (utilisé pour les deux)

PSP - Police d'État de Pennsylvanie

La Planque - Lieu éloigné des gares, des casernes, etc. où les forces de l'ordre et les unités d'intervention peuvent mener des enquêtes criminelles clandestines

Manager de la Planque - Responsable des écoutes et de la transcription des conversations téléphoniques

Chapitre MC - Club national doté d'un comité exécutif national (président, vice-président, etc.) ; ex : le MC Deadly Demons

Charte MC - Chaque charte est gérée de manière indépendante et ne dépend pas d'une charte mère ou d'un chapitre national ; exemple : le MC Blue Avengers

Meule - argot pour moto

A-Cert - certification d'écoute électronique

TFO - agent de la force opérationnelle

UC/UCO – agent infiltré

RICO - Loi sur les organisations motivées par le racket et la corruption

TC – témoin coopérant, non rémunéré

Indic'- Informateur confidentiel, certains sont rémunérés
Véhicule de stockage - Endroit où sont stockées les réserves de drogue pour le trafic.
Ré-appro - Remplir sa réserve de drogue
Squat - Résidence abandonnée et souvent utilisée pour le commerce de drogue. Ils abritent les toxicomanes et permettent aux trafiquants de les approvisionner
Scène de poussée - Scène en forme de T qui se prolonge dans le public sur trois côtés et qui est reliée aux coulisses par son extrémité supérieure
BOLO – « Be on the lookout », être aux aguets ou APB (all-points bulletin qui représente un avis émis par un service de police américain à destination des autres)
Incel - Membre d'une communauté en ligne de jeunes hommes qui se considèrent incapables d'attirer les femmes sexuellement, généralement associé à des opinions hostiles à l'égard des femmes et des hommes sexuellement actifs

Liste des personnages

<u>Membres MCBA (Charte régionale du Sud-Ouest) :</u>

Axel Jamison - *Président* - Sergent, Police de Shadow Valley
Shane Fletcher (Fletch) - *Vice-président* - Policier de l'État de
Pennsylvanie
Antonio Alvarez (Rez) - *Sergent d'Armes* - Officier, Police
régionale d'Allegheny du Sud
Aiden Cross - *Secrétaire* - Caporal, Police régionale d'Alle-
gheny du Sud, mari de Nash (MCDA)
Mike Miller - *Trésorier* - Officier, Police de Pittsburgh
Daniel Finnegan (Finn) - *Capitaine du Bitume* - Officier, Police
régionale d'Allegheny du Sud
Bradley Lennox (Nox) - Officier, Police de Shadow Valley
Colin Crew - Agent spécial principal, DEA, chef de l'unité
d'intervention anti-narcotique de la Tri-State
Owen Decker – Policier de l'État de Pennsylvanie
Danielle Montgomery (Monty) - Agent pénitentiaire, SCI
Greene
Timothy Frasier - Officier chargé de l'application des lois
sur la vente d'alcool, Police de l'État de Pennsylvanie
Roland North - Lieutenant, Police de Pittsburgh

<u>Autres membres de l'unité d'intervention anti-narcotique de la région Tri-State :</u>

Luke Rodgers - Agent spécial de la DEA
Luis Torres - Agent spécial de la DEA
Ian Butler - Caporal, Police de l'État de Pennsylvanie
Ken Proctor - Officier, police d'Uniontown
Carl Powers - Policier de l'État de Pennsylvanie
Sam Kruger - Caporal, police de Greensburg
Warren Reynolds - Caporal, police de l'État de Pennsylvanie
Don Mullins - Inspecteur de la brigade des stupéfiants, Police de Pittsburgh
Nova Wilder - Agent spécial du FBI, Division crime organisée

<u>Autres :</u>

Sapphire - Danseuse actuelle et ancienne hôtesse au Peach Pit.
Sloane Parrish - Assistante juridique, petite-amie de Decker
Melina Jensen (Mel/MJ) – Fiancée de Finn, ancienne gérante du Peach Pit
Bella - Épouse d'Axel
Valérie Decker (Val) – Fille adoptive de Decker
Viper – Président des Deadly Demons
Screw – Vice-président des Deadly Demons
T-Bone – Prospect des Deadly Demons
Sadie Parrish – Petite sœur de Sloane
Saint - Deadly Demon responsable du Peach Pit
Ringo, Popeye, Mutt, Chubs - Prospects travaillant au Peach Pit
Clark – Petit-copain de Monty

liste de musique

S&M - Rihanna
Circus - Britney Spears
River - Bishop Briggs
Gorilla - Bruno Mars
Cherry Pie - Warrant
Closer - Nine Inch Nails
The Stroke - Billy Squier

Chapitre Un

Rez était affalé dans un fauteuil incurvé en vinyle, face à la scène. Un bock de bière à moitié plein dans une main et quelques billets dans l'autre, il suivait des yeux la femme qui dansait sur scène.

Depuis que Mel s'était fait virer de son poste de gérante du strip-club en se faisant tirer par les cheveux sur le parking du club, le Peach Pit était devenu un putain de gouffre sans fond.

Une fois Mel mise à la porte, la plupart de ses meilleures strip-teaseuses étaient parties et avaient dû trouver du boulot autre part. À cause de cet exode, les Deadly Demons, le MC actuellement propriétaire du club, remplissaient leur écurie de femmes qui n'avaient absolument rien à faire sur scène.

C'était la raison pour laquelle il était l'un des rares hommes assis dans le club en ce vendredi soir qui aurait dû être animé, mais qui au lieu de ça était complètement mort.

La plupart des danseuses de ce soir étaient si peu enthousiastes qu'elles avaient l'air de se faire chier. Ou d'être au bout du rouleau. Ou peut-être même d'être défoncées. Aucune ne se donnait la peine de faire le moindre effort.

On aurait dit que le club n'avait pas été nettoyé depuis

des plombes. C'était pour cette raison qu'il avait essuyé sa chaise avec une serviette avant de s'asseoir dessus.

Le type aux platines ce soir n'était clairement pas un professionnel non plus. Mais il pourrait aussi bien jouer un morceau de blues à l'harmonica pour accompagner les femmes flétries qui « dansaient » sur scène.

Il doutait vraiment que l'entreprise se fasse du fric à ce stade. Mais il doutait aussi que les Demons en aient quelque chose à foutre. Leur but, c'était plutôt d'utiliser le club comme point de vente pour leur trafic de méthamphétamine.

En plus de la méthamphétamine, ils vendaient aussi de l'herbe. Mais l'herbe, c'était de la gnognotte à côté. Ce n'était pas leur principale source de revenus, plutôt un moyen de faire du Peach Pit une sorte de « guichet unique » pour toute personne souhaitant se défoncer.

Tous les employés, à l'exception de quelques strip-teaseuses, étaient désormais des membres des Demons, qu'ils soient patchés ou prospects. Et il pouvait jurer que certaines des « nouvelles » strip-teaseuses faisaient double emploi en tant que jolis culs des Demons. Saint avait dû vider les fonds de tiroir pour trouver des corps capables de combler les trous après les départs massifs.

Des ongles pointus glissèrent sur son dos, d'une épaule à l'autre, avant qu'une voix sulfureuse ne lui susurre quelques mots à l'oreille

— Salut, beau gosse.

Cela suffit à lui envoyer un éclair dans la queue.

Il pinça les lèvres une seconde avant de les laisser former un sourire sur son visage.

Sapphire, l'ancienne hôtesse du club, se déplaça agilement devant sa chaise et s'installa en biais sur ses genoux. Après avoir passé un bras dans son dos, il posa une main sur sa hanche pour la maintenir sur lui.

— Tu veux une autre bière ? demanda-t-elle.

— Pas encore.

Elle approcha à nouveau ses lèvres de son oreille pour lui susurrer autre chose.

— Je dois faire comme si j'essayais de te vendre une danse privée. Sinon, Sot me fera chier pour avoir perdu du temps à papoter avec toi.

— Ce rouleau de pièces dans ma poche de devant... C'est suffisant pour une demi-heure dans le salon VIP ?

En riant, elle se redressa et effleura la coquille de son oreille du bout d'un ongle long et parfaitement manucuré. Il était peint en noir avec une sorte de dessin fantaisiste assorti à la robe sexy et moulante qu'elle portait ce soir. Celle dotée d'un décolleté plongeant, prouvant que cette femme devait être une pro du ruban adhésif double-face pour maintenir sa poitrine imposante en place.

— C'est un rouleau de pièces de monnaie ? Je pensais que t'étais juste content de me voir.

Si elle continuait de remuer son cul sur ses genoux, elle découvrirait rapidement à quelle vitesse ce « rouleau de pièces de monnaie » pouvait se déchirer.

Il ricana.

— Toujours content de te voir, Saph. Les *pièces de monnaie* devraient te le prouver.

Il garda le sourire aux lèvres et baissa la voix.

— Saint, il est là ?

— Au fond. Probablement en train de harceler les filles.

— Je suis pas sûr que tu puisses appeler la plupart des nouvelles danseuses des *filles*. Il a dû aller chercher de la chair fraîche dans la putain de maison de retraite pour strip-teaseuses du coin. Certaines d'entre elles dansent comme si elles avaient peur de se disloquer la putain de hanche.

— Certaines essaient même pas de faire bonne impression. Elles attrapent la barre et se trémoussent autour. Ensuite elles s'arrêtent et s'efforcent d'enlever une partie de leur tenue. Après elles se remettent à se promener sur scène, enlèvent un autre vêtement. Et bis repetita jusqu'à ce qu'elles se retrouvent en string.

— Sans déconner. J'ai passé beaucoup trop de nuits sur ces putains de chaises. Si j'étais pas là pour une raison bien précise, je m'infligerais pas cette torture, admit-il.

— Putain, moi qui croyais que t'étais venu pour me voir, dit-elle, d'où le rouleau de pièces de monnaie.

— Tu viens de dire que tu les accepterais pas comme paiement d'une danse privée.

Elle lui fit un clin d'œil.

— Peut-être parce que ces pièces n'existent pas ? Et même si elles existaient, ce serait pas suffisant.

— Alors ça craint vraiment que je sois radin à ce point-là.

Elle joua avec les pointes de ses mèches, qui tombaient sur sa nuque.

— Je suis d'accord.

— Si t'arrêtes pas de me titiller, ce rouleau de pièces de monnaie va bientôt exploser.

Quand elle lécha ses lèvres rouge foncé, ça ne l'aida absolument pas à résoudre son dilemme.

— J'arrive pas à croire que tu sois restée à bord d'un bateau en perdition, murmura-t-il en ignorant la danseuse sur scène et en choisissant plutôt d'accorder toute son attention à la belle femme sur ses genoux.

— J'ai pas le choix pour le moment. Crois-moi, y'a rien que je veuille plus que d'arrêter d'être la bonniche de Sot. Le problème, c'est que jusqu'à ce que je trouve un club décent ou que Mel ouvre le sien, je suis obligée de rester.

— Les autres filles ont trouvé refuge autre part.

— Pas toutes. Et les autres ont pas trouvé de bon club. Pour l'instant, elles dansent dans des taudis comme celui-ci. C'est pour ça que tout le monde espère que Mel pourra bientôt ouvrir son propre club. Ça sert à rien que je me trouve un autre plan foireux vu qu'ici, au moins, j'ai une clientèle établie. Partout ailleurs, je devrais repartir de zéro.

Il ne faudrait pas à cette femme très longtemps pour se reconstituer une clientèle fidèle. Elle était un contre-filet juteux à côté de bœuf haché.

— Chérie, regarde autour de toi, la plupart de tes clients fidèles se sont fait la malle. Cet endroit est désert.

Sapphire soupira et se pencha contre lui.

Il lui serra la hanche.

— Désolé, je voulais pas te miner le moral. Je m'inquiète juste de ta présence ici, c'est tout.

Elle lui prit le visage entre les deux mains.

— C'est très gentil, Rez. Mais t'as pas besoin de t'inquiéter. Je peux prendre soin de moi.

— Ta meilleure amie aussi, mais regarde ce que ce connard lui a fait.

— Je prends quelques précautions.

Il pencha la tête.

— Comme ?

Elle lui arracha le bock des doigts et le plaça dans le porte-gobelet intégré à la chaise, puis lui prit la main tendrement.

— Qu'est-ce que tu fais ?

Elle pressa son index manucuré sur les lèvres de Rex.

— *Chut...* Laisse-toi juste faire, murmura-t-elle ensuite.

Cette femme savait absolument comment mettre son sang en ébullition.

Mais putain, il n'avait pas la moindre intention de l'empêcher de fourrer sa main sous sa robe. Un truc qui le faisait fantasmer depuis longtemps. Mais non, elle ne se contenta pas de la glisser sous sa robe, elle la guida sur son genou, avant de la pousser plus haut contre sa cuisse chaude, douce et particulièrement lisse.

Est-ce qu'elle...

Est-ce qu'il...

Du bout des doigts, il effleura quelque chose en dentelle. Il en longea le bord. C'était quoi ce truc ? Un porte-jarretière ?

— Je porte deux de ces porte-jarretelles en dentelle que Mel nous a achetés. Un sur chaque cuisse. J'en utilise un pour ranger mon portable, l'autre pour ranger mon arme.

Une fois de plus, sa voix sensuelle dans son oreille n'aida pas à réduire la taille de ce rouleau de pièces de monnaie.

— Putain. Un flingue ?

Elle secoua la tête légèrement.

— Trop gros pour une robe aussi moulante que celle-ci.

— Je peux ? demanda-t-il.

— Je t'en prie.

Après avoir trouvé le téléphone portable, il fit de son mieux pour vérifier l'autre cuisse sans donner l'impression qu'il la tripotait même si c'était pratiquement ce qu'il faisait.

Il écarta son autre porte-jarretelles et trouva...

— Un peigne ?

— Le manche est un couteau. Il glisse facilement.

— T'aurais juste pu me le dire dès le début, Saph. Au lieu de me laisser te tripoter comme un pervers. À moins que, dit-il en haussant un sourcil, ça t'ait plu ?

Elle haussa une épaule et sourit.

— Ça fait longtemps que j'ai pas été touchée par quelqu'un qui me donne pas envie de vomir.

Il gloussa.

— Je vais prendre ça comme un compliment alors. Je devrais mettre ça sur la liste des « pour » sur mon profil Tinder. *Touche les femmes sans les faire vomir.*

— Je peux parler que pour cette femme, dit-elle en pointant un doigt vers son propre visage, mais y'a quoi sur ta liste des « contre » ?

— Plein de choses.

— Tu veux bien partager ?

— Je t'en donne un : *Porte un rouleau de pièces de monnaie imaginaire pour impressionner les belles femmes.*

Les genoux de Rez tremblèrent quand elle se mit à rire.

— C'est clairement un gros contre, espèce de pince.

— Hé, je suis un simple col-bleu avec un job de col-bleu.

Il évitait toujours de parler de ce qu'il faisait exactement dans ce club, des oreilles curieuses pouvaient traîner.

— Je suis clairement pas blindé. Même avec la petite foule de ce soir, tu gagnes probablement plus en pourboires que moi en salaire.

Elle lui serra les joues.

— Pauvre bébé. Je suppose que tu cherches une sugar mama alors.

— Je prendrai la partie sucrée sans la partie maman, s'il te plaît, et merci beaucoup.

— T'as fini d'explorer ?

— Putain, marmonna-t-il en relâchant sa cuisse.

Il retira ensuite sa main de sous sa robe.

— J'ai été distrait.

Aucun mensonge détecté. Cette femme était totalement distrayante.

— *Mmm hmm.*

— Enfin bref, même si je suis content de voir que tu prends des mesures pour te protéger, tu peux pas porter cette merde sur scène.

Elle soupira doucement, attirant son regard sur ses lèvres pulpeuses.

— Je sais. Encore une fois, c'est gentil de veiller sur moi, mais t'es pas obligé de faire ça. Et je sais que c'est pas pour ça que tu viens si souvent.

— T'es toujours un bonus, Saph. En parlant du club, Sac d'Os, tu l'as vu ?

— Non.

— Entendu quelque chose ?

— Malheureusement, non. Mais j'ai gardé les yeux et les oreilles ouverts, comme Finn et toi me l'avez demandé.

Il ne pouvait pas lui parler des caméras de surveillance que l'unité d'intervention avait installées à l'intérieur et autour du club. Même si Mel était au courant, on lui avait dit d'en parler à personne. Y compris à sa meilleure amie. Tout ce qu'ils pouvaient faire, c'était demander à Sapphire de garder un œil sur T-Bone, le prospect des Deadly Demons qui avait une emprise dangereuse et mortelle sur la petite sœur de Sloane.

Le prospect chargeait Sadie de méthamphétamine afin de pouvoir la prostituer et se mettre du fric plein les poches. Rez n'avait aucune idée de la raison pour laquelle quelqu'un serait prêt à payer pour coucher avec une femme aussi clairement défoncée.

La raison la plus évidente, c'était que certaines personnes n'avaient juste aucune morale.

Lorsque Decker avait trouvé la femme évanouie dans la chapelle des Demons à Uniontown, il l'avait emmenée d'urgence à l'hôpital dans l'espoir qu'une fois consciente, elle puisse être admise dans un autre centre de désintoxication. Malheureusement, T-Bone avait débarqué et l'avait enlevée avant qu'elle puisse être internée.

À présent, ils n'avaient aucune putain d'idée de l'endroit où se trouvaient T-Bone et Sadie. Ils avaient tous les deux disparu, attendant probablement que les choses se calment. Mais vu ce que T-Bone avait fait, l'unité d'intervention fédérale anti-narcotique de la région Tri-State et les Blue Avengers n'allaient pas lâcher le morceau.

Et le pire dans tout ça, c'était que si Sadie continuait sur sa lancée, elle ne resterait pas en vie très longtemps. Ils tentaient tous d'empêcher cette fin tragique. Pour le bien de Sloane et de Decker.

Si Rez passait bon nombre de ses soirées au Peach Pit, ce n'était pas à cause de son travail au sein de l'unité d'intervention. Il le faisait sur son temps libre pour aider son frère du MCBA.

Et puis, quand Sapphire travaillait, c'était tout sauf une putain de corvée.

— Il te fait danser ce soir ?

Le Demon responsable du strip-club forçait Sapphire à remonter sur scène quand il lui manquait une danseuse. Mais la plupart du temps, même s'il lui avait retiré ses fonctions d'hôtesse en la remplaçant par un prospect, Saint voulait qu'elle accoste les hommes dans la salle pour leur vendre des danses privées avec les autres filles, ou même avec elle.

Ce connard pensait que c'était dans les salons VIP qu'on se faisait du fric. Mais bon, cet imbécile avait le sens des affaires d'une puce analphabète. Mel lui avait dit que ce n'était pas les danses privées qui rapportaient le plus d'argent, mais le bar. Et comme ils n'avaient pas de barmen qualifiés, les seules boissons un peu décentes dans cet établissement étaient les bières en bouteille.

Même ces idiots de prospects ne pouvaient pas foirer ça.

Son cerveau fut comme électrifié quand il se rendit compte qu'il n'avait en fait jamais vu Sapphire sur scène. À chaque fois qu'il passait la soirée assis sur cette chaise alors qu'elle bossait, il la voyait faire son petit tour de salle et se diriger vers l'un des deux salons VIP à l'arrière une fois qu'elle avait trouvé un client assez friqué pour lui payer son cachet ainsi que son pourboire.

Ce genre de client commençait à se faire rare.

Mel avait été le principal catalyseur du succès du club après que les Demons l'aient arraché à son propriétaire d'origine. Aujourd'hui, Saint le Sot n'avait même pas de bon manager. Il avait pris ce poste lui-même et avait gardé sa vieille dame, Cookie, dans le poste d'assistante-manager. Une autre blague.

Comme toutes les filles vouaient à Mel une fidélité sans

borne et détestaient la direction que prenait le club, la plupart d'entre elles étaient parties. La seule exception étant la femme sexy à crever qui couvait son rouleau de pièces de monnaie.

Il ne comprenait toujours pas pourquoi elle était restée, malgré ses explications. Bien sûr, cela le poussa à penser comme le flic qu'il était.

— Est-ce que Saint te pousse à faire plus que de danser derrière ?

— Toujours.

Bon sang.

— Et tu fais plus ?

— Encore une fois, même si j'apprécie ton inquiétude, ce que je fais dans les salons VIP ne te regarde pas.

— Saph, dit-il avec un grognement qui le surprit lui-même.

Pourquoi ce qu'elle faisait avec ses putains de clients le faisait chier à ce point-là ?

Lorsqu'elle commença à se lever, il lui attrapa le bras et la ramena sur ses genoux.

— Rez...

— Le laisse pas te forcer à faire des trucs que tu veux pas faire. Surtout si c'est illégal.

Se livrer à une activité sexuelle pour de l'argent était toujours un crime dans le Commonwealth de Pennsylvanie, que ce soit derrière des portes closes ou non. Même si les deux personnes étaient des adultes consentants, les actes sexuels ne pouvaient pas être réalisés en échange d'argent ou de quoi que ce soit de valeur.

Comme c'était évidemment illégal que T-Bone paie Sadie en méthamphétamine pour pouvoir vendre son corps à autrui.

Il grinça des dents en l'imaginant profiter de la sœur de Sloane.

Certains pourraient prétendre qu'elle faisait ça de son

plein gré. Mais en réalité, elle ne faisait ça que pour nourrir sa dépendance, la rendant esclave de son addiction.

Si elle ne cherchait pas à se défoncer gratuitement, elle n'aurait probablement jamais fait ce qu'elle faisait et avec qui elle le faisait.

Les prochains mots de Sapphire le sortirent de ses pensées et le ramenèrent à la discussion en cours.

— Écoute, je fais rien que je veux pas faire. Je fais rien d'illégal non plus. Mais surtout, je te dois aucune explication ni excuse.

Pour l'amour du putain de ciel, elle avait raison, mais ça ne voulait pas dire qu'il devait apprécier ça.

— T'as raison de dire que tu me dois que dalle, mais laisse-moi te dire un truc très clairement... T'es la meilleure amie de Mel, et une chose que tu devrais savoir, si tu l'as pas déjà comprise, c'est qu'on est tous une putain de famille. On veille les uns sur les autres.

— Alors maintenant je suis un membre de votre famille par association ?

Pourquoi est-ce qu'elle était si cynique, putain ?

— Tu protèges les arrières de Mel. Elle protège les tiens. Alors ouais, que tu le veuilles ou non, on est tous livrés avec Mel.

Les yeux bleus de Sapphire s'adoucirent un peu.

— Elle en a de la chance.

— Encore une fois, t'en bénéficies toi aussi.

Elle haussa les épaules.

— Ça dépend de comment je vois les choses. J'ai certainement pas besoin d'avoir des hommes dans ma vie qui s'octroient le droit de prendre des décisions à ma place. Que je couche avec eux ou non.

Il serra les dents tellement fort qu'un muscle tressaillit dans sa mâchoire.

— Pourquoi t'as la tête si dure ?

— Et pourquoi t'interviens là où tu devrais pas le faire ?

rétorqua-t-elle. Je vais te le dire une dernière fois... J'apprécie ton inquiétude, Rez, c'est mignon et tout ça, mais je peux prendre soin de moi toute seule. Je le fais depuis des lustres et je suis sûre que je continuerai à le faire encore longtemps.

Son inquiétude n'était pas exactement mignonne.

— T'as pas besoin de le faire seule.

— Et tu vas faire quoi ? Intervenir et me faire virer ? siffla-t-elle.

Avant qu'il ne puisse répondre, Sapphire fut arrachée de ses genoux et relevée sur ses pieds. *Pour l'amour du putain de ciel*, elle l'avait tellement distrait qu'il n'avait pas vu ce connard de motard s'approcher.

— S'il compte pas payer, arrête d'perdre ton temps. Va faire le tour de la foule.

— Quelle foule ?

Rez jeta un coup d'œil autour de lui pour souligner son commentaire.

Debout juste derrière Saint, Sapphire le regardait fixement, disant silencieusement à Rez quelque chose qui devait ressembler à ça : « *Et maintenant t'as tout fait foirer* ».

Saint pointa un doigt vers lui.

— Si t'as pas l'intention de t'payer une putain d'lap dance, accapare pas les putains d'filles.

— J'en achèterai pas ce soir. J'suis fauché. Merci pour la compagnie, Sapphire, dit-il alors qu'elle s'éloignait de Saint.

Elle secoua la tête, et même si elle lui fit un clin d'œil par-dessus son épaule dénudée, elle était aussi certainement heureuse de s'éloigner enfin de Rez. Il s'était comporté comme un connard autoritaire avec quelqu'un qu'il n'avait aucun droit de traiter de la sorte.

Il regarda ses hanches balancer sensuellement alors qu'elle se dirigeait vers une banquette où se trouvaient deux hommes plus âgés. Ils la reluquèrent pendant tout son trajet jusqu'à leur table.

Bien sûr, ce n'était pas étonnant. Le Peach Pit était un club de strip-tease. S'il n'était pas censé vendre du sexe physique, il vendait des fantasmes. Et Sapphire en suscitait certainement beaucoup. Il le savait par expérience.

Les danseuses voulaient faire croire à leurs clients qu'ils avaient une chance avec elles, mais en réalité, la majorité d'entre eux n'en avaient aucune et n'en auraient jamais. Plus elles savaient prétendre être intéressées, plus elles gagnaient de gros pourboires.

Sapphire était l'une des meilleures dans ce domaine. Mais bon, elle avait travaillé dans des clubs comme celui-ci la majeure partie de sa vie d'adulte. Tout comme Mel.

Rez ignorait totalement que le strip-tease pouvait être une carrière avant de rencontrer ces deux femmes. Il n'avait jamais vu de club pour hommes se présenter à la journée des métiers au lycée.

Quand la beauté brune se glissa sur la banquette avec les deux hommes, il reporta à contrecœur son attention sur le motard qui se tenait devant lui, lui bloquant la vue de la scène.

— Tu fais une meilleure porte qu'une fenêtre, Saint.

L'homme ne dit rien.

— Et si je lui payais une lap dance après mon jour de paie, hein ? Je couvrirai le temps qu'elle a perdu avec moi, un *client*, souligna-t-il.

Saint renifla.

— En ce moment, tu passes une putain de plombe ici sans cracher beaucoup d'blé. T'achètes une bière, tu balances quelques biftons d'un dollar sur scène, et c'est tout.

Merde, il s'était retrouvé sur le radar du motard. Ce n'était pas bon.

— Alors tu sais aussi que j'ai casqué pour le prix de l'entrée. Ton videur en cuir à la porte laisse personne entrer sans se faire graisser la patte.

— C'est le prix à payer pour assister au meilleur show d'la région.

Rez se retint de rire. Principalement parce que Saint était sérieux et que Rez ne voulait pas se faire mettre à la porte. Saint pourrait le bannir du club en un claquement de doigts.

Et Rez avait deux bonnes raisons de ne pas vouloir être banni.

Mais pour dire vrai, l'écurie actuelle d'« artistes » du Peach Pit ne valait même pas les cinq dollars qu'il avait dû payer pour franchir la porte. À l'époque où Mel était la gérante de cet endroit, ils demandaient dix dollars à l'entrée, mais ils avaient été obligés de baisser le prix lorsque la qualité et la quantité de filles avaient drastiquement chuté.

Si le club et les divertissements qu'il proposait continuaient de se dégrader, ils devraient bientôt carrément supprimer le prix d'entrée pour que des gens daignent poser leurs fesses dans cet endroit.

— Si tu bois pas, si tu paies pas un peu d'temps avec une d'mes filles ou si tu donnes pas d'pourboires généreux, tire-toi. Reviens quand t'auras plus de flouze.

Le Demon tourna les talons et s'apprêta à partir quand Rez l'interrompit.

— C'est pas pour ça que je suis passé ce soir.

Saint s'arrêta net et se retourna vers Rez.

— Ah ouais. Alors t'es venu prendre d'la place pour quelle putain d'raison ?

—J'ai entendu dire que vous vendiez pas que de la bière et des lap dance.

Il aurait dû en parler à Crew avant de se lancer, mais merde... On ne pouvait pas laisser passer une bonne occasion quand elle se présentait.

L'homme devint complètement immobile et, si Rez devait l'admettre, son visage devint un peu effrayant.

Saint suça ses dents tellement fort que Rez cru qu'il était

sur le point d'avaler les quelques-unes qui lui restaient dans la bouche.

— Ah ouais ? Qui raconte ça ? Cette salope ?

Ses yeux plissés vacillèrent vers Sapphire, restèrent rivés sur elle quelques secondes, puis revinrent vers lui.

— C'est cette salope qui ouvre sa grande gueule ?

Pour l'amour du putain de ciel.

— Calme tes ardeurs, putain. Elle a dit que dalle. Elle essaie juste de conserver les quelques clients qui restent en étant sympa avec eux.

— Elle est pas payée pour être sympa. Elle est payée pour vous exciter comme des putains d'chiens en rut et vous faire vider votre putain d'compte en banque. C'est tout.

— Eh bien, elle m'excite comme une pro, alors c'est déjà ça.

Rien de tout ça n'était un mensonge. Il avait pensé à Sapphire de nombreuses nuits, et de nombreuses matinées, alors qu'il s'occupait d'affaires importantes.

— J'pense qu'tu ferais mieux d'te tirer, putain, grommela Saint.

— Comme je te l'ai dit, je suis pas venu pour Sapphire. Je suis venu dans l'espoir d'avoir un petit aperçu de ce que vous vendez.

— J'sais pas d'quoi tu parles.

— Ah ouais ? Dommage alors. Un de mes potes m'a dit que c'était le meilleur endroit pour trouver de quoi préparer une grosse teuf.

Saint le fixa et ne dit rien pendant une putain d'éternité, se disant que ça pourrait mettre Rez mal à l'aise.

Ça ne risquait pas d'arriver. Saint était une merde aux chevilles enflées comme des baudruches et bien plus dur à cuire dans sa tête que dans la réalité. Il n'avait aucun problème à cogner sur quelqu'un de plus petit que lui, comme Mel par exemple, mais face à quelqu'un de sa taille ou plus grand, il finirait par plier comme une chaise de jardin.

Finn l'avait prouvé. Non pas que Rez sache quoi que ce soit de cette histoire…

Saint releva la tête et regarda Rez de haut.

— T'es un poulet ?

Rez haussa les épaules.

— J'ai l'air d'un poulet ?

— T'as l'air d'un truc.

— C'est une insulte ?

— Ça l'est pas si t'aimes les poulets.

— Je déteste les poulets. Qu'ils aient le plumage rose ou bleu.

Saint l'étudia encore un moment, mal à l'aise. Mais Rez resta impassible sur sa chaise et aussi détendu que possible.

— Tu sens l'poulet.

Rez lui tendit les deux mains.

— Tu connais des poulets qui ont des tatouages sur le dos des mains ? Putain, moi j'en connais aucun. Les commissariats aiment les petits blancs-becs propres sur eux. Je suis loin de correspondre au portrait-robot.

Une fois de plus, Saint le fixa beaucoup trop longtemps. Il devait encore s'imaginer être intimidant.

— Tu cherches d'la fumette ?

Rez secoua la tête.

— Non. J'ai déjà une bonne source de beuh de qualité. Et j'ai dit faire la teuf, pas pioncer. La beuh me donne envie de bouffer un putain de sachet de Doritos et de me caler devant la télé pour mater des rediff des Craquantes toute la nuit.

Putain, Saint luttait de toutes ses forces contre son envie d'éclater de rire. Il faisait de son mieux pour garder un visage impassible.

— T'as une meule ?

C'était un test. Peu de gens savaient que les MCs utilisaient ce mot d'argot pour désigner leurs bécanes.

— Ouais, j'en ai une. Mais je l'ai garée pour l'hiver.

— Donc tu dis qu't'es une p'tite salope, conclut Saint.

— J'ai tendance à préférer que les parties de mon corps deviennent pas noires et tombent pas comme une putain de feuille morte. Si ça fait de moi une salope, alors je suppose que c'est un badge que je devrais porter la tête haute. En plus de ça, les salopes je les adore. Surtout la chatte qu'elles ont entre les jambes. Je suppose que toi non ? Je savais pas qu'un MC comme le vôtre acceptait les membres de la mafia arc-en-ciel. Félicitations pour avoir brisé ce plafond de verre.

Un côté de la bouche du motard se redressa. Ce n'était pas tout à fait une grimace, mais pas un sourire non plus.

— Mon club cherche d'autres recrues.

Putain de merde. Il ne s'attendait pas à ce que leur conversation prenne cette direction. D'autant plus qu'il avait du sang vénézuélien dans les veines. Et il ne passait clairement pas pour un blanc. Les membres des Deadly Demons étaient tous tellement blancs qu'au milieu de ces connards, on se croirait perdus dans une tempête de neige.

Rez ferait tache comme une énorme mouche dans un putain de bol de lait. C'est pourquoi il n'avait même pas envie d'explorer cette possibilité. Putain, Crew serait tout aussi choqué que lui.

— Je suis pas sûr d'avoir envie de rejoindre un club, mais j'y réfléchirai. En attendant, je cherche toujours ce que vous vendez.

— J'croyais qu't'avais dit que t'avais pas d'blé.

— J'en ai pas. Mais j'aimerais tester un échantillon, et s'il est à la hauteur, j'en achèterai plus quand je toucherai mon salaire.

Ça lui donnerait également le temps de demander à

Crew de l'autoriser à faire des achats au Peach Pit. Documenter les achats serait aussi une bonne excuse pour qu'il s'arrête au strip-club afin de garder un œil sur ce minable de T-Bone. Ça lui permettrait aussi de retirer un peu de méthamphétamine de la circulation.

Il n'était pas sûr de vouloir mentionner la possibilité de devenir un prospect des Demons à Crew. Il ne savait pas s'il voulait se retrouver coincé sous couverture. Ça limiterait considérablement ce qu'il pourrait faire de sa vie personnelle.

Decker avait détesté chaque putain de seconde de sa mission d'infiltration en tant que prospect des Demons.

Et puis, Saint n'avait pas la moindre autorité pour faire ce genre de proposition de toute façon. Wolf était le Demon responsable du chapitre d'Uniontown. Il ne verrait certainement pas d'un très bon œil l'arrivée d'un prospect à la peau très bronzée. De plus, Viper, le président des Demons, devait aussi donner son accord.

— J'ai pas d'échantillon, dit finalement Saint en se grattant la barbe. Viens la prochaine fois qu't'as du blé et va voir Mutt au bar. Il mettra un peu d'glaçons en plus dans ton verre. Mais si t'as pas d'blé à claquer dans mon club, y faut qu'tu te tires. Si tu veux un putain de divertissement gratuit, va mater la télé.

— Je me fais payer pour un job lundi.

Saint fronça les sourcils.

— Quel genre de job ?

— Je suis dans le bâtiment.

Saint se passa une main sur la bouche en réfléchissant au dernier mensonge de Rez.

— Le club est fermé le lundi.

— Ouais, je sais. Dis à Mutt que je passerai mardi. Et tu devrais me laisser entrer gratuitement, puisque tu me fous à la porte ce soir et que j'ai pas eu ce pour quoi j'ai payé cinq dollars.

— Hors de question. Ici il faut payer pour jouer.

Saint se trompait peut-être sur plein de choses, mais pas là-dessus.

Chapitre Deux

Rez grimpa les escaliers menant au troisième étage en courant. La réunion de l'unité d'intervention de cet après-midi commençait dans deux minutes.

Techniquement, il n'était pas en retard.

Il tourna la poignée de la porte et fut surpris de constater qu'elle n'était pas verrouillée.

— Ferme derrière toi, *chamo*, entendit-il dès qu'il franchit la porte.

Rez s'arrêta brusquement et lança un regard à Crew. Il n'aurait jamais dû apprendre au chef de l'unité d'intervention l'argot utilisé pour « frère » au Venezuela.

— *En boca cerrada no entran moscas, pendejo.*

Luis Torres, agent spécial de la DEA et directeur de La Planque, frappa sur la table de conférence du plat de la main en se tordant de rire.

Ce que Rez venait de dire n'était pas censé être drôle, mis à part le fait que Crew n'avait aucune idée de ce qui était sorti de sa bouche. Bien sûr, Torres le savait, et c'était pourquoi il trouvait la situation particulièrement hilarante. Ils aimaient tous les deux se foutre de la gueule de Crew quand ils se parlaient en espagnol.

La tête de Crew pivota vers Torres.

— Ça veut dire quoi ?

Torres haussa les épaules.

— Pourquoi tu supposes que je parle espagnol ?

— J'ai pas à supposer quoi que ce soit, je t'ai entendu parler cette putain de langue. Avec lui. Et même avoir de longues putains de conversations.

Crew se retourna vers Rez, qui venait de verrouiller la porte et de s'installer sur la seule chaise disponible à la table.

— Dis-moi, ça veut dire quoi ?

Rez étouffa son sourire et lui répondit du ton le plus sérieux possible.

— Que tout le monde devrait te considérer comme un super leader.

Crew sourit.

— Même si c'est la putain de vérité, je sais aussi que tu me racontes des salades.

— Sur le fait que t'es un super chef ? Bien sûr que je te raconte des salades.

En réalité, il ne mentait pas puisque Crew était *bel et bien* un excellent leader, mais son frère du MCBA n'avait pas non plus besoin qu'on gonfle son putain d'ego. Sa tête était déjà bien assez grosse comme ça.

— Au sujet du sens du mot *pendejo* précisa Crew.

Il n'aurait pas dû lui apprendre le mot pour « trou du cul » non plus.

— Y'a une application que tu peux installer sur ton téléphone. Elle s'appelle, et tu ferais mieux de le noter quelque part parce qu'avec ton cerveau ancestral tu risques d'oublier rapidement, Google Translate. Tu devrais la télécharger, comme ça tu pourras déchiffrer ce que j'ai dit.

Crew fronça les sourcils.

— Je sais même pas comment épeler la moitié de ces mots.

— Je parie que tu peux en épeler aucun, dit Torres.

— J'ai compris le mot « no ». C'est assez universel.

— Il l'entend souvent pendant ses rencards, dit Finn en riant bruyamment, donc il le connaît bien.

— On commencera pas cette réunion tant que vous me l'aurez pas dit, insista Crew.

Quelques grognements s'élevèrent dans la salle.

— C'est comme un papa qui dit à ses enfants que s'ils sont pas sages il annule la sortie ?

— Exactement, répondit Crew au caporal Kruger de la police de Greensburg.

— Ce qu'il a dit en gros, c'est que les mouches n'entrent pas dans les bouches fermées, expliqua finalement Torres.

— Ou, pour toi en particulier... parfois il vaut mieux la fermer, ajouta Rez.

— Tout ce qui sort de ma bouche est intéressant.

Des huées, des ricanements et des soupirs s'élevèrent autour de la table.

— Bon, j'ai des trucs à faire. On peut commencer cette réunion ?

Le grognement de Fletch retentit dans le haut-parleur.

— La seule chose que t'as à te faire, c'est ta vieille dame. Pas vrai, Wilder ? lança Finn.

Rez n'entendit pas la réponse de Fletch, car il se pencha vers Decker.

— Sur quoi tu bosses maintenant que t'es plus sous couverture ? demanda-t-il.

— Sur la même chose que toi. Les nerfs de Crew.

Rez ne prit pas la peine de retenir son rire.

— Alors on va commencer par vous deux. L'un d'entre vous a quelque chose à partager ? Fletch ? Wilder ? demanda Crew.

— Pas grand-chose. La routine, dit Fletch. J'arrête pas de harceler Wolf pour que je sois transféré aux Demons. Je sais pas pourquoi il hésite.

— Peut-être que tu devrais passer au-dessus de lui,

suggéra Decker. Wolf est peut-être responsable de la section d'Uniontown, mais Viper et Screw sont ses responsables à lui.

— J'ai pas eu l'occasion de me retrouver en leur présence. C'est pas comme si j'étais invité à leur chapitre de Virginie-Occidentale ou à leurs fêtes dans la Tanière de la Vipère. Mais je peux bosser là-dessus puisqu'avec Wolf on est dans une impasse.

— Peut-être qu'il est inquiet de perdre un acheteur, dit Crew. Tu lui achètes beaucoup de produits, et c'est à lui que revient le mérite de vendre autant. En rejoignant les Demons, tu pourras obtenir le produit directement et le vendre toi-même. Il serait en gros exclu de l'équation.

— Ouais, j'ai pensé à ça aussi. C'est peut-être la réponse. Je pense qu'il empoche une part de tout ce qu'il vend aux revendeurs de rue comme moi. Il se pourrait que je sois un de ses plus gros clients puisque notre unité d'intervention a accès à plus d'argent que la moyenne des trafiquants de méthamphétamine.

— Continue quand même d'essayer d'obtenir une invitation à une de leurs fêtes à la Tanière de la Vipère, lui conseilla Crew. On sait jamais ce que Viper pourrait décider puisqu'ils cherchent à grossir leurs rangs.

— Écoute, c'était déjà assez difficile d'obtenir une invitation à Uniontown. Si je me mets à pousser pour une invitation autre part, ils risquent d'avoir la peau qui se met à picoter.

— Ils ont sûrement déjà la peau qui les démange puisque je jure qu'ils doivent se laver qu'une fois par semaine, déclara Decker. J'ai presque dû faire le vieux coup du Vicks sous les narines pour éviter d'avoir la nausée.

— Fais ce que tu peux, dit Crew à Fletch. Pour le moment, t'es bien là où t'es. Si t'arrives pas à te faire transférer, c'est pas la mort.

Mullins, un inspecteur des stupéfiants de la police de Pittsburgh, prit la parole ensuite.

— Ouais, mais il vaudrait mieux qu'on fasse entrer quelqu'un chez eux puisque Decker a fait foirer sa mission d'infiltration.

— Je l'ai pas fait foirer, insista Decker avant de soupirer. D'accord, je l'ai fait foirer. Mais j'avais pas le choix. Vous auriez tous fait la même chose.

— Que t'aies foiré ou pas, ça change rien au fait qu'on a plus personne au sein de la section d'Uniontown, déclara Crew. Mullins a raison. On devrait remédier à ça. Sur les trois unités d'intervention, on est les seuls à n'avoir personne d'infiltré.

Rez hésita à parler de sa conversation avec Saint.

— Ils doivent désespérément être à la recherche de putains de prospects. Ils ont essayé de se développer plus vite qu'ils le pouvaient, alors maintenant ils ont quelques entreprises qui manquent de personnel à cause de leur manque de main-d'œuvre gratuite ou bon marché.

— Mais ils sont pas désespérés au point de prendre *n'importe qui*.

Crew haussa un sourcil.

Rez interpréta ce geste clairement, mais s'apprêtait à écarter cette idée sur le champ.

—Je suis pas sûr de ça.

Les yeux gris de Crew se fixèrent sur lui.

— Qu'est-ce que tu sais ?

Rez aspira une longue bouffée d'air.

— Quand j'étais au Peach Pit hier soir, j'ai eu une petite conversation avec Saint.

— Volontairement ? demanda Finn.

— Je suis pas sûr que quiconque parle à ce connard volontairement, répondit Rez. Je discutais avec Sapphire et...

— Évidemment, putain, marmonna Finn.

— Saint a pas beaucoup aimé ça.

— C'est pas une surprise, marmonna Finn.

— Bref... Il a fait déguerpir Sapphire et j'en ai profité pour papoter un peu avec lui.

— Et ? Tu peux en venir aux putains de faits ? demanda Decker.

Rez lui jeta un coup d'œil à l'autre bout de la table.

— Je vais là-bas pour surveiller T-Bone, connard, pour *toi*.

— Je comprends, mais t'as pas à en faire une histoire interminable.

Rez fit un doigt d'honneur à Decker, puis se concentra sur Crew, assis en bout de table.

— Je lui ai dit que je pourrais être intéressé par l'achat de ce qu'il vend.

— De la chatte ? Je *savais* que tu devais payer pour ça, enfoiré ! hurla l'officier de la police d'État de Pennsylvanie, Carl Powers.

Crew et Rez l'ignorèrent.

— Il était prêt à t'en vendre ?

— Bien sûr. L'argent c'est de l'argent pour eux. Peu importe d'où et de qui il vient. J'y retourne demain soir. J'ai juste besoin d'un peu de ce doux pactole fédéral pour faire un achat.

— Ça devrait pas poser de problème. Je te filerai de quoi acheter une petite quantité pour commencer. Tu pourrais peut-être devenir un acheteur régulier.

— Ça marche pour moi. Au moins, ça permettra de retirer un peu plus de cette merde de la rue.

— Il pourrait aussi commander plus de putains de pizzas à Pizza Town, pour la même raison. Mais on sait tous pourquoi il s'est mis à traîner au Peach Pit, dit Decker.

— Ouais, pour T-Bone, rétorqua Rez. Putain, mec.

— Tu veux dire pour que Tu-Bandes pour Sapphire, dit Finn en ricanant.

— Bref, dit-il plus fort, Saint m'a demandé, d'une certaine manière, si devenir prospect pourrait m'intéresser.

Tout le monde à la table devint silencieux.

— Toi ? éclata finalement Crew.

— Ouais, je suis tombé des nues moi aussi, avoua Rez en haussant les épaules.

Le chef de l'unité d'intervention fronça les sourcils.

— Tu serais partant ?

— Jamais de la putain de vie.

— Je doute que Viper ou Screw t'acceptent de toute façon, dit Decker. Ce club, c'est clairement pas un creuset. Ils sont tous d'un blanc éclatant, mais pas très brillant dans le ciboulot. De toute évidence, toi t'es pas d'une blancheur aveuglante et pour ce qui est de ce que t'as dans la tête... je vais m'arrêter là.

— Quand t'étais dans leur salle de fête, t'as pas vu d'autres couleurs que le blanc fantôme, n'est-ce pas ? lui demanda Crew.

— Pas du tout. Et j'ai vu certaines « décorations » qui mettraient mal à l'aise toute personne n'étant pas de couleur mayonnaise. C'est pour ça que je pense pas que Viper donnerait le feu vert pour que notre latin lover enfile un cuir de prospect.

— Ça craint, murmura Crew.

Pas pour Rez, ça ne craignait pas, non. Il ne cherchait pas à s'infiltrer dans un MC hors-la-loi. Mais faire des achats ne le dérangeait pas. Et bien sûr, les Deadly Demons ne faisaient pas de discrimination entre les personnes à qui ils vendaient de la drogue. Dans ce domaine, la seule couleur qui comptait pour eux, c'était celle des billets.

— Mais...

— Bon sang, mon frère. Tu vas rendre cette réunion deux fois plus longue que nécessaire, grommela Nox.

— Comme si t'avais quelque chose de mieux à faire ? Tu

passes tes putains de journée devant des vidéos de surveillance, dit Rez.

Pour le moment, le travail principal de Nox au sein de l'unité d'intervention consistait à surveiller les caméras de la chapelle des Demons ou du Peach Pit, en plus d'horodater et de prendre des notes sur tout ce qui se passait d'intéressant. D'autres le remplaçaient parfois en fonction de son emploi du temps, car il y avait un paquet de putains de caméras à surveiller, un nombre qui augmentait à vue d'œil.

En plus de visionner les vidéos, une petite équipe écoutait les « conversations salaces », ou ce qu'on appelait communément faire de l'écoute téléphonique, et les transcrivait pour en tirer des preuves ou des informations dont ils auraient besoin pour la suite de l'enquête.

— Vas-y, crache le morceau, Rez Taurateur, ordonna Crew.

— OK… Le truc, c'est qu'ils travaillent toujours sur cette annexe dans la chapelle d'Uniontown, n'est-ce pas ?

Il jeta un coup d'œil à Nox pour obtenir une confirmation.

— Ouais, ils ont terminé les trois premières pièces, mais depuis, plus rien. Je pense qu'ils se sont fait baiser par la personne qui faisait les travaux. Ou qu'ils l'ont baisée eux-mêmes. C'est l'un ou l'autre.

— Tu veux dire qu'ils ont vraiment engagé des professionnels ? demanda Rez à Nox.

— J'en suis pas sûr. Mais je vois pas l'équipe de bras cassés faire quoi que ce soit ces temps-ci. Peut-être que les Demons ont arrêté de payer.

— Peut-être, murmura Crew avant de s'adresser à Rez. Pourquoi tu demandes ça ?

— Parce qu'hier, j'ai dit à Saint que j'étais fauché, mais que j'aurais de l'argent pour lui acheter de la méthamphéta-mine demain puisque je serais payé pour faire des travaux aujourd'hui.

— *Je vous paierai volontiers mardi pour un hamburger acheté maintenant*, marmonna Torres à l'autre bout de la table.

Crew secoua la tête, prétendant ne pas avoir entendu la citation tirée des vieux Popeye.

— Continue, dit-il à Rez,

— Ce que j'ai dit m'a fait réfléchir, et…

— Oh, putain de merde ! hurla Fletch à travers le portable sur la table.

Rez ignora son impatience.

— Je me suis dit que quand j'y retournerai demain soir, je pourrais dire que je cherche du boulot dans la construction et que s'ils en ont je suis dispo.

— Putain. Je retire ce que j'ai dit quand j'ai insinué que t'avais pas la lumière allumée à tous les étages. Y'a peut-être une lueur qui scintille vaguement dans ta tête normalement vide, dit Decker.

— Ça veut pas dire qu'il va mordre, murmura Crew même si Rez voyait bien que l'homme était en train de cogiter bien fort. Ça peut pas faire de mal non plus de lui faire quelques allusions.

— Vous imaginez s'ils engageaient Rez pour finir leurs travaux ? demanda Decker.

— Et qu'il amenait sa propre équipe pour le faire ? répondit Luke Rodgers, un autre agent spécial de la DEA.

— Ouais, dit Crew en se grattant la nuque. Ça pourrait bien marcher, putain. Bon sang, Rez, je dois franchement te féliciter.

— On sait pas encore si ça va marcher, admit Rez.

— Si quelqu'un peut le faire, c'est bien toi.

On dirait que Finn appréciait cette idée.

— Il a cette putain de langue de beau parleur, dit Mullins à l'autre bout de la table.

— Tu l'as dit, putain.

Rez tira la langue et la remua.

— Vous feriez mieux de cacher vos femmes !

Lorsque le grognement de Wilder jaillit du haut-parleur, tout le monde se mit à rire.

Sauf Rodgers, qui fronça les sourcils.

— Mais, putain, t'y connais quelque chose à la construction ?

— J'ai fait un peu de bricolage. Surtout chez ma mère. Elle m'appelle toujours pour réparer un truc. En plus, on a fait un tas de travaux ici pour retaper ce bâtiment et en faire ce qu'il est aujourd'hui. J'ai beaucoup appris à ce moment-là.

La plupart des membres de l'unité d'intervention n'avaient jamais mis les pieds dans La Planque avant la formation de l'équipe. À ce moment-là, tout sauf l'appartement du deuxième étage où vivait Nox avait été entièrement rénové. À part ce qu'ils avaient vu sur les photos, ils n'avaient aucune idée de la quantité de sang, de sueur et de larmes que les membres du MCBA avaient versés dans cet endroit.

— Il reste plus que les chambres du club des Demons à finir, et la charpente est déjà faite, murmura Nox. Ce sera terminé rapidement.

— L'électricité est déjà installée ? lui demanda Rez.

Il n'avait *absolument pas* l'intention de faire joujou avec l'électricité.

— J'ai vu l'électricité installée la dernière fois que je suis passé, répondit Decker. Et heureusement, pas besoin de plomberie dans les chambres puisqu'il y a une salle de bain commune.

— D'après ce que j'ai pu voir sur les vidéos de surveillance, il faudrait installer et câbler les lumières encastrées, monter les cloisons et les peindre. Rien de bien compliqué, reprit Nox.

— Des trucs que t'as faits mille fois, dit Crew à Nox.

— Ouais, des trucs que je peux gérer, confirma Nox. C'est quelque chose qu'on pourrait faire ensemble.

Eh bien, *putain*, si Nox était prêt à quitter son cocon à La Planque pour travailler avec lui dans la chapelle d'Uniontown, ce serait encore mieux.

Le visage de Crew ne cachait pas qu'il était content que Nox se porte volontaire pour ce boulot. Tous ses frères du MCBA s'inquiétaient du fait que Nox ne quitte le bâtiment qu'en cas d'extrême nécessité.

— Tu pourrais peut-être dire à Saint que t'es prêt à travailler pour de la méthamphétamine plutôt que pour de l'argent. Ça pourrait inciter Wolf à sauter sur l'occasion.

— On serait alors deux dans le club, ce qui est une bonne chose, mais je suis pas sûr qu'on pourra être témoins de beaucoup de choses, avertit Rez. Je pense pas que les Demons nous laisseront nous promener gaiement dans leur antre.

Crew haussa les épaules.

— On a des caméras pour ça. Mais vous pourrez garder les oreilles et les yeux ouverts. Chaque centimètre n'est pas couvert par les caméras de surveillance, et les quelques flux audio qu'on a installés sont vraiment à chier. C'est difficile de capter le moindre mot quand ils jouent *Highway to Hell* d'AC/DC à fond ou qu'un groupe d'entre eux fait un vacarme monstre.

— Ça pourrait marcher, murmura Decker à côté de Rez.

— Seulement s'ils sont d'accord, lui répondit Rez.

— Peut-être que les Demons voulaient payer la dernière équipe de construction avec de la méthamphétamine et que c'est pour ça qu'ils se sont tirés.

— Ou alors ils en ont juste eu ras-le-bol de traiter avec ces connards, ajouta Decker.

— Ça aussi, acquiesça Nox.

— Très bien, alors c'est réglé. Je vais te filer un peu de fric pour ton achat de demain soir. Mets en avant le fait que t'as pas assez pour plus, mais que t'es prêt à échanger.

— Je peux faire ça, dit Rez à Crew. Si on arrive à mettre un pied chez eux, on pourra peut-être aussi se rapprocher de certains membres pendant qu'on y est. Peut-être qu'à la fin de la journée, après avoir bossé dur, on se tapera une bière et on jouera au billard et, mieux encore, on taillera le bout de gras.

Crew passa ses doigts dans ses cheveux poivre et sel.

— Ouais, ils vont devoir vous faire un tant soit peu confiance pour que vous entendiez ou voyiez quoi que ce soit qu'on pourrait utiliser contre eux ou qui nous donnerait quelques pistes.

— Ça pourrait être aussi un bon moyen de garder un œil sur T-Bone et Sadie, dit Decker.

— Juste un rappel, commença le chef de l'unité d'intervention, T-Bone c'est pas une priorité de l'unité d'intervention. C'est pas un acteur clé du trafic de méthamphétamine. C'est une priorité que pour Decker. La recherche de T-Bone et de la sœur de Sloane doit se faire en dehors de nos heures de travail.

— Et c'est ce qu'on fait depuis le début, lui assura Decker. Mais il se trouve que certaines de ces recherches coïncident avec les affaires de l'unité d'intervention.

— En parlant de T-Bone... Comment va ton minou ? demanda Nox.

— Parle pas de Finn comme ça. Il est assis juste là.

Decker sourit de toutes ses dents.

— Le chat est encore plus dur à cuir que la version humaine. Qui aurait cru que cette boule de poils roux était en fait un chien de garde ? dit Rez à propos de Finn le félin, qui avait attaqué T-Bone lorsqu'il s'était introduit dans la maison de Decker à la recherche de Sadie et qu'il avait fini par enlever Sloane à la place.

— Il aime sa fifille, dit Decker. Mais il se porte bien. Toujours en repos forcé par contre, et il manque jamais l'occasion de nous rappeler qu'il aime pas beaucoup ça.

— Prochain point à aborder, cria Crew pour attirer l'attention de toute la salle.

Ils restèrent assis autour de la table pendant plus d'une heure, partageant des informations et mettant tous les membres de l'équipe au courant de l'avancée de l'enquête.

Rez soupira de soulagement lorsque tout se termina enfin. Son plan était clair dans sa tête, et demain soir, il le mettrait en œuvre.

Tandis que certains membres retournaient à la surveillance des enregistrements vidéo et audio, les autres se dispersaient pour retourner à leurs tâches respectives.

— Hé, appela Rez à l'attention de Decker alors que la montagne de muscles se dépliait de sa chaise. Tu bouges ?

— Ouais, je vais y aller. Valou Chérie a rendez-vous avec le thérapeute cet après-midi. Pourquoi ?

Putain, ça craignait que la petite fille de quatre ans doive suivre une thérapie. Mais après avoir vu T-Bone attaquer Sloane sous ses yeux et passer à deux doigts de se faire attraper elle aussi, Decker s'était dit qu'il valait mieux la faire suivre pour éviter tout problème potentiel.

C'était intelligent.

— Suis-moi sur le parking.

Decker le suivit jusqu'au parking, où ils s'arrêtèrent près de la Dodge Durango SRT Hellcat de Rez.

— Quand est-ce que tu me laisseras faire un tour avec cette saloperie ?

— Quand je déciderai de la vendre et que tu l'achèteras. En liquide.

— Je sais que tu te fous de ma gueule, mais sérieusement, dis-le-moi si t'as l'intention de la vendre. Sloane aurait bien besoin d'un meilleur véhicule.

Il n'avait pas l'intention de la vendre de sitôt. C'était une voiture du tonnerre. Rez rit.

— C'est pas une caisse qu'on utilise pour aller à l'épicerie et se faire des petits rencards en amoureux. C'est...

— Je sais. Je sais. Putain. Y a un moteur suralimenté V8 Hellcat de 6,2 litres et 710 ch sous le capot, expliqua-t-il. Elle passe de zéro à cent en seulement 3,5 secondes avec une vitesse de pointe de 290 km/h.

— Tu t'es souvenu de tout ça ?

Rez rit et tapota le capot de son SUV.

— Tu dois fantasmer sur ce bébé.

— Non, on t'a juste entendu parler de cette connasse un million de fois.

— Hé, elle mérite bien des éloges. C'est une putain de fusée, mais c'est absolument pas une sorte de maman-mobile.

— Alors je la prendrai et je lui donnerai la mienne.

— Tu peux te le permettre ? le taquina Rez.

— Avec les factures de thérapie de Val et les dettes de Sloane pour les cures qu'elle a payées à Sadie ? Probablement pas.

— T'es sûr que tu veux toujours chercher sa sœur ? Je veux dire, en quittant l'hôpital ce jour-là, Sadie a prouvé qu'elle voulait pas d'aide.

— Parce que sa vie tourne autour de la drogue. Si on pouvait l'éloigner de T-Bone...

Peut-être, peut-être pas. La jeune sœur de Sloane était peut-être tombée bien trop bas pour être sauvée.

— En parlant de ce connard, j'ai vu aucun signe de Sac d'Os au Peach Pit. Sapphire l'a pas vu non plus et n'a même pas entendu parler de lui. On dirait qu'il a zappé tout le monde.

— Sac d'Os ?

— T-Bone.

— Tu veux dire Steak Avarié.

Rez ricana.

— L'un ou l'autre, ça me va. Si je peux entrer à la Tanière du Loup, je garderai l'oreille bien tendue. Mais j'irai quand même poser mon cul au Peach Pit tous les soirs jusqu'à ce qu'on retrouve cet enculé.

— J'en ai rien à foutre de cet enculé. Je me soucie que de Sadie.

— Mais une fois qu'on l'aura retrouvée…

Le reste n'avait pas besoin d'être dit. Une fois Sadie retrouvée, ils s'emploieraient à servir à T-Bone la dose de karma qu'il méritait.

— Ouais, c'est à ce moment-là que je *m'intéresserai* à lui, dit Decker.

— Et si je le retrouve et que Sadie est pas avec lui ?

— Je suppose qu'on pourra lui arracher des infos sur l'endroit où il l'a emmenée, répondit Decker.

— Le problème, c'est que ça va éveiller les soupçons.

Non seulement les éveiller, mais déclencher la sonnette d'alarme.

— Pas s'il disparaît après qu'on l'ait interrogé, dit Decker dans sa barbe.

— Merde, Deck, murmura Rez.

Son frère du MCBA haussa les épaules.

— C'est inévitable. Tu le sais bien. Il faut juste qu'on la joue fine.

— Non, on devrait faire une partie d'échecs contre les Russo et les laisser faire le sale boulot à notre place. Comme ça on laisse les criminels faire ce qu'ils font le mieux. Et s'ils finissent par s'entre-tuer, rien à foutre. Le monde s'en portera mieux de toute façon.

— Rien à redire là-dessus, mais il faudra jouer ce petit jeu avec une extrême prudence. Écoute, on se concentre d'abord sur la recherche de Sadie, ensuite on pourra se concentrer sur comment traiter Steak Avarié. En attendant, je l'ai inscrite sur CLEAN en tant que personne disparue. J'ai également contacté tous les hôpitaux dans un rayon d'au moins 80 km et je leur ai dit de m'appeler si elle se montrait.

— Bonne idée.

C'était judicieux d'inscrire Sadie comme personne

disparue dans le CLEAN, ou le réseau d'assistance aux forces de l'ordre du Commonwealth. Étant donné que tous les services de police y avaient accès et étaient en mesure de la chercher là-dessus. Plus il y avait de personnes à la recherche de cette femme, mieux c'était. De plus, si elle était arrêtée, une notification apparaîtrait sur le fichier de la personne disparue.

— Il doit l'avoir cachée quelque part, murmura Decker.

— Ou alors il l'a abandonnée quelque part. Parce que, sérieusement, pourquoi il continue de se la coltiner ? D'après ce que t'as dit, elle est déjà presque morte. Combien de fric il peut se faire sur son dos à ce stade ?

Decker expira bruyamment.

— Oublie pas à quel point certains mecs peuvent être dépravés. À quel point certains peuvent souffrir de cécité du trou.

— De cécité du trou ?

C'était nouveau pour lui.

— Ce qui les intéresse, c'est juste d'avoir un accès facile à un trou, peu importe où il se trouve et dans quel état il est. Et cette femme en particulier, elle criera pas au viol ou à l'abus ou à quoi que ce soit d'autre. Elle sera docile. Peu importe ce qu'on lui fait.

— Parce que techniquement, elle accepte tout ce qui lui arrive en prenant les drogues que T-Bone lui donne en guise de paiement, conclut Rez. Tu penses qu'il trouvera une autre femme pour la remplacer une fois que Sadie sera, dit-il avant de ravaler le mot qu'il avait sur le bout de la langue et de le remplacer par un autre, retrouvée ?

— Bien sûr qu'il trouvera quelqu'un d'autre s'il se fait une tonne de fric en jouant le maquereau. Il pourrait même tenter en ce moment même, de rendre une autre femme tellement dépendante qu'elle serait prête à tout pour mettre la main sur sa prochaine dose.

— C'est pas une putain de vie.

Rez baissa la visière de sa casquette des Pirates de Pittsburgh, puis leva les yeux vers son frère.

— Comment tu tiens le coup ? Ça doit être difficile de faire face à cette merde une fois de plus.

Decker pinça les lèvres.

— En fait, c'est pire cette fois. La spirale infernale de ma sœur était entièrement sa faute, elle était contrôlée par personne. En plus de ça, je dois regarder Sloane s'agiter toute la nuit, morte d'inquiétude. Je prie pour le mieux, mais...

— Ça va être le pire. Je te comprends, mon frère.

— T'as des projets pour le réveillon du Nouvel An ?

— C'est quand ?

En fronçant les sourcils, Rez jeta un coup d'œil à la date affichée sur l'écran de son portable.

Decker rit.

— Demain, crétin.

Putain de merde. Il avait oublié que c'était le réveillon du Nouvel An quand il avait dit à Saint qu'il passerait au Peach Pit.

— Alors ouais, j'ai des plans. J'imagine que je ferai la fête au Peach Pit demain soir. Et toi ?

— J'ai prévu de passer une soirée tranquille à la maison avec Sloane et Val. Maman va passer rapidement. Je doute qu'elle tienne jusqu'à minuit.

— Peut-être que j'enverrai ma mère pour passer du temps avec vous puisqu'on dirait que ça va être un putain de feu d'artifice.

— Ouais, eh bien, je suis sûr que le Peach Pit sera un peu plus excitant.

— T'as vu leurs nouveaux talents ? Je préférerais passer la nuit à faire la fête chez toi avec nos mères. J'emmène des pots d'Ensure corsés d'eau-de-vie ?

Decker s'esclaffa.

— La porte sera ouverte.

Chapitre Trois

Comme ils avaient abandonné beaucoup de leurs mesures de sécurité, Rez espérait qu'ils enlèveraient le détecteur de métal à l'entrée principale pour qu'il puisse entrer dans le Peach Pit armé. Mais évidemment, c'était la seule putain de mesure qu'ils avaient décidé de conserver. Probablement pour éviter de se faire canarder. Ou poignarder.

Rez détestait devoir laisser son arme dans son véhicule. Pas dans sa Dodge Durango, puisqu'un mec fauché comme les blés ne conduirait probablement pas une SRT Hellcat. Au lieu de ça, ce soir, il avait réquisitionné l'une des voitures de l'unité d'intervention qui étaient garées derrière La Planque.

Il ne pouvait certainement pas jouer le pauvret alors qu'il conduisait un véhicule qui lui avait coûté environ soixante-quinze mille dollars. Bien sûr, il avait dit à sa mère qu'il ne lui avait coûté qu'environ quarante-cinq mille balles. Il détestait lui mentir, mais il préférait aussi ne pas avoir une *chola*, le mot que sa mère vénézuélienne utilisait pour une tong incrustée de façon permanente dans son crâne.

Il salua le prospect qui travaillait à l'entrée d'un geste du menton, jeta ses clés et son téléphone portable dans le panier sur le tapis roulant, passa le détecteur de métaux et ramassa ses clés une fois de l'autre côté. Il essaya également d'attraper son portable, mais le prospect des Demons l'arrêta en secouant la tête et en tendant la main.

Il n'aimait pas non plus renoncer à cette bouée de sauvetage. Mais Popeye était loin de se douter que Rez avait un couteau en céramique de quinze centimètres attaché au mollet. Par expérience, il savait qu'il valait mieux éviter de pénétrer en territoire ennemi sans moyen de se défendre.

Lorsqu'il franchit les doubles portes de la salle principale du club, la musique tonitruante lui cogna immédiatement dans les tympans.

Il s'arrêta une seconde en constatant à quel point les chaises, les tables et les banquettes étaient bondées ce soir. Il n'avait pas vu une telle affluence depuis le soir où Finn avait dansé sur scène alors qu'il était sous couverture avec la revue masculine des Quéquettes. Ce soir-là, la salle avait été pleine de femmes enragées qui s'étaient battues comme des harpies pour s'arracher un morceau du beau « Blaze ».

Qu'est-ce qui était différent ce soir des autres soirs qu'il avait passé ici depuis le départ de Mel ?

Le réveillon du Nouvel An. C'était forcément ça.

Il joua des coudes avec deux autres clients pour se frayer un chemin vers le bar bondé, où Mutt, un autre prospect des Demons, ne se pressait pas de servir qui que ce soit. Le motard était le pire et le plus lent des putains de barmen, mais Saint avait viré tous les bons employés embauchés par Mel.

Puisque la danseuse sur scène ne valait pas la peine qu'on s'attarde sur elle, Rez balaya la salle du regard, à la recherche de quelque chose qui sortirait de l'ordinaire…

Et peut-être aussi de la déesse aux cheveux noirs et aux yeux bleus avec laquelle il adorerait s'acoquiner.

Il ne la vit pas non plus mais aperçut Porsche et Cherish travailler en salle. En plus de Sapphire, c'étaient les deux seules danseuses d'origine qui restaient après que Mel ait été « escortée » hors du bâtiment contre son gré.

Il se retourna et regarda Mutt préparer maladroitement des boissons et servir des bières. Lentement, le nombre de personnes présentes au bar commença à diminuer et, après cinq minutes, Mutt s'arrêta enfin devant lui.

— Tu veux quoi ?

— Ce que Saint a laissé pour moi derrière le bar.

— J'sais pas t'es qui, putain.

— Il devait laisser *un sachet de glaçons* derrière le bar pour moi ce soir. Je fais une teuf et j'ai besoin de *glaçons* pour nos boissons.

Mutt le dévisagea pendant quelques battements de cœur avant de comprendre enfin de quoi parlait Rez.

Le prospect se contenta de lui faire un hochement de tête.

— Tu bois quoi ?

La boisson la plus sûre.

— Corona. En bouteille.

Avec un autre hochement de tête, Mutt longea le bar et s'occupa de quelque chose à l'autre bout. Une caisse fermée ? Peut-être. Rez ne voyait pas bien ce que c'était puisque le prospect lui bloquait la vue.

Lorsque le Demon revint, il posa la bouteille ouverte sur le comptoir.

— Quinze.

Ce n'était clairement pas juste pour la bière. Il sortit trois billets de cinq de son portefeuille et lorsqu'il lui tendit l'argent, il sentit quelque chose être posé dans sa main. Il serra le poing autour du petit sachet et le glissa rapidement dans la poche avant de son jean.

— C'est juste un échantillon. J'en ai encore beaucoup si t'as l'blé.

Mutt s'adressa à lui juste assez fort pour qu'il l'entende par-dessus la musique.

— Seulement si c'est du haut de gamme. C'est pour ça que je voulais goûter d'abord.

Les sourcils épais de Mutt grimpèrent sur son front.

— T'as pas l'air d'avoir les moyens d't'offrir du haut d'gamme.

— Et t'as pas l'air d'un putain de barman. Il est où Saint ce soir ?

Le prospect haussa les épaules.

— J'l'ai pas encore vu. S'il est là, il est sûrement dans son bureau.

— J'ai besoin de lui parler.

— On dirait qu'c'est ton putain d'problème, pas l'mien.

Rez porta sa bière à ses lèvres et en prit une gorgée pour éviter d'entrer dans une espèce de bras de fer verbal avec le connard qui portait un cuir de prospect des Demons.

Il traînerait un peu dans le coin pour voir s'il pourrait repérer Saint. Si l'homme ne se montrait pas après un bout de temps raisonnable, il s'en irait. Puisque Sapphire ne semblait pas être au club ce soir, il n'avait aucune raison de s'éterniser maintenant qu'il avait effectué son achat.

— Plus bondé que d'habitude, non ? demanda-t-il à Mutt, qui posait une bouteille de bière devant un autre client.

— C'est peut-être parce que c'est la Saint-Sylvestre ou...

Quand l'éclairage de la scène changea, les hommes dans le public sortirent soudainement de leur torpeur.

— Peut-être que c'est à cause d'elle.

Mutt regarda par-dessus les épaules de Rez et haussa le menton.

— Faites un accueil bruyant à... la seule... l'unique... la super sexy Sapphire ! annonça le type debout dans la cabine du DJ.

La chanson *S&M* de Rihanna retentit, accompagnée d'une cacophonie de cris et de sifflets.

— C'est quoi ce bordel ? marmonna Rez en se tournant vers la scène.

Il sentit ses poumons se contracter lorsqu'il aperçut la femme qui se pavanait sur la scène sous un projecteur rouge sang.

Est-ce que c'était…

Putain oui, c'était elle.

Sapphire était habillée comme une putain de dominatrice, tout en cuir noir. Un masque de cuir noir couvrait la partie supérieure de son visage. Sa tenue comprenait un soutien-gorge en cuir noir qui faisait ressortir ses seins et un corset qui lui amincissait la taille et mettait en valeur ses courbes généreuses. Un collier doté d'un petit cadenas doré attaché à un mousqueton sur le devant entourait sa gorge délicate. Une « culotte » en cuir noir et un porte-jarretelles couvraient ses hanches galbées. Les jarretelles étaient reliées à des bas transparents à motifs qui grimpaient sur ses cuisses.

Putain de bordel de merde !

Son regard tomba sur ses pieds alors qu'elle continuait de se pavaner sur la scène en T, s'assurant que tous les hommes présents dans ce putain de club et équipés d'une bite, soient au moins à moitié excités, si ce n'était carrément durs comme la pierre.

Comment elle se débrouillait pour ne pas se tordre la putain de cheville ou se briser le cou en marchant avec ces talons aiguilles noirs d'une hauteur insensée et munis de larges sangles de cheville....

Sans parler de danser sur ces putains d'échasses.

Ça demandait une sacrée putain de dose de talent, c'était certain.

Lorsqu'elle se retourna et que les yeux de Rez remontèrent lentement le long de son corps, il remarqua les oreilles de chat noir nichées dans ses cheveux noirs et soyeux. Elle devait porter des extensions, car la longueur de ses mèches lui rappelait celle d'une vraie queue de cheval. Le nœud avait beau être placé sur le haut de sa tête, les pointes lui frôlaient les fesses.

Mais ce n'était pas la longueur anormale de sa chevelure ni ses talons incroyablement hauts qui attiraient et retenaient son attention.

C'était le fouet enroulé dans sa main.

Qu'est-ce qu'elle allait bien foutre avec ce truc ?

Il eut sa réponse à peine une minute plus tard, lorsqu'elle le déroula, saisit le manche épais plus fermement et commença à le faire claquer au-dessus de sa tête. Même de là où il se trouvait, il entendait le claquement sec comme s'il était sur scène.

Elle avança jusqu'au bout de la scène d'une démarche chaloupée et terriblement sexy, tout en continuant à faire claquer le fouet au-dessus de sa tête ainsi que de celle du public.

Et à chaque fois qu'elle faisait ça, ses seins rebondissaient magnifiquement.

Putain de bordel de merde !

Il agrippa sa bouteille de bière tellement fort qu'il fut surpris de voir qu'elle ne vola pas en éclats.

Du coin de l'œil, il remarqua Saint apparaître dans le couloir de derrière et rester debout de l'autre côté de la corde en velours qui empêchait les clients du club de pénétrer dans la zone réservée aux employés.

Au cours des dernières semaines, Rez n'avait jamais vu le Demon responsable du Peach Pit prêter beaucoup d'attention à l'une ou l'autre de ses danseuses lorsqu'elles étaient sur scène.

Jusqu'à ce soir.

Rez était partagé entre garder les yeux sur Saint ou Sapphire.

Finalement, la femme qui maniait son fouet comme une pro du rodéo remporta ses faveurs. Haut la main.

Il devait juste s'assurer de toucher deux mots à Saint avant que le motard ne disparaisse.

Sapphire se déplaçait sur scène, titillant son public envoûté en se servant de son fouet qu'elle faisait passer sur et autour de son corps et qu'elle faisait parfois claquer d'un simple geste du poignet.

Où est-ce qu'elle avait appris à faire ça, putain ?

Avant même qu'il ne s'en rende compte, ses pieds le rapprochèrent de la scène. Il remarqua le moment précis où elle aperçut sa présence, car elle croisa son regard et eut un léger temps d'arrêt avant qu'un sourire sulfureux ne traverse son visage.

Il sourirait lui aussi, s'il n'était pas aussi captivé par sa putain de performance.

Ses fantasmes sur la femme qui se trouvait sur scène ce soir allaient prendre des proportions franchement inquiétantes lorsqu'il serait sous les draps ce soir. Il devrait certainement sortir une nouvelle bouteille de lotion et une boîte de mouchoirs neuve.

Il pouvait jurer que tous les hommes présents dans ce bâtiment bavaient en ce moment même. Certains d'entre eux avaient la bouche ouverte. D'autres balançaient des billets à ses pieds comme autant de distributeurs automatiques, essayant désespérément d'attirer son attention.

Elle les ignora eux et leur argent, gardant les yeux rivés sur Rez pendant quelques instants. Puis elle tourna et se pavana vers l'arrière de la scène, où elle posa le fouet et ramassa autre chose.

Une cravache en cuir noir.

Un grognement gonfla dans la gorge de Rez.

Elle gagnait plus de pourboires en quelques minutes que les autres danseuses pendant toute leur soirée. Et elle n'avait même pas encore touché à cette foutue barre.

En se déplaçant au bord de la scène, elle faisait une pause, recroquevillait le doigt vers un des hommes assis sur les chaises juste devant, lui ordonnait de se lever et de se retourner, puis lui donnait un coup de cravache sur le cul.

En quelques secondes, des hordes de clients se précipitaient vers la scène pour avoir leur tour.

Lorsque certains insistaient pour être frappés plus fort, elle s'exécutait en leur mettant un coup de cravache qu'on entendait par-dessus la musique, alors que ses lèvres d'un rouge éclatant dessinaient un sourire malicieux sur son visage taquin.

Dès que *Circus* de Britney Spears commença, elle plaça la cravache entre ses dents et commença à danser sur la barre.

Il fallait vraiment qu'il garde un œil sur Saint, mais *qu'il aille se faire foutre*, il avait tout le mal du monde à détacher les yeux de ce qu'elle était en train de faire.

Et ce qu'elle était en train de faire, c'était de grimper sur cette foutue barre jusqu'au plafond, la cravache toujours installée entre les dents. Une fois arrivée au sommet, elle passa une jambe autour du cylindre métallique et, avec une puissance et un contrôle tous deux époustouflants, elle pencha le corps en arrière et tourna autour de la barre en n'utilisant qu'une seule jambe.

Les abdominaux de cette femme étaient... *Putain de merde.*

S'il n'avait pas déjà la trique, toutes les possibilités qui lui vinrent à l'esprit l'auraient fait bander comme un porc.

Il fit abstraction du reste des hommes dans la salle et n'eut d'yeux que pour Sapphire, qui continuait de faire toutes sortes d'acrobaties aériennes sur la barre.

Tour après tour. À l'endroit. À l'envers. Les cheveux se balançant. Les bras en l'air. Une jambe. Deux jambes. Des grand-écarts la tête en bas.

Une mer d'argent recouvrait maintenant la scène, et elle n'avait même pas encore retiré une seule putain de pièce de sa tenue.

Son cœur bondit dans sa gorge lorsqu'elle glissa soudain

de la barre à une vitesse vertigineuse. En un clin d'œil, elle se retrouva debout sur ses talons incroyablement hauts, effectuant une flexion arrière à la limite du paranormal qui montrait à quel point elle était souple.

Elle retira la cravache d'entre ses dents et se mit à la glisser le long de son corps et, alors que la chanson touchait à sa fin, elle utilisa le bout plat de la cravache pour se fesser elle-même. Une fois sur chaque fesse. Violemment.

Un rugissement s'éleva dans la salle, noyant la musique lorsqu'une chanson plus douce commença, *River* de Bishop Briggs.

Elle lança la cravache vers le fouet abandonné au sol.

Et, d'un claquement de doigts, toutes ses acrobaties de gymnaste prirent fin. Ses mouvements devinrent sensuels et sexuels. Comme si elle flirtait avec la barre, son unique centre d'intérêt pendant quelques secondes.

Plus elle se touchait, plus son public lui mangeait dans la main.

Une pièce après l'autre, elle commença à se débarrasser de sa tenue en cuir, exposant sa chair pulpeuse petit à petit.

Elle détacha d'abord le corset.

Puis le collier, qu'elle frotta entre ses cuisses d'avant en arrière.

Ce fut ensuite au tour de son soutien-gorge en cuir. Elle le fit tournoyer au-dessus de sa tête avant de le jeter dans la pile grandissante de vêtements qu'elle avait jetés au sol. À présent, il n'avait plus besoin de se servir de son imagination pour visualiser ses seins à sucer et baiser.

Il ne savait pas s'ils étaient vrais ou faux et il s'en foutait. Parce que ce qui ne faisait pas l'ombre d'un putain de doute... c'était que sa poitrine était la perfection incarnée.

En remuant les fesses, elle fit glisser sa culotte en cuir le long de ses jambes d'un air aguicheur. Et une fois totalement retirée, elle s'en débarrassa d'un coup de pied rapide.

Il ne lui restait à présent que ses bas, ses oreilles de

chaton, son masque et un string en cuir qui dévoilait ses fesses fermes.

Elle le trouva là où il se tenait, près de la scène, le regarda dans les yeux et lui envoya un baiser.

Elle serra ses seins l'un contre l'autre et passa les pouces lentement autour de ses tétons, puis elle baissa la tête et fit glisser sa langue le long de ses seins nus, laissant une ligne humide et brillante sur sa peau.

En se redressant, elle lui fit un clin d'œil, se retourna, puis se pencha en avant, s'attrapa les chevilles et remua les fesses encore une fois.

Rez essuya la salive qui lui coulait au coin de la bouche.

Il était amoureux.

Et il ne voulait plus la voir se mettre à poil devant un homme pour le reste de sa putain de vie. À part lui, bien sûr.

———

À LA SECONDE où Sapphire disparut de la scène, Rez courut intercepter Saint avant qu'il ne disparaisse à l'arrière lui aussi.

— Hé, Saint, l'appela Rez alors que le motard venait tout juste de tourner les talons.

L'homme jeta un coup d'œil par-dessus son épaule couverte de cuir, vit Rez et se retourna lentement, un chouia agacé. Juste un chouia.

Rez s'approcha assez près de lui pour que ces mots ne soient pas entendus de quelqu'un d'autre.

— Merci pour le sachet de glaçons pour ma teuf.

— Tu l'as testé ?

— Pas encore, répondit Rez. Mais putain, quand je vais le faire, ça va pas me durer longtemps.

— C'est pas c'que t'as demandé, putain ? Juste un échantillon pour tester l'matos ? Si tu veux plus, viens m'voir quand t'auras d'la maille. Ou parle à Mutt. On a aussi mis en place un système pour les gens qui veulent acheter mais qui veulent pas entrer dans l'club et payer l'entrée.

— Ça a l'air génial, mais j'ai pas le putain de blé pour en prendre plus pour l'instant. Les boulots dans le bâtiment se font rares en ce moment. J'ai besoin de bosser un peu plus et dès que ce sera bon, si cette merde c'est de la bonne, je reviendrai pécho un peu plus.

C'était facile de voir que Saint n'avait strictement rien à foutre des problèmes imaginaires de Rez.

— Alors reviens quand t'auras l'putain d'blé.

Il se retourna et commença à se diriger vers le couloir.

Il fallait absolument que Rez finisse de planter sa petite graine dans sa tête, alors il l'appela une fois de plus.

— Hé.

Saint marqua une nouvelle pause, même s'il n'était clairement pas ravi de le faire.

— Si t'as besoin de faire des travaux ici, je peux m'en charger, j'ai fait ce genre de trucs mille fois déjà. Les cloisons sèches, la peinture, l'enduit, tout ce qui touche à tout ça. Je serais prêt à troquer. J'ai même un pote qui peut me filer un coup de main pour les gros travaux.

Saint inclina la tête et le considéra pendant quelques instants.

— Y a rien à faire par ici.

C'était évident que le club avait besoin de beaucoup d'entretien, mais Rez ne comptait pas se mettre à discuter. Il pointa du doigt les patchs sur le cuir de Saint.

— Et le club auquel t'appartiens ? Ils doivent posséder d'autres business, non ? Ou vous avez pas besoin de travaux dans votre club ? Écoute, mec, je galère à trouver du taf. Je fais du boulot de qualité et, encore une fois, je peux troquer. Pense juste à moi si tes frères ou toi vous avez besoin de faire des travaux, OK ? Je suis agréé, assuré, toutes ces conneries.

Saint n'en avait probablement rien à foutre de la dernière partie.

— C'est pas à moi de décider à qui ils confient c'genre d'conneries.

— Qui se charge de ça ?

Sans surprise, Saint ne répondit pas.

— Et si je te donnais une carte de visite et que tu la transmettais au décisionnaire ? Je peux commencer à bosser tout de suite. Comme ça, si vous êtes en galère...

Rez sortit une carte de visite de son portefeuille.

Nox en avait conçu et imprimé quelques-unes après la réunion de l'unité d'intervention d'hier. Il avait également inventé le nom d'Anthony Allison pour Rez, ainsi que le nom de l'entreprise Allison Construction. Il avait même créé une adresse e-mail pour l'entreprise et l'avait inscrite, ainsi que le numéro de téléphone attribué à Rez, sur la carte de visite.

Les cartes de visite étaient franchement du tonnerre, surtout qu'elles avaient été préparées en à peine une vingtaine de minutes.

Il en tendit deux à Saint, qui les regarda plus longtemps que nécessaire.

— Transmets-les à la personne qui s'occupe des embauches.

Rez étouffa son ricanement.

— Je te garantis aussi la qualité de mon boulot.

— Tu fais comme si j'en avais quelque chose à foutre de tout c'que tu m'racontes.

— Peut-être pas, mais peut-être que ton chef ça l'intéressera, lui.

— Prez.

Rez fronça les sourcils, faisant mine de ne rien savoir des MCs.

— Quoi ?

— C'est l'putain d'président.

— D'accord, donne ça à ton président alors, tu veux bien ?

Les narines de Saint se dilatèrent et il prit les cartes à contrecœur, les enfonçant dans son cuir.

— J'ai vraiment besoin de bosser.

Saint tourna les talons à nouveau.

— Hé... encore un truc…, appela Rez une fois de plus.

— Tu t'fous d'ma putain d'gueule ?

Merde.

— Je veux acheter une danse privée à Sapphire.

Il voulait bien plus que ça de cette femme, mais ce serait un début.

Saint secoua la tête.

— Fais la queue. Dès qu'elle descend d'cette putain d'scène, elle sort plus des salons VIP. Une fois qu'ces hommes ont eu un petit aperçu, ils veulent tous qu'cette salope leur offre un peu d'rab.

— C'est pas une salope, grogna Rez en serrant les poings.

Quelqu'un avait besoin d'une putain de raclée et Rez serait heureux de la lui servir sur un plateau, surtout après qu'il ait traîné par les cheveux la copine de Finn sur le parking.

Rez prit une longue bouffée d'air, car se foutre sur la gueule maintenant ferait capoter ses plans. Mais Saint ne payait rien pour attendre. Tout comme T-Bone.

— C'est toutes des salopes.

Avec lui, sans doute. Parce qu'évidemment, Saint était une vraie putain de crème.

Rez desserra la mâchoire.

— Je paierai le double.

— Tu viens pas de dire qu't'avais pas un putain d'rond ?

Merde, il avait raison.

— J'peux utiliser ma carte pour le salon VIP ? J'ai un peu de crédit.

— On fait payer un supplément pour ça.

Évidemment, putain.

— Qui je dois aller voir pour la réserver ?

— Ringo.

— Il est où ?

Rez regarda la direction indiquée par Saint. Un autre prospect se tenait près du bar où une file d'attente s'était formée.

Une putain de file d'attente.

— Si je paie le double, je peux passer devant toute cette file ?

— Tu penses que cette fente vaut l'blé en plus ?

Ce connard mettait vraiment la patience de Rez à rude épreuve.

— Je suppose que je le saurai pas avant d'être dans le salon VIP avec elle.

Saint pencha la tête vers le bar.

— Ramène-toi. J'vais toucher deux mots à mon gars. Ça va t'coûter cher.

Évidemment.

Chapitre Quatre

Sapphire étouffa un grognement lorsqu'elle sortit des loges et pénétra dans le couloir, où l'attendait Saint. Elle avait enfilé une des tenues qu'elle portait habituellement lorsqu'elle était retenue dans les salons VIP.

— J'ai une file d'attente pour toi.

Génial. D'un côté, elle adorait les pourboires qu'elle gagnait pendant les danses privées, de l'autre, elle était déjà claquée. C'était une chose d'enchaîner les danses privées toute la nuit, une autre d'exécuter une chorégraphie très physique sur scène avant d'enchaîner les danses privées toute la nuit.

— Combien de personnes ?

— Tous ceux qui peuvent payer.

C'était quoi cette réponse ? Un vrai trou du cul ce mec.

Elle se retint de soupirer. Elle aurait tellement aimé avoir l'argent nécessaire pour devenir partenaire de Mel lorsqu'elle ouvrirait son nouveau club. Il fallait qu'elle se tire du Peach Pit et qu'elle s'éloigne de ces motards primitifs.

Ils dépassaient les bornes constamment. Ils se fichaient éperdument de la sécurité des filles. Et elle était persuadée que cette satanée Cookie leur raflait leurs pourboires.

Chaque fois que cette femme était dans le club, elle se rendait « utile » en collectant l'argent sur scène une fois que la danseuse était retournée dans la loge. On l'avait déjà surprise en train de se mettre quelques poignées de billets dans les poches.

Si elle n'était pas la vieille dame de Saint, elle aurait certainement déjà un œil au beurre noir et quelques touffes de cheveux en moins. Mais comme elle était bien sa vieille dame, elle avait le luxe de les voler impunément.

— Quel salon ?

— Commence par le numéro deux. Dès que t'as fini avec ce pigeon, le prochain t'attendra dans le salon numéro un.

Donc ce soir, elle allait passer d'un salon à l'autre comme un putain de travailleur à la chaîne. *Super*.

— Quelqu'un d'autre donne des danses privées ?

Saint lui lança un regard qui voulait tout dire, mais il eut tout de même le besoin de vomir ses mots.

— Après ton putain d'numéro sur scène, t'es la seule qu'ils veulent. Tu devrais avoir l'habitude maintenant.

Elle entendit le « salope » qu'il tut en fin de phrase. Normalement, il ne le disait pas en face des danseuses, sauf quand il était en rogne, mais elles l'entendaient régulièrement se servir de ce mot répugnant pour parler d'elles dans leur dos.

Les femmes ne signifiaient rien pour lui à moins qu'elles ne mettent de l'argent dans sa poche. Et parfois même dans ce cas-là, elles étaient insignifiantes. Les personnes dotées d'une chatte n'étaient pas des êtres humains à ses yeux, mais juste des biens à faire fructifier.

— Qui va assurer ma sécurité ce soir ?

Elle connaissait parfaitement la réponse, mais elle décida tout de même de soulever la question pour faire entendre son point de vue.

— Depuis quand t'as besoin qu'on assure ta putain d'sécurité ? Personne va dépasser les bornes. Et si un d'ces connards le fait, viens m'trouver.

Ouais, une fois que le mal serait fait. *Enculé.*

Sapphire sursauta lorsque Saint plongea sa main dans sa robe et lui attrapa le sein pour ajuster son décolleté d'un air théâtral.

— Putain, cette robe elle t'va à ravir, mais t'es bien plus bonne à poil.

Ugh, il était vraiment répugnant.

Lorsqu'elle tenta de reculer pour se dégager de son emprise, il lui serra le sein plus fort et le tordit au point de lui faire mal. Ses yeux noirs scintillèrent et il se lécha les lèvres d'une manière qui donna à Sapphire l'envie de vomir.

Elle avait enfilé une robe en velours bleue avec un décolleté plongeant qui se mariait à merveille avec la couleur de ses yeux et mettait son cul en valeur. La robe était entièrement dos nu, donc elle n'avait pas mis de soutien-gorge, ce qui lui permettait de la retirer et de la remettre facilement pendant et après chaque danse privée.

Si elle exigeait qu'il la lâche, il se contenterait de rire et de faire comme si elle faisait toute une histoire pour rien. Et si elle se débattait pour se libérer, il la malmènerait encore plus.

Pour prendre le dessus, elle devait être plus maligne que lui. Heureusement, ce n'était pas une tâche très difficile.

— Elle est où Cookie ce soir ?

Il pinça les lèvres et sa poitrine gonfla lentement avant de dégonfler. Il la relâcha, mais pas avant de lui pincer le téton et de faire glisser ses doigts le long de sa peau.

Elle lutta contre un frisson et à la seconde où il la relâcha enfin, elle fit un pas en arrière, créant un espace entre eux. Elle fit comme si sa façon de la traiter ne la dérangeait pas, car Saint était une brute jusqu'au bout des ongles.

La première règle à suivre avec ces énergumènes, c'était

de ne jamais montrer de panique ou de faiblesse en leur présence, ils ne feraient que de se nourrir de cette réaction et frapper plus fort. Ce genre de personne avait besoin d'intimider les autres pour se sentir puissante.

— Elle est pas là.

Ce n'était pas une surprise. Après avoir pratiquement volé le club à Laura, l'ancienne propriétaire, Saint avait fait de sa petite amie, ou peu importe comment il l'appelait, la gérante adjointe, mais elle ne se pointait presque jamais. Alors, pourquoi est-ce qu'elle le ferait ce soir ? Ce n'était pas comme si Saint allait la virer.

— Bon, femme. Fous ton cul dans c'putain d'salon et va faire ton boulot.

Garde ton calme, meuf, ce mec ne mérite pas que t'ailles en prison pour lui. Et t'as aussi besoin de ce putain de boulot. Pour le moment. Il y a une lumière au bout du tunnel et c'est Mel qui la fait briller.

Elle se tourna vers le salon VIP et manqua de trébucher quand une main vint lui mettre une fessée violente.

Elle serra les dents pour ne pas le couvrir d'insultes. Les narines dilatées, elle aspira une profonde bouffée d'air, secoua la tête et réprima son agacement ainsi que son envie de planter le talon de ses chaussures compensées en plein milieu de son front graisseux.

Une fois son calme retrouvé, elle ouvrit la porte du salon VIP.

Chaque fois qu'elle ne savait pas qui, ou quoi, attendait de l'autre côté de la porte, elle sentait un petite touche d'anxiété en entrant. Elle préférait traiter directement avec les clients à l'étage avant de les escorter elle-même jusqu'au salon, afin de pouvoir faire un brin de causette avec eux pendant le trajet. Comme ça ils savaient à quoi s'attendre et connaissaient les règles avant de se retrouver seuls avec elle.

Elle avait beaucoup d'habitués, mais une fois encore, comme les clients traitaient directement avec l'un des prospects lors des soirées comme celle-ci, elle ne savait jamais à quoi s'attendre. Ou ce qu'on leur avait promis ou même déjà fait payer.

Elle s'interdisait tout contact sexuel. S'ils demandaient à la toucher, elle n'autorisait qu'un contact furtif, en contrôlant leur main.

Normalement, lorsqu'elle pratiquait une lap dance, elle demandait au client de rester assis et de s'agripper aux accoudoirs de la chaise. Dès qu'ils tentaient quelque chose d'inapproprié, la danse était terminée et ils perdaient le reste du temps qu'ils avaient payé avec elle.

C'était une danseuse exotique, pas une travailleuse sexuelle. Et même s'il n'y avait rien de mal à être une travailleuse sexuelle, ce n'était pas pour elle personnellement. Si elle voulait faire l'amour pour de l'argent, elle irait dans le Nevada et bosserait dans un de ces ranchs où tout était très contrôlé, bien géré, propre et sûr. Et l'argent à se faire devait être mille fois meilleur là-bas qu'ici, à Uniontown, en Pennsylvanie.

C'était un État de cols bleus. Elle aimait la région et les gens terre-à-terre qui vivaient ici, mais elle était aussi réaliste quant à leur situation financière.

Elle aimait le sexe aussi, mais elle préférait le faire avec un partenaire de son choix.

Elle ne pouvait s'imaginer choisir une seule personne du Peach Pit…

Non, ce n'était pas vrai. Il y en avait bien une…

Et elle fut carrément bouche bée de trouver cette personne assise sur le canapé en vinyle rouge devant elle.

Les yeux écarquillés, elle referma rapidement la porte derrière elle et la verrouilla.

— Qu'est-ce que tu fais là ?

— Je me suis dit que le bisou et le clin d'œil que tu m'as faits sur scène étaient une invitation.

D'une certaine manière, c'en était une, mais pas une

invitation à payer pour une danse privée. S'il en voulait vraiment une, elle l'aurait fait gratuitement.

Et certainement pas dans ce club.

Il se racla la gorge et frotta ses paumes sur les cuisses de son jean. Ses cuisses *épaisses et puissantes.*

— *Dooooonc...* je dois t'appeler Maîtresse ?

Il enchaîna avec un sourire taquin qui fit passer toutes sortes d'idées coquines dans la tête de Sapphire.

Elle rit. Cet homme était une bouffée d'air frais après avoir eu affaire à Saint le Sot.

— T'aimes ce genre de truc ?

Il haussa un sourcil.

— Et toi ?

— Non, c'est que de la comédie, comme tout ce que je fais sur scène. Mes shows sont faits pour exciter les hommes et mettre leur sang en ébullition. Ils donnent de meilleurs pourboires quand ils sont bien chauds et ils me prennent généralement des danses privées après.

— Je vais pas mentir. Je suis tombé dans le panneau. C'est ce qui m'a fait ouvrir mon portefeuille et payer une danse privée.

— T'étais pas obligé de faire ça.

— Y a une différence entre *devoir* et *vouloir.*

C'était vrai. Personne ne l'avait forcé à faire quoi que ce soit. Il avait payé pour passer un moment avec elle et était assis sur ce canapé rouge de son plein gré.

— T'as payé pour combien de temps ?

— Ils te le disent pas ?

Il ne cacha pas sa surprise.

— Normalement je traite directement avec les clients, sauf lorsqu'ils réservent pendant que je suis sur scène. Honnêtement, je préfère m'occuper de ça moi-même parce que comme ça, je peux contrôler la situation et aussi ce qui a été promis.

— On m'a promis que tu danserais pour personne d'autre ce soir.

Ses lèvres s'entrouvrirent et une petite bouffée d'air s'en échappa.

— Ça a dû te coûter un bras.

— Ça m'aurait coûté un bras, mais malheureusement c'est juste un fantasme. Quand j'ai posé la question, on m'a dit que ça me coûterait cinq mille dollars.

— Quoi ? éclata-t-elle. Cinq mille balles pour me réserver toute la soirée ?

C'était absolument ridicule.

Il hocha la tête.

— C'est ce que je me suis dit aussi.

— T'as pas à payer pour que je passe du temps avec toi, Rez. Je le ferais volontiers gratuitement.

Il fronça les sourcils.

— Pourquoi ? C'est comme ça que tu gagnes ta vie. Te rabaisse pas comme ça.

— Bien sûr que c'est mon travail, mais je pensais qu'on était amis.

Elle considérait tous les amis de Mel et Finn comme ses amis. En particulier les gars qui travaillaient avec Finn. Même si leur relation était assez récente, ce qu'ils avaient était solide. Ils se complétaient parfaitement.

Finn ne voyait aucun inconvénient à ce que Mel soit une ancienne strip-teaseuse ou à ce qu'elle rêve de posséder son propre club pour hommes. Il soutenait son rêve totalement et l'aiderait probablement à le réaliser.

Sapphire ne pouvait que souhaiter trouver une telle relation. Une relation faite d'amour, de loyauté et de respect.

Ses relations avaient tendance à échouer parce que les hommes se sentaient toujours menacés par le fait qu'elle se dénude devant d'autres personnes, que ce soit sur scène ou en privé dans un salon VIP. Pour cette raison, elle avait arrêté d'essayer. Elle espérait être plus chanceuse une fois qu'elle se serait retirée de la scène.

Mais au fond, elle n'avait pas besoin d'un homme pour être heureuse ou pour que sa vie soit complète. Elle se sentait parfaitement bien toute seule. Elle aimait être indépendante et vivre sa vie comme *elle* l'entendait.

Que les autres aillent se faire foutre.

— C'est ce qu'on est ? demanda-t-il en la tirant de ses pensées.

Merde. Oh, c'est vrai, ils parlaient d'être amis.

—J'ai supposé que c'était le cas. Je me trompe ?

— Non…, répondit-il prudemment. Non, tu te trompes pas. Comme je te l'ai dit l'autre soir, tous les amis de Mel et Finn sont mes amis.

— Ça me fait plaisir, parce que j'aime parler avec toi à chaque fois que tu viens et aussi les quelques fois où j'ai traîné avec toi chez Mel. C'est rafraîchissant d'avoir une conversation qui tourne pas autour de mes seins ou de mon cul. Ou d'avoir à repousser constamment les propositions de rencards ou de me faire « entretenir ». Ou même de passer une nuit dans leur lit.

— Putain. Voilà tous mes projets qui partent en fumée. Parce que tes seins et ton cul valent vraiment la peine qu'on en parle.

Un sourire ourla ses lèvres pulpeuses et il haussa les épaules, puis fit mine de se lever.

—Je ferais mieux d'y aller, alors.

Elle pinça les lèvres pour tenter de paraître sérieuse.

— T'es là maintenant. Autant que t'en aies pour ton argent.

La mine amusée de Rez disparut rapidement.

— Tu vaux bien plus que ce que j'ai payé, Saph. En fait, t'as pas de prix.

Elle tressaillit légèrement en se rendant vers le petit écran qui contrôlait tout dans la pièce. Les lumières, la musique, la température. L'option la plus utile était autrefois le bouton d'appel d'urgence. Mais Saph doutait vraiment que quelqu'un vole à son secours si elle le pressait. Il déclenchait une alarme au bar et dans la loge. Mais à ce stade, elle ne pouvait compter que sur Cherish et Porsche pour venir la tirer d'affaire, *si* elles travaillaient bien sûr.

Elle devait assurer sa propre protection si un client dépassait les limites. Une raison de plus pour foutre le camp du Peach Pit. Malgré tout, elle était déchirée. Elle devait ou continuer de se farcir ces conneries, ou trouver un emploi de serveuse ou de vendeuse quelque part, ou tenter de trouver un emploi pour lequel elle était qualifiée, ce qui ne lui laissait pas beaucoup d'options.

Comme Mel, Sapphire avait commencé à faire du striptease peu de temps après l'obtention de son bac, elle avait découvert qu'elle aimait ça, qu'elle se sentait plus forte sur scène, et elle avait décidé de continuer parce que la paie était bonne. Mel avait ensuite été promue gérante du club et la propriétaire initiale avait promu Sapphire au poste d'hôtesse juste après.

Si Mel et Sapphire étaient devenues si rapidement amies et l'étaient restées, c'était parce qu'elles se ressemblaient beaucoup. Toutes deux aimaient ce qu'elles faisaient, et aucune n'était gênée de sa passion ou n'avait de complexes à l'idée de se déshabiller devant un public.

Elles se motivaient mutuellement, mais pouvaient aussi s'appuyer l'une sur l'autre.

On disait qu'elles étaient comme les deux doigts de la main et on n'avait jamais rien dit de plus vrai.

— Ça te dérange de faire ça ?

— Si c'était le cas, je me tromperais de métier. C'est comme si je te demandais si ça te dérangeait d'arrêter des gens.

— Pas faux.

Il ricana.

— J'arrive pas à croire que ce soir, c'était la première fois que je te voyais sur scène après toutes les soirées que j'ai passées le cul vissé sur ces sièges.

Elle haussa les épaules.

— Les danses privées me dérangent pas autant que le fait de monter sur scène, pour être honnête. Je préférais être sur scène avant, mais ça demande beaucoup plus de réflexion et d'efforts. Maintenant, je préfère l'intimité et le tête-à-tête dans les salons VIP. Je peux juste danser. C'est pas toute une production. Lorsque Mel était la gérante, je montais sur scène qu'en cas de force majeure, par exemple si une danseuse se désistait à la dernière minute. Mais comme Sot m'a arraché le poste d'hôtesse pour le donner à quelqu'un d'autre, j'ai plus vraiment le choix si je veux garder mon boulot. Alors bien sûr, comme ce soir c'est le réveillon du Nouvel An, on est à court de personnel, donc on m'a ordonné de grimper sur scène.

— Eh bien, putain. T'as fait plus que grimper dessus, tu l'as carrément possédée, Saph. Comme t'as possédé toutes les personnes dotées d'une bite dans cette salle.

— Je suis contente de voir que je sais toujours y faire.

— T'as toujours su y faire, c'est certain. La différence entre les autres danseuses et toi, c'est que tu considères ce que tu fais comme de l'art. On le voit clairement, et la preuve c'est que t'empoches beaucoup plus de pourboires.

— Merci d'avoir remarqué les efforts que je fais pendant mes chorégraphies.

— Chérie, c'était dur de l'ignorer. Littéralement.

Une vague de chaleur envahit le corps de Sapphire et ses yeux vinrent se poser automatiquement sur ses genoux.

— Lève les yeux sur mon visage, ordonna-t-il.

Lorsqu'elle releva le regard, elle découvrit son sourire.

— J'ai pas le luxe de dire ça, le taquina-t-elle.

— Je suis plus qu'une bite.

— Je suis plus qu'une paire de nichons et un cul, annonça-t-elle en souriant.

— Je te contredirai pas là-dessus. Alors, t'avais pas de soirée ou de projets avec quelqu'un de spécial pour fêter la nouvelle année ?

— Et toi ? rétorqua-t-elle.

— *Touché*. Je suis content que tu sois là ce soir.

— Moi aussi, je suis contente que tu sois là. Mais tu m'as jamais dit pour combien de temps t'avais réservé. L'horloge tourne, tu sais.

— Je m'en fous, Saph. J'en rien à foutre que tu danses ou pas. Comme tu l'as dit toi-même, t'es plus que des seins et un cul. Et spoiler, après ce numéro de claquage de fouet, j'ai déjà vu ce que tu caches là-dessous.

— Je comprends pas, murmura-t-elle.

Personne ne l'avait jamais payée pour qu'elle fasse autre chose que de les divertir, et en général, ils préféraient qu'elle ne porte pas de vêtements en le faisant.

— Je voulais juste passer un peu de temps avec toi.

Eh bien, *putain*, il y avait une première fois à tout.

Elle sentit son pouls accéléré en prenant la mesure de ce qu'il était en train d'insinuer.

— T'avais qu'à demander, Rez.

— Tu viens de dire toi-même que les mecs sont toujours sur ton dos à te demander de sortir ou de coucher avec eux.

Elle inclina la tête en guise de réponse.

— Je veux pas être *ce genre de mec*. Je sais que ton temps est précieux.

— Comme le tien puisque t'as même dû sortir ton portefeuille pour te le payer. Alors dis-moi ce que t'attends de moi pour le temps qu'il te reste.

Chapitre Cinq

— Si je te disais ce que j'attends vraiment de toi, je vaudrais pas mieux que les autres.

La voix grondante de Rez la traversa comme une lente coulée de lave.

Dans ce cas...

— D'habitude je dis pas ça, mais... Je serais partante pour faire tout ce que t'as envie de faire.

Sa pomme d'Adam remonta lentement dans sa gorge, se bloqua une seconde, puis reprit sa place.

— Juste pour être clair... *Tout* ce que j'ai envie de faire ?

— Écoute, on est deux chiens qui se reniflent le cul en ce moment...

— J'en conclus que t'es pas le genre de femme à tourner autour du pot.

Comme sa voix grondante, son ricanement chaud et riche lui fit toutes sortes de choses. Il lui fit notamment frémir le clito.

— Je déteste ça, confirma-t-elle. Dis-moi ce que tu veux et je te dirai oui ou non. Mais je veux pas que tu penses que si je dis oui, c'est parce que t'as payé. Si tu veux que je danse pour toi, ça me va. Si tu veux seulement passer du temps avec moi dans cette pièce, ça me va aussi. Mais si on va plus loin que ça, ça n'aura rien à voir avec l'argent que t'as sorti de ton portefeuille.

— De ma carte.

Elle cligna des yeux.

— Quoi ?

— J'ai dû payer avec une carte de crédit vu que j'ai raconté à Saint que j'étais fauché et que je voulais pas me griller.

— Pourquoi t'as dû lui raconter des histoires ?

— Je sais pas ce que tu sais exactement.

— Ça a un rapport avec la raison pour laquelle Finn est entré sous couverture avec les Quéquettes ?

Comme il ne répondit pas, elle continua.

— T'es sous couverture en ce moment ?

— Pas exactement.

Sa façon de répondre lui parut suspecte. Malgré tout, la tournure que prenaient les événements était intéressante.

— Je sais que t'es flic. Je sais que Finn était sous couverture pour une mission spéciale en rapport avec les Demons. Je sais que toi et une bande d'autres représentants des forces de l'ordre, certains que j'ai même rencontrés, vous faites partie du MC des Blue Avengers. Qu'est-ce que je rate ?

Lorsqu'il passa une main dans sa courte barbe noire, elle vit les rouages de son esprit se mettre en branle. Il tentait certainement de décider ce qu'il pouvait ou ne pouvait pas révéler.

— Dans tous les cas, ton secret est en sécurité avec moi. Si ça a un rapport avec l'élimination de ces connards de motards, je te soutiens à cent pour cent. En fait, si c'est possible, je veux en être.

Il releva le menton d'un coup.

— Tu veux en être ?

— Donc ça a bien un rapport avec les Demons, conclut-elle. Tu fais partie d'une sorte d'opération d'infiltration ?

Finn et Mel ne lui avaient jamais expliqué dans les détails pourquoi Finn s'était infiltré au Peach Pit. Mais ce qu'elle avait compris sans qu'ils ne l'avouent, c'était qu'au début, Mel et Finn entretenaient une fausse relation. Du moins fausse jusqu'à ce qu'elle ne le soit plus.

— Sapphire…

— Si t'as besoin que je joue ta petite copine, je suis partante.

Elle serait prête à tout pour mettre ce MC hors-la-loi à genoux après toutes les merdes qu'ils avaient fait subir aux filles, et surtout à Mel.

— C'est pas pour ça que je suis dans cette pièce. Quand je suis là-bas, dit-il en pointant le doigt vers la porte, c'est pour mon boulot. Mais ici, continua-t-il en pointant le doigt au sol, ça l'est pas. C'est uniquement pour l'intérêt que je te porte. Et ça c'est absolument pas faux.

Et bien, c'était vraiment un retournement de situation inattendu.

Comme il ne semblait pas vouloir de lap dance ou de performance de sa part, elle alla s'installer sur le canapé, s'asseyant de façon à ce que son genou nu effleure sa cuisse sous son jean.

— Tu fais quoi là-bas pour ton travail ? Ça a un rapport avec la drogue qu'ils vendent ici ? Une des nombreuses raisons qui font que le club se casse la gueule ?

Il hésita.

Elle voyait bien que lui donner plus de détails le faisait cogiter. Elle ne voulait pas non plus lui mettre la pression, alors elle lui offrit une porte de sortie.

— Si c'est confidentiel, je comprendrai.

Les lèvres qu'elle aimerait goûter tressaillirent.

— C'est pas exactement une affaire classée secret défense. Mais c'est une enquête qu'on veut éviter d'ébruiter, si tu vois ce que je veux dire.

— Je vois. Et j'en soufflerai jamais un mot.

Elle posa une clé invisible sur ses lèvres, la tourna, puis la balança par-dessus son épaule.

— Je déteste qu'ils vendent de la drogue ici. Je déteste qu'ils aient fait fuir presque toutes les bonnes danseuses. Je déteste aussi qu'ils soient en train de détruire ce club. Avant, j'aimais mon travail, maintenant…

— Tu le détestes, finit-il à sa place.

— Je déteste pas ce que je fais, je déteste seulement l'endroit où je le fais.

— Et pour qui tu le fais, ajouta-t-il.

— Oui, murmura-t-elle. Alors, si quelque chose de grave arrivait à ces citoyens modèles qui se font appeler les Demons, je pleurerais pas. Je pense même pas pouvoir verser une larme de crocodile.

Ses magnifiques yeux couleur onyx se posèrent sur ceux de Sapphire.

— On y travaille.

— Tu peux me dire c'est qui, « on » ? À part Finn, bien sûr. J'ai pas besoin d'avoir inventé la poudre pour comprendre ça.

Il secoua la tête.

— Une autre fois. Je suis pas venu là pour parler de mon boulot, Saph, et le temps presse.

S'ils se trouvaient ailleurs qu'au club, elle lui donnerait son vrai nom. Mais elle faisait toujours très attention à ne jamais le mentionner pendant son travail, afin de protéger sa vie privée et sa sécurité. Bien sûr, la société qui s'occupait de verser les salaires avait ses véritables informations personnelles, mais elle ne pouvait rien y faire si elle voulait continuer d'être payée.

— Alors qu'est-ce que tu veux ? Une conversation ?

Elle leva un doigt.

— Une conversation qui concerne pas nos carrières.

— Honnêtement, je voulais juste passer un peu de temps

avec toi sans avoir à te partager avec une salle remplie de mecs.

Putain.

— Encore une fois, t'avais pas besoin de payer pour ça. Je t'aurais offert ce moment gratuitement.

—Je savais pas.

— Je savais pas non plus que t'étais intéressé. Alors, et maintenant ?

Il rit.

— Honnêtement, j'en ai aucune putain d'idée. Je pense qu'entre la tenue que tu portais sur scène et ta façon de manier ce fouet, t'as rendu mon putain de cerveau accro et maintenant je suis incapable d'aligner deux pensées cohérentes. C'est comme de la sorcellerie. Tu m'as jeté un sort.

— Désolée, murmura-t-elle.

—Je le suis pas, chuchota-t-il en réponse.

— Je peux rompre le sort d'une manière ou d'une autre ? Peut-être comme dans les contes de fées ?

—Je suis pas sûr que...

Il ravala le reste de sa phrase lorsqu'elle posa la main sur sa joue, se pencha vers lui et prit sa bouche entrouverte.

Elle découvrit rapidement que cet homme savait *embrasser*. Ses lèvres remuaient fermement contre celles de Sapphire et sa langue était exigeante.

Elle lui rendit baiser pour baiser. Léchouille pour léchouille. Respiration pour respiration.

Chaque fois qu'il posait les pieds dans ce club ces temps-ci, elle était attirée par lui.

L'homme était confiant mais pas arrogant. Sexy mais pas frimeur. Un petit malin avec un superbe sens de l'humour. Et ce n'était pas à sens unique. Certains hommes savaient charrier, mais étaient incapables de supporter une plaisanterie à leurs dépens. Rez n'était pas comme ça.

Et il avait d'excellentes relations avec ses potes. Des relations tellement solides qu'ils pouvaient se tirer dans les pattes sans relâche, se traiter de tous les noms, sans que personne ne s'en offusque.

La façon qu'avaient ces hommes de se souder, de créer une camaraderie si particulière, était comme un sport pour eux. Du moins, d'après le peu qu'elle avait vu de leurs échanges jusqu'à maintenant. Elle ne les avait pas tous rencontrés et n'était pas sûre de le faire un jour. Elle n'avait l'occasion de les voir que s'ils venaient au club ou passaient la soirée chez Mel.

Depuis que cette dernière avait perdu son emploi au club et que Finn n'était plus sous couverture avec les Quéquettes, le seul Blue Avenger qu'elle avait vu au Peach Pit était Rez.

Et jusqu'à aujourd'hui, elle était persuadée qu'il venait dans l'espoir de mettre la main sur T-Bone, et pas parce qu'il s'intéressait à elle.

Elle ne savait toujours pas pourquoi le flic cherchait ce prospect. La raison la plus probable, c'était que T-Bone avait disparu sans prévenir et que personne au club ne l'avait revu depuis.

Mais… ce n'était pas le moment de penser à ce gland enveloppé dans un gilet en cuir. Pour le moment, elle devait se concentrer sur l'homme duquel elle dévorait les lèvres. Parce qu'à un moment donné, le baiser *qu'elle* avait initié était devenu celui de *Rez*. Il avait pris le contrôle.

Malgré tout, elle n'avait pas à se plaindre. Comme sa personnalité, ses baisers étaient confiants et audacieux. Et elle en redemandait toujours plus alors que leurs bouches se fondaient l'une contre l'autre et que leurs langues s'exploraient mutuellement.

Sentir le tissu de sa robe en velours glisser contre ses tétons durcis suffit à lui faire serrer les cuisses. Sa chatte décida que ça faisait bien trop longtemps qu'elle n'avait pas eu la chance de goûter la vraie chose. Elle était également d'avis que Rez serait un bon candidat pour rompre cette longue période de sécheresse.

Elle était d'accord.

Il n'était pas un étranger. Elle l'aimait bien. Elle pouvait lui faire confiance.

De plus, il était sexy à souhait.

Et surtout, il était célibataire. Contrairement à bon nombre des hommes qui venaient dans le club pour flirter avec elle ou lui faire des offres salaces.

Contrairement à Saint, qui se permettait d'enfoncer sa main dans sa robe sans lui demander son avis, Rez ne prenait jamais rien sans demander d'abord. Les caresses de Saint n'étaient pas les bienvenues. Celles de Rez seraient exactement le contraire.

En fait, son contact serait *vraiment* le bienvenu là tout de suite.

Elle pensait que son consentement était implicite vu que c'était elle qui avait fait le premier pas. Apparemment, elle s'était trompée, et elle devait corriger ça rapidement.

Une correction toute simple.

Elle s'éloigna juste assez pour murmurer un ordre simple.

— Touche-moi.

Il n'en fallut pas plus pour que le baiser qui lui trempait le string fasse grimper d'un cran la température du salon VIP et qu'il devienne un véritable brasier.

Les phalanges de Rez effleurèrent légèrement son décolleté et, s'impatientant, elle attrapa sa main et la plaça exactement là où elle voulait qu'elle se trouve. Pour le moment en tout cas. Elle avait aussi d'autres endroits qui auraient besoin d'attention particulière.

Mais ses seins étaient l'endroit idéal pour commencer. Et un bon moyen d'effacer le souvenir du tripotage de Saint.

— Sapphire, murmura-t-il.

Ses doigts étaient chauds contre sa peau, tandis que son

pouce se promenait d'avant en arrière sur un téton douloureux.

Elle cambra le dos et enfonça son sein un peu plus dans sa main.

— *Touche-moi.*

Ce qui était censé être un ordre sonna plutôt comme une supplication.

Il marqua une pause et leva ses yeux presque noirs vers ceux de Saph.

— Prête à faire tout ce que je veux, n'est-ce pas ?

— Jusqu'à un certain point, oui. Je veux dire, je veux pas non plus que tu m'écorches et que tu t'habilles de ma peau.

— Mais je parie que ce serait très confortable.

— Peut-être trop serré pour toi.

— Y a rien de mal à être bien serré.

Oh oui, cet homme avait un super sens de l'humour.

Il lâcha son sein pour saisir ses hanches et l'attirer sur ses genoux. À califourchon sur lui, elle passa ses bras autour de son cou tandis que sa robe super courte lui grimpait sur le haut des cuisses.

Un frisson lui parcourut l'échine lorsqu'il poussa lentement le tissu en velours de son décolleté plongeant sur les côtés, comme s'il ouvrait des rideaux, jusqu'à ce que sa poitrine soit complètement exposée à ses yeux admiratifs.

Il baissa la tête et prit un de ses tétons durcis dans sa bouche. Elle sentit cette traction jusque dans son entrejambe.

Oooooh oui, ça lui avait manqué. Un vibromasseur pouvait dépanner en période de crise, mais ce n'était rien à côté de moments intimes avec un homme qui savait ce qu'il faisait.

Du moins, il savait ce qu'il faisait jusqu'à présent. Elle espérait juste que ça continuerait s'ils allaient plus loin. Mais si ça arrivait, ce ne serait pas ce soir. Ni sur ce canapé. Ou dans cette pièce.

Toutefois, ça ne ferait pas de mal d'avoir un petit aperçu.

Plus il suçait fort, plus elle se balançait d'avant en arrière sur ses genoux, se frottant contre son érection.

Putain… Elle était tellement mouillée, tellement, qu'il ne lui faudrait pas grand-chose pour atteindre l'orgasme.

C'était peut-être son but.

Attrapant le tissu rassemblé autour de ses hanches, il tira sa robe plus haut et dévoila ses fesses. L'air conditionné caressant sa peau surchauffée la fit frissonner.

Il passa d'un téton douloureux à l'autre, leur accordant la même attention à tous deux.

Il planta ses doigts dans ses fesses nues et les palpa fermement, puis fit glisser un de ses doigts dans la fente. Ce geste si intime lui arracha un gémissement.

Il la titilla à cet endroit pendant quelques secondes, avant d'accrocher son doigt à son string et de le tirer sur le côté, ce qui lui offrit un accès illimité à cette zone trempée et palpitante. Et, *putain*, elle aurait tellement aimé qu'ils ne soient pas actuellement assis dans le salon VIP du Peach Pit.

Après avoir passé son doigt sur les plis de sa chatte, il le plongea en elle, ce qui lui arracha un autre gémissement.

Dans cette pièce remplie de leurs respirations et de rien d'autre, elle entendait à quel point elle était mouillée chaque fois qu'il faisait entrer et sortir son doigt en elle. Elle se frotta contre lui encore plus fort, ayant besoin de sentir plus de friction contre son clito.

Elle était sur le point de lui dire qu'un seul doigt ne suffirait pas et qu'il devait aussi s'occuper de son clito, lorsqu'il retira le doigt soudainement.

C'était quoi ce bordel ?!

Elle ravala rapidement sa plainte lorsqu'il tint son doigt brillant et humide devant son visage.

— Tu réagis toujours comme ça à une lap dance ?

C'était vraiment *la* question brûlante à laquelle elle

devait répondre là tout de suite ? Elle voulait jouir, pas avoir une conversation.

— Alors premièrement, c'est pas une lap dance. Et deuxièmement, non, pas du tout.

— C'est à cause de moi, alors ?

Est-ce qu'il était vraiment surpris ou juste arrogant ? Elle n'arrivait pas à le savoir.

— Juste à cause de toi, confirma-t-elle.

— Alors je suis le connard le plus chanceux de la terre.

OK, pas arrogant. Parfait.

— Si c'est ce que tu penses.

— Pas juste moi. Je pense que la plupart des hommes hétérosexuels qui te verraient sur mes genoux, déjà trempée après quelques préliminaires, seraient d'accord avec moi.

— Personne nous regarde et s'ils le faisaient, je leur demanderais pas leur avis.

L'avis des gens ne signifiait rien pour elle en général. Comme les trous du cul, tout le monde en avait un. Certains étaient utiles, d'autres étaient tout simplement merdiques.

— Maintenant, si t'as fini de...

— Qui a dit que j'avais fini, putain ? grogna-t-il.

Elle serra les lèvres, attrapa la main sur son cul et la plaqua sur son sein. Elle attrapa ensuite son doigt lisse et humide et la replaça entre ses jambes.

— Alors, vas-y.

— Putain, meuf, murmura-t-il.

— L'horloge tourne.

— Alors...

Pour le faire taire, elle lui reprit la bouche. Elle captura son ricanement entre ses lèvres et lui rendit un gémissement lorsqu'il lui titilla le téton en glissant un deuxième doigt en elle.

Elle chevaucha sa main et ses genoux, se frottant sauvagement contre lui. Elle se perdait dans ce baiser dont l'intensité était augmentée par ce qu'il faisait avec ses doigts. Il la pillait comme un pirate s'emparant d'un navire.

Et elle lui remettrait son butin sans aucune résistance.

Saisissant sa nuque et approfondissant leur baiser, elle se soulevait et retombait sur ses genoux alors qu'il opérait sa magie en recourbant ses doigts dans sa chatte.

Oh ouais, putain ! Un homme qui savait non seulement où se trouvait son clito mais aussi son point G !

Jackpot !

Il ne lui fallut pas longtemps pour atteindre le sommet sur lequel elle vacilla encore quelques secondes avant de dégringoler de cette montagne et d'atterrir au pied.

Son halètement mit fin au baiser et elle plaqua son front contre le sien en aspirant de grandes bouffées d'oxygène. Il fit entrer et sortir ses doigts de sa chatte, lentement, en attendant que son orgasme s'estompe.

Si elle se faisait jouir elle-même ces temps-ci, c'était pour éviter de ne pas se compliquer la vie. Elle avait déjà assez de problèmes avec son boulot sans avoir besoin d'en rajouter dans sa vie personnelle.

Encore une fois, si elle décidait de mettre fin à sa période de sécheresse, elle ne serait pas contre l'idée de le faire avec l'homme qu'elle chevauchait actuellement. Elle devait supposer qu'il était du genre à considérer le sexe comme une activité pouvant être appréciée sans engagement sérieux, étant donné qu'il avait une trentaine d'années et était encore célibataire.

Si elle avait vu juste, elle voyait ça comme un avantage.

La dernière chose dont elle avait besoin, c'était qu'un homme entre dans sa vie et qu'après s'être impliquée et s'être attachée à lui, peut-être après être tombée amoureuse, il décide que sa façon de vivre sa vie ou la carrière qu'elle avait choisie ne lui plaisait pas et qu'il essaie de lui dicter ce qu'elle pouvait et ne pouvait pas faire.

Hors de putain de question.

Mais le sexe, lui, n'avait pas besoin d'être accompagné de garanties. Il pouvait juste être amusant et satisfaisant.

Pour tous les deux.

Mais pas au Peach Pit.

— Je veux te baiser, dit-il d'une voix épaisse et rude en faisant glisser ses doigts hors de sa chatte.

Il devait être franchement mal à l'aise puisqu'il avait un tuyau en acier coincé dans son jean, et ça la gênait de savoir qu'il ne serait pas soulagé de sitôt. Mais même si elle avait envie de faire l'amour avec lui, ce n'était ni le moment ni l'endroit.

De plus, si elle ne passait pas à son prochain client, quelqu'un n'allait pas tarder à cogner à la porte.

— Pas ici.

Ses mots n'étaient qu'un soupir. Elle se pencha en arrière juste assez pour voir son joli minois.

— On n'a pas le temps de faire ça bien et on m'attend dans l'autre salon VIP dans pas longtemps. Je suis désolée.

Il lui palpa la joue.

— Je comprends. Si on va plus loin, moi aussi je veux faire les choses bien. Pas de raccourci. Je veux avoir tout le temps du monde pour apprécier chaque putain de centimètre de ton corps sans avoir à me presser.

— Je veux la même chose.

Ses yeux sombres s'écarquillèrent et les coins de sa bouche particulièrement embrassable se redressèrent.

— C'est un rencard ?

— Je cherche pas de petit copain.

— Pas ce genre de rencard, précisa-t-il.

— Oh, *ce* genre de rencard.

Elle avait envie de dire oui, mais...

— Ça va rendre les choses gênantes entre nous par la suite ?

— À mon avis, seulement si je suis nul et que j'arrive pas

à te satisfaire. Dans ce cas, je pourrai plus jamais me montrer devant toi.

— Alors la solution est toute simple… Il suffit de t'assurer que ça arrive pas, lui répondit-elle.

— Je promets de faire de mon mieux.

Elle sourit.

— T'as intérêt.

Il fronça ses sourcils foncés.

— À quelle heure tu finis ce soir ?

— Malheureusement, je suis là jusqu'à la fermeture. C'est le réveillon du Nouvel An, tu te rappelles ?

— Alors tu dirais quoi de commencer la nouvelle année en frappant un grand coup ?

Un côté de sa bouche se redressa.

— Je dirais bonne putain d'année. Maintenant il faut que j'aille changer de string vu qu'il est trempé.

Elle déposa un baiser rapide sur ses lèvres.

— Je te remercie pour ça. Je t'enverrai mon adresse par texto plus tard, pour notre petit rencard.

Lorsqu'elle se mit à descendre de ses genoux, il l'attrapa par les hanches.

— Mais t'as pas mon numéro.

— J'ai mes méthodes pour le trouver.

— J'aime ton enthousiasme, dit-il en ricanant.

Elle tapota le bout du nez de Rez du bout du doigt.

— T'as encore rien vu.

Chapitre Six

La seule fois qu'il était allé coucher chez une femme à une putain d'heure si tardive, c'était lorsqu'il en avait emballé une dans un bar à la fermeture.

Et bien sûr, il était désespéré cette nuit-là.

Est-ce qu'il se considérait désespéré cette fois également, alors qu'à trois heures du matin, il grimpait laborieusement les marches de l'escalier extérieur vers le deuxième étage ?

Il était assez d'accord avec cette évaluation. Mais cette fois, il n'était pas désespéré de se taper n'importe quelle chatte, mais de se taper celle de Sapphire.

Est-ce que ça faisait de lui un moins gros connard ?
Non.

Mais la différence, c'était qu'il pensait à elle depuis la seconde où il l'avait aperçue au Peach Pit, il y avait de ça plusieurs mois déjà. En fait, il pensait à elle à tel point qu'il ne s'intéressait plus à personne d'autre. Et ce n'était pas normal dans son monde.

Les femmes se ramassaient à la pelle. Elles venaient, elles partaient. Exactement ce qu'il aimait.

Pour tenter de remettre son monde dans le bon sens, il

grimpait des escaliers dans un quartier malfamé de la ville, dans ce qui, même dans l'obscurité, avait l'air d'un taudis.

Lorsqu'il avait lu son texto, il avait dû s'y prendre à deux fois en voyant qu'elle vivait dans un appartement situé à Rockvale. À putain de Rockvale ! Là où se trouvait La Planque. Là où ses camarades des Blue Avengers et lui traînaient souvent. Là où l'unité d'intervention fédérale se réunissait au troisième étage.

Il n'arrivait pas à croire que Finn n'avait jamais dit un putain de mot là-dessus.

C'était peut-être parce que Fifi Brindacier n'était pas au courant. Ou peut-être que son rouquin de frère pensait que personne, notamment Rez, n'avait besoin de savoir où vivait Sapphire.

Mais le voilà à Rockvale avec l'espoir de s'envoyer en l'air. Encore une fois, pas avec une nana qu'il aurait ramassée dans un bar.

Mais avec *Sapphire*…

Il ne voulait pas se dire que c'était un rêve devenu réalité, mais…

Pour l'amour du putain de ciel, c'était plutôt un fantasme devenu réalité.

Il avait hâte de lui faire tout ce qu'il lui faisait dans sa tête quand il fermait les yeux et enroulait ses doigts autour de son membre érigé. Dans son lit. Sous la douche. Après le déjeuner.

Quand il respirait juste.

Pour cette raison, elle aurait pu lui envoyer un texto à 4h05 et il aurait bondi du lit avant de se précipiter chez elle sans même prendre le temps d'enfiler un pantalon.

Ouais.

Il devrait avoir honte.

Mais *au diable ces conneries*, il n'avait pas honte du tout. Parce que lui, Antonio Alvarez, était le bâtard chanceux qui grimpait l'escalier vers le paradis.

Une fois arrivé au deuxième étage du bâtiment en briques de trois étages, il enjamba la balustrade et jeta un coup d'œil sur le parking mal éclairé et totalement dangereux en bas.

Il était en fait un peu inquiet à l'idée de laisser son bébé sans surveillance. Sa Hellcat était garée sur une place visiteur de l'autre côté du parking, mais il avait pris note du véhicule garé dans l'emplacement assigné à son appartement. La Toyota Supra jaune vif de Sapphire, plus récente et bien plus jolie que ce à quoi il s'attendait par rapport à l'endroit où elle vivait. Si elle était convaincue que son véhicule serait encore là au lever du soleil, alors il devait en faire autant et arrêter de se faire du mouron.

Il ne savait même pas que Toyota fabriquait encore ce modèle. Et il n'avait aucune putain d'idée de comment elle pouvait conduire cette voiture de sport par mauvais temps. Le sud-ouest de la Pennsylvanie avait certainement sa part de tempêtes de neige chaque hiver. Des tempêtes qui déversaient non seulement des centimètres, mais carrément plusieurs mètres de cette merde blanche et déprimante.

Lorsqu'il prendrait sa retraite, il fourrerait son cul de Vénézuélien au sang chaud dans un endroit tropical. Pas de neige, pas de grésil, pas de pluie verglaçante.

Peut-être même qu'il retournerait sur le lieu de naissance de ses parents.

Il s'arrêta devant son appartement, situé tout au bout de l'immeuble, et même sous un mauvais éclairage, il put voir la peinture s'écailler sur la porte en métal cabossée et rouillée. Avant même qu'il n'ait le temps de lever le poing pour frapper à la porte, celle-ci s'ouvrit d'un coup sec.

Devant lui, juste derrière la porte, se tenait Sapphire dans une robe de chambre en soie bleu roi, serrée autour de sa taille étroite et épousant ses courbes pulpeuses.

Sans attendre son invitation, il passa devant elle et elle

ferma la porte derrière lui. Lorsqu'elle se retourna, il vit son visage dans la lumière et sa tête tressaillit.

Jusqu'à présent, à chaque fois qu'il l'avait vue, elle était impeccablement maquillée. Mais après être rentrée chez elle, elle avait dû se doucher pour se débarrasser de la puanteur du Peach Pit et se tenait maintenant debout devant lui le visage nettoyé. Elle avait presque l'air d'une autre personne. Surtout avec ses longs cheveux noirs, débarrassés des extensions qu'elle portait tout à l'heure, relevés haut sur sa tête et attachés en queue de cheval.

Elle était passée de la séductrice sulfureuse avec laquelle il était quelques heures plus tôt à la fille d'à côté.

Enfin presque.

Elle était toujours aussi sexy *au naturel* et portant un peignoir qui couvrait un peu plus que les robes qu'elle portait au Peach Pit.

— Tu vas bien ?

— *Mmm hmm.*

Il continuait de tenter d'assimiler ce qu'il avait sous les yeux.

— Pourquoi t'as l'air choqué ?

— *Umm.*

Pas choqué mais étonné et impressionné par sa beauté naturelle. Mais il ne savait pas si lui dire ça serait une insulte.

Au final, il était venu ici pour s'envoyer en l'air, pas pour se faire jeter à la porte.

— Quoi ? Je te fais peur ou quoi ?

— Pas du tout, répondit-il d'une voix étouffée.

— Alors je t'écoute, exigea-t-elle.

— T'es...

Il devait formuler ça avec précaution.

— Rez...

— Carrément magnifique.

C'était assez prudent. Et tellement vrai, putain.

Elle plissa les lèvres.

— Merci ?

Pour l'amour du putain de ciel, il allait tout faire capoter en disant ce qu'il ne fallait pas et se retrouverait sur le palier avec sa bite à la main plutôt que dans sa chatte.

— Te méprends pas. Je dis pas que t'es pas magnifique quand t'es apprêtée pour le boulot. Tu brilles de mille feux, Sapphire.

Son propre jeu de mots le fit ricaner.

— Mais même la fois où tu portais une tenue décontractée chez Mel et Finn, t'étais maquillée. T'avais du rouge à lèvres, des faux cils, une jolie coiffure. Tout ça. Mais là…

— Mais là ?

— Mais là, je sais pas quel look je préfère.

— T'as besoin de faire un choix ?

— Je suppose que non. On peut laisser tomber cette histoire avant que je fasse tout foirer, ce que j'ai tendance à faire, et que tu décides que tu veux pas coucher avec moi parce que je suis trop un connard ?

— Rien de ce que t'as dit me fait penser que t'es un connard.

Elle haussa un sourcil.

— Jusqu'à présent.

— C'est ce que je dis. Je suis dans le vert pour l'instant. J'aimerais que ça continue comme ça.

Elle secoua la tête et rit doucement. *Putain de merde*, même son rire était suave et lui serrait les couilles.

Lorsqu'elle se retourna vers la porte pour la verrouiller, il la bouscula pratiquement pour regarder la porte de plus près.

— T'as les gonds desserrés.

— Pardon ? grinça-t-elle.

Il pointa la serrure du doigt.

— Je parle du verrou. Pas de toi. Dis à ton proprio de réparer ça.

Elle soupira.

— Il réparera que dalle. Si ces appartements sont bon marché, c'est justement parce que rien est jamais réparé.

Et aussi parce qu'ils n'étaient pas sûrs. L'extérieur n'était pas bien éclairé. Il n'avait pas non plus remarqué de caméras de surveillance dehors. La section de Rockvale où se trouvait sa résidence était à peine mieux que l'endroit où se trouvait le club des Blue Avengers. Et ce n'était pas peu dire puisque La Planque se trouvait dans une zone industrielle abandonnée.

— Alors déménage.

Elle soupira à nouveau.

— D'accord, Capitaine Je-Sais-Tout.

Alors qu'il pensait être dans le vert, il était sur le point de tout gâcher.

Ce qu'il devait faire, c'était planter son drapeau au sol et lui faire comprendre très clairement qu'il n'irait nulle part ce soir, ou plutôt ce matin, quelle que soit la connerie qui sortirait de sa bouche.

Il obtiendrait ce qu'il était venu chercher et lui livrerait ce qu'il avait l'intention de lui offrir.

Il se dirigea vers son canapé en cuir, se débarrassa de sa lourde veste en cuir noir et la jeta sur l'accoudoir. Il s'assit et commença à délacer ses bottes puisqu'il n'en aurait pas besoin.

Comme son esprit était encore tourné vers la sécurité... ou le manque de sécurité de son appartement...

— Qui s'occupe de la sécurité lorsque vous êtes dans les salons VIP ? Quand j'ai quitté le club tout à l'heure, j'ai vu personne devant le salon numéro un pendant que t'y étais.

Il retira une botte et fourra sa chaussette dedans.

— La sécurité ?

Son rire sonna creux et forcé.

— S'te plaît.

Il retira sa botte et sa chaussette de son autre pied, puis

se leva en luttant contre le froncement de sourcils qui menaçait de couvrir son visage.

Mais il n'était pas heureux de cette situation. Pas au Peach Pit. Ni dans son immeuble.

Non seulement il fallait qu'elle déménage, mais il fallait aussi qu'elle trouve un autre emploi. Il n'avait cependant pas le droit de lui dire ça et, encore une fois, il était venu chez elle au milieu de la nuit pour une raison et une raison seulement. Et certainement pas pour la foutre en rogne.

— Il faut que tu sois prudente, Saph. Pas seulement là-bas, mais aussi chez toi à cause du manque de sécurité.

Les sourcils de Saph grimpèrent sur son front.

— Tu viens d'arriver et t'as déjà inspecté les lieux ?

Il pencha la tête sur le côté.

— J'ai tort ?

Elle tordit les lèvres.

— Non, t'as pas tort. Mais pour le moment, j'ai pas les moyens de louer un meilleur logement. Entre le paiement de ma voiture et l'entretien de ma garde-robe pour le travail...

Sa longue queue de cheval noire balança derrière elle lorsqu'elle secoua la tête.

— Ça aide pas que les affaires marchent moins bien depuis qu'ils ont acheté un club prospère et l'ont réduit à néant.

Avant que les Demons ne prennent les rênes, le club gagnait de l'argent à tour de bras, mais un rapide coup d'œil dans son appartement montrait bien qu'elle ne venait pas juste d'emménager.

— Tu vivais où à l'époque où le club était géré correctement et que les gens se bousculaient à la porte ?

Elle le fixa, les lèvres légèrement entrouvertes.

Putain de merde, Rez, t'es vraiment un putain de crétin. T'essaies de ruiner cette nuit... ce matin... ou quoi que ce soit.

Tout ce que t'avais à faire, c'était de fermer ton putain de clapet et de profiter du spectacle.

Il inspira, compta jusqu'à cinq, puis se débarrassa de toutes ses inquiétudes à propos de la sécurité de Saph. C'était un invité. Pas un résident. Pas même son petit ami.

Il devait supposer qu'elle vivait ici depuis des années et qu'il ne lui était jamais rien arrivé.

— Réponds pas. C'est pas mes affaires.

— T'as raison, c'est pas tes affaires. Et même si j'apprécie ton inquiétude, elle est pas nécessaire.

— Je voulais pas transformer cette visite en quelque chose qu'elle n'est pas.

— Écoute, je comprends que t'es flic et que c'est naturel que tu penses comme ça, mais je dois te rappeler que j'ai gagné un salaire d'hôtesse pendant des années et que je montais rarement sur scène. Ces pourboires font une énorme différence.

— T'as pas besoin de me rappeler quoi que ce soit. On peut juste se mettre d'accord et dire que je suis un crétin ?

Les commissures de ses lèvres remontèrent juste assez pour qu'il le remarque, tandis que ses yeux bleus brillèrent d'amusement.

— On est d'accord.

— Parfait. Maintenant... si j'ai pas gâché mes chances, on peut aller faire quelque chose qui m'occupera la bouche et qui implique pas que je me foute les pieds dedans ?

— On peut faire ça, ouais.

Il tendit la main vers l'étroit couloir situé dans le coin arrière droit de la cuisine-salon.

— Après toi.

Il la suivit dans le couloir, ses yeux vacillant de son cul ondulant sous ce tissu bleu soyeux à l'agencement de son appartement. La première porte à gauche était fermée. La seconde était ouverte et un rapide coup d'œil lui confirma qu'il s'agissait d'une salle de bains. Au bout du couloir, la dernière porte à gauche était également ouverte. Lorsqu'ils entrèrent dans la pièce, il remarqua que cette chambre n'était pas équipée de sa propre salle de bains.

Même si l'appartement était petit, il semblait organisé et propre. L'odeur de Sapphire imprégnait les lieux. Probablement à cause des produits parfumés qu'elle avait utilisés pour se doucher avant qu'il n'arrive.

Désormais, il aurait du mal à ne pas penser à elle chaque fois qu'il sentirait ce qu'il devinait être de la lavande. Il préférait de loin la subtilité de ce parfum léger aux parfums plus lourds.

Il se plaça au centre de la chambre et l'observa un moment. Malgré l'étroitesse de la pièce, elle disposait d'un grand lit, d'une commode et d'une table de nuit. Rien de plus. Comme dans le salon et la cuisine, elle restait dans le minimalisme. Elle n'avait pas de babioles ici et là, pas d'objets de collection ni même de souvenirs.

Il fut immédiatement attiré par un grand poster encadré, l'une des rares décorations accrochées aux murs.

— Ça doit dater d'il y a longtemps, hein ?

— Sur cette photo j'avais que quelques années de danse derrière moi. Pour faire la publicité du club, l'ancienne propriétaire avait fait faire des affiches de ses meilleures danseuses.

Sur le poster, une Sapphire beaucoup plus jeune était vue de profil, elle tenait une barre en se penchant en arrière, la tête renversée dans le dos. Elle portait une tenue qui la couvrait juste assez pour que le poster puisse être affiché dans un lieu public.

— Avant, il y avait une vitrine sur la façade du Peach Pit et Laura changeait de poster en fonction de la tête d'affiche du soir. Quelqu'un, un ivrogne, je suppose, a brisé la vitre un soir et elle ne l'a jamais remplacée. Alors on a signé les affiches restantes et elle les a vendues aux clients.

— Laura c'était l'ancienne propriétaire, n'est-ce pas ?

Celle que les Demons ont poussée dehors à coups de menaces et de violence ?

— Oui.

— Elle vous a donné l'argent des ventes ?

— Non, elle l'a reversé à une association caritative de notre choix.

Il se retourna et la trouva debout à côté du lit, près de la table de nuit.

— C'est le seul que t'as ?

— Non, j'en ai encore quelques-uns de côté.

Alors qu'il ouvrait la bouche, elle leva la main pour l'empêcher de continuer.

— Si je t'en donne un, tu vas en faire quoi ?

— Pourquoi t'as l'air si suspicieuse ? Je l'accrocherai peut-être au mur de ma chambre pour l'admirer de temps en temps.

Elle leva les yeux au ciel.

— Oui, je suis sûre que c'est exactement pour ça que tous ces hommes ont payé une fortune pour les affiches de Mel, Raven, Cherish, moi et toutes les autres danseuses de l'écurie du Peach Pit à l'époque.

— Eh bien, j'ai pas vraiment *besoin* de l'affiche. Je t'ai en chair et en os sous les yeux. Pour être honnête, je préfère la version 3D.

Et la version qui n'avait pas vingt ans.

— Tu te souviens quand t'as dit que tu devais occuper ta bouche et pas seulement en foutant ton pied dedans ?

Il renifla.

— Ouais, je m'en souviens.

— C'est le moment de passer à l'action.

Avec un sourire, il se passa une main dans la barbe.

— Je suis d'accord.

— T'es d'accord, mais t'es toujours habillé.

— Un problème facile à régler.

— T'as raison.

Il ne savait pas comment elle parvenait à faire ça, mais lorsqu'elle marchait, on aurait dit qu'elle flottait au-dessus du sol. C'était probablement une technique qu'elle avait apprise pour la scène.

Elle ne s'arrêta pas avant que leurs pieds nus ne se touchent pratiquement, puis elle attrapa la ceinture de son jean et tira dessus, le rapprochant d'elle un peu plus. Alors qu'il tendait la main pour déboucler sa ceinture, elle la repoussa d'un coup sec.

— Je m'en occupe.

Les yeux de Sapphire, contenant un avertissement menaçant, se levèrent vers ceux de Rez lorsqu'il ouvrit la bouche. Comme il n'était pas un putain d'abruti fini, il la referma rapidement et resta silencieux.

— Plus de mots, Rez. Il est tard, je suis fatiguée et j'ai un peu hâte de voir à quoi tu ressembles sans tous ces vêtements.

Eh bien, putain.

Elle haussa un sourcil.

— T'as vraiment besoin de répondre à ça ?

Il pinça les lèvres et secoua la tête.

— Parfait.

Son érection poussa contre sa fermeture éclair tandis qu'elle détachait sa ceinture et défaisait le bouton supérieur de son jean, puis, lentement, bien trop lentement, fit glisser la braguette vers le bas.

Lorsqu'il tenta de se rendre utile en poussant son jean vers le bas, elle lui donna une fois de plus une claque cinglante sur la main, le faisant sursauter de surprise.

Au lieu d'enlever son pantalon, elle attrapa le bas de son t-shirt Henley noire et prit tout son temps pour le faire remonter le long de ses abdominaux. Presque comme Finn l'avait fait sur scène lorsqu'il dansait avec les Quéquettes. En remontant le tissu, elle explora chaque centimètre de peau exposée peu à peu, du bout des doigts d'abord.

Elle commença par effleurer chaque indentation de ses abdos durement acquis. Ensuite, elle suivit le sentier de poils sombres qui partait de son nombril et disparaissait sous son boxer. Une vague de chaleur lui remua l'estomac lorsqu'elle effleura chacun de ses tétons.

— Les mains en l'air, ordonna-t-elle doucement. Vous êtes en état d'arrestation, officier Alvarez.

Putain de merde, c'était tellement dur de ne pas répondre. Mais d'une manière ou d'une autre, il réussit à garder le bec fermé et à s'empêcher d'intervenir.

Parce qu'il aimait les projets de cette femme.

Non, il racontait de la merde, « aimer » n'était même pas un mot assez fort pour décrire ce que la tournure que prenaient les événements était en train de lui faire.

Toutefois, il ne tarderait pas à renverser le scénario et à se mettre à explorer son corps à son tour. Mais pour le moment, il accueillait à bras ouverts le glissement de sa langue le long de cet étroit sentier de poils, léchant ses abdominaux et titillant ses tétons.

Une fois qu'elle eut fini d'enlever son t-shirt, elle le jeta sur la commode à côté et reporta son attention sur sa chair nue.

Comme il avait toujours les mains en l'air, elle lui saisit les poignets et les abaissa, puis fit glisser ses mains le long de ses deux bras et sur ses épaules avant d'enrouler ses doigts autour d'un côté de son cou.

— Vous avez beaucoup de tatouages, officier Alvarez. C'est très sexy.

C'était bon à savoir, car toutes les femmes n'aimaient pas les tatouages et celles qui ne les aimaient pas avaient tendance à le dire haut et fort. Non pas qu'il se souciait de leur opinion, puisqu'il ne s'était pas fait tatouer pour plaire à quiconque.

Il rentra l'estomac lorsqu'elle posa la main dessus. Encore une fois, elle se fraya un chemin, en l'embrassant, le mordillant et en le léchant, de sa taille en remontant vers son torse avant de finir par poser ses lèvres sur sa gorge.

Ne pas pouvoir parler le fit grogner de frustration. Il avait atteint son point de rupture.

—Je pensais que tu voulais que je sois nu.

— T'y es presque. Impatient ?

— Ma bite est dure comme la pierre et tellement inconfortable qu'elle devient douloureuse. Je suis pas sûr de pouvoir en supporter davantage.

— Oh, je savais pas que tu souffrais. Je vais arrêter alors.

Il grogna à nouveau, faisant vibrer le rire rauque de Saph contre sa gorge.

Il attrapa sa queue de cheval et lui tira la tête en arrière pour pouvoir plonger ses yeux dans les siens. Il remarqua que ses yeux bleus étaient plissés aux coins.

—Je suis content que tu trouves ça amusant.

Il s'écarta d'elle, fit quelques pas en arrière et introduisit ses pouces dans son jean pour le retirer rapidement, se débarrassant aussi de son boxer en passant. Son érection se libéra enfin.

—J'y serais arrivée, murmura-t-elle alors que son regard le parcourait de la tête aux pieds.

Il espérait qu'elle appréciait ce qu'elle avait sous les yeux.

— Une fois que j'aurais été mort ?

— Waouh. Les hommes, c'est des vraies divas parfois.

— Quand il s'agit de sexe, ouais. On en a besoin autant qu'on a besoin d'oxygène.

Elle pencha la tête sur le côté et retroussa les lèvres.

—Je sais. Je suis strip-teaseuse, tu te souviens ? C'est pas pour rien que le sexe fait vendre.

Il attrapa sa queue.

— Difficile de l'oublier.

Les yeux de Sapphire suivirent le mouvement de sa main alors qu'il se caressait lentement en s'approchant d'elle.

Elle resta debout sans bouger et l'attendit de pied ferme. Lorsqu'il la rejoignit enfin, il attrapa la ceinture de son peignoir et la détacha.

— Non, dit-il d'un ton cinglant lorsqu'elle tendit la main pour retirer son peignoir de ses épaules.

C'était mieux que de l'arrêter en lui giflant la main brutalement.

— Laisse-moi faire.

Avec un sourire taquin, elle haussa les épaules et laissa ses deux mains tomber le long de son corps.

Il prit son temps pour faire glisser le tissu soyeux de ses épaules et lorsque le peignoir tomba silencieusement à ses pieds, il recula à nouveau de quelques pas.

— Magnifique.

— Rien que t'aies pas déjà vu tout à l'heure.

— Je préfère te voir nue devant moi en privé plutôt que de te voir danser presque nue pour d'autres, Saph. Et ce que j'ai dit reste valable. T'es absolument magnifique, putain.

Chapitre Sept

T'ES ABSOLUMENT MAGNIFIQUE, putain.

— Toi aussi, murmura-t-elle en absorbant l'intensité de son sex-appeal pendant que Rez faisait la même chose.

Son corps était incroyablement attirant et l'émoustillait à l'intérieur comme à l'extérieur. Elle travaillait de longues heures et, pendant ces heures, elle avait affaire à des hommes à la pelle. Rarement, même quasiment jamais, avait-elle aperçu quelqu'un d'aussi sexy que Rez dans le club.

Il aurait pu être sculpté par les mains d'un artiste.

Il avait clairement passé de longues heures à travailler sur son corps. Personne n'atteignait une telle perfection musculaire en passant ses soirées assis sur son canapé avec une manette dans une main et un paquet de chips dans l'autre. Non, cet homme allait à la salle de sport et y allait souvent. Il devait probablement rester en forme pour son travail, mais *putain...* elle était contente de pouvoir en profiter aussi.

De la chaleur scintillait dans ses yeux sombres et vitreux. Et elle imaginait que les siens devaient exhiber la même chose.

Ils perdaient du temps et comme son énergie déclinait rapidement, elle décida d'ouvrir le bal en grimpant sur le lit et en s'installant au milieu. Elle tendit la main.

— Tu viens ?

— J'en ai l'intention. J'ai l'intention de te faire venir aussi.

La pureté du désir et du besoin qu'elle lisait sur son visage lui provoqua un pic d'excitation qui la traversa entièrement et trouva son point de chute dans sa chatte.

Avant de la rejoindre, il ramassa son jean au sol et sortit son portefeuille d'une des poches. Un préservatif apparut entre ses doigts.

— J'en ai, tu sais, annonça-t-elle. Une boîte entière, en fait.

— Une boîte encore fermée ?

— C'est important ?

En fait, elle *était* bien neuve. Comme elle ramenait rarement de mecs chez elle, la précédente boîte rangée dans le tiroir de sa table de nuit avait eu le temps de périmer. Et si elle avait un coup de bol et tombait sur une occasion à ne pas manquer, comme c'était le cas ce soir, elle ne voulait pas risquer de les utiliser.

Mais les préservatifs n'étaient pas sa seule précaution. Elle prenait la pilule depuis ses dix-huit ans. Faire des bébés n'était pas à l'ordre du jour à l'époque et ne l'était toujours pas aujourd'hui. Si elle trouvait un jour le bon partenaire, elle envisagerait cette éventualité, mais pas avant. Jusqu'à présent, elle n'avait pas trouvé d'homme avec lequel elle voudrait être liée pour le reste de sa vie.

Pour cette raison, elle ne pouvait pas reprocher à Rez d'avoir la trentaine et d'être toujours célibataire. Ce serait hypocrite de sa part.

Certains l'avaient qualifiée d'égoïste pour ne pas s'empresser d'enfanter, mais elle considérait que c'était plutôt intelligent de sa part. Si et quand elle deviendrait parent, elle voulait être la meilleure mère possible. Une mère comme la sienne, une femme qu'elle considérait comme un modèle.

Elle réalisa alors qu'il ne lui avait jamais répondu.

— Tu t'attends à ce que je sois vierge ou un truc comme ça ?

Lorsqu'il pinça les lèvres, elle ne put s'empêcher de rire de son expression. Il essayait tellement fort de ne pas enfoncer son pied nu dans sa bouche sans filtre.

Il fit preuve de courage et répondit à la question quand même.

— Bien sûr que non. Je veux absolument *pas* que tu sois vierge. J'ai pas couché avec une vierge depuis l'âge de dix-sept ans et je compte bien faire en sorte que ça dure. Je me souviens avoir tout fait à l'arrache et à la va-vite, et ça avait été une bonne expérience pour aucun de nous deux. En fait, c'est un moment que j'aimerais carrément pouvoir oublier.

Elle fut incapable d'effacer le sourire béat sur son visage, malgré tous ses efforts.

— Alors, tu dis que t'es pas vierge non plus ?

Avec un grognement, il mit enfin la machine en route et grimpa sur le lit, son préservatif toujours fermement installé dans son poing. Elle fut surprise de le voir le jeter sur l'oreiller, car elle s'attendait à ce qu'il l'enfile immédiatement pour qu'ils puissent passer à l'action. Mais s'il avait un autre plan en tête, elle était partante.

Il ne lui fallut que quelques secondes pour comprendre en quoi consistait ce plan.

Il poussa ses jambes vers le haut et vers l'extérieur, puis s'agenouilla entre elles.

— Montre-moi.

Elle posa l'index et le majeur en V sur sa chatte pour séparer ses plis déjà lisses et lui montrer ce qu'il avait envie de voir. Il se mit immédiatement à plat ventre et coinça ses larges épaules entre ses cuisses.

Il la fixa bien trop longtemps. À tel point qu'elle commença à s'inquiéter. Elle s'apprêtait à dire quelque chose pour le sortir de la transe dans laquelle il se trouvait quand il ouvrit finalement la bouche.

— Putain, absolument magnifique, bébé. Garde-la bien écartée pour moi.

Elle pouvait certainement faire ça pour lui, et puisqu'il lui avait prouvé plus tôt qu'il savait où se trouvaient son clito et son point G, elle espérait aussi qu'il soit un as du cunni.

Après avoir balancé les jambes de Saph par-dessus ses épaules musclées, il s'appuya sur ses cuisses juste assez pour s'offrir un accès sans obstacle. Puis il se mit à lui prouver à quel point il maîtrisait l'art du léchage de minou.

Oooooh ouiiiiii.

Cet homme ne passerait jamais pour un puceau. Il avait peut-être eu une première expérience difficile, comme pas mal d'adolescents, mais elle ne doutait pas qu'il avait passé beaucoup de temps à perfectionner ses compétences depuis.

Elle appréciait tout le travail qu'il avait fourni pour apprendre à satisfaire une femme et remerciait silencieusement celles qui l'avaient précédée et lui avaient certainement beaucoup appris.

Des femmes s'aidant entre elles. Comme il se devait.

La bouche appuyée contre son mont, il suça son clito avec force, puis fit tourner sa langue autour avant de l'effleurer plusieurs fois sans toutefois s'y attarder trop longtemps. Quelques instants plus tard, son pouce remplaça sa langue pour qu'il puisse s'enfoncer la tête la première entre ses cuisses tremblantes. Sa propre réaction la surprit, car il ne faisait que glisser sa langue en elle et titiller son clito.

Il passa une main sous ses fesses pour lui faire lever les hanches et changea à nouveau de méthode. Il plongea deux doigts en elle et les recourba en se concentrant sur son point G. Ses lèvres recommencèrent à sucer son clito gonflé et sensible, le faisant tressaillir chaque fois qu'elles l'aspiraient goulûment.

Elle lâcha un long gémissement et ses mains s'écrasèrent violemment sur le matelas, puis ses doigts agrippèrent la literie et vinrent se perdre dedans.

— Oui… Oui… Oui ! *Putain de merde.*

Soit il était bon à *ce point-là*, soit ça faisait bien trop longtemps qu'elle n'avait pas été touchée comme ça.

Ou bien c'était peut-être une combinaison des deux.

Elle arqua le dos et relâcha les draps avant de les déchirer. Elle tira ensuite sur ses propres tétons et fit doucement rouler les pointes entre ses deux doigts, ce qui envoya une ruée glorieuse se propager à travers son corps et finir à l'endroit où se trouvaient le visage et les lèvres de sa source de plaisir.

Il n'en fallut pas plus pour qu'elle se mette à hurler.

— Je jouis !

Contrairement à d'autres hommes avec qui elle avait couché dans le passé, il ne prit pas ça comme un signe qu'il devait ralentir ou carrément s'arrêter. L'arrêt total au moment culminant la laissant généralement insatisfaite. Au lieu de ça, il surfa sur la vague de son orgasme en pressant sa bouche contre elle encore plus fort et en la doigtant encore plus vite.

Et lorsque son orgasme la submergea enfin, il fut aussi intense que dans le salon VIP. Et tellement meilleur que lorsqu'elle se faisait jouir toute seule.

Quand elle cessa de gigoter contre lui, malmenée par les vagues de son orgasme tempétueux, il s'assit sur ses talons, ses lèvres brillantes s'écartant doucement pour dessiner un sourire sur son visage.

Oh, il était content de lui ?

Bon, d'accord, la vérité, c'était qu'il méritait de l'être. Elle lui accorderait ça.

— Merci de pas m'avoir donné tort.

— À propos ?

Elle secoua la tête, ne voulant pas porter l'œil à ce qui allait suivre. Parce qu'à présent, ses attentes avaient grimpé quant à ses capacités de la « monter ». Il s'était bien débrouillé jusqu'à présent et il fallait que ça continue.

Il se déplaça jusqu'à ce que son poids la cloue au matelas, puis il se servit de ses genoux pour lui écarter les jambes un peu plus. Sa bite était pressée contre sa cuisse comme un tuyau d'acier, incassable et inflexible.

Comme dans le salon VIP, il devait être mal à l'aise. Mais contrairement à ce qui s'était passé tout à l'heure, il allait pouvoir se soulager cette fois-ci.

Après avoir pris son temps pour mordiller légèrement les courbes intérieures et extérieures de ses seins, il goba chaque téton et le suça avec appétit avant de le relâcher avec un petit bruit humide et de faire glisser ses dents le long de sa clavicule.

Elle releva la tête lorsqu'il attrapa sa queue de cheval et libéra sa chevelure, l'étalant autour d'elle comme un éventail et frottant ses mèches entre le pouce et l'index.

— Tout est vrai, murmura-t-il.

— Pas tout, murmura-t-elle à son tour.

— Je parlais de tes cheveux. J'adorerais les sentir contre ma peau pendant que tu me pompes.

Lorsqu'elle se redressa pour exaucer son souhait, il maintint son poids sur elle pour l'empêcher de bouger et secoua la tête.

— Pas maintenant. Je peux conserver ce fantasme encore un moment parce que je suis tellement dur là que j'exploserai sûrement à la seconde où tu poseras les lèvres sur ma queue.

— Je me disais que t'étais en train de vaciller.

— De vaciller ? Je balance comme un putain de pont suspendu pendant un ouragan de catégorie 5.

Elle ne devrait pas trouver sa détresse amusante, donc

elle ravala son rire et attrapa le préservatif à la place. Elle déchira l'emballage et lui tendit le disque de latex.

Il ne cacha pas son soulagement en l'attrapant.

— Je te demanderais bien de l'enfiler à ma place, mais comme je l'ai dit... je lutte contre une catastrophe imminente en ce moment.

— Porter un préservatif devrait aider.

— Normalement ouais, mais je suis sur le point de glisser en toi.

Je suis sur le point de glisser en toi.

Putain.

— Je vais prendre ça comme un compliment.

— C'est exactement ce que c'est.

— Tu veux continuer de papoter ? demanda-t-elle en haussant les sourcils.

— Non, putain.

Il fit rouler le préservatif le long de son sexe et la grimace qui déforma son visage en dit long.

— Putain de merde, grogna-t-il.

— T'as besoin d'une minute ?

Il ferma les yeux et inspira profondément.

— Je crois que c'est bon.

— Me déçois pas.

C'était censé être une boutade, mais c'était aussi la vérité. Elle en avait assez d'être déçue. C'était aussi pour ça qu'elle n'acceptait pas de rencards ces temps-ci, en plus de ses longues heures de travail.

Elle refusait de sortir avec des clients du club et les sites ou applications de rencontres en ligne étaient tout simplement horribles. Le profil correspondait rarement à la réalité. Elle arrivait dans un café en s'attendant à trouver un sosie de Brad Pitt, comme sur la photo de profil de son rencard, et à la place, elle tombait sur Steve Buscemi.

Bien sûr, l'apparence n'était pas tout ce qui comptait pour elle, c'était plutôt un tout. Mais la plupart des hommes qui se trouvaient sur les applications de rencontre remplissaient leur profil de mensonges et d'embellissements. C'était pourquoi, en plus des questions de sécurité, elle les rencontrait toujours dans un lieu public. Comme ça elle pouvait facilement s'éclipser si le rencard autour d'un café tournait au vinaigre.

Les rares fois où elle avait rencontré des hommes sincères, c'étaient eux qui avaient détalé dès qu'ils avaient découvert ce qu'elle faisait dans la vie.

Ils ne voyaient pas d'inconvénient à flirter avec elle, mais rien de plus ? Non.

— *Comment j'explique à mes amis et à ma famille ce que tu fais ?*

— *T'ouvres la bouche et tu leur dis la vérité.*

Si cette vérité les embarrassait, c'était qu'ils n'étaient pas faits pour elle. Elle avait besoin de quelqu'un qui la soutienne, pas de quelqu'un qui la critique. Elle n'avait pas non plus besoin d'un homme trop possessif ou jaloux.

— Allô la terre ?

Elle secoua la tête pour chasser ces pensées de sa tête et se concentrer sur ce qu'il se passait dans sa chambre. Et, bien sûr, sur l'homme qui n'aurait aucun mal à dire à ses collègues et à ses amis ce qu'elle faisait dans la vie. En fait, elle le voyait bien s'en vanter carrément.

Pour ses parents, en revanche, ce serait peut-être une autre histoire…

Mais ce n'était pas son problème.

Elle se rappela que ce qui se passait avec Rez en ce moment n'avait d'autre but que la satisfaction mutuelle. Elle n'attendait rien de plus, rien de moins.

S'il finissait par se décider enfin à passer la seconde.

Elle étudia son visage tandis qu'il plongeait son regard dans le sien, l'inquiétude dessinant des ridules sur son front.

— Tu vas bien ?

— J'irai mieux une fois que…

Je me laisserai plus distraire par mes pensées.

— … tu m'auras baisée.

Les ridules s'estompèrent et un côté de sa bouche se redressa en un sourire en coin. Il aligna sa bite devant sa chatte mais s'arrêta avant de la pénétrer.

— Je voulais juste m'assurer que tu regrettais pas ta décision de m'avoir invité chez toi. Je veux pas me retrouver dans un endroit où je suis pas le bienvenu, putain.

Comme l'homme transpirait normalement la confiance, son commentaire n'avait rien à voir avec un manque d'assurance. Il voulait simplement qu'elle soit présente dans l'instant.

Elle agrippa ses fesses très fermes et les serra.

— T'es vraiment le bienvenu. Je suis juste fatiguée.

— Ça me dérange pas de faire ça vite... Tu sais, si c'est ce que tu veux, dit-il avec un clin d'œil et un sourire.

— Pied dans la bouche.

Il serra les lèvres et se contenta d'un rapide hochement de tête. Toutefois, les plis au coin de ses yeux trahirent son amusement.

Son gland effleurant sa chatte, il relâcha sa queue et glissa lentement en elle.

Elle aspira une brusque bouffée d'air et la retint un instant... C'était tellement bon, putain. Ça lui avait manqué et ce moment lui prouvait à quel point.

Elle serra la chatte et lui arracha un grognement.

— Putain de merde. Tu dois travailler ce muscle-là aussi.

Il n'avait pas tort. Les exercices de Kegel avaient d'autres avantages que celui de garder son minou bien serré.

Il poussa le bassin jusqu'à ce qu'il ne puisse plus aller plus loin. Et quand elle serra sa chatte à nouveau, il s'arrêta, laissa tomber la tête en avant et pris quelques profondes inspirations.

— Saph... Tu joues avec le feu.

C'était un peu étrange d'entendre son nom de scène en faisant l'amour, mais elle se débarrassa de cette pensée également. En tant que flic, il pouvait facilement découvrir son vrai nom. En vrai, elle lui faisait même assez confiance pour le lui donner elle-même, surtout maintenant qu'il savait où elle vivait.

Mais ce n'était pas une conversation qui devait avoir lieu maintenant. De toute façon, elle utilisait son nom de scène plus souvent que son vrai nom.

Lorsqu'il commença enfin à remuer les hanches, il lui mit d'abord des coups de reins profonds, puis plus superficiels. Profonds, puis superficiels. Il prenait son temps et se montrait prudent. Pas pour elle, mais pour lui.

Elle plaqua les jambes contre les hanches de son étalon, planta ses talons à l'arrière de ses cuisses et souleva le bassin pour l'encourager à la baiser plus vite. À la baiser plus fort. À la baiser plus profondément.

Elle voulait la totale.

À ce stade, elle se foutait que ce soit rapide, elle voulait juste que ce soit bon.

Mais au lieu de ça, il baissa la tête et prit sa bouche, l'embrassant comme elle voulait être baisée.

Son rythme d'escargot allait la conduire au bord du gouffre, mais pas au bord de celui qu'elle voulait atteindre.

Et puis... il fit quelque chose avec ses hanches. Un mouvement qui toucha tous les bons endroits.

Putain, ce mouvement de hanche...

C'était exactement ce qu'elle espérait le voir apporter à table... ou au lit, plutôt.

Il ne la déçut pas. Elle aurait dû savoir sans l'ombre d'un doute que cet homme savait ce qu'il faisait. Elle avait manqué de jugement.

Il lui offrait enfin ce dont elle avait besoin et ce qu'elle attendait de lui, effaçant tous ses doutes.

Il continua de lui piller la bouche, une main enfoncée dans ses cheveux, l'autre palpant son sein et jouant avec son téton.

Et finalement... finalement... elle se perdit dans ce qu'ils faisaient tous les deux. Son esprit s'apaisa, le reste du monde disparut et seuls eux deux demeurèrent.

Tout prit enfin place.

Ils bougèrent tous les deux de façon synchronisée, entraînés dans une danse sans faux pas dont leurs hanches, leurs bouches et leurs doigts étaient les artistes.

Même si son rythme accélérait, ses hanches continuaient ce balancement sexy et tellement fluide...

C'était exactement ce dont elle avait besoin pour qu'il les emmène au sommet de la colline. Elle grimpa à ses côtés. De plus en plus haut.

Elle planta ses doigts plus fermement dans son cul en continuant de serrer et de desserrer sa chatte autour de sa queue. Chacun de ses coups de reins était un pas de plus vers le sommet.

Elle arracha sa bouche de la sienne.

— Baise-moi. Oh mon Dieu... Rez... Comme ça.

— Dis-moi que tu vas jouir bientôt, lui dit-il en serrant les dents.

— C'est tellement bon.

Tellement bon qu'elle voulait que ça dure un peu plus longtemps.

— Il faut que tu jouisses rapidement, bébé.

La panique dans sa voix annonçait clairement sa peur de jouir avant elle.

— Non, gémit-elle. Pas encore. Accroche-toi...

— Je peux pas, grogna-t-il.

Il coinça une main entre eux deux et trouva son clito gonflé et sensible. Il le pressa et l'effleura. Ses mouvements frénétiques prouvant qu'il était à bout.

Sa chatte palpita autour de son membre, le poussant à redoubler d'ardeur et d'efforts. Elle aspirait maintenant des bouffées d'air de plus en plus brèves et profondes, sa poitrine se soulevant, ses seins rebondissant à chaque nouveau coup de reins.

— Saph.

Une autre supplication désespérée.

Elle devrait tenir compte de cet avertissement. Mais, *putain…*

Elle avait vraiment envie de jouir, mais n'était pas encore prête à en finir.

— Saph… Je fais de mon mieux et je veux pas te décevoir. Je te promets de me rattraper la prochaine fois… Si tu… jouis juste… putain…

La prochaine fois.

Une promesse dont elle pourrait se satisfaire. Parce qu'après ce qu'elle avait vécu jusqu'à présent, entre le salon VIP et ce moment dans son lit, elle voulait définitivement refaire ça, et plus encore, avec lui.

À une heure plus raisonnable. Quand ils ne seraient pas tous les deux épuisés. Quand ce ne serait pas leur première fois ensemble.

Lorsqu'un faible grognement jaillit d'entre ses lèvres, il provoqua une onde de choc qui la traversa du sommet de la tête jusqu'au bout des orteils.

Leurs corps étaient devenus luisants de sueur et rougis par l'effort alors qu'elle redressait le bassin sauvagement et coinçait sa chatte contre lui, répondant ainsi à chacun de ses coups de reins.

— *Pour l'amour du putain de Ciel…* jouis…

Il baissa la tête et attrapa son téton entre ses dents avant de le mordiller brutalement, attisant les flammes qui brûlaient sous sa peau pour en faire un feu de joie rugissant.

Elle abrégea ses souffrances en laissant les vagues déferlantes de son orgasme la balayer de part en part.

— Merci putain, dit-il d'une voix étranglée suivie d'un autre grognement profond.

Puis sa bite tressaillit et palpita quand il sauta dans le précipice à son tour.

Chapitre Huit

REZ FIT GLISSER sa paume sur le drap et trouva la place à côté de lui vide et froide. Il ouvrit les yeux et tourna la tête.

Ouaip. Vide.

Il était seul dans le lit de Sapphire.

Il espérait que sa promesse de se rattraper auprès d'elle se concrétiserait ce matin. Peut-être qu'elle était simplement en train de vider sa vessie et qu'une fois qu'elle aurait terminé elle retournerait au lit. Et près de lui.

Pour qu'il puisse lui offrir une plus grosse dose de sa génialité.

Il ricana et roula sur le matelas vers la table de nuit qui se trouvait à l'opposé de l'endroit où il s'était endormi, puis attrapa son téléphone portable.

Au moins, elle ne l'avait pas foutu à la porte à la seconde où il s'était endormi.

Elle aurait probablement dû. S'il était normalement constitué, il serait gêné d'avoir dû la baiser à la hâte.

Mais Dieu merci, putain, il n'était ni normal ni gêné.

Pourquoi ? Parce qu'il avait pu baiser Sapphire. Et si ça l'avait fait chier d'avoir dû se contenter d'un petit coup rapide, il se disait qu'elle l'aurait foutu dehors juste après, qu'elle ne l'aurait pas laissé s'endormir près d'elle. Ou au moins qu'elle lui aurait dit qu'il n'y aurait pas de « prochaine fois » quand il avait mentionné ça par désespoir.

Un sourire lent vint se dessiner sur ses lèvres. Mais ouais, à moins qu'il ne fasse ou dise quelque chose de stupide, il y *aurait* une prochaine fois. Toutefois, il s'était imaginé que cette prochaine fois aurait lieu après leurs quelques heures de sommeil.

Il alluma son portable, utilisa son empreinte digitale pour le déverrouiller et lorsqu'il vit l'heure, il cligna des yeux. Et cligna des yeux une fois de plus.

Il se redressa sur le lit brusquement.

Putain de merde. Il était quatorze heures.

Quatorze !

Il vérifia rapidement qu'il n'avait manqué aucun texto ou message vocal important de sa mère ou d'un membre de l'unité d'intervention.

Négatif. Juste le texto qu'il recevait de sa mère tous les matins : *Buenos días, mi niño guapo. Te quiero. LOL !*

Il avait eu beau lui expliquer que LOL signifiait « laugh out loud », elle avait persisté à dire que ça signifiait « lots of love ».

Au bout d'une douzaine de tentatives infructueuses de lui faire entendre raison, il avait baissé les bras. Il espérait juste qu'elle ne commentait pas « LOL » sous les messages Facebook de ses amis ou de la famille annonçant la maladie ou, pire, le décès d'un proche.

Quoi qu'il en soit, cette femme était aussi ponctuelle qu'une horloge. Elle lui envoyait un texto tous les matins depuis qu'il avait remplacé son vieux téléphone à clapet par un smartphone et qu'il lui avait montré à quel point c'était facile de s'en servir pour envoyer des textos.

Il pensait que lui apprendre à envoyer des textos réduirait la fréquence de ses appels, surtout pendant ses heures de boulot, mais non, putain, pas du tout.

Et s'il ne pouvait pas répondre…

Un soupir lui échappa.

Il aimait sa mère comme un fou, mais elle pouvait être étouffante parfois.

Putain. Il ne voulait pas penser à la femme qui lui avait donné la vie en ce moment. Pas alors qu'il se trouvait dans le lit de Sapphire.

Sans Sapphire.

Il sortit du lit et se leva. Il ne prit pas la peine de s'habiller et se contenta d'enfiler son jean. Il conservait l'espoir d'entamer un deuxième round.

Et un troisième.

Et peut-être même un quatrième.

Mais avant toute chose, il devait vider sa vessie brûlante. Une fois le désastre évité, il devait retrouver la personne qui vivait dans cet appartement pour juger de sa volonté de se lancer dans quelques rounds supplémentaires et, si elle était partante, devait la ramener au lit.

Il sortit dans le couloir et entendit quelqu'un traîner quelque part dans l'appartement. Peut-être dans la cuisine, même s'il ne sentait pas l'odeur du petit-déjeuner sur le feu. Ni celle du café.

Un café bien chaud serait franchement mortel là tout de suite.

Il entra dans la salle de bains, et lorsqu'il voulut se laver les mains, l'homme épuisé et négligé qu'il aperçut dans le miroir lui foutu une peur bleue.

Putain. Si les rôles avaient été inversés, lui aussi aurait abandonné le lit et aurait laissé toutes ses affaires derrière lui pour échapper au zombie qui le dévisageait.

Mais, *hé*, tant que sa bite et sa langue fonctionnaient, est-ce que son apparence avait vraiment de l'importance ?

Il fit deux pas de plus dans le couloir et trouva la porte de la deuxième chambre ouverte. Il passa la tête à l'intérieur et…

Putain. Ce n'était pas une chambre du tout. Ou du moins, ce n'était pas l'usage qu'en faisait Sapphire.

La petite pièce avait été transformée en ce qui semblait être un dressing. Elle était remplie d'étagères.

Plusieurs d'entre elles étaient couvertes de chaussures. Des chaussures de tous les jours, mais aussi des chaussures à talons compensés que portaient les strip-teaseuses et les hôtesses de clubs pour hommes. Des robes de styles différents, dans tout un arc-en-ciel de couleurs, couvraient d'autres étagères. Une autre présentait d'autres types de tenues. Probablement semblables au costume de dominatrice qu'elle portait hier soir sur scène.

Il savait maintenant pourquoi elle ne pouvait pas se permettre de louer un appartement autre part. Sa voiture et ses vêtements.

Au moins, certains de ses vêtements lui rapportaient de l'argent.

Mais quand même…

Ajoutez à ça les accessoires, les sacs à main et tous les trucs que les femmes portaient et achetaient…

Il entendit d'autres bruits de pas et aperçut un mouvement rapide dans le coin du fond.

— T'as transformé cette pièce en dressing ? demanda-t-il.

La tête brune de Sapphire se redressa.

— T'es réveillé.

Elle sortit de derrière une autre étagère pleine à craquer et agita la main.

— J'avais pas le choix. J'ai besoin de tout ça pour mon travail.

Il s'approcha d'une étagère plus petite sur laquelle se trouvaient de longues robes à paillettes colorées. Le genre de robes qu'elle portait lorsqu'elle était hôtesse d'accueil.

— Ça t'arrive de porter des joggings ?

— Quand je suis à la maison, je porte généralement des

leggings ou des pantalons de yoga. Comme maintenant. En plein hiver, ça m'arrive de sortir un jogging confortable. Mais j'adore m'habiller, depuis que je suis toute petite.

Un doux sourire courba les lèvres de Sapphire.

— J'étais cette petite fille qui se faufilait toujours dans le placard de sa mère pour essayer ses talons hauts ou enfiler une de ses robes. Ou pour jouer avec son maquillage. Je voulais pas habiller des poupées, je voulais m'habiller moi-même. C'était une des choses que je préférais faire en grandissant. Quand j'étais plus jeune, je rêvais d'être mannequin.

Intéressant. Il la voyait bien défiler sur un podium et se l'approprier, comme elle le faisait sur la scène du Peach Pit.

— Et ?

— Et ensuite j'ai appris à quel point cette industrie est brutale. Et puis, dit-elle en haussant les épaules, j'aime manger.

— J'aime manger moi aussi.

Et pas que de la nourriture.

— En plus, avec la danse, je gagne de l'argent tout en gardant la forme. Mais j'ai pas besoin de m'affamer ou de m'entraîner avec un coach pendant des heures et des heures. Je monte quand même sur scène et je porte de jolies tenues. Mais je m'amuse aussi, au lieu de me pavaner sur un podium en ayant l'air d'un robot amorphe et sans personnalité. Je considère que j'y gagne au final.

Il était d'accord avec ça. Il ne l'aurait jamais rencontrée si elle n'avait pas travaillé dans le club géré par les Demons.

— Tous les gens qui ont eu la chance de te voir sur scène y gagnent aussi.

— Tu m'as vu danser qu'une fois.

— Et quel putain de numéro c'était.

Elle se faufila entre une autre étagère bondée et ne s'arrêta que lorsqu'elle fut à quelques centimètres de lui.

Elle se hissa sur la pointe des pieds, posa une main sur

son torse nu pour se pencher vers lui et l'embrassa légèrement.

En réalité, elle n'avait pas besoin de se hausser tant que ça, elle était plus grande que la plupart des femmes qu'il connaissait. Elle devait mesurer environ un mètre soixante-dix, soit seulement quinze centimètres de moins que lui. Sauf quand elle portait ses talons compensés de malade. Quand elle les avait aux pieds, elle pouvait le regarder dans les yeux ou même le dépasser de quelques centimètres.

Il passa un bras dans son dos et l'attira vers lui, écrasant ce qui devait être au moins un bonnet DD contre son torse nu. Même refaits, ses seins semblaient plus vrais que nature.

La magie de la médecine moderne. Mais il se demandait de quelle taille ils étaient avant les implants. Alors qu'il ouvrait la bouche pour lui poser la question, il se ravisa. Il préférait avoir une seconde chance de la voir nue en privé plutôt que d'être jeté dans le froid.

Elle posa la main sur sa joue barbue.

— T'aurais pu continuer à dormir.

— Et t'aurais dû me réveiller. J'avais des projets.

— Eh bien, ces projets devront attendre. Je dois aller bosser.

Il fixa son visage encore démaquillé, ses yeux étincelants comme deux saphirs.

— Tu bosses à quelle heure ?

L'étincelle disparut.

— Ce soir je vais encore finir tard. Je dois être là à seize heures pour me préparer et je travaille jusqu'à deux heures du matin.

— Putain.

— Je suis d'accord.

— Il se peut que je doive passer ce soir. Pour chercher T-Bone bien sûr.

— Bien sûr. T'as faim ?

— Je crève de faim.

—Je peux te préparer quelque chose avant de partir.

— C'est pas nécessaire. Je peux acheter un truc sur le chemin.

— Il faut que je mange quelque chose aussi, alors t'es le bienvenu.

— J'apprécie l'invitation et j'aimerais bien essayer ta cuisine une autre fois. Mais il faut que je fasse le point avec l'unité d'intervention vu que j'ai déjà dormi une bonne partie de la journée. Je pense pas m'être réveillé aussi tard depuis mes quinze ans.

— Tes parents te laissaient dormir aussi tard ? Quand j'avais pas école, on me disait à chaque fois de me bouger le cul et d'aller faire mes corvées.

Il rit.

— Je pouvais faire la grasse matinée que lorsque ma mère travaillait le week-end. Mon père s'en foutait. Il disait que j'avais besoin de repos parce que j'étais un garçon en pleine croissance. Mais ma mère ?

Il secoua la tête en se rappelant d'une fois où elle avait enfoncé la porte en lui criant d'arrêter de faire le flemmard.

À l'époque, ça l'avait fait rager. Aujourd'hui, il appréciait l'éthique de travail que sa mère lui avait inculqué. Dans ses souvenirs, ses deux parents avaient toujours travaillé dur. Du moins jusqu'à la mort de son père, il y avait quelques années.

Elle lui tapota la poitrine.

— Bon, même si tu restes pas manger, j'ai besoin de faire le plein et de me préparer pour le boulot.

Lorsqu'il la relâcha à contrecœur et qu'elle passa devant lui, une question soudaine se fraya un chemin dans sa tête.

— Hé...

Il lui attrapa le poignet et la fit pivoter vers lui.

Elle haussa les sourcils d'un air interrogateur.

— Tu ramènes souvent des hommes du club chez toi ?

— T'es sûre de vouloir me poser la question ?

— Oui... Non... Oui... Putain... Non... Bon sang.

Il aspira une longue bouffée d'air et ferma les yeux.

— Oui, soupira-t-il entre ses dents serrées.

Sans savoir si la réponse le hanterait pour toujours.

C'était un risque à prendre. Il espérait seulement ne pas le regretter.

— C'est ton dernier mot ?

Il hocha la tête comme le crétin qu'il était. Parce que, *putain*, il savait qu'il allait s'en mordre les doigts.

— Jamais.

Quoi ? Il ouvrit les yeux brusquement.

— Jamais quoi ?

— Si tu veux tout savoir, t'es le premier. Mais au cas où tu le saurais pas, mon invitation n'avait rien à voir avec ce qui s'est passé au Peach Pit, Rez.

— C'était juste parce que je transpire le sexe, c'est ça ?

Il passa une main sur ses abdominaux nus et remua les sourcils.

— Je te l'accorde. Tu transpires *vraiment* le sexe. Mais la différence, c'est que t'es pas un client. Je te considère comme un ami.

Lorsqu'il ouvrit la bouche, elle posa deux doigts dessus, pinça ses lèvres pulpeuses et le fit taire.

— Si tu me demandes si je couche souvent avec mes amis, ce sera la dernière question que tu me poseras de toute ta vie.

Il sourit sous ses doigts. Quand il hocha la tête, elle les retira.

— Reçu cinq sur cinq. Ma bouche a tendance à me mettre dans la merde.

— Je te crois sur parole. Tu m'as dit que t'avais pas de filtre.

— Malheureusement, mon filtre est jonché de trous béants.

Le rire grave de Saph en retour à sa réponse honnête fit bondir son cœur dans sa poitrine.

— Je suis surprise de voir que t'as pas les semelles marron à force de patauger dans la merde.

— J'ai acquis l'art et la manière d'esquiver la merde quand je m'en approche de trop près. Bref...

Passons à l'autre sujet merdique.

— Désolé de pas avoir tenu aussi longtemps qu'on l'aurait voulu.

— Ça va.

— C'est trompeur comme réponse. Ça peut vouloir dire que t'es vraiment OK avec ça, ou que tu l'es pas et que t'es juste polie.

— J'en ai rien à foutre de la politesse. Si ça m'avait dérangée, je t'aurais donné ta pile de vêtements et je t'aurais montré la porte.

— C'est bon à savoir.

Elle enfonça un doigt dans sa poitrine.

— Et je m'attends jamais à ce que ce soit génial la première fois.

Il commença à hocher la tête, mais s'arrêta lorsque ses mots pénétrèrent sa caboche.

— Quoi ?

Le sourire de Sapphire lui fit penser à un chat qui viendrait d'avaler un canari.

— Je te garde juste sur la pointe de tes petits pieds marron.

— Alors, c'était bien, hein ?

— Il faut que je réponde à ça ? T'es pas toujours dans mon appartement ?

— T'as déjà mis des hommes à la porte parce qu'ils avaient pas assuré au lit ?

— J'ai mis des hommes à la porte pour moins que ça.

Elle n'avait pas l'air de plaisanter.

— D'accord, alors je m'en vais pendant que je suis encore dans tes petits papiers. On se voit plus tard au club ?

Elle fronça les sourcils.

— Tu viens au Pit ce soir ?

— Si tu bosses, ouais. C'est le jour de l'an.

Il se tapa le talon de la paume sur le front.

— Oh putain, c'est le jour de l'an. J'ai pas besoin d'aller à La Planque.

— C'est quoi La Planque ?

— C'est... euh... le club des Blue Avengers.

— Pourquoi ça s'appelle La Planque ?

Putain.

— Je peux t'expliquer ça plus tard, quand on aura plus de temps ? C'est quand ton prochain jour de repos ? J'aimerais t'inviter chez moi.

— Pour dîner ?

— Bien sûr. Je peux nous commander quelque chose.

Ou demander à sa mère de préparer quelque chose. Non seulement elle adorait cuisiner, mais elle était en plus experte en la matière, et il n'aurait même pas besoin de lui dire que c'était pour deux. Tout ce qu'il aurait à faire, ce serait de demander un repas fait maison et elle préparerait assez de nourriture pour une fête de dix personnes.

— Tu cuisines pas ?

— Ma cuisine est à peine passable et je veux pas risquer de te donner une intoxication alimentaire.

— À ce point-là, hein ?

— Je suis juste honnête.

— Je préfère l'honnêteté aux conneries. Je vérifierai mon emploi du temps ce soir quand je rentrerai. Je t'envoie un texto ?

— Tu peux aussi m'envoyer un texto si tu vois T-Bone ?

— Je croyais que tu venais ?

— Si je viens, ce sera plus tard.

— Qu'est-ce qui a changé ?

Ce qui avait changé, c'était qu'il ne pouvait pas obtenir d'argent de Crew pour faire un achat au Peach Pit ce soir, parce qu'il avait oublié que c'était un putain de jour férié. Donc à moins que T-Bone ne fasse une apparition soudaine, la seule raison qu'il aurait de se rendre au club ce soir serait de regarder Sapphire sur scène, et il n'avait pas envie de voir la femme qu'il venait de baiser se foutre à poil dans une salle remplie de mecs. Mais il pourrait faire une exception si…

— Tu veux que je vienne ?

Elle lui tapota la joue.

— Ça fait jamais de mal de se faire plus de pourboires.

Elle rit et disparut derrière une étagère de vêtements.

Chapitre Neuf

IL REÇUT plusieurs textos de Sapphire pendant sa soirée de travail du jour de l'an. Le premier l'informait que son prochain jour de repos serait le vendredi. Ça le laissa sans voix que Saint lui permette de prendre un jour de repos alors que le club était habituellement bondé ce soir-là.

Il lui répondit immédiatement en lui envoyant un texto contenant son adresse et l'heure à laquelle elle était invitée à passer. Il lui envoya ensuite un deuxième texto pour lui dire d'apporter un sac et des affaires de rechange.

Il vit comme un bon signe qu'elle n'ait pas rechigné.

Le troisième texto lui demanda si elle avait vu T-Bone. Elle ne l'avait pas vu. Pas étonnant. Cet enfoiré avait pris le maquis et emmené la sœur toxicomane de Sloane avec lui.

Entre-temps, il devait obtenir plus d'argent de Crew pour pouvoir faire plus d'achats au Peach Pit.

Il devait aussi appeler sa mère et lui demander de lui préparer son plat vénézuélien préféré. Le *Pabellón Criollo*. Un plat qu'elle préparait chaque semaine sans faute. Et c'était généralement une raison idéale de lui rendre visite.

Le plat traditionnel se composait de bœuf effiloché, de haricots noirs, de riz blanc et de bananes plantains frites.

Mais cette fois, il lui dirait de ne pas mettre de haricots noirs. Pour une raison évidente. Il adorait ça, mais Sapphire n'apprécierait peut-être pas l'effet qu'ils avaient sur lui. Surtout lorsqu'ils seraient nus et se rouleraient sous les draps.

Le plan, c'était de la nourrir et de la baiser ensuite.

Un vendredi soir parfait à ses yeux.

Et engloutir des haricots noirs pourrait faire dérailler tout ça.

Bien sûr, sa mère fut ravie de sa demande et insista pour qu'il passe manger avec elle. Il se sentait coupable de lui avoir menti sur la personne à qui était destiné le repas, mais il n'allait certainement pas lui dire que c'était pour une femme. Parce qu'avant même que cette phrase ne quitte ses lèvres, elle aurait déjà fixé la date du mariage et envoyé les invitations. Elle le harcelait constamment pour qu'il lui offre des *nietos*. Et beaucoup.

Quand est-ce que tu vas me donner des petits-enfants, Antonio ? Quand ? Avant ma mort ? J'aurai jamais l'occasion de tenir les bébés de mon bébé ? Pourquoi tu fais ça à ta mère ?

Tout était toujours si dramatique avec elle, putain. Et sa façon de le faire culpabiliser…

Il soupira.

Elle répétait sans cesse qu'elle mourrait s'il ne s'installait pas rapidement avec une femme bien. Qu'elle mourrait si elle n'avait pas de petits-enfants. Qu'elle mourrait s'il ne venait pas dîner à la maison au moins une fois par semaine.

Rez était à peu près certain que cette femme vivrait éternellement juste pour continuer de le tourmenter.

Pour la convaincre de préparer un *Pabellón Criollo* sans qu'il soit forcé de poser son cul à table et de l'écouter s'acharner sur lui, il avait dû lui dire qu'il voulait que l'un de ses camarades des Blue Avengers goûte ce plat. Bien sûr, la première chose qu'elle avait faite après ça, c'était inviter cette personne à la maison.

Finalement, après un putain de miracle et un tas d'excuses, elle avait accepté de le faire, mais seulement s'il passait le chercher lui-même.

Ça signifiait automatiquement une visite de quatre heures. C'était impossible de passer à la maison rapidement quand elle était là.

Il devait se farcir tous les ragots du quartier en plus de tous les ragots à propos de sa famille au Venezuela. Il serait aussi forcé de faire disparaître quelques tâches de la « to-do list » de sa mère. Comme remplacer les piles des détecteurs de fumée ou resserrer une poignée de porte. Ou descendre quelque chose d'une étagère en hauteur.

En gros, la maison de sa mère était une toile dont elle était l'araignée et lui la mouche. Il se faisait prendre à chaque fois.

Malgré son agacement, il aimait et appréciait sa mère et, sincèrement, il espérait qu'elle serait encore là très longtemps. La mort de son père avait été un coup dur pour eux deux.

Il leur manquait cruellement chaque putain de jour.

Il secoua la tête pour se débarrasser des souvenirs qui l'accablaient et termina de couper des fraises. Heureusement, couper des fruits faisait partie des quelques compétences culinaires en sa possession. Il ne pouvait pas se planter. À moins qu'il ne soit jugé par le chef Gordon Ramsey sur ses talents de manieur de couteau.

La nourriture était au chaud dans le four et il était en train de mettre les fraises qu'il avait préparées dans un bol lorsque la sonnette de la porte retentit. Instantanément, sa bite tressaillit au souvenir de leur courte mais très chaude partie de jambes en l'air l'autre jour.

Ce soir, il était prêt à se rattraper. Il était douché, reposé et serait bientôt énergisé par la sublime cuisine de sa mère. *Gracias, Mamá.*

Après s'être essuyé les mains avec un torchon et avoir

rangé les fraises dans le réfrigérateur, il se dirigea vers la porte. L'ouvrir serait comme déballer l'emballage de sa sucrerie préférée.

Il jeta un coup d'œil dans le judas.

Putain de bordel de merde.

Il retira le verrou et ouvrit la porte d'un coup sec.

Putain, ouais.

— Salut, ma belle, la salua-t-il en faisant un pas en arrière pour la laisser entrer avec son sac pour la nuit.

Elle portait un jean moulant, un chemisier blanc décolleté mais ample sous une veste en cuir noir cintrée, et des bottes à talon en cuir noir qui lui grimpaient jusqu'aux genoux. Elle avait l'air délicieuse.

— Salut, bombe atomique, répondit-elle avec un sourire et une lueur dans ses yeux bleus.

Elle s'arrêta et inspira profondément.

— Y a quelque chose qui sent bon.

Il se pencha vers elle et fit glisser le bout de son nez le long de son épaule et de son cou.

— Ouais, toi. Je pourrais te manger tout entière.

— Je suis fraîchement douchée donc tu peux me mâchouiller sans souci.

— Tu me connais pas encore assez bien si tu crois que ne pas avoir pris ta douche m'aurait arrêté.

Il *adorait* l'odeur naturelle d'une femme, surtout lorsqu'elle était excitée.

Pendant qu'elle riait, il lui prit son sac des mains.

— Va dans la cuisine. Je vais aller ranger ça dans ma chambre à l'étage. Y a de la bière et une bouteille de vin dans le frigo. En plus de ça, j'ai pris du Twisted Tea et une limonade Mike's parce que j'étais pas sûr de ce que tu buvais.

— T'aurais pu demander, entendit-il dans son dos alors qu'il grimpait les marches en trottinant.

Il aurait pu, mais il pourrait déposer ce qu'ils n'avaient

pas bu à la chapelle des Blue Avengers. Il n'y aurait pas de gaspillage.

Son pavillon de trois étages n'était ni immense ni luxueux, mais il était parfait pour lui. Au rez-de-chaussée, il y avait un garage assez grand pour sa Hellcat et sa Harley, ainsi qu'une buanderie et un espace de rangement. Le premier étage comprenait l'espace de vie principal : une cuisine complète, un grand salon, une demi-salle de bain et un bureau. L'étage supérieur comprenait sa chambre à coucher avec salle de bains attenante, une chambre d'amis et une salle de bains complète dans le couloir.

Il déposa le sac de Sapphire dans sa chambre et vérifia rapidement que tout était à sa place avant de redescendre rapidement.

Il la trouva accoudée au comptoir de la cuisine, le poing serré autour d'une bouteille de Twisted Tea.

Elle haussa sa bouteille vers lui en le voyant.

— J'ai jamais bu ça avant. C'est bon. Ce serait bien que le Pit vende des boissons en bouteille comme celles-là, parce que Mutt c'est vraiment le pire quand il s'agit de préparer quoi que ce soit.

— M'en parle pas. Les seules choses qu'on peut boire sans risquer l'intoxication, c'est de la bière, du soda ou de l'eau.

— C'est encore une raison qui explique la chute de nos affaires. Une gérante super sympa...

— C'est toujours Cookie, n'est-ce pas ?

— Officiellement, c'est toujours la gérante adjointe, *quand* elle décide de se pointer. Ensuite, y a Saint, l'adorable connard en chef, et le reste des idiots du village qui dirigent cet asile de fous.

— Oublie pas la nouvelle équipe de danseuses hautement qualifiées, dit-il en plaisantant.

Elle renifla doucement, puis but une nouvelle gorgée d'alcool.

— Oui, si t'aimes voir un torchon humide se balancer autour d'une barre. Elles ont l'air de se faire chier pendant leur numéro. J'ai essayé de les aider...

Elle soupira et prit une longue lampée de sa boisson.

— Comme Mel quand elle était manager, conclut-il.

— Oui, j'ai essayé de reprendre son flambeau, mais je me suis retrouvée dans une impasse, à me cogner la tête contre le mur, alors j'ai abandonné.

Il passa autour d'elle, ouvrant les armoires et sortant les accessoires nécessaires pour dresser la table. Comme il mangeait généralement seul, il s'asseyait rarement dans la cuisine et préférait manger sur le canapé devant son énorme téléviseur. Sa mère considérait que c'était une mauvaise habitude, mais c'était une habitude qu'il n'était pas prêt à abandonner.

— Quand j'ai pris ma boisson, j'ai remarqué un énorme bol de fraises coupées en morceau.

— C'est le dessert.

Elle le regarda fixement, la tête penchée sur le côté.

— Juste des fraises coupées ?

— De la crème fouettée aussi.

Elle haussa les sourcils d'un air interrogateur.

— C'est pour plus tard, insinua-t-il.

— Oh ?

— Plus tard, répéta-t-il plus fermement.

Son sourire devient taquin.

— Alors, heureusement que j'aime les fraises et que j'y suis pas allergique.

Heureusement. Mais, *putain*, il aurait dû lui poser cette question aussi. Ça aurait mis un frein à ses plans si elle avait tout à coup eu besoin d'un EpiPen pendant qu'ils faisaient l'amour.

Elle posa son Twisted Tea, l'aida à mettre la table et à servir le repas. Lorsqu'ils s'assirent, elle prit une autre inspiration profonde.

— Putain, y a de quoi faire jouir une femme affamée.

Elle mélangea un peu de riz au bœuf effiloché et porta sa cuillère à sa bouche, puis mâcha lentement en fermant les yeux.

— C'est génial.

Elle avala et rouvrit les yeux.

— Carrément. Putain. Je croyais que tu cuisinais pas ?

— Je cuisine pas.

Elle enfourna une bouchée de bœuf effiloché et ses yeux se retournèrent pratiquement dans leurs orbites. *Beau travail, maman.*

— Dans quel restaurant t'as trouvé ça ? Il faut absolument que j'y retourne.

Il fit de son mieux pour garder son sérieux.

— Ça s'appelle la Casa de Alvarez.

— C'est dans le coin ?

Elle fronça les sourcils.

— Attends... Ton nom de famille c'est Alvarez...

— Belle et intelligente par-dessus le marché.

Il enfonça une tranche de plantain frit dans sa bouche. La perfection. Et l'un de ses accompagnements préférés.

— Mes parents ont immigré du Venezuela et ma mère aime toujours préparer les plats traditionnels.

Elle leva une tranche de plantain plantée au bout de sa fourchette.

— Mes compliments au chef.

— Je ferai passer le message.

Mais il ne préciserait pas d'où venaient ces compliments exactement.

— Comment ça se fait que je connais pas ton prénom ?

— Je connais pas le tien non plus, rétorqua-t-il.

Il prit une gorgée de sa bière.

— Antonio.

— Antonio Alvarez, roula-t-elle dans sa bouche. Je devrais pas t'appeler Tony plutôt que Rez puisqu'on a échangé quelques fluides corporels ? Je pense qu'à ce stade, on devrait se servir de nos prénoms.

— Tous les gens qui me connaissent bien m'appellent Rez.

— Et Tony ?

— Non.

Elle leva les yeux de son assiette.

— Non quoi ?

— Ce nom est réservé à ma mère. Quand elle utilise pas mon nom complet. Quand je l'ai pas faite chier, je suis Tony. Quand je l'ai mise sur les nerfs ou qu'elle est déçue de moi, c'est Antonio.

Elle rit.

— Bien sûr. Bon alors, je t'appellerai pas Tony parce que je veux vraiment pas te rappeler ta mère. Ça pourrait mettre un coup à certains trucs. Et je parle pas du genre de coup qui fait du bien.

—Je préfère Rez.

— Non.

Elle posa un long ongle manucuré sur ses lèvres en faisant mine de réfléchir.

— Tonio.

— Non.

Elle haussa les épaules.

—J'aime bien.

Il grogna.

— Moi j'aime pas.

— Mais comme ça, je continuerai à te surprendre, dit-elle en le taquinant.

— Et je serai toujours surpris de pouvoir te regarder dans les yeux quand tu portes ces foutus talons compensés.

Le rire coquin de Sapphire lui fit toutes sortes d'effets. Ça lui donna notamment envie d'engloutir le reste de son repas et de l'encourager à faire la même chose pour qu'ils puissent passer à la suite du programme de la soirée.

— Écoute, appelle-moi comme tu veux. Tant que mon nom est dans ta bouche pour une bonne raison, ça me dérange pas. Mais puisqu'on en parle... Tu m'as jamais donné ton vrai nom. Je sais que c'est pas Sapphire.

— Comme ton surnom, je préfère le mien aussi puisque je passe plus de temps dans la peau de Sapphire qu'autre chose.

Elle lui jeta un coup d'œil rapide de l'autre côté de la table.

— Quoi qu'il en soit, je sais pertinemment que t'as fait passer ma plaque dans ton fichier et que t'as trouvé toutes ces infos par toi-même. Alors c'est pas la peine de me raconter des salades.

— J'ai pas le droit de faire ça sans raison valable.

— T'avais une raison. Juste pas une raison qui concerne ton boulot.

— C'est discutable puisque maintenant t'es mon contact principal au Peach Pit.

— Sans avoir obtenu mon accord.

— Ça te dérange ? Je me suis dit que tu te foutais de ce qui arriverait à ces connards.

— Ça me dérange pas du tout. J'aimerais qu'ils disparaissent tous et que tout redevienne comme avant, même si je sais que c'est une chimère. Les choses seront plus jamais les mêmes. Mais si je suis ton contact principal, comme tu le dis, tu penses pas que je devrais savoir ce qui se passe ? Ça m'a un peu blessée que Mel refuse de partager cette info avec moi, sa meilleure amie *et* sa confidente.

— Tu veux dire la raison pour laquelle Finn s'est fait passer pour une Quéquette ?

Il avait prévu de lui en parler ce soir, du moins de lui dire ce qu'il pourrait partager sans lui révéler trop de détails non plus.

— Oui. Je veux dire, j'ai bien vu qu'il était pas celui qu'il prétendait être le jour où Saint a traîné Mel dehors et qu'il a débarqué au club avec le meurtre dans le regard. Grognant comme un ours mal léché et super protecteur.

Elle soupira d'un air rêveur.

— Oh, pour l'amour du ciel, putain. T'es en train de baver sur Fifi Brindacier ?

— Si tu l'as pas déjà remarqué, il est canon. Et mieux encore, il sait *bouger*. Et surtout, il est parfait pour Mel. Il la rend heureuse et il la soutient. La plupart des hommes qui ont des tendances alpha refusent de partager leur femme avec le monde entier. Surtout lorsque les partager veut dire les laisser danser nues sur scène, où des foules de mecs les dévorent du regard et ont l'esprit rempli de pensées plus salaces les unes que les autres.

— Mel dansait pas sur scène quand il l'a rencontrée, lui rappela-t-il.

Et Finn était peut-être d'accord pour qu'elle possède ou travaille dans un club pour hommes, mais Rez était à peu près certain que son frère du MCBA ne tolérerait pas que Mel recommence à se déshabiller sur scène.

Cependant, il ne dit rien là-dessus, car Mel et Sapphire étaient très proches et que ces propos lui arriveraient certainement aux oreilles, ce qui pourrait causer un problème entre eux. Il n'avait pas l'intention d'être celui qui apporterait le malheur au paradis.

— Pas faux.

— Contrairement à toi.

Si t'étais ma femme, je te laisserais jamais grimper sur scène et devenir la putain de pompe à sperme de tous les mecs dans la salle. Tu serais exclusivement à moi.

Il savait aussi qu'il ferait mieux de ne pas dire ça.

Il s'impressionnait franchement, son filtre avait l'air de fonctionner ce soir. Il ne lui restait plus qu'à s'assurer que ça dure.

— Eh bien, heureusement que j'ai pas à m'inquiéter que

quelqu'un me reproche quelque chose que j'aime faire. N'est-ce pas ?

Elle haussa un sourcil pour souligner ses propos.

— Je me disais que tu préférais éviter de monter sur scène. T'étais une hôtesse formidable. Mel te couvre d'éloges constamment et on voit bien que t'aimes les gens.

— Il faut les aimer pour faire ce que je fais. Mais je montais quand même sur scène chaque fois que Mel avait besoin de moi. C'était pas fréquent, mais les pourboires étaient toujours intéressants. La vérité, c'est que j'aime ce métier dans son ensemble. Tu sais pourquoi ?

T'es exhibitionniste ?

— T'aimes l'attention ?

Est-ce que cette réponse était meilleure que celle qui lui était passée par la tête initialement ? Probablement pas, mais il était trop tard pour revenir en arrière.

Elle haussa les épaules.

— C'est pas important. En dépit de ce que peuvent penser les dragons de vertu, cette carrière est valorisante. Tu sais qui nous donne le plus de fil à retordre en découvrant qu'on fait du strip-tease ?

— Les fondamentalistes ? Les évangélistes ? Les puceaux qui vivent encore dans le sous-sol de leur maman ?

— Les autres femmes.

Ça ne devrait pas le surprendre. Il avait souvent vu des femmes être des « chipies » entre elles. Dire qu'il fallait qu'elles se soutiennent entre elles était une chose, le faire pour de vrai en était une autre.

— C'est vraiment décevant de voir combien de femmes se permettent d'en juger une autre. Elles disent haut et fort qu'il faut qu'on se soutienne mutuellement ou qu'on ne doit pas hésiter à se relever les unes les autres, mais lorsqu'il s'agit de le faire, y a plus personne. Mel c'est une femme qui pratique ce qu'elle prêche et qui continue de le faire. C'est l'une des raisons pour lesquelles on est devenues amies si vite.

— Si elle venait en aide aux danseuses, c'était pour tellement plus que d'assurer la rentabilité du club.

Sapphire hocha la tête et avala une autre bouchée de plantain.

— On a le même état d'esprit. On n'est pas gênées par ce qu'on fait. On sait toutes les deux que cette carrière peut être lucrative en faisant les choses bien. Un club ça peut être une vraie vache à lait s'il est bien géré.

Elle secoua la tête.

— Mel a fait de son mieux pour que le club continue de fonctionner à merveille après l'arrivée des Demons et le départ forcé de Laura. Elle est *douée. Vraiment* douée. C'est pourquoi, si j'avais les moyens, j'hésiterais pas une seconde à devenir son associée. Mel est géniale.

— Ça c'est clair. Mais toi aussi, Saph.

Il remarqua encore une fois qu'il ne connaissait toujours pas son vrai nom. Et malgré ce qu'elle pensait, il n'avait pas relevé sa plaque d'immatriculation. Ce serait un abus de pouvoir puisqu'il aurait fait ça pour des raisons purement personnelles.

— Je suis bonne dans mon boulot. Je l'apprécie normalement. Je suis heureuse normalement. Combien d'autres personnes, hommes ou femmes, peuvent dire la même chose ?

— Tu penses encore tout ça maintenant ?

— Ça a changé uniquement à cause de ce qui s'est passé avec ce club et les personnes qui le dirigent. Si Mel, non *quand* Mel mettra son club sur pied, je serai la première à la rejoindre. Je serais absolument ravie. J'aimerais avoir les fonds nécessaires pour les lui donner. Pour devenir sa partenaire.

— Mais tu les as pas.

— Non, et plus ce club se casse la figure, moins je gagne d'argent.

— Une raison de plus pour trouver un autre endroit où bosser, même temporairement.

— Je peux pas travailler de neuf à cinq, Rez. J'ai pas ça dans le sang.

— J'ai pas ça dans le sang non plus, alors je te comprends.

— Donc tu vas enfin me dire ce que toi, Finn et le reste de tes potes super sexy vous traficotez avec les Demons ?

— Je peux pas tout te dire, mais ils font l'objet d'une enquête.

— J'ai déjà compris ça. Mais pour quoi ? Vente de drogue ?

— C'est plus que de la vente de drogue.

Elle écarquilla ses grands yeux bleus et posa sa fourchette sur son assiette presque vide.

— Des armes à feu ? Du trafic sexuel ?

— Non. Allez, on va faire un marché. Tu me donnes ton vrai nom et je te dis tout ce que je peux sur l'enquête.

Il haussa la main.

— Et je te le dis seulement parce que travailler au Pit, comme tu l'appelles, te met au cœur de l'affaire. En plus, j'ai l'intention de venir pour faire des achats. Ce serait bien que j'ai des yeux à l'intérieur.

Hors de question qu'il lui parle des caméras cachées pour le moment. Ça pourrait la déranger de savoir que l'unité d'intervention enregistre les filles sur scène. Même si ce n'était pas pour ça que les caméras avaient été installées.

— Mes yeux.

— Ouais. Comme tu détestes les Demons, je me suis dit que ça te dérangerait pas de garder un œil sur autre chose que T-Bone.

— Et tu cherches T-Bone parce qu'il est une cible de votre enquête ?

Pas tout à fait.

— Ton nom d'abord, les détails ensuite, insista-t-il.

Chapitre Dix

Ton nom d'abord, les détails ensuite.

Il pourrait l'appeler de tous les putains de noms qui lui passaient par la tête s'il avait des informations sur l'enquête concernant les Demons. Son nom de naissance était un petit prix à payer. En plus de ça, elle avait prévu de lui donner, même s'il finissait par ne pas l'utiliser.

— Sapphira Loukanis.

Elle pinça les lèvres lorsque la tête de Rez tressaillit.

— Sapphira quoi ? Louke-anus ?

— Loukanis. Lou... ka... nis, prononça-t-elle lentement.

— Comme le plongeur olympique ?

— C'est Louganis. Mon nom de famille est grec. Je suis pas sûre de l'origine du sien.

— En tout cas c'est un nom à coucher dehors.

— C'est clair, et personne sait comment l'écrire. Très jeune, j'ai appris à épeler mon nom automatiquement chaque fois que je le donnais. Les gens l'orthographiaient toujours mal. Et le prononçaient encore plus mal.

— Grec, hein ? J'aurais jamais deviné avec tes yeux bleus.

— Certains ont les yeux bleus, mais c'est rare. La

couleur de mes yeux vient en fait du côté de ma mère. Du côté de mon père, je suis une immigrante de troisième génération. Je suppose que toi t'es de première génération ?

— Absolument.

— Et tu parles espagnol ?

— Couramment, mais seulement quand c'est nécessaire. Être bilingue m'a permis d'être embauché par la police régionale d'Allegheny Sud. Et toi ?

Elle secoua la tête.

— Je parle très peu l'espagnol. J'en ai fait un peu au lycée.

Un sourire sexy traversa son visage barbu.

—Je parlais du grec.

Bien sûr qu'il parlait du grec. Elle le savait mais voulait jouer avec lui un peu. Avant de jouer avec lui beaucoup plus tard.

— Quand mes grands-parents ont appris l'anglais, ils ont arrêté de parler grec. Mon père a jamais appris, donc la langue m'a pas été transmise.

— T'aurais aimé qu'ils te l'enseignent ?

— Qui aimerait pas être bilingue ou même polyglotte ?

Il fronça les sourcils.

— Poly quoi ? J'ai entendu parler de polyamoureux, mais polyglotte ? C'est une nouvelle sorte de tendance sexuelle ?

— Seulement si t'es sexuellement excité par une langue étrangère, je suppose. Un polyglotte c'est quelqu'un qui parle plusieurs langues. Une compétence que j'aimerais avoir.

— Tu pourrais toujours apprendre.

Elle haussa les épaules.

— Alors... Sapphira, hein ?

Elle haussa les sourcils.

Il haussa ses épaules larges et musclées.

— Je veux dire, je doute pas de ce que tu dis. Désolé si

c'est l'impression que t'as eue. C'est tellement proche de ton nom de scène.

Il avala une nouvelle gorgée de bière, ce qui attira les yeux de la jeune femme sur sa gorge tendue.

— Mais c'est approprié. Ça veut dire Sapphire en grec ?

— En fait, non. Ça veut dire « pierre précieuse » en hébreux.

Elle leva une main.

— Mon père est grec. Pas ma mère. L'ascendance du côté de ma mère serait trop longue à expliquer et c'est pas important. Disons juste que je suis à moitié grecque et à moitié européenne.

— Et t'es cent pour cent magnifique. Je remercie tes ancêtres pour les gènes qu'ils t'ont légués. Alors, tu veux que je t'appelle Sapphira, Phira, Sapphire, Saph... Tu préfères quoi ?

— Y a que ma famille qui m'appelle Sapphira. Mais il vaut mieux que tu m'appelles comme tu le fais déjà pour pas déraper au club. Et en parlant du Pit, je veux entendre ce que t'as à dire sur les Demons.

— Ça reste entre nous.

Elle hocha la tête.

— Promets-moi, Saph. C'est une énorme enquête qui implique plus de quarante-cinq membres des forces de l'ordre. On parle pas d'une contravention ou d'un petit vol. C'est une histoire massive et si ça s'ébruitait, ça pourrait mettre en danger non seulement l'enquête mais aussi mes collègues de l'unité d'intervention.

Elle croisa les doigts et dessina un X sur son cœur.

—Je jure que je dirai rien. Par contre il se pourrait que j'organise la fête du siècle si ce MC s'effondrait et était réduit en cendres.

— C'est exactement ce qu'on a l'intention de faire. La partie effondrement et tas de cendres, pas la fête. Mais je viendrai si t'en organises une. On viendra tous. Mais si on veut les faire tomber, on peut pas se foirer. Je te dirai ce que tu dois savoir, et pour le moment, je peux te révéler que l'essentiel.

— Je peux ajouter que j'aimerais aussi être présente dans un coin pour observer leur chute ? demanda-t-elle.

Avec un léger grognement, Rez baissa la tête et la secoua.

— Mel sait tout ?

Son amusement disparut rapidement.

— Je suis pas sûr de ce qu'elle sait.

— D'accord, dis-moi ce que tu peux.

Il tira sur sa barbe et la fixa de l'autre côté de la table. Pendant un instant, elle crut qu'il avait changé d'avis.

— Je fais partie d'une unité d'intervention fédérale antinarcotique spécialement mise en place pour démanteler les Demons, dit-il finalement.

— Ils vendent quel type de drogue ?

Elle en avait une petite idée, mais ils étaient vraiment discrets à propos de leur trafic.

Elle pensait à de l'herbe et peut-être à quelque chose d'un peu plus fort, mais elle en eut la confirmation lorsqu'il répondit enfin.

— De la méthamphétamine. Et ils se contentent pas de la vendre, ils en font tout un trafic. Ils s'approvisionnent auprès d'un cartel mexicain à la frontière et livrent le gros de la marchandise à une autre organisation criminelle de Pittsburgh.

Elle fronça les sourcils.

— Quel genre d'organisation criminelle se trouve à Pittsburgh ?

Pour l'essentiel, elle aimait la ville et l'avait toujours considérée comme sûre.

— La Cosa Nostra.

Putain de merde.

— La mafia ?

— Oui. On parle pas de revente au coin de rue. C'est tout un réseau criminel.

Pas étonnant que ces crétins de Demons soient impliqués dans des affaires dangereuses.

— Et vous êtes quarante-cinq pour faire tomber un seul MC ?

— Pas dans notre groupe. Y a trois groupes de quinze. Notre groupe couvre la Pennsylvanie, un autre la Virginie-Occidentale et un autre l'Ohio. Les trois États où les Demons ont des clubs et élargissent leur territoire.

— Putain. On dirait qu'ils sont en train de construire un empire.

— Ils essaient.

— Mais les héros dont tu fais partie ont pour mission de détruire leur château avant qu'ils finissent de construire leur royaume.

— Plus ou moins. Est-ce que ça arrêtera le flux de méthamphétamine dans notre État ? Discutable. Mais on peut pas rester les bras croisés et laisser faire.

— Un travail ingrat, conclut-elle.

— La plupart du temps. Parfois, il peut être gratifiant aussi. T'as peut-être déjà rencontré Crew au club ou peut-être même chez Mel. C'est un agent principal de la DEA et il est responsable de notre groupe.

— Ah, oui, le renard argenté. Celui qui est un peu arrogant.

— T'aurais dû juste l'appeler « l'arrogant », soupira-t-il.

— Je l'ai pas assez côtoyé pour dire ça. Alors, T-Bone fait partie de ce trafic, mais pourquoi le traquer lui en particulier ?

— T'as rencontré Decker. La sœur de sa femme s'est retrouvée mêlée aux Demons parce qu'elle est accro à la méthamphétamine. T-Bone la prostituait et en échange, il lui filait de la défonce. Mais elle est à l'article de la mort.

Sloane et Decker font tout leur possible pour la retrouver et la désintoxiquer avant qu'il soit trop tard.

Elle posa ses doigts sur ses lèvres béantes.

— Putain de merde.

— Ouais, la dernière fois qu'ils l'ont retrouvée, ils l'ont emmenée à l'hôpital parce qu'elle était plus qu'un sac d'os, mais cet enfoiré s'est pointé et est reparti avec elle. Depuis, on a plus revu ni le prospect et ni la sœur de Sloane.

— C'est une des cibles de l'enquête de l'unité d'intervention ?

— Non, certains d'entre nous recherchent Sadie pour aider notre frère. L'unité d'intervention se concentre uniquement sur les Demons.

— Sadie, c'est la sœur de Sloane ?

— Sadie Parrish c'est son nom. Si t'entends l'un de ces connards le mentionner, écoute attentivement et dis-moi ce qui a été dit. On est à l'affût de toutes les pistes.

C'était assez simple. Non pas qu'elle écoutait habituellement ce que ces motards hors-la-loi racontaient. En fait, elle essayait plutôt de les ignorer et d'oublier jusqu'à leur existence. Il faudrait peut-être qu'elle se mette en tête de carrément écouter aux portes. En évitant de se faire prendre, bien sûr.

— Tu crois qu'elle est encore en vie ?

Elle sentit son cœur se serrer lorsqu'il hésita un moment. Elle ne pouvait imaginer la peur qui la rongerait constamment si un membre de sa famille tombait dans la drogue.

— J'espère pour Sloane, et pour Decker, qu'elle est en vie, répondit-il. Malheureusement, même si on la retrouve vivante, elle est peut-être déjà trop accro pour pouvoir être désintoxiquée un jour.

— Oh mon Dieu. J'ai vu des danseuses être complètement ravagées par la drogue. Laura et Mel prenaient soin de les écarter de l'écurie du Pit parce qu'elles voulaient pas que le club ait ce genre de réputation. Elles pouvaient retrouver leur emploi une fois clean, mais pas une minute plus tôt, parce que Laura était intransigeante là-dessus. La consommation de drogue peut être comme un virus et se propager. Personne veut voir une strip-teaseuse tellement défoncée qu'elle a l'air d'un zombie.

— Certaines de ces nouvelles danseuses ont cet air-là.

— C'est peut-être à cause de la drogue ou parce qu'elles en ont rien à foutre. Mais maintenant je me demande si les Demons leur fournissent pas plus que de l'herbe pour les faire danser.

— C'est possible.

— Merde, murmura-t-elle. Ça me fait les détester encore plus et j'étais même pas sûre que ce soit possible.

— Si je te dis ça, en plus de te demander de rester à l'affût de T-Bone et de Sadie, c'est que tu pourrais me voir passer dans le club pour faire des achats.

— *Ah*, et moi qui pensais que tu venais pour me voir, dit-elle d'un ton taquin.

— T'es la cerise sur la gâteau, Saph. J'ai toujours envie de te voir. Mais, pour être honnête, quand t'es à poil, je préfère pas avoir à te partager avec une salle remplie de mecs.

— Tu veux me garder pour toi.

— Eh bien, pas comme un psychopathe.

Un rire grimpa dans la gorge de Sapphire.

— C'est bon à savoir.

— En parlant de nudité... Tu voulais encore du *Pabellón Criollo* ?

Il fit un geste du menton vers son assiette maintenant vide.

Qu'est-ce que sa nudité avait à voir avec le dîner ?

Oooh. Elle secoua la tête et un large sourire se dessina sur son visage.

— Je crois que je suis prête pour le dessert.

— T'es pas la seule.

Chapitre Onze

Alors qu'elle était allongée sur le ventre et complètement nue au milieu de son lit, elle agrippa les serviettes sous son corps. Des serviettes qu'il avait installées bien avant qu'ils ne montent à l'étage après le dîner.

Elle approuvait le type de « dessert » qu'il aimait.

Sur le lit, près de sa hanche, se trouvait le bol de fraises coupées en morceaux. Sur sa table de nuit se trouvait la bombe de crème fouettée, même s'il n'avait pas encore entamé cette partie du programme.

Rez avait soigneusement placé de fines tranches de fraise espacées de quelques centimètres le long de sa colonne vertébrale, de sa nuque jusqu'à l'entrée de sa raie, et elle avait frissonné lorsque les fruits frais étaient entrés en contact avec sa peau.

Une fois son festin prêt, il remonta le long du corps de Sapphire, ramassant chaque tranche aussi lentement qu'il les avait déposées juste avant, en ne se servant que de sa bouche. Sa courte barbe rugueuse la chatouilla. Ses lèvres effleurèrent sa peau et sa langue laissa un sentier humide sur son passage.

L'idée du bandeau lâchement attaché autour de ses yeux

était une touche agréable. Ça l'obligeait à se concentrer sur les mouvements de Rez en se servant de tous ses sens à l'exception de la vue. Par conséquent, ce qu'elle entendit lui indiqua qu'il ne recrachait pas les fraises après, mais les mangeait plutôt.

— Je veux plus jamais manger de dessert autrement.

Le grondement profond de Rez vibra jusqu'à sa chatte.

Elle lutta contre un frisson.

— Je veux pas non plus te voir le faire autrement, répondit-elle avec le souffle court.

Elle devait reconnaître que cet homme était créatif.

Ses lèvres effleurèrent un point puis l'autre, et elle dut lutter pour ne pas se tortiller comme une anguille et faire tomber les fruits sur le matelas. Il ne faisait peut-être que manger des fraises sur son corps, mais *putain*, elle avait l'impression d'être vénérée à chacune de ses bouchées.

Cet homme était plein de surprises. De bonnes surprises. Contrairement à certains des hommes qu'elle avait fréquentés dans le passé, et qui n'étaient que des nids de mauvaises surprises. Elle était généralement douée pour repérer ces mecs-là, mais certains parvenaient parfois à passer entre ses filets. Surtout lorsqu'elle était plus jeune et qu'elle laissait ses désirs décider à la place de son cerveau.

Une fois les fraises le long de sa colonne vertébrale avalées, il posa le plat de sa langue sur le haut de sa nuque, puis avec *une lenteur atrocement excitante*, lécha le jus en redescendant vers sa croupe.

Le bout de sa langue titilla le haut de sa fente une seconde ou deux, puis le lit remua, ce qui lui indiqua qu'il tendait à nouveau le bras vers le bol.

Elle espérait qu'il avait prévu assez de fraises pour qu'elle puisse faire la même chose sur lui.

Une à une, il déposa les morceaux sur son cul. Dessinant un…

Smiley sur chaque fesse ?

Elle étouffa un rire en confirmant qu'il s'agissait bien de deux smileys.

Elle adorait son côté joueur. Le sexe ne devait pas forcément être sérieux, il pouvait aussi être amusant. Et même un peu dingue. Rez était en train de s'assurer que cette soirée serait tout ça et plus.

Après avoir lentement mangé les smileys, il sépara ses deux fesses et glissa quelques morceaux dans sa fente. Sentir son visage dans cet endroit si intime, son souffle chaud et sa langue exploratrice, fit frémir son clitoris.

Une fois sa dégustation terminée, s'étant assuré de ne gaspiller aucune fraise, il la retourna.

—Je peux enlever le bandeau maintenant ?

— Pas encore.

Apparemment, il n'avait pas fini de s'amuser.

Tant mieux, parce qu'elle n'avait pas fini non plus. Elle comptait non seulement continuer de profiter de ce qu'il lui faisait, mais avait également bien envie de faire joujou à son tour. Il ne s'était pas encore servi de la crème fouettée et cette bombe lui faisait les yeux doux.

Il fit glisser un morceau de fraise sur ses lèvres, laissant le jus les couvrir.

— Ouvre.

Quand elle s'exécuta, il la plaça sur sa langue.

Elle garda le fruit en équilibre sur sa langue tendue et attendit l'ordre suivant

— Vas-y, mange.

Les fraises étaient parfaitement mûres, dotées de la dose de sucre idéale. Elle la mastiqua rapidement et avala ensuite, puis il posa un autre morceau sur le bout de ses lèvres.

— Ouvre.

Il répéta cette opération plusieurs fois avant de descendre le long de son corps, utilisant les morceaux de fruit pour dessiner des motifs sur ses seins. Il en plaça un sur le bout de chacun de ses tétons douloureux avant de les gober l'un et l'autre.

Oh oui, c'était amusant. Mais plus encore, c'était érotique.

Plus il mangeait son « dessert », plus elle mouillait.

Il installa d'autres morceaux le long de son estomac et en mangea même un dans son nombril.

Puis il percha un morceau sur son monticule avant de le faire glisser entre ses lèvres chaudes et fermes. Mais à part le contact de ses doigts sur sa peau lorsqu'il plaçait les morceaux de fruit sur son corps, il ne la touchait toujours qu'avec sa bouche et rien d'autre.

Lorsqu'il se servit d'un morceau frais pour titiller son clitoris, elle eut le souffle coupé et haussa les hanches pour l'encourager à manger un peu plus que le fruit.

Il n'en fit rien. Il avait décidé de se contenter de l'aguicher. De la pousser au bord du gouffre sans lui permettre de tomber.

Deux personnes pouvaient jouer à ce petit jeu-là…

Elle arracha le bandeau et le jeta de côté.

— À mon tour.

Comme elle s'y attendait, il sourit de toutes ses dents.

— Je suis surpris que t'aies tenu si longtemps.

Elle roula sur le côté du lit et pointa le doigt vers le centre.

— Toi. Là. Maintenant.

Il haussa les sourcils.

— Oui, Madame. Sur le ventre ou sur le dos ?

— Sur le dos. J'ai l'impression que ça sera pas long.

Il ricana en prenant place, son épaisse érection oscillant entre ses jambes.

— Putain. Tu me laisseras jamais oublier cette première nuit, n'est-ce pas ?

Ce n'était pas ce qu'elle voulait dire, mais elle ne le corrigea pas. Il n'arrêtait pas de mentionner la vitesse de son orgasme cette nuit-là, mais, honnêtement, elle n'avait pas eu à s'en plaindre. Leur partie de jambes en l'air n'avait pas été un marathon, mais avait tout de même été excellente et ils en étaient tous deux sortis satisfaits.

Mieux encore, elle ne regrettait pas d'avoir couché avec lui, ce qui avait été le cas avec d'autres mecs dans le passé. C'était tout ce qui comptait à ses yeux.

La perle de précum suspendue à son gland lui mit l'eau à la bouche, bien plus que les fraises. Elle attrapa le bandeau qu'elle avait jeté sur le matelas et l'enroula autour de la tête de Rez jusqu'à ce que ses yeux soient totalement recouverts, mais elle le serra beaucoup plus fort que lui tout à l'heure.

Elle ne voulait pas qu'il triche.

— Je dois aussi t'attacher au lit ?

Sa bite tressaillit sur sa hanche, là où elle était allongée.

— C'est ton truc ?

— Ça peut l'être.

Son rire grave lui arracha un sourire.

— Je préfère avoir les mains libres.

Il fallait qu'elle tâte le terrain.

— La prochaine fois, alors.

— Peut-être la prochaine fois.

Elle entendit la surprise dans son ton.

Si tout se passait bien ce soir, elle espérait qu'il y aurait une prochaine fois. Elle l'aimait bien. Elle lui faisait confiance. Et il n'était pas con comme un putain de clou. Donc il avait ça pour lui.

Autant de points positifs à ses yeux.

Elle prit la bombe de crème fouettée sur la table de nuit, la secoua et se débarrassa du bouchon en plastique.

Lorsqu'elle grimpa sur son corps étiré et s'installa légèrement sur son torse, il leva les mains pour lui attraper les hanches. Elle fit gicler une petite noisette de crème sur ses lèvres.

— Non, dit-elle quand il se mit à se lécher les babines.

Il se figea comme frappé par la foudre.

— Laisse-moi faire.

Elle se pencha en avant et lécha la crème sur ses lèvres d'un coup de langue.

— *Mmm*. C'est à mon tour de savourer ce dessert servi sur ce plateau si sexy.

Son sourire s'élargit.

— Fais-toi plaisir.

— On t'a déjà bandé les yeux ?

— Une fois, admit-il en remuant légèrement sous elle.

— Et ?

— J'ai vite réalisé que même si l'idée d'être dominé sexuellement paraît excitante, en réalité c'est pas pour moi.

— Mais ma tenue l'autre soir sur scène t'a mis dans tous tes états, lui rappela-t-elle.

— Bien sûr. Mais encore une fois, c'est l'idée qui m'a fait fantasmer, pas l'acte réel. Et putain, cette tenue était sexy à crever sur toi. Jusqu'à présent, j'ai rien vu qui montre que t'es une vraie dominatrice.

— Parce que j'en suis pas une. C'était qu'un costume. C'est une scène et un numéro, tu te souviens ?

— Comment je pourrais oublier ce numéro ou ce costume ?

— C'est pour ça que j'ai une pièce entière remplie de vêtements.

— J'aimerais te voir dans d'autres tenues du même genre.

— Combien de temps tu penses qu'elles resteraient sur moi ?

— Umm... Pas longtemps ?

Le ricanement qu'elle entendit ensuite la fit vibrer.

— Revenons à nos moutons...

Elle lui pinça le téton, ce qui le fit sursauter.

— On regarde pas.

— Je regardais pas !

—Je sais. C'était juste un avertissement.

Elle glissa le long de son corps imposant jusqu'à ce qu'elle se retrouve installée sur son bassin. Elle fit gicler une ligne de crème fouettée de son gland à ses couilles en longeant sa tige épaisse, puis la suivit d'un coup de langue sensuel.

—Putain de merde, s'écria-t-il.

Elle ne faisait que commencer.

Elle recommença. Puis elle agrippa la base de sa queue et recouvrit son gland de crème avant de l'avaler profondément et de faire pivoter sa langue autour pour profiter de chaque goutte.

—Mmm. À la fois salé et sucré. Délicieux.

Elle couvrit son gland de crème et le suça à nouveau.

Cette fois, un son étranglé quitta les lèvres de Rez.

— Ce sera bientôt plus salé que sucré si tu continues de me faire ça.

Elle l'ignora et descendit vers ses couilles, qui pendouillaient lourdement entre ses cuisses musclées.

Après les avoir arrosées de crème fouettée, elle les prit dans sa bouche et promena sa langue dessus.

—Putain, Saph. Un homme a ses limites, gémit-il.

— C'est rien.

—Peut-être pour toi. Vu à quel point j'ai envie de toi en ce moment, tu prends de gros risques en me suçant la queue et les couilles. J'étais déjà proche de la rupture quand je mangeais les fraises sur ton corps de bombasse.

L'ignorant à nouveau, elle tint sa trique droite sous ses yeux, aspergea une nouvelle couche de crème fouettée sur le gland et le coiffa d'un petit morceau de fraise, comme un petit chapeau charmant. Elle jeta un coup d'œil sur son visage et remarqua que sa mâchoire était assez tranchante pour couper du verre. Il serrait les dents pour tenter de garder le contrôle.

Et comme elle tout à l'heure, il agrippait les serviettes de toutes ses forces.

Elle allait devoir faire court, car elle crevait d'envie de lui grimper dessus et de faire un tour sur sa nouvelle monture.

Elle le prit en bouche, avala la fraise et la crème mélangée à son précum, puis le relâcha avec un bruit sec avant de grimper sur son corps à quatre pattes.

Lorsqu'ils se retrouvèrent face à face, lui ayant toujours les yeux bandés, elle glissa une fraise entre ses lèvres et pressa sa bouche contre la sienne. Lorsqu'ils s'embrassèrent, il lui chipa la fraise de la bouche et l'avala d'un trait.

Elle recommença.

Et encore une fois.

Leurs lèvres étaient collantes et sucrées. Leurs baisers tellement délicieux.

Il était excellent. Ce n'était ni bâclé ni trop sec. Juste parfait.

Et chacun de leurs baisers lui serrait la chatte, faisait gonfler son clito et donnait à ses seins l'envie irrépressible de réclamer plus d'attention.

Elle était prête à passer à la vitesse supérieure. Elle avait besoin qu'il soit en elle et mourrait d'envie d'être secouée par un orgasme intense. Et elle voulait vraiment voir la satisfaction s'installer sur son visage une fois qu'il aurait craché. Comme l'autre soir.

Lui faire plaisir lui faisait plaisir. Qu'il soit excité l'excitait. L'entendre gémir lui arrachait des gémissements.

Elle coinça une autre fraise entre ses dents, mit le bol de côté et attrapa le préservatif sur la table de nuit.

Lorsqu'il entendit l'emballage être déchiré, il tendit la main vers le bandeau.

— Non, dit-elle d'une voix cinglante pour l'arrêter.

— Mais...

— Laisse-le là pour le moment, dit-elle autour de la fraise qu'elle avait dans la bouche.

—Je veux te voir.

— Tu me verras. Mais en attendant, sers-toi de ton imagination.

—Je fais ça depuis des semaines, Saph…

Vraiment ?

— Des semaines ?

— Depuis la première fois que je t'ai vue.

Si c'était physiquement possible de fondre sur place, elle serait déjà une flaque d'eau. Toutefois, la chaleur de ses mots lui remua l'estomac tandis que sa bite tressaillait entre ses doigts alors qu'elle faisait glisser le préservatif dessus.

Une fois le préservatif en place, il tendit les bras pour l'attraper et la faire rouler sous son corps, mais elle planta ses deux mains sur sa poitrine et le repoussa sur le matelas.

— Bouge pas. Je gère.

— Elle gère, marmonna-t-il vers le plafond.

Il ne put pas le voir, mais la résignation dans sa voix lui arracha un sourire.

Elle laissa tomber sa poitrine sur la sienne et lui prit à nouveau la bouche avant d'installer la dernière fraise dedans, puis cala une main entre eux pour aligner sa queue face au but. Elle ne glissa pas dessus tout de suite, mais le fit attendre jusqu'à ce qu'elle ait fini de l'embrasser.

Une fois leur baiser arrivé à son terme, elle se redressa mais hésita encore un moment. Juste pour le mettre sur les nerfs.

— Tu fais traîner les choses, grommela-t-il.

— C'est vrai.

— C'est une drôle de façon d'assassiner quelqu'un.

— Ça te tue ? le taquina-t-elle.

— Ce sera un meurtre avec préméditation. Mais je serais prêt à abandonner les charges, si…

Il grogna quand elle commença à s'enfoncer sur sa tige.

— D'accord, t'as mérité un sursis.

— Merci, monsieur l'agent. Je me sens honorée. On peut la fermer maintenant ?

Il pinça les lèvres et pendant une seconde, elle regretta de lui avoir bandé les yeux, parce qu'elle mourait d'envie de les voir dévorer son visage, surtout lorsqu'elle vit les recoins se plisser avec humour.

Bientôt.

L'amusement et les jeux étaient maintenant terminés et il était temps de passer aux choses sérieuses.

Elle commença à le chevaucher lentement, prenant le temps d'apprécier sa longueur et sa circonférence. Ou *putain*, juste de l'apprécier tout court.

La façon dont ses abdominaux se contractaient lorsqu'elle grimpait et retombait sur sa queue. Sa mâchoire barbue et anguleuse. La forme de ses lèvres entrouvertes. Les sons encourageants qui s'échappaient d'elles.

Son cou veineux. Ses épaules larges. Ses bras et ses jambes puissants.

Sa façon de caresser son clito d'une main et son sein de l'autre.

Cet homme était incroyable et, à vrai dire, un peu trop beau pour être vrai.

Cette pensée l'inquiétait, alors pour le moment, elle la mit de côté. Elle devait se concentrer sur le moment présent et rien d'autre. Parce que ce moment était garanti. La suite ne l'était pas.

Elle alterna les doux mouvements circulaires et les balancements d'avant en arrière, chevauchant à la fois sa queue et sa main installée sur son clito. Elle se servit de son corps musclé pour se faire le plus grand bien et atteindre son premier orgasme.

Et quand il arriva enfin, il lui fit l'effet d'un pétard explosant entre ses jambes. Elle hurla et tomba en avant, coinçant son bras entre eux jusqu'à ce que l'intensité de cet orgasme et ses répliques s'estompent finalement. Une fois le soufflet retombé, elle reprit possession de son corps après cette sensation qui lui avait donné l'impression de léviter.

Mais elle n'en avait pas encore fini avec lui. Au contraire. Et bien sûr, il n'en avait pas fini avec elle non plus.

Sa longueur dure et palpitante resta enfouie en elle. Sa respiration était maintenant saccadée, tout comme celle de l'homme sous son corps. Quelques perles de sueur étaient apparues sur le front de ce dernier.

Avant qu'elle ne puisse lui arracher le bandeau des yeux, il prit la liberté de le faire lui-même, découvrant un regard d'une détermination aveuglante.

Elle savait exactement ce que ses yeux révélaient. Et son expression ne nécessitait aucune interprétation…

Avec un grognement, il la fit rouler sous lui et intervertit leurs positions. Il s'installa entre ses jambes, sa queue frappant à sa porte déjà ouverte. Elle lui déroula le tapis rouge, ayant hâte de voir le spectacle commencer, tandis qu'il fixait son visage et plantait ses yeux sombres dans les siens.

— T'as pris ton pied, maintenant je prends le mien.

Ses mots n'auraient pas dû la faire frissonner, mais c'était pourtant exactement l'effet qu'ils avaient eu sur elle. Et ce n'était pas parce qu'ils lui avaient donné froid dans le dos, mais parce qu'au contraire ils avaient fait grimper la température.

Pendant qu'il « prenait le sien », elle espérait connaître un autre orgasme aussi intense que le premier.

Plantant les mains dans le matelas pour garder l'équilibre, il se mit à l'asséner de coups de reins violents et profonds, frappant tous les bons points. Prenant ce qu'il voulait et, en retour, lui donnant ce dont elle avait besoin.

Elle s'accrocha à lui, enfonçant ses ongles dans sa chair, pressant ses talons derrière ses cuisses musclées, s'agrippant à lui comme à un joli souvenir tandis qu'il montait en puissance et l'entraînait dans les bas-fonds. Chassant toutes les pensées importunes de son esprit, elle se concentra uniquement sur lui et sur ce qu'il était en train de lui faire.

Elle ferma les yeux, balança la tête en arrière et gémit son nom alors qu'il continuait de la pilonner sans merci.

— Oui... Oh mon Dieu, oui...

La puissance et l'intensité de cet homme allumèrent un feu de joie entre ses jambes et en attisèrent les flammes jusqu'à ce qu'elles se propagent sur chaque centimètre de son corps déjà au bord de la folie.

Il touchait chaque partie de son être sans même le faire physiquement.

Sa respiration laborieuse remplit ses oreilles. Son visage déterminé remplit sa mémoire. Le poids de son corps l'enfonça plus profondément dans le matelas, la maintenant juste là. Là où il voulait qu'elle soit. Là où elle voulait être.

Accompagné de grognements vibrants, il enchaîna les coups de reins. Il était comme une machine bien réglée, ne ralentissant jamais, ne sautant jamais une mesure.

Déterminé à les mener tous les deux à leur destination finale.

Lorsqu'elle fit glisser ses ongles le long de sa colonne vertébrale et attrapa sa nuque, elle ouvrit les yeux et vit que les siens étaient ouverts également.

Il ne se perdait pas dans ce qu'il était en train de faire. Il se perdait en *elle*.

Il écarquilla les yeux juste assez longtemps pour qu'elle s'en aperçoive avant que ses paupières ne redeviennent plus lourdes.

Il captura sa bouche et sa respiration en poussant profondément en elle, remuant les hanches avec une flexibilité que beaucoup d'hommes n'avaient pas. Ils savaient en général pousser les reins en avant mais n'ajoutaient jamais ces petits mouvements circulaires qui faisaient toute la différence et offraient à ces femmes heureuses un vol sans escale vers l'orgasme.

Il connaissait toutes ces méthodes.

Et s'en servait.

Et de façon experte.

Oh ouais. Cet homme savait s'y prendre et avait besoin de le prouver. C'était exactement ce qu'il faisait ce soir, même si elle n'avait jamais douté de ses talents. Il se rattrapait pour ce qu'il pensait avoir été un coup d'épée dans l'eau l'autre soir, alors qu'en fait il avait tout faux.

Elle comprenait. Il ne voulait pas la décevoir. Elle ne voulait pas le décevoir non plus. Mais elle n'était pas déçue d'un iota. Elle était même impressionnée et sur un petit nuage.

Avec tout ce qu'il avait fait l'autre soir, avec tout ce qu'il faisait ce soir, pas une seule plainte ne franchirait ses lèvres. Lorsque son deuxième orgasme de la nuit la frapperait, seul un autre gémissement sonore parviendrait à franchir ses lèvres closes.

— Saph, expira-t-il. Plus ta chatte palpite autour de ma queue, plus je me rapproche. Il faut que...

Il n'eut pas besoin de terminer.

Son orgasme la heurta comme un train de marchandises, la renversant et la traînant derrière lui. La laissant à la fois désossée et à bout de souffle.

Lorsqu'il se crispa, elle comprit qu'il avait atteint son point de rupture. Il avait probablement tenu bon tout ce temps-là juste pour elle.

— Merci, putain, dit-il d'une voix rauque.

Il enfonça ses genoux plus profondément dans le matelas, lui mit le coup de reins le plus puissant possible, s'arrêta et jouit entre ses jambes. Mais il ne resta pas totalement immobile, il continua au contraire à faire des petits mouvements circulaires alors que tous deux profitaient de l'après-coup de leur orgasme.

Avec un frisson, il se laissa tomber sur elle, enfouissant son visage dans son cou. Il murmura quelque chose contre sa gorge, mais elle n'arriva pas à comprendre ce que c'était.

Il resta dans cette position plus longtemps que prévu, mais elle n'était pas non plus pressée de faire le moindre mouvement, car pour une raison quelconque, elle trouvait le poids de son corps réconfortant.

Elle fit glisser ses doigts le long de son dos, tandis que lui les passait lentement dans ses cheveux. Tous deux attendant que leur respiration rapide ralentisse et que leur pouls cesse de battre à tout rompre. Que la brume se dissipe.

— Je regarderai plus jamais les fraises de la même façon, dit-il le visage enfoui dans son cou.

Elle sourit vers le plafond. Elle non plus.

— Tant mieux. J'espère que tu penseras à ce moment à chaque fois que t'en mangeras.

Il haussa la tête et s'installa de façon à pouvoir la regarder dans les yeux.

— Alors putain, j'espère que ma mère me servira jamais de gâteau aux fraises quand j'irai dîner chez elle.

— Ça pourrait être un peu gênant, convint-elle.

Lorsqu'il ricana, sa bite encore dure glissa plus profondément en elle.

— Ma mère fait la meilleure *Torta de Piña*. Ce soir, j'ai appris un truc... J'utiliserai jamais l'ananas pour les préliminaires. Je préfère pas penser au sexe quand je suis assis en face d'elle et que je mange sa cuisine.

— Bien pensé.

— Je t'écrase ? demanda-t-il.

— Pas du tout.

— Je vais devoir bouger bientôt.

Malheureusement.

— Mais ça veut pas dire qu'on peut pas recommencer après, ajouta-t-il

— C'est pas pour ça que tu m'as dit d'apporter mes affaires ?

Une expression traversa son visage avant qu'il ne puisse la cacher.

Elle fronça les sourcils.

— Non ?

— Absolument.

Avec un profond soupir, il attrapa le haut du préservatif rempli avant de glisser de sa chatte et de rouler hors du lit avec un grognement. Après l'avoir retiré, il jeta un coup d'œil vers elle, vautrée au milieu du lit, et lui tendit la main.

— Il est temps de prendre une douche.

Elle observa rapidement le bordel qu'ils avaient fait tous les deux. Il avait été malin d'installer des serviettes sur les draps.

— Je suis d'accord.

Il inclina sa tête sombre vers la salle de bains attenante.

— Ma douche est assez grande pour deux.

Elle roula vers le bord du lit et s'assit avant de poser la main dans la sienne.

— On se débrouillerait même si elle était minuscule.

Il entrelaça leurs doigts et l'aida à se lever.

— J'aime ta façon de penser.

Chapitre Douze

UNE FOIS DE PLUS, il avait dû laisser son arme dans le véhicule qu'il avait emprunté, ce qui le mettait sur les nerfs alors qu'il déposait ses clés et son téléphone portable dans le panier et passait le détecteur de métaux du Peach Pit.

Ou du « Pit », comme l'appelait désormais Sapphire. Un mot qui voulait dire « fosse » et qui correspondait un peu mieux à l'état actuel du club.

Il avait une petite liasse de billets fédéraux dans la poche avant de son jean et avait encore une fois son couteau en céramique attaché à son mollet. Il haussa le menton vers le prospect nommé Chubs bossant à la porte, puis lui tendit un bifton de cinq froissé pour payer l'entrée.

Il était là ce soir pour deux raisons. D'abord pour son boulot au sein de l'unité d'intervention. Et l'autre ?

La belle brune qui travaillait ce soir.

La femme qui s'était frayé un chemin dans sa poitrine et avait fait son nid dans son cerveau.

Non seulement elle avait passé la nuit chez lui vendredi, mais elle était revenue lundi soir, car c'était la seule nuit où le club était fermé. Elle avait apporté un sac de rechange et un sachet de plats à emporter de chez Bangin' Burgers, l'un de ses restaurants de hamburgers préférés.

Il ne se lassait pas de cette femme, qu'elle soit nue ou habillée. Elle était intelligente, drôle et pouvait tolérer les conneries qui s'échappaient parfois de sa bouche avant qu'il ne puisse les arrêter.

Elle lui disait que c'était attachant. Mais il savait que la plupart des gens ne seraient pas de cet avis. À l'exception de ses frères du MCBA, qui étaient tous des casse-couilles professionnels. Entre tous les membres de leur MC, rien de ce qui sortait de leur bouche n'était considéré comme offensant ni même particulièrement surprenant. En fait, c'était même plutôt attendu.

Il ne savait pas si Sapphire allait monter sur scène ce soir ou si elle allait juste bosser en salle. Dans tous les cas, c'était un moyen facile de garder un œil sur elle tout en faisant son travail.

Pour la sécurité de Sapphire, bien sûr. Il ne faisait clairement pas confiance à ces putains de Deadly Demons.

Lorsqu'il franchit la porte du hall d'entrée et pénétra dans la salle principale, la puissance de la musique lui frappa les tympans comme un marteau de forgeron. Les basses étaient tellement bruyantes qu'elles déformaient *Gorilla* de Bruno Mars.

Ça devrait être un putain de crime. Tout comme ce qui se passait sur scène.

L'une des nouvelles danseuses se tenait à côté de la barre, retirant lentement les couches de vêtements qu'elle portait. Au-delà de son effeuillage, elle bougeait à peine. Ne dansait pas. Ne se déhanchait même pas.

Rez balaya la salle du regard, non pas à la recherche de Sapphire, mais pour voir comment le « public » réagissait à cette performance pathétique.

Pas très bien.

Ça ne valait même pas cinq centimes de frais d'entrée, sans parler de cinq dollars.

Pendant son inspection rapide de la salle principale du Pit, il n'aperçut pas la femme qui avait quitté son lit plus tôt dans la journée pour rentrer chez elle et se préparer pour le boulot. Au lieu de ça, il remarqua que Cherish et Porsche s'occupaient de la poignée d'hommes en salle et que tout le monde était concentré sur elles plutôt que sur la scène. Rez ne les blâmerait certainement pas.

Au moins, ces deux femmes savaient ce qu'elles faisaient. Et elles le faisaient bien. Elles avaient toutes les deux le sourire aux lèvres, étaient très aimables et flirtaient avec les clients. Elles savaient comment faire le tour de la grande salle en remuant les hanches sensuellement. Pas comme la danseuse actuellement sur scène, qui était maintenant en string et qui se déplaçait sur la scène et autour de la barre comme un robot en plein bug.

Une fois que les trois danseuses restantes seraient chassées de la scène pour manque de pourboires, le club pourrait aussi bien fermer pour la nuit. Les Demons ne pourraient plus blanchir l'argent de leur trafic, car il n'y aurait presque plus de transactions de cash dans la salle. Rester ouvert uniquement pour vendre de la drogue serait une mauvaise idée.

Les Demons possédaient maintenant beaucoup d'autres commerces où faire ça.

Rez était d'accord avec Sapphire. Mel devait ouvrir son propre club dans la région et le faire rapidement. Non seulement elle s'en mettrait plein les poches, mais elle aiderait également l'économie locale.

Et elle rendrait certains hommes bien plus heureux que les tristes crétins présents ce soir.

Il fallait qu'il discute avec Finn pour voir si certains d'entre eux pouvaient se réunir pour aider à faire en sorte que ça se produise le plus tôt possible. Il n'aimait pas que Sapphire reste sous la coupe de Saint.

Ce n'était peut-être pas à lui de prendre cette décision pour elle, mais ça ne voulait pas dire qu'il n'avait pas d'opinion là-dessus. Et bien sûr, il n'avait pas peur de la partager.

Comme il ne voyait Sapphire nulle part, il se rendit directement au bar où Mutt avait l'air de se faire chier à mourir à cause de la faible affluence de ce soir.

— Ça va ? demanda Rez au prospect des Demons quand il arriva devant lui.

— Il t'faut quoi ?

Sapphire, nue et se tortillant sous son corps.

— Donne-moi une bouteille de Corona.

Ça ne devrait pas être trop risqué.

— Tu veux un citron avec ça ?

Il jeta un coup d'œil à l'endroit indiqué par Mutt. Les quartiers de citron vert étaient tellement desséchés qu'ils avaient l'air pétrifiés.

— Non. Je vais la prendre sans.

Mutt hocha la tête et se dirigea vers la glacière située à l'extrémité du bar. Rez se retourna et posa ses deux coudes sur le comptoir en bois rayé derrière lui. Quelqu'un ne s'occupait clairement pas d'entretenir l'endroit.

Et ce quelqu'un se dirigeait vers lui.

Magnifique.

Le DEC, le Demon en chef, s'arrêta juste devant Rez.

— Tu fous quoi ici ?

Mutt se plaça derrière Rez et posa la bière près de son coude.

— Merci. Je te paie dans deux minutes.

Il reporta son attention sur Saint et pencha la tête vers la bouteille.

— Premièrement, je suis là pour la bière.

Il s'efforça de ne pas lever les yeux au ciel en pensant à la raison suivante.

— Deuxièmement, pour regarder tes danseuses enthousiastes et super douées. Troisièmement, pour acheter de la barbe à papa. J'ai une soudaine envie de sucre.

Il fit glisser la pulpe de son pouce sur une de ses narines

Le visage de Saint était glacial. Froid, dur et très peu accueillant. Pas terrible pour quelqu'un qui dirigeait un club de « divertissement » pour adultes.

— T'as du blé pour tout ça ?

— J'en ai assez pour me dépanner ce soir, répondit Rez. J'attends d'autres contrats cette semaine. Quand ce sera bon, je reviendrai t'en prendre plus.

Saint pencha la tête et le fixa plus longtemps qu'il ne l'aurait voulu. Si ce connard se croyait intimidant…

Sans quitter des yeux le motard devant lui, Rez attrapa sa bière et la brandit vers Saint avant de la porter à ses lèvres. Il but la moitié de sa bière sans se presser avant de la reposer sur le comptoir.

Il attendit encore un moment sans rien dire.

Comme l'homme resta debout devant lui en silence, Rez reprit la parole.

— Tu me bloques la vue, Saint. J'ai payé cinq dollars pour ça.

Non pas qu'il ait vraiment envie de regarder la danseuse sur scène.

— Quand est-ce que vous allez commencer à engager de vieilles strip-teaseuses en maison de retraite ?

— Si ça t'plaît pas, t'es pas obligé de t'pointer. Y a plein d'autres putains d'strip-club de ce côté d'l'État.

Il n'y en avait pas vraiment. Quelques-uns ici et là, en fonction du zonage local. Toutefois, l'un d'entre eux, situé sur le territoire des Dirty Angels, était à la fois détenu et géré par ce MC. Rez n'était jamais allé au Club pour Hommes du Paradis des Anges, mais il était certain qu'il devait être bien meilleur que celui-ci.

— T'as raison, y en a quelques-uns. Mais ils offrent pas ce qui est offert ici.

— Tant qu't'as du blé, Mutt t'filera c'que tu veux.

L'homme tourna le dos à Rez et les yeux de ce dernier se posèrent sur les patchs du MCDD du motard. Il fit de son mieux pour ne pas ricaner en observant Saint s'en aller. Le motard ne fit que quelques pas avant de s'arrêter.

Personne ne l'avait interpellé. Personne ne lui avait barré la route. Il s'était juste arrêté, putain.

Quelques secondes plus tard, ses bottes de motard pivotèrent et il retourna vers Rez.

Putain.

Rez se redressa et tira les épaules en arrière, repliant légèrement les genoux et serrant les poings pas trop fort. Il était prêt à suivre Saint sur le putain de terrain sur lequel il voulait l'emmener.

S'il grattait l'allumette, la forêt prendrait feu. Rez n'avait pas l'intention de se retenir de foutre une raclée à ce connard. Ce n'était certainement pas une baltringue et ce putain de motard n'allait pas le convertir.

Mais les mains de Saint restèrent lâchement le long de son corps.

Ça ne voulait pas dire que Rez allait baisser sa garde. Aucun Demon n'était digne de confiance.

Rez haussa légèrement le menton et croisa le regard plissé du type.

— J'ai filé ta carte à mon prez. Il aimerait qu'tu fasses du boulot chez nous à Uniontown.

Fous-moi le camp !

Il joua les idiots.

— Ça veut dire quoi chez vous ?

— Le club de notre association. Les travaux qu'on devait faire étaient presque terminés mais ces connards de flemmards se sont barrés sans finir.

— Merde.

Rez tira sur son menton barbu.

— Vous avez besoin de faire quoi et en combien de temps ?

— D'la construction.

Putain de merde.

— Ouais, ça j'avais compris vu que je bosse dans la construction.

— J'te donne une semaine pour faire le reste.

— J'ai même pas encore vu le boulot à faire.

Non pas qu'il refuserait une opportunité d'entrer dans leur club d'Uniontown.

— Tu veux c'putain d'boulot ou pas ?

— Ouais. Je le veux.

— T'as dit qu't'avais un pote pour t'aider. Tu vas avoir besoin d'lui.

— Pas de problème. On a tous les deux besoin de blé.

Rez baissa la voix.

— Ou on pourrait faire du troc, comme je l'ai dit l'autre jour.

— Une fois qu'tu seras là-bas, tu pourras t'arranger avec Wolf. C'est pas mes affaires.

Rez continua de jouer l'ignorant en fronçant les sourcils.

— C'est qui Wolf ? Votre président ?

— Il dirige la Tanière du Loup.

— C'est quoi la Tanière du Loup ?

— Notre putain d'club à Uniontown. Tu poses beaucoup trop d'putains d'questions.

Rez devait rester prudent, car le motard perdait patience.

— C'est pas comme si vous aviez une putain de brochure.

Ou un site web.

— Je peux parler quand à ce Wolf ?

— Tu vas rester là toute la nuit ?

— J'avais prévu de rester une heure ou deux. Ensuite je me tire pour profiter de cette barbe à papa.

— J'te retrouve quand j'aurai parlé à Wolf.

— Pourquoi tu me donnes pas son numéro ?

— Il a ta carte. Si j'te retrouve pas plus tard, j'lui demanderai d'te joindre directement.

Rez fit un grand sourire.

— Je pourrais vraiment utiliser du boulot en plus.

— J'en ai rien à foutre.

Rez continua de faire semblant d'être excité par l'opportunité et de ne pas savoir que Saint était un putain d'enfoiré.

— C'est cool que tu lui aies transmis ma carte. Tu le regretteras pas.

— Vaut mieux pas.

Saint secoua la tête et s'éloigna.

Le sourire de Rez devait être aveuglant.

Son cul de Vénézuélien venait d'obtenir une entrée à la Tanière du Loup. Il était impatient de raconter ça à Crew. Le chef de l'unité d'intervention allait juter dans son slibard.

———

Même si Cookie, l'assistante-manager, était plus souvent présente depuis que Saint le Sot était devenu officiellement le manager du club, la plupart du temps, le club fonctionnait sans pilote. Les prospects et les danseuses étaient censés contacter Sot en cas de problème.

Mais bien sûr, il y avait toujours un problème et aucun n'était jamais résolu.

Par contre, si la vieille dame de Sot était là plus souvent, ce n'était pas tant parce qu'elle s'était soudain acheté une éthique de travail, mais parce que Saint niquait quelques-unes des nouvelles filles.

En fait, presque toutes.

Généralement dans son bureau. Parfois dans la loge des filles, devant tout le monde.

Sapphire ne savait jamais ce qui l'attendait lorsqu'elle entrait dans les loges ou était forcée d'aller chercher Sot dans son bureau. Une chose qu'elle essayait d'éviter comme la peste.

Toutefois, elle avait l'impression qu'il les obligeait à le baiser, qu'elles le veuillent ou non, en les menaçant de les virer. Et la plupart des femmes qui dansaient au Pit n'avaient pas un CV assez décent pour briller sur le marché de l'emploi.

Sapphire ne les jugeait pas, car le sien n'était pas bien mieux. Elle travaillait dans des clubs pour hommes depuis qu'elle avait dix-neuf ans. Donc elle comprenait bien comment elles s'étaient retrouvées coincées entre le marteau et l'enclume.

Sot étant l'enclume.

Seules Cherish, Porsche et elle ne se laissaient pas entuber par les conneries de Sot. Chaque fois qu'il menaçait leur emploi, elles haussaient simplement les épaules ou l'envoyaient balader avant de tourner les talons. Elles étaient les meilleures danseuses qui restaient à cet enfoiré depuis qu'il avait physiquement traîné Mel à la sortie et l'avait virée. Il ne pouvait pas se permettre de les perdre et il était conscient que sans elles, plus aucun client ne franchirait la porte de cet endroit.

Et toutes les trois voulaient se tirer d'ici. Porsche et Cherish demandaient constamment à Sapphire si elle savait quand Mel ouvrirait son propre club, puisque toutes les deux étaient les meilleures amies du monde.

Même si elle pouvait facilement se trouver un emploi dans un autre club, ces deux femmes étaient aussi la raison pour laquelle Sapphire n'avait pas encore claqué la porte. Elle avait endossé le rôle de Mel, protégeant les filles et aidant les nouvelles à préparer leurs routines. *Si* elles étaient intéressées, bien sûr. Beaucoup ne l'étaient pas. Elles pensaient que la seule compétence nécessaire pour se faire de l'argent sur scène était de se foutre à poil.

C'était loin d'être le cas, mais elle en avait marre d'essayer de les convaincre. Elle avait assez de bleus sur le front à force de se cogner la tête contre le mur. Toutefois, son offre restait ouverte. Si elles venaient la voir d'elles-mêmes, elle serait heureuse de les aider.

Heureusement, Mel était en train de chercher des biens immobiliers à acheter pour en faire un club. Elle s'était dit que ce serait moins coûteux de repartir de zéro et de concevoir son club selon ses goûts que d'acheter un autre club et de le remettre à neuf.

Plus important encore, elle voulait l'ouvrir dans le même quartier que le Peach Pit et, si possible, les mettre en faillite en attirant toutes les bonnes danseuses et les bons clients du quartier.

Un énorme « va te faire foutre » au visage des Demons.

Sapphire était carrément partante pour leur cracher au visage et rêvait d'avoir les fonds nécessaires pour participer à ce « va te faire foutre » collectif. Elle n'avait peut-être pas l'argent, mais elle soutiendrait son amie de toutes les manières possibles.

Elle soupira en sortant de la loge et en marchant dans le couloir. Cookie étant introuvable ce soir, elle avait été forcée de pister Sot pour lui faire part de son inquiétude.

Les filles s'étaient plaintes, à juste titre, de l'absence d'entretien dans la loge. Les ampoules étaient grillées. La moquette n'avait pas été nettoyée depuis des mois. L'une des toilettes était bouchée et hors d'usage, et l'une des douches fonctionnait mal, donc il ne leur restait en gros qu'une de chaque. Si l'une d'entre elles tombait en panne, elles étaient foutues.

Sot et sa voleuse de pourboires de femme avaient ignoré

ces problèmes, ne souhaitant pas réinvestir un centime du Pit ou du MCDD dans l'établissement.

Le motard en chef était un manager horrible et ne serait même foutu de gérer un camion de hot-dogs.

Elle tourna à droite. Au bout du couloir sur la gauche, juste devant la sortie arrière qui servait aussi d'entrée aux employés, se trouvait le bureau du gérant. Elle fut prise d'effroi lorsqu'elle vit que la porte était fermée.

Elle se pencha plus près et entendit des bruits qui indiquaient que Sot était là. Elle frappa à la porte.

— So…

Elle grimaça et corrigea son *faux pas*.

— Saint !

— Ouais ! répondit une voix clairement agacée derrière la porte.

— Il faut que je te parle d'un truc, cria-t-elle à son tour en espérant qu'il l'entende par-dessus la musique.

Le DJ, si on pouvait l'appeler comme ça, était à chier. Sa seule compétence était de lancer un morceau. Quelque chose qu'un enfant de trois ans pourrait faire. Il ne savait pas du tout comment équilibrer les basses et les aigus ni comment passer d'une chanson à l'autre de manière fluide, contrairement aux DJ professionnels qui travaillaient au Peach Pit autrefois.

Mais elle devrait savoir qu'il fallait s'attendre à rien avec les employés du club, ou du moins pas à un quelconque professionnalisme de leur part. Ils n'étaient que des corps qui avaient été embauchés pour remplir l'espace vacant. Ils n'avaient ni les compétences ni le sens des affaires nécessaires pour faire du club un succès.

Tout comme l'homme se trouvant derrière cette porte fermée.

— Quoi ? aboya Sot.

Sapphire leva les yeux au ciel et inspira.

— C'est à propos de la loge.

Pendant quelques secondes, elle n'entendit rien d'autre en provenance du bureau.

— Vas-y entre ! hurla-t-il avant d'ajouter un tas de grognements qu'elle ne put pas comprendre.

Elle ferma les yeux et se prépara à ce qu'elle trouverait en ouvrant la porte.

Tout était possible.

Elle n'aurait pas dû être surprise de ce qu'elle découvrit en poussant la porte.

Il tenait Sunny, l'une de leurs nouvelles danseuses, penchée en avant, le poing enfoncé dans ses cheveux pour lui plaquer le visage violemment contre le bureau. Elle portait une tenue d'écolière comprenant des chaussettes à hauteur de genoux, une mini-jupe plissée à carreaux, un chemisier blanc boutonné et ceinturé à la taille et deux jolies nattes. Cette jupe était remontée sur ses hanches et exposait ses fesses.

Eeeeeeeeet, bien sûr, le jean de Sot était baissé autour de ses cuisses et il plongeait sa bite répugnante entre les jambes de la pauvre femme.

— Tu vas bien ? demanda Sapphire à Sunny sans faire un pas de plus.

Pour sa propre sécurité, elle resta près de la porte.

Avant que Sunny ne puisse répondre, Sot lui plaqua le visage sur le bureau encore plus fort.

— Mêle-toi d'tes affaires, putain. Elle va bien parce qu'elle a ma queue dans la chatte.

C'était discutable.

Elle prendrait Sunny à part plus tard et s'assurerait qu'elle était bien consentante.

— À moins qu'tu veuilles t'joindre à nous ?

Sapphire avala la bile qui lui montait à la gorge.

— Ou putain, tu veux juste t'rincer l'œil ?

Malheureusement, elle était obligée de les regarder faire si elle voulait parler à ce connard.

— Regarder cette connerie ça t'fait mouiller, hein ?

Non, exactement le contraire, en fait. Elle était maintenant aussi sèche que le désert du Sahara. En fait, son vagin avait déjà fait son sac et s'apprêtait à fuguer.

— Si t'es pas là pour prendre ta part, alors tu veux quoi, putain ?

Que tu meures d'une mort longue et douloureuse pour toute la misère que t'as causée et que tu causes encore. Elle se débarrassa de cette pensée obscure et inattendue.

— Il faut qu'on règle les problèmes de la loge. Je sais pas ce qui s'est passé avec l'équipe de nettoyage, mais si elle travaille encore, c'est qu'elle fait vraiment un travail de merde.

Sot ne répondit pas et continua de pénétrer Sunny tout en regardant le décolleté de Sapphire, la lèvre inférieure coincée entre ses dents.

Est-ce qu'il fantasmait sur elle en baisant Sunny ?

Elle trouva la force de s'empêcher de vomir.

— Et alors, putain ?

Quand son regard tomba sur l'entrejambe de Sapphire, elle grimaça et porta une main à son estomac remué.

— Alors, tu peux pas te permettre de perdre plus de danseuses, Saint.

— J'vais pas perdre des danseuses juste à cause d'la putain d'loge.

— On a plus qu'une toilette et une douche.

— Tu passes ton temps à t'plaindre, putain.

Il secoua la tête.

— J'sais pas pourquoi j'me coltine une putain d'fente comme toi.

Sapphire inspira lentement, puis expira sans se presser davantage. Elle était trop tentée d'enlever une de ses chaussures à plateforme et de lui enfoncer le talon en plein milieu du front. Ou même carrément dans son trou du cul exposé.

— Je pense qu'on sait tous les deux pourquoi tu le fais.

— Rien à foutre, putain.

Il reporta son attention sur Sunny. Au moins, il ne se servait plus de Sapphire pour soulager sa frustration sexuelle.

— Les filles c'est les atouts de ce club. Il faut absolument que tu fasses en sorte qu'elles soient heureuses.

Il fit un geste du menton vers la femme penchée devant lui.

— Tu crois qu'j'fais quoi là ?

Il tourna à nouveau ses yeux sombres vers Sapphire.

— J'pourrais t'rendre heureuse toi aussi.

Un grand non.

Sapphire haussa les épaules.

— Bon, d'accord. J'ai essayé. T'attends pas à ce qu'elles s'intéressent à leur boulot si tu t'intéresses pas à elles.

Même d'où elle se tenait, elle vit le motard serrer la mâchoire et ses narines se dilater.

Elle était en train de le foutre en rogne.

Tant mieux. Qu'il aille se faire foutre, lui et son énorme ego. Putain de porc narcissique.

— J'ai un nouveau gars pour s'occuper des travaux, entendit-elle en se retournant pour sortir de la pièce. J'vais lui demander d'faire l'nécessaire. Fais une putain d'liste, et tu pourras gérer ça avec lui toi-même.

Sérieusement ?

Elle se retourna.

— Je me fiche de savoir qui s'en occupe, tant que c'est fait.

Et ça ne la dérangeait pas de prendre les choses en main, puisqu'elle n'avait aucune confiance en Sot ou Cookie.

Putain de radin.

— T'es pas en position d'exiger quoi qu'ce soit, salope.

— Je le suis un peu, dit-elle avant de ravaler le *connard* qu'elle avait sur le bout de la langue et de terminer sa phrase autrement, Saint.

Elle hésita. Lundi soir, autour d'un plat à emporter, Rez et elle avaient eu une longue discussion à propos de T-Bone et Sadie. Ça ne pouvait pas faire de mal d'interroger Sot sur la disparition du prospect puisque Decker et Sloane cherchaient désespérément à retrouver sa sœur.

— Hé, commença-t-elle, t'as déjà entendu parler d'une femme qui s'appelle Sadie Parrish ?

Sot baisait maintenant Sunny encore plus fort. La femme n'émettait aucun son, Sapphire ne pouvait donc pas imaginer que ce soit agréable pour elle. Elle savait que si Rez la pilonnait comme ça, elle aurait bien du mal à rester silencieuse.

Sot haussa les sourcils.

— Pourquoi tu m'demandes ça ?

— C'est la sœur d'une amie et elle était avec T-Bone la dernière fois qu'on l'a vue. T'as un moyen de le contacter ? Sa sœur veut juste s'assurer qu'elle va bien parce qu'elle a pas de nouvelles d'elle et elle est inquiète.

— C'est pas mes affaires.

Il la regarda dans les yeux tout en continuant de balancer ses coups de reins saccadés.

— Et c'est pas les tiennes non plus.

Elle haussa les mains en signe de reddition.

— J'essaie juste d'aider une amie. Je suis sûre que tu peux comprendre ça. Je suis sûre que si Cookie disparaissait, tu t'inquiéterais aussi.

— J'en aurais rien à foutre si Cookie foutait l'camp. Y a plein d'autres salopes dans l'coin. Et avec des chattes plus serrées. Comme celle-ci.

Il gifla le cul nu de Sunny aussi fort que possible et le son se répercuta dans tout le bureau.

Ça devait forcément piquer.

— J'veux tester la tienne aussi.

Plutôt crever.

— La mienne est ample et lâche, lui assura-t-elle en sortant du bureau.

— Tu sais pas c'que tu rates, putain, entendit-elle en claquant la porte derrière elle.

Oh, elle le savait parfaitement.

Elle se précipita dans le couloir et sortit dans la salle principale. Il lui fallait un ou deux verres de vodka pour effacer cette scène de son esprit, ainsi que l'offre plus que généreuse qui venait de lui être faite et qu'elle avait dû refuser.

Chapitre Treize

Rez perçut un mouvement près de la corde en velours rouge qui servait à bloquer l'entrée du couloir du fond. Sapphire contourna rapidement le prospect posté là. Sa tâche consistait à empêcher les clients de se promener à l'arrière et de harceler les danseuses.

Il ne savait pas si les prospects qui occupaient ce poste ce soir se souciaient réellement de la sécurité des femmes ou non, puisqu'ils laissaient l'établissement sans surveillance pour aller vendre de la drogue à l'arrière à chaque fois qu'ils recevaient un texto.

Le Pit était un lieu de passage habituel pour les drogués du coin.

Finn avait remarqué ce comportement lorsqu'il jouait le petit ami de Mel à l'époque où elle était gérante du club. Un comportement qui ne s'était pas arrêté après son départ.

La belle brune qui lui faisait monter le sang au cerveau avait les yeux dirigés vers le bar alors qu'elle marchait d'un pas rapide dans cette direction. Son teint, malgré le maquillage épais qu'elle portait, était plus pâle que d'habitude et était même doté d'une légère teinte de vert.

Elle ne le remarqua pas lorsqu'il se leva de sa chaise

pour lui couper le chemin, car elle était perdue dans ses pensées. Il sentit ses poils se hérisser lorsqu'il réalisa que quelque chose avait dû se passer lorsqu'elle était à l'arrière. Et que c'était forcément quelque chose de mauvais.

Pas étonnant.

Il fallait qu'elle se trouve un autre putain de boulot. Même si ça arrangeait l'unité d'intervention d'avoir un « contact » parmi les employés du Peach Pit, ça méritait en aucun cas de prendre le risque de mettre sa sécurité en danger. Ils avaient toujours des caméras à l'intérieur et à l'extérieur de l'établissement. Ils pouvaient surveiller les activités des Demons à distance.

Lorsqu'il s'avança devant elle pour lui barrer la route, elle sursauta et écarquilla les yeux en les levant lentement vers son visage. Dès qu'elle réalisa que c'était lui, elle se détendit légèrement.

— Tu m'as fait peur.

— T'avais l'air embêtée et préoccupée. Qu'est-ce qui va pas ?

Elle secoua la tête, puis jeta un rapide coup d'œil par-dessus son épaule. Elle était effrayée pour une raison ou une autre.

— Rien. Juste une nuit typique au paradis.

— Je sais que c'est un putain de mensonge, grogna-t-il en plissant les yeux.

— Ça va.

— Sapphire...

— Rez, ça va.

— Appelle-moi Tony ici.

Elle fronça les sourcils et étudia son visage.

— Quoi ? Pourquoi ? T'as dit que ce nom était réservé à ta mère.

— Et apparemment à mon boulot d'infiltration, murmura-t-il juste assez fort pour qu'elle l'entende par-dessus la version déformée de *Cherry Pie* de Warrant.

Le DJ pourri du Pit détruisait les années 80 et 90 une chanson à la fois.

— Maintenant je suis Anthony Allison.

Elle releva la tête d'un coup.

— Allison ? C'est tellement... pas toi.

Il haussa les épaules.

— Tu crois que ces abrutis sont capables de faire preuve de jugement ?

Elle soupira.

— J'ai la preuve que non. Alors, c'est quoi ce nom ?

— Ma fausse entreprise vient d'être engagée par les Demons pour faire des travaux chez eux.

Elle resta bouche bée.

Il lui posa un doigt sous le menton et lui ferma la bouche. Il voyait bien qu'elle tentait de reprendre ses esprits.

— C'est *toi* ?

Il fronça les sourcils.

— C'est moi quoi ?

— Je viens de me plaindre à Sot de toutes les choses qui avaient besoin d'être retapées et il m'a dit que je serais celle qui traiterait avec la personne engagée pour réparer ce taudis. Ça doit être toi.

Il avait fait quoi ?

— Je sais rien de cette histoire. Je sais juste qu'ils veulent que je termine des travaux dans leur chapelle d'Uniontown.

Elle fronça ses sourcils épilés.

— Leur chapelle ?

— Leur club de motard.

— Ils appellent ça une chapelle ? demanda-t-elle en secouant la tête.

Il ricana.

— Ouais. Enfin bref, Saint est censé me dire quand on pourra commencer.

— C'est qui on ?

— Quelqu'un avec qui je bosse. Quelqu'un qui s'y connaît en construction.

— Toi t'y connais rien ?

— Je connais les bases. Et j'ai appris un tas de trucs quand on a restauré notre propre chapelle.

Elle secoua la tête à nouveau.

— Ça ressemble à une histoire que j'aimerais entendre plus tard.

— Et je serai content de te la raconter et même de te montrer notre club des Blue Avengers, mais pas avant qu'on ait pris avantage de cette aubaine. Pour le moment je suis pas Antonio Alvarez, mais Tony Allison.

— T'aurais dû choisir un nom de famille plus approprié, le taquina-t-elle alors que les couleurs revenaient peu à peu sur son visage tout à l'heure livide.

— Trop tard.

Il fouilla dans sa poche arrière, en sortit son portefeuille et lui donna une de ses cartes.

— Alors, Trouduc veut que je bosse ici aussi ?

Elle hocha la tête.

— On dirait bien. À moins qu'il ait engagé quelqu'un d'autre et que ce soit *moi* qui manque de jugement. Mais comme c'est un gros radin, c'est forcément toi.

— Ouais, et je suis probablement la seule entreprise de construction qui accepte d'être payée en méthamphétamine.

Elle resta bouche bée à nouveau.

— Quoi ?

— Encore une fois, c'est quelque chose dont on pourra discuter autre part.

— Je suppose qu'on va devoir trouver un moment pour avoir une discussion plus privée.

Ses yeux bleus se mirent à briller.

— Je suis partant quand tu l'es. Dis-moi juste quand je dois t'attendre devant ma porte.

Et dans mon lit.

Elle soupira.

—Je vais jeter un œil à mon emploi du temps.

— Si tu peux pas passer en soirée, une visite pour le petit-déjeuner ou un brunch pourrait faire l'affaire aussi.

Matin, soir, peu lui importait quand elle venait, pourvu qu'elle vienne.

— Peut-être avec du sirop d'érable cette fois-ci et plus de crème fouettée ?

Elle passa sa langue sur sa lèvre inférieure pulpeuse.

Cette petite taquinerie le frappa droit dans les couilles.

— Tu me donnes faim.

Et tu m'excites.

Son regard glissa le long de sa robe moulante. Ce soir, elle était rouge vif et son rouge à lèvres était parfaitement assorti. Avant même de réaliser ce qu'il faisait, ses phalanges frôlèrent ses seins lorsqu'il ajusta son décolleté profond pour qu'il couvre sa poitrine un peu plus.

Elle pencha la tête sur le côté et lui lança un regard qu'il sut interpréter *très* clairement.

Putain, il avait dépassé les bornes. Il la relâcha rapidement.

— Désolé, murmura-t-il.

— Si t'as un problème avec le fait que je bosse ici... *Tony.* Alors *on* pourrait avoir un problème.

Il leva les mains pour calmer le jeu.

—J'ai pas de problème avec ça.

Ce n'était pas vrai, mais il ferait avec. Ce n'était pas le fait qu'elle se déshabille devant d'autres hommes, tant qu'ils ne la touchaient pas il était *plus ou moins* cool avec ça. Ce qui le dérangeait le plus, c'était de savoir pour qui elle bossait.

Il serait soulagé une fois qu'elle travaillerait à nouveau pour Mel. Et avec un peu de chance, en tant qu'hôtesse, au lieu de se pavaner sur scène dans un costume en cuir et un fouet à la main.

Mais il allait trop vite en besogne puisque pour le

moment ils n'étaient pas en « couple ». Ils ne faisaient que prendre du bon temps ensemble.

Puisqu'il voulait que ce bon temps continue, il devait s'assurer de ne pas tout gâcher en disant ou en faisant quelque chose de stupide. Comme d'ajuster sa foutue robe alors que c'était sa sexualité, ses capacités de séduction et son apparence qui lui permettaient de gagner sa croûte.

— Tu restes combien de temps ce soir ? demanda-t-elle. Je peux jeter un œil à mon emploi du temps avant que tu t'en ailles.

— Je suis là pour le boulot, mais aussi pour toi, si tu veux que je reste.

— Je veux bien que tu restes, mais je veux pas que t'aies tout à coup un problème avec ce que je fais pour gagner ma vie juste parce qu'on a couché ensemble deux trois fois, *Tony*, le prévint-elle.

— On a couché ensemble plus que deux trois fois, mais je comprends. J'avais pas l'intention de dépasser les bornes.

— J'ai besoin d'un verre, dit-elle en soupirant. Tu veux prendre un shot avec moi ?

— Bien sûr. Il faut que je parle à Mutt de toute façon.

— De quoi ?

— De la raison de ma présence ici.

Elle se contenta de hocher la tête.

Il l'escorta jusqu'au bar en posant une main en bas de son dos complètement exposé et super sexy, et une fois arrivée au comptoir, elle passa derrière. Elle aligna deux verres à liqueur devant lui, puis attrapa une bouteille de vodka Tito's, leur versant un shot généreux à tous les deux.

Après avoir posé la bouteille, elle leva son verre et il fit la même chose.

— À notre nouveau partenariat, dit-elle.

Ils trinquèrent avant d'avaler leur shot de vodka d'une seule traite. Il supporta la brûlure de l'alcool en respirant lentement, et dès qu'il posa son verre vide sur le bar, elle le remplit à nouveau avant de replacer la bouteille sous le comptoir.

Une fois qu'ils eurent tous les deux avalé leur second shot, elle ramassa les verres vides et les rangea quelque part sous le bar.

— Ça va sortir d'ta putain d'paie, grogna une voix par-dessus son épaule.

Rez se retourna et vit Saint devant lui.

Pour l'amour du putain de ciel, il ne devrait pas se laisser distraire par la femme devant lui au point de ne pas se rendre compte d'une présence derrière lui. Surtout sur le territoire des Demons.

— C'est moi qui paie, lui assura Rez.

— Tu vas aussi payer pour l'temps qu'tu lui as fait perdre ?

— C'est pas pour ça que tu la paies ? Pour passer du temps avec les clients ? Pour être aimable ?

Lorsque Saint plissa les yeux en le regardant fixement, Rez comprit qu'il devait faire attention à ses mots. Non seulement avec Sapphire mais avec Saint également. Il avait maintenant un « moyen » d'entrer dans la loge des Demons et il devait absolument faire en sorte d'éviter de tout gâcher.

Saint tira sur sa longue barbe.

— J'pensais qu'tu voulais l'putain d'boulot. Peut-être que j'me suis trompé.

— Tu t'es pas trompé. J'ai besoin de ce boulot. Mais la femme se montre aimable pour que les clients dépensent plus de fric. C'est pas ce que tu veux ?

— Tu crois qu'j'ai besoin qu'tu m'expliques son putain d'boulot ? Son boulot c'est d'se foutre à poil. C'est tout, putain.

Il s'approcha de Rez avant de continuer.

— Et elle bosse pour moi. Pas pour toi.

Il avait tout faux, mais il devait changer de sujet avant que la conversation ne dégénère.

Rez haussa les paumes.

— J'ai compris. J'interviendrai plus. J'apprécie sa compagnie, c'est tout. Tout va bien.

Saint leva les yeux par-dessus l'épaule de Rez et observa Sapphire toujours debout derrière lui, de l'autre côté du bar.

— Va bosser en salle avant ton premier putain d'numéro, lui ordonna-t-il.

Rez avait hâte que l'unité d'intervention ait terminé sa mission, que les actes d'accusation soient prononcés et que ces enfoirés soient confrontés à la dure réalité. Qu'une prison fédérale devienne leur nouveau « club ».

Sapphire contourna le bar et vint se placer près de Rez. Il se dit qu'elle ne l'avait pas touché comme elle le faisait d'habitude parce que Saint les surveillait de près.

—Je te contacte un peu plus tard, si t'es encore là.

— Si je suis déjà parti, envoie-moi un texto à propos de ce dont on a parlé.

Les yeux de Saint rétrécirent sur Sapphire.

— À propos des travaux dont t'arrêtes pas d'me parler ? Ou des marchés qu'tu passes avec les clients pour après la fermeture ? Quand tu vends ton corps comme une pute et qu't'empoches tout l'blé ?

La colonne vertébrale de Sapphire se redressa ainsi que ses épaules nues lorsqu'elle répondit à son patron.

— Ce que je fais de mon temps libre, c'est mes affaires, pas les tiennes. Et ce dont j'avais l'intention de lui parler, c'est de la longue liste de choses à réparer ici, puisque c'est lui qui est censé s'en charger, non ?

Elle ponctua sa question d'un haussement de sourcils marqué.

Putain, si ça ne faisait pas battre son cœur et circuler son sang à plein régime.

Saint pinça les lèvres et étudia Sapphire bien trop longtemps, ce qui eut pour effet de tendre Rez comme un string.

T'en mêle pas, abruti, sauf si t'as pas le choix. Elle se débrouille comme un chef. Son assurance, c'est l'une des nombreuses choses qui t'excitent chez elle. L'oublie pas avant de dire une putain de connerie.

— Va faire ton putain d'boulot et laisse les hommes parler entre eux.

Rez retint sa respiration en attendant la réponse de Sapphire. Putain, il n'interviendrait pas, même si elle le poignardait à mort avec le couteau/peigne attaché à sa cuisse.

Après quelques secondes passées le souffle coupé, elle tourna les épaules brusquement. Cet enfoiré en profita pour lui mettre une violente claque sur les fesses.

Sapphire sursauta sous l'effet de ce contact aussi inattendu que malvenu qui faillit la faire trébucher. Rez resta figé sur place pour éviter d'attraper ce connard par la gorge et de lui faire bouffer le sol.

Et pendant que le motard aurait le visage à terre, il le forcerait à lécher les putains de godasses de Sapphire en implorant sa clémence.

Ses yeux croisèrent ceux de Sapphire alors qu'ils respiraient tous les deux lentement, puis, avec une légère inclinaison de la tête, elle s'éloigna sans commettre de meurtre.

Elle était bien meilleure que lui.

Saint fixa son cul en la regardant s'en aller, faisant mine de se lécher les lèvres avant de se retourner et d'adresser à Rez le plus gros des putains de sourire.

Comme il le pensait, Saint le testait pour voir comment il réagirait. Pour voir s'il y avait un lien entre Sapphire et lui.

Rez avait réussi le test, mais de justesse.

Quel que soit ce qui se passerait par la suite, il n'oublierait pas ce moment. Il serait assis au premier rang de la salle d'audience le jour où le Demon aurait ce qu'il méritait.

Et si Rez avait l'occasion de lui servir sa sentence en personne, ce serait encore mieux.

— J'viens de parler à Wolf. Il veut qu'tu sois là demain. J'ai aussi du boulot pour toi ici, comme l'a dit celle-là.

Celle-là.

Rez desserra les mâchoires pour lui poser une question.

— T'as besoin de quel genre de boulot ici ?

— Celle-là va t'filer une liste. Tu peux voir ça directement avec elle puisque vous êtes tellement proches tous les deux.

Il préférait clairement avoir affaire à elle qu'à lui.

— Si tu répares quelques trucs dans l'coin, peut-être que cette putain d'salope arrêtera d'me courir sur le haricot.

Si ce connard savait à quel point il était proche de se faire casser les quelques dents qui lui restait dans la bouche. Rez inspira pour se calmer avant de reprendre la parole.

— Pour le troc, c'est bon ?

— Ouais.

— T'as pas besoin de l'autorisation de tes suzerains ?

Saint fronça les sourcils.

— Mes quoi ?

Rez secoua la tête.

— Tu veux qu'on fasse quoi en premier ? Le boulot dans votre club ou ce qui doit être fait ici ?

— Les deux.

Il soupira mentalement.

— Donc en gros tu veux que je bosse du matin au soir.

— Y a vingt-quatre putains d'heures dans une journée. Débrouille-toi.

Eh bien, regardez ça, cet homme était capable de compter jusqu'à vingt-quatre. Quel génie ! Sa maman devait être sacrément fière de lui.

— Ça marche. Je vais avoir besoin de l'adresse de votre club. Mon partenaire et moi, on y sera à la première heure demain matin pour rencontrer Wolf.

— Je doute qu'il soit là, mais quelqu'un sera présent.

— T'as le nom de cette personne ?

— Non.

Super.

— Ça te posera un problème si Sapphire prend le temps de me montrer ce qui doit être fait ici ce soir ? J'ai besoin de savoir à quoi on a affaire pour pouvoir planifier.

— Non.

— C'est quoi le taux de change ?

— J'suppose que tu l'sauras quand t'auras fini ton putain d'boulot et que j't'aurai payé.

Ça, il le ferait, ouais.

Maintenant, il devait s'entretenir avec Crew et Nox.

Crew allait être ravi de la nouvelle tournure que prenaient les événements.

Nox probablement un peu moins.

Chapitre Quatorze

Rez abaissa la visière de sa casquette des Pirates de Pittsburgh pour tenter de camoufler son visage puis remonta le col de son blouson de cuir. Il enfila également des gants en cuir pour couvrir ses mains tatouées. Comme on était en janvier, on se gelait assez les couilles pour mettre des gants de toute façon.

En temps normal, il aurait mis des lunettes de soleil en plus de sa casquette, mais comme il était presque minuit, elles gêneraient sa vision.

Il sortit de sa Durango Hellcat et s'engouffra rapidement dans l'escalier extérieur qui menait au troisième étage de La Planque.

Il doutait d'être espionné par les Demons, mais il ne voulait pas risquer d'être démasqué avant même d'avoir pu mettre un pied dans le club d'Uniontown du MC. Il voulait aussi éviter de se voir interdire l'accès au Pit. Il était convaincu que le MC ne lui déroulerait pas le putain de tapis rouge s'il découvrait qu'il portait un badge.

En traversant Rockvale après avoir quitté le strip-club, il était passé devant l'appartement de Sapphire. Juste pour s'assurer que tout était bien en ordre puisque la femme travaillerait jusqu'à la fermeture du club ce soir. Et bien sûr, il n'était pas seulement préoccupé par sa sécurité sur son lieu de travail, mais également dans sa résidence de merde.

Oui, il fourrait son nez là où il ne devrait pas le faire, mais elle n'avait pas besoin de le savoir.

Il composa le code sur le nouveau panneau numérique que Nox avait installé à l'entrée de l'espace loué par l'unité d'intervention. Il entra et vit les deux autres qui l'attendaient déjà.

— Il était temps, putain, grommela Crew en secouant la tête.

— Ohh. T'as dépassé ton heure de dodo, J. Crew ? lui demanda Rez. T'as besoin de ton doudou, de ta couverture préférée et qu'on te chante une berceuse pour t'aider à trouver le sommeil ?

Rez jeta un coup d'œil vers le mur d'ordinateurs pour voir qui était chargé d'écouter les « conversations salaces » cette nuit. Quelqu'un était assigné aux écoutes téléphoniques vingt-quatre heures sur vingt-quatre. Et quand c'était possible, Crew demandait à quelqu'un de visionner les vidéos du Peach Pit et de la Tanière du Loup.

Ce soir, le deuxième siège était vide, mais il était certain que Nox avait posé ses fesses dessus plus tôt.

Alors que le reste du monde passait ses soirées à mater un film ou les épisodes de sa sitcom préférée, Nox n'avait aucun problème à visionner les images en direct de l'unité d'intervention. Ou de parcourir les vidéos enregistrées qui s'accumulaient rapidement.

Cet homme avait franchement besoin d'une vie. La sienne avait pris fin à la mort de sa femme.

Peut-être que le faire sortir du « bureau » et le mettre au « travail » l'aiderait.

Luis Torres, agent spécial de la DEA et directeur de La Planque, était assis sur le bureau d'à côté.

— Hé, *jefe*, dit Rez en s'approchant de lui.

— *Vato*, répondit Torres en se levant.

Ils se serrèrent la main et se tapèrent sur l'épaule.

— Je suis surpris que tu sois encore assis là si tard.

— Mes beaux-parents sont en ville. Pour leur échapper, j'ai dit que je devais bosser ce soir.

— Merde.

Torres haussa les épaules.

— On fait ce qu'on à faire pour survivre.

Rez rit.

— Dieu merci j'ai pas de problèmes de belle-famille.

— Bon, y a quoi de si important pour qu'on doive se retrouver à cette heure-ci ?

Crew le pista comme un prédateur tandis que Rez se dirigeait vers le canapé installé le long du mur du fond. Il se jeta dessus et s'étira pour se mettre à l'aise avant de replier les bras derrière sa tête.

Il tordit le cou et aperçut le chef de l'unité d'intervention visiblement ennuyé, adossé à la table de conférence, les bras croisés sur la poitrine.

— J'ai du nouveau.

— Sans déconner, putain. Vas-y, crache le morceau, lui ordonna Crew.

— Pourquoi t'avais besoin de me traîner jusqu'ici ? demanda Nox.

— Ouais, je sais que cette longue putain d'aventure du deuxième au troisième étage a dû être exténuante. Tu ferais mieux de t'asseoir cinq minutes, mon frère, et de prendre ton souffle.

— Tu vas surtout prendre ces putains de poings dans la gueule si tu te magnes pas de t'expliquer, l'avertit Crew. Y a intérêt à ce que ça vaille le coup, puisque t'aurais pu utiliser cette merveille de technologie moderne qu'on appelle le téléphone à la place.

— T'étais probablement occupé à regarder du porno sur le tien.

Crew haussa les épaules.

— Y a un bouton pause.

— Qui a besoin de porno quand on a des caméras installées dans un club de strip-tease ? dit Torres.

C'est quoi ce bordel ?

Il se demandait maintenant qui d'autre au sein de l'unité d'intervention avait vu le numéro de dominatrice de Sapphire la semaine dernière. Celui qui avait fait de son sang une coulée de lave en fusion et qui avait fait avancer cette rivière brûlante vers le sud de son royaume.

— Rez-ervoir, vas-y. T'adores remuer ton clapet, donc lance-toi.

Il avait du mal à se remettre les idées en place vu que le commentaire de Torres l'avait chamboulé.

Il jeta un coup d'œil à Crew, qui avait les sourcils haussés.

—Je suis entré dans la Tanière du Loup.

Le silence s'installa dans la pièce.

— Putain, comment tu t'es débrouillé pour faire ça ? Et pourquoi t'as pas vu ça avec moi avant ?

—Je t'en ai parlé, tu te souviens ? Je t'ai dit que j'avais proposé mes services de construction aux Demons. On a eu toute une putain de discussion là-dessus. Nox m'a même fabriqué des fausses cartes de visite. T'es en train de devenir sénile ou quoi ?

Crew grogna.

— Oh, putain. Je m'en souviens maintenant. T'as dit que t'allais proposer tes services, mais c'est la dernière fois que j'ai entendu parler de ça. Ils ont mordu ?

— Carrément, putain ! Pas seulement pour que je bosse dans leur chapelle, mais aussi dans le Peach Pit.

— Tu déconnes ! cria Crew. Tu parles d'un coup de maître ! Putain, frérot.

Rez sourit.

— T'as vu ça, hein ? Je suis vraiment bon. Peut-être

même meilleur qu'un certain agent spécial de la DEA qu'on connaît tous.

Le chef de l'unité d'intervention ricana.

— On va pas s'emballer quand même.

— Si je vous ai envoyé un texto pour vous demander de me retrouver ici aussi tard, c'est parce que Wolf veut que je sois à Uniontown demain matin à la première heure. Comme Nox s'y connaît en construction, il faut qu'il fasse partie de mon équipe. Sinon ils verront que je fais de la merde et je passerai pour un escroc.

— Juste Nox ? demanda Crew.

— Ouais, je pense qu'à nous deux on pourra faire le boulot. Quand on en a discuté, il restait pas grand-chose à faire. Les charpentes sont déjà là et le câblage est fait.

— D'après ce que je vois sur les images des caméras de surveillance, confirma Nox, il nous faudra pas longtemps pour faire les finitions. Ils veulent faire quoi au Peach Pit ?

— Des trucs mineurs, lui répondit Rez. Des trucs d'entretien normaux. Sapphire m'a montré ce qu'il y avait à réparer quand j'étais là-bas tout à l'heure. Elle va me faire une liste. Ce sera des trucs qu'on pourra gérer facilement. Mieux encore, Saint a dit à Sapphire de traiter directement avec moi pour les travaux du Pit. C'est comme ça qu'elle appelle le Peach Pit maintenant.

— Sans déconner. Merci pour l'explication, mais contrairement à toi, Nox et moi on est assez futés pour comprendre ça tout seuls.

— Ah ouais ?

— Ouais. Je serais pas à ce poste si j'étais pas un putain de génie.

Rez rit bruyamment.

— Je croyais qu'il suffisait de se mettre à genoux pour grimper.

— Tu veux rejoindre l'équipe ? demanda Crew à Nox.

— L'équipe des suceurs de bite ? Jamais, putain,

répondit Nox. Mais rejoindre l'équipe de construction de Rez ? Carrément, putain. Ça me dérangerait pas de sortir de ces quatre murs.

Les regards de Crew et de Rez se croisèrent et ils échangèrent une conversation rapide mais silencieuse à propos de cette dernière déclaration. C'était le choix de Nox de travailler au troisième étage de La Planque, celui de personne d'autre.

Peut-être que les choses commençaient à s'arranger dans sa tête s'il était prêt à sortir de son trou et entrer sous couverture.

Crew lui fit un léger hochement de tête que Rez lui rendit. Cette mission d'infiltration en tant qu'ouvrier ne profiterait pas seulement à l'unité d'intervention, mais peut-être aussi à Nox, ce serait un changement de rythme et de décor bienvenu.

— OK, j'approuve cette mission d'infiltration pour vous deux, annonça le chef de l'unité d'intervention.

— J'ai oublié de vous dire qu'au lieu d'être payés en liquide, on va être payés en méthamphétamine.

— Sans déconner ? murmura Crew.

— Sans déconner.

Rez se tapota la tempe.

— Tu vois ? Je me suis encore servi de mon incroyable puissance cérébrale. C'est peut-être pour ce mode de paiement qu'ils ont accepté de me filer ce boulot. C'est un sacré bon plan pour eux.

— Putain, je déteste devoir te donner autant de crédit, grommela Crew.

Rez sourit.

— Tu me sous-estimes.

— Bon. Vous deux, faites ce que vous avez à faire. Tenez-moi au courant et remplissez vos rapports quotidiens.

— Oui, Papa, dit Rez.

— En parlant de Sapphire... Je t'ai vu sur les images des caméras, murmura Nox.

La tête de Rez pivota vers son frère.

— Qui ?

— Toi.

Il fronça les sourcils.

— Quelles caméras ?

— Celles du Peach Pit.

— Ouais, et ?

Nox lui lança un regard entendu.

— Attends. Quoi ? demanda Crew.

Ses yeux passèrent de Nox à Rez.

— T'as fait quoi, connard ?

— C'est pas ce qu'il a fait, c'est qui il se fait, précisa Nox.

Le silence envahit la pièce. Même Torres interrompit ce qu'il était en train de faire et fit pivoter sa chaise de bureau vers eux.

Crew plissa les yeux et fixa Rez.

— Aucune putain de chance que tu te sois serré cette meuf.

— Pour moi, c'était gros comme le putain de nez sur le visage, dit Nox.

— Tu te trompes, dit Rez.

Nox ricana.

— T'as une raison de le cacher ?

— Ouais. Vous, bande d'enfoirés.

Crew sourit.

— Merci pour la confirmation. Putain, mec. Mais c'est quoi ce bordel ? Pourquoi toi ?

Rez leva ses jambes du canapé et posa ses bottes au sol, puis il haussa les épaules.

— J'ai une bite d'enfer et je sais m'en servir ?

Crew éclata de rire et se plia en deux.

— Ça peut pas être ça.

— Bien sûr que si. Ajoute à ça ma langue habile et je suis le rêve de toutes les femmes.

Crew siffla.

— Putain de merde. Sortez les cuissardes, les gars. Ça devient profond ce qu'il raconte.

Torres rit tandis que Nox se contenta de grogner son assentiment.

— Mais putain, mec, elle est beaucoup trop fraîche pour toi, dit Crew.

Torres ajouta son grain de sel.

— Au moins elle sait comment grimper sur un poteau.

— *Chamo*, grogna Rez.

Avec son sourire de petit malin, Torres pointa un doigt dans sa direction.

— La voilà. La preuve indéniable qu'il se la tape.

— Ça fait combien de temps que ça dure ? demanda Crew.

— Depuis cépa.

Crew fronça les sourcils.

— Quoi ? C'est un autre mot espagnol que je connais pas ?

— Non, depuis cépa ton putain de problème. C'est là que ça a commencé. Enfin bref, on peut revenir aux affaires de l'unité d'intervention et oublier un peu les miennes ?

Crew frappa Nox à la poitrine du revers de la main.

— Regarde-moi ce type. Le roi des casseurs de couilles qui râle parce qu'on lui serre les noix un peu trop fort.

Il fit un mouvement de compression avec sa main.

— Écoute, j'en ai rien à foutre de ce que tu dis sur moi. Fais juste gaffe à ce que tu dis sur elle.

Crew émit un long sifflement grave.

— Putain. Encore un qui vient de mordre la poussière, Nox.

— Non, dit Rez. Même pas un peu, connard. Je pourrais dire ça de toi à chaque fois que tu baises une nana.

Les lèvres de Crew tressaillirent.

— Oh, alors tu l'as vraiment baisée ? T'as le cul bordé de nouilles, putain de bâtard. Je l'aurais bien tringlée moi aussi.

— Évidemment, mais t'auras jamais l'occasion de le faire.

— On sait jamais.

Rez soupira.

— Enfin bon, je suis sûr que tu veux te tirer d'ici et retourner à ton rencard avec tes cinq doigts et ton porno, alors finissons-en.

— Tout à coup il veut plus d'une conversation interminable, dit Torres.

— Rien de suspect là-dedans, confirma Crew en riant avant de reprendre son sérieux rapidement. En parlant d'interminable, tu peux enfin nous présenter ton plan pour qu'on passe à autre chose ?

Rez avait eu la même idée.

— On peut essayer de partager notre temps entre leur chapelle et le Pit. Ça pourrait être une bonne excuse pour faire traîner le boulot à Uniontown un peu plus longtemps que nécessaire.

— Si vous pouvez faire ça, allez-y. Mais les poussez pas à bout, ils risqueraient de vous virer.

— On improvisera.

— Quand vous rencontrerez Wolf, commença Crew, dites-lui que vous êtes prêts à bosser dans n'importe laquelle de leurs entreprises. Je suis certain qu'ils sauteront sur l'occasion puisque vous acceptez d'être payés en méthamphétamine. D'autant plus qu'ils se fournissent gratuitement et que ce qu'ils vont vous filer sera au prix de vente de rue.

Au moins, ça permettrait de retirer plus de méthamphétamine de la rue. Pas assez pour faire une vraie différence, mais même une petite quantité valait mieux que rien du tout.

— En payant avec de la méthamphétamine, ils vont bénéficier d'une sacrée remise sur le prix des travaux, acquiesça Nox. Et pour le matériel ?

Rez haussa les épaules.

— On leur dira qu'il faut qu'ils l'achètent ou s'approvisionnent quelque part. On troque juste notre main-d'œuvre.

— Ça a l'air d'être un putain de bon plan, annonça Crew. Putain, j'arrive pas à croire que cette opportunité nous soit tombée dessus comme ça. J'ai pas beaucoup pensé à cette histoire quand t'en as parlé pour la première fois parce que je pensais pas que ces trous de balle tomberaient dans le panneau.

— Moi non plus, avoua Rez. Ça m'a cloué. Et je savais que ça te ferait bander, Crewella.

— J'ai une trique de mammouth. Bon, on se voit demain, après votre rencontre avec Wolf.

— *Si* on rencontre Wolf. Rien garantit qu'il sera là demain matin. Mais j'essaierai d'échanger quelques mots avec lui s'il se pointe pendant qu'on bosse.

Torres lâcha un long et grave sifflement qui attira toute l'attention sur lui.

— C'est pas la strip-teaseuse dont tu parlais ? Celle que tu te tapes ?

Torres pencha la tête vers l'écran du bureau à sa gauche.

Toutes les têtes pivotèrent dans cette direction.

Rez se leva du canapé et en quelques enjambées se retrouva devant l'écran. La femme qui dansait sur la scène du Peach Pit était clairement Sapphire, exécutant l'une des chorégraphies dont elle avait le secret.

Soudain, Crew et Nox s'attroupèrent derrière lui, et Torres se pencha sur sa chaise pour voir le spectacle de plus près.

Elle n'était pas encore nue, mais elle le serait très bientôt.

Pour l'amour du putain de ciel.

— Putain de merde, mec. Impossible que tu te tapes ça. Elle joue pas dans la même cour que toi, annonça Torres.

— Tu regardes pas ça pour te branler après, n'est-ce pas ? demanda Rez. Elle est pas au courant que ces foutues caméras sont là, alors...

Il passa la main devant Torres pour éteindre le moniteur.

Et ignora les plaintes bruyantes de Crew et de Torres.

Il se tourna vers Nox.

— Je me garerai ici demain matin et on pourra prendre l'un des véhicules de l'unité d'intervention pour se rendre à Uniontown. Ça te va ?

Nox hocha la tête.

— Ouais. Je vais descendre chercher les outils qu'il nous faut et les charger dans le pick-up disponible. Si on a besoin de plus de matos pour faire notre boulot, on demandera aux fédéraux de nous louer ça.

— Je serai là avant huit heures. Donc je vais rentrer et dormir un peu.

Nox répondit d'un hochement de tête.

— Tu sais que le moniteur va être rallumé à la seconde où tu franchiras cette porte... lança Crew en souriant.

— Alors je suppose que je vais rester là le temps qu'elle termine son numéro.

Et il tint parole.

Il ne pouvait peut-être pas les empêcher de regarder les images en direct ou les séquences enregistrées, mais *pour l'amour du putain de ciel,* il préférait ne pas être là pour voir ça.

Si ça ne tenait qu'à lui, Sapphire trouverait un autre boulot.

Et vite.

Chapitre Quinze

Sapphire grimaça en se levant de sa chaise pour porter la vaisselle sale à l'évier.

Rez bondit de la sienne et la lui prit des mains.

— Qu'est-ce qui va pas ?

Elle secoua la tête.

— J'arrête pas d'avoir des crampes aux pieds. Même si j'ai travaillé que six heures aujourd'hui, j'ai l'impression d'avoir bossé deux fois plus. J'ai fait trois numéros sur scène et deux danses privées.

Elle était arrivée tôt et était aussi partie assez tôt puisqu'elle n'avait fait que remplacer une autre danseuse qui devait emmener ses enfants chez le médecin aujourd'hui. Dès que Peaches était arrivée, elle était partie.

Avant de quitter le Pit, Sapphire s'était nettoyé le visage et avait enfilé un legging confortable, un soutien-gorge de sport et un pull oversize doté d'une épaule tombante. Elle avait même retiré ses baskets à enfiler dès qu'elle était entrée chez lui avec un gros sachet rempli de plats à emporter.

Elle s'était dit que Rez ne verrait pas d'inconvénient à ce qu'elle soit plus décontractée pour leur « rencard » de ce soir.

Elle avait constaté ne pas s'être trompée quand il l'avait regardée de haut en bas et sifflée.

— On peut pas reprocher à une femme d'être sexy à crever, qu'elle soit maquillée et vêtue d'une robe chic et de talons, ou qu'elle soit comme toi ce soir. C'est comme avoir deux femmes pour le prix d'une.

— Sauf que tu paies pas ma compagnie.

— Ta compagnie n'a pas de prix.

Comme elle ne savait pas s'il était ironique ou mignon, elle évita de lever les yeux au ciel.

Ils terminèrent le délicieux poulet tandoori et le naan qu'elle avait acheté dans le seul restaurant indien du coin et était maintenant prête à passer à la suite de leur « rencard ».

Lorsqu'elle était arrivée chez lui, son choix de musique l'avait surprise. Du Nu Metal jouait doucement tandis qu'il lui offrit un Hard Seltzer Seagram's aux fruits rouges. Elle accepta volontiers la boisson bien fraîche, car elle était prête à souffler un peu avant que Rez ne l'essouffle plus tard.

Il fronça les sourcils.

— Ça arrive d'habitude ?

— Les courbatures ? Oui. Les crampes ? Pas d'habitude. Seulement quand je me suis pas assez hydratée.

Il attrapa une bouteille d'eau dans le frigo et la lui lança.

— Bois ça. Je vais avoir besoin que tu sois hydratée pour ce qu'on va faire plus tard.

Il ajouta un clin d'œil.

Elle n'était pas prête et faillit ne pas attraper la bouteille. Mais le clin d'œil... Habituellement, elle trouvait ça assez gênant et plutôt malaisant, mais elle fut surprise de constater qu'il était capable de faire ça de façon sexy.

— Pourquoi t'irais pas dans le salon pour te détendre ? T'as apporté le dîner, je vais m'occuper de nettoyer.

— C'est un peu comme la version plat à emporter de : tu cuisines, je débarrasse ?

Il lui adressa un sourire qui lui fit tortiller les orteils malgré ses crampes et ses douleurs.

Elle ouvrit la bouteille d'eau et en avala la moitié en se dirigeant vers le canapé en cuir installé en face d'une énorme télévision écran plat et, bien sûr, sous laquelle se trouvait un meuble rempli de consoles et de jeux vidéo.

Pourquoi elle n'était pas surprise qu'il soit un fanatique de jeux vidéo ?

— Tu veux que je monte le son de la musique ? appela-t-il depuis la cuisine.

Avec un soupir, elle s'installa sur le canapé et replia ses jambes sous son corps.

— Non, ça va. Honnêtement, le DJ est tellement mauvais et la musique tellement forte au boulot que je suis contente que ce soit un peu plus calme ici. Je te jure que je rentre chez moi avec les oreilles qui sifflent tous les soirs.

— Ouais, Saint c'est un manager de merde.

— C'est un euphémisme, murmura-t-elle.

En particulier parce qu'il ne « recrutait » que des prospects à tous les postes primordiaux, ainsi que des danseuses moroses qui montaient sur scène que parce qu'elles y étaient obligées, et pas parce qu'elles en avaient envie.

— Quoi ? entendit-elle juste derrière.

— Rien.

Elle tapota le coussin du canapé à côté d'elle, mais il finit par se planter à l'autre bout et tapota sur ses genoux à la place.

— Donne-moi tes petites miches, insista-t-il.

— Quoi ?

Est-ce qu'il allait...?

Il entrelaça ses doigts et poussa ses paumes loin de lui pour faire craquer ses articulations. Il secoua ensuite les mains pour les détendre un peu.

— Est-ce que tu vas...

Il passa la main sous son corps et lui attrapa les chevilles, puis lui releva les pieds avant de les laisser tomber sur ses genoux. Elle perdit l'équilibre et se retrouva sur le dos sur le canapé. Mais avant qu'elle ne puisse se mettre plus à l'aise, il lui balança un oreiller.

— Utilise ça et hésite pas à fermer les yeux.

Elle rangea le petit oreiller carré sous sa tête.

— Rez, t'es pas obligé de…

— Sans déconner. Mais j'en ai envie. Je peux pas m'imaginer marcher dans ces putains de chaussures, et encore moins danser dedans.

— On s'y habitue. C'est juste que j'ai pas eu l'occasion de boire autant d'eau que d'habitude aujourd'hui.

— Ces chaussures sont quand même pas bonnes pour tes pieds.

Il ne lui disait pas quelque chose qu'elle ignorait. Lorsqu'elle se rendait dans les loges, elle les enlevait à chaque fois et enfilait des tongs pour offrir un peu de répit à ses petits pieds meurtris. Elle avait l'habitude de marcher pieds nus, mais avait arrêté depuis que la moquette avait cessé d'être nettoyée suite au départ de l'équipe d'entretien.

Probablement parce qu'ils n'étaient pas payés. Sapphire était persuadée que Sot se mettait leur paie dans la poche.

Putain de picsou.

Rez commença à lui étirer les orteils et à masser les muscles et les articulations de ses pauvres pieds usés.

C'était. Le. Pied. Putain. Littéralement.

Putain de merde.

— C'est quoi ce tour de magie ? Et comment ça se fait que t'es tellement doué, putain ?

— Qu'est-ce que c'est ? Moi qui te montre à quel point je suis un gentleman, bien sûr.

Il ajouta un sourire arrogant.

Elle renifla doucement.

— Uh huh.

Il enveloppa un de ses pieds dans ses deux grosses

mains et commença à le masser sérieusement avec la pulpe de ses doigts et ses articulations. Il palpa et pressa, et creusa vigoureusement pour atteindre les points douloureux.

Le putain de bonheur absolu.

— T'étais masseur avant d'être flic ?

Elle ne devrait pas être surprise de sentir son ricanement profond faire jaillir des étincelles dans son corps, mais elle le fut tout de même. Le degré d'attirance qu'elle éprouvait pour cet homme était carrément hors norme. C'était précisément la raison pour laquelle elle était allongée sur son canapé, les pieds sur ses genoux.

— Non, mais nous les mecs, on apprend très tôt le vieux coup du *je t'offre un massage pour que tu baisses ta culotte*.

— On dirait que tu t'es beaucoup entraîné, le taquina-t-elle.

Il haussa les épaules.

— S'occuper d'une femme d'une manière agréable et bien accueillie, c'est une façon de prendre l'avantage sur le reste des vautours masculins qui rôdent là dehors.

— Accueillie, c'est le mot clé. Trop d'hommes savent pas accepter un *non*.

— *Mmm*, fit-il uniquement.

En tant que flic, elle était foutrement certaine qu'il avait dû intervenir dans de nombreuses affaires de harcèlement ou d'agression parce qu'un homme s'était retrouvé incapable de supporter qu'une femme le rejette. Travaillant avec des femmes depuis des années, elle avait vu ou entendu parler de nombreux cas de ce genre. Elle avait même eu affaire à quelques hommes qui ne comprenaient pas le concept de limite.

Mais ce soir, elle était ici parce qu'elle l'avait choisi. Elle se réjouissait de la compagnie de Rez et de son toucher expert.

Sa tête retomba sur l'oreiller, ses paupières se fermèrent

et un autre gémissement s'échappa de ses lèvres lorsqu'il se mit à masser ses deux pieds alternativement.

Qui aurait cru que la route vers le cœur d'une femme passait par ses pieds ?

— Ça compte comme des préliminaires ? Je dirais que oui parce que... putain, souffla-t-elle. C'est le paradis.

— Personne t'a jamais massé les pieds avant ?

— C'est pas généralement la partie de mon corps que les mecs veulent masser.

Le rire qui jaillit d'entre les lèvres de Rez arracha un sourire à Sapphire.

— Ça m'étonne pas.

Lorsqu'il commença à soulever l'un de ses pieds, elle écarquilla les yeux.

Leurs regards toujours entremêlés, il lui offrit un sourire et se mit à tirer son pied vers sa bouche.

— Si tu mets mes orteils dans ta bouche, je m'en vais.

Un frisson la parcourut à l'idée qu'il lui suce les orteils.

— T'aimes pas ça ? la taquina-t-il en effleurant le dessus de son pied du bout des lèvres.

— Et toi ?

— Non, c'était un test.

Elle leva les yeux au ciel.

— Ouais, bien sûr, c'était un test.

— Après la tenue de dominatrice que t'as portée sur scène l'autre fois, je suis sûr que tu dois avoir une sorte de penchant bien tordu enfoui au fond de toi.

— Je suis plutôt classique, avoua-t-elle. Alors pendant que tu fais ça, parle-moi. Premièrement, je meurs d'envie de savoir pourquoi t'as le nez tordu.

Ses deux sourcils se haussèrent.

— C'est ce que tu veux savoir sur moi ? Je me suis battu une fois ou deux dans ma vie.

— Huh. J'ai du mal à le croire.

Son visage était le parfait masque de l'innocence.

— Je sais, n'est-ce pas ? Je suis un ange. Et je dis *jamais* de trucs que je devrais garder pour moi.

— OK, maintenant je comprends pourquoi t'as le nez tordu. T'as dû mériter de te prendre un gros pain au milieu du visage.

— En fait, je me suis cassé le nez pendant que j'essayais d'appréhender un suspect. On s'est battus et j'ai reçu un coup de pied au visage.

— Merde, murmura-t-elle.

— Au final, il a plus morflé que moi.

— Vous parlez de brutalité policière, officier Alvarez ?

Il secoua la tête.

— Non, ça s'appelle maîtriser un homme qui a résisté à une arrestation et tenté de me botter les fesses.

— Mais t'es sorti gagnant ? demanda-t-elle.

— Avec un peu d'aide d'un acolyte nommé Taser.

— Aïe. Comme c'est choquant !

Elle écarquilla les yeux pour ajouter une petite touche dramatique.

— J'ai dit des trucs plus moches que « aïe » quand il m'a pété le nez. Et il a trouvé ma réponse bien choquante, ouais.

Un petit rire quitta les lèvres de Sapphire.

— Eh bien, ça te donne un peu de caractère.

— J'étais déjà un sacré personnage avant ça.

— Ça m'étonne pas.

Elle ferma les yeux à nouveau.

— Ça dérange tes parents que tu sois flic ? Ils s'inquiètent ?

— Mon père était fier. Ma mère prie tous les jours pour que je reste en sécurité.

— Ton père n'est plus là ?

— J'aimerais qu'il le soit, murmura Rez.

Elle ouvrit les yeux à nouveau pour fouiller son visage mais ne put voir que son profil, car il avait la tête penchée et les yeux rivés sur ses pieds posés sur ses genoux.

— Qu'est-ce qui s'est passé ?

— Un cœur fragile.

Il répondit d'une voix plus épaisse que d'habitude.

Putain.

— Désolée.

Il inspira et lui serra le pied plus fort en guise de réponse avant de poser les yeux sur elle.

— Et tes parents ? Ça les dérange que tu sois nue sur une scène devant une foule de mecs en rut ?

— Eh bien, qui serait pas fier avec ce genre de description de mon travail ? demanda-t-elle d'un ton pince-sans-rire avant de soupirer. Disons juste que mon choix de carrière les a un peu déçus.

— C'est pas à cette table qu'ils t'ont emmenée pendant la journée des métiers au lycée ?

— Non, répondit-elle en riant. Ils voulaient que je suive les traces de mon père et que je devienne dentiste. Quand il plissa le bout de son nez légèrement crochu, elle trouva ça tellement chou.

— Et ta mère ?

— Vivante et en bonne santé et, Dieu merci, maintenant elle adhère pleinement à ce que je fais.

— Je voulais savoir ce qu'elle faisait dans la vie, précisa-t-il en grognant.

— Elle a fait de la vie de mon père un enfer parce qu'il acceptait pas mes choix de vie.

— Putain, murmura-t-il.

— Maintenant ils sont divorcés. Elle est actuellement enseignante dans le Somerset et s'est heureusement remariée. Mon beau-père est merveilleux. Il m'accepte, m'aime et me soutient à fond. Ce qu'un vrai père devrait faire pour sa fille.

Elle avait vu sa mère s'épanouir lors de sa rencontre avec son mari actuel. Si Sapphire devait un jour se caser, elle voulait le faire avec quelqu'un qui l'aimerait et la chouchouterait autant que son beau-père avec sa mère.

Parfois, le divorce n'était pas une fin triste, mais une nouvelle occasion de poursuivre le bonheur.

— C'est bien qu'elle ait trouvé quelqu'un comme lui. J'aimerais bien que ma mère trouve quelqu'un aussi. Mais je dois reconnaître qu'elle se débrouille bien toute seule. Elle a toujours dit que mon père était son seul grand amour. Je me souviens pas qu'ils aient jamais été malheureux ensemble. Bien sûr ils se disputaient, mais je pense qu'ils faisaient ça exprès pour pouvoir se réconcilier ensuite. Si tu vois ce que je veux dire.

Il poussa plus fort contre le talon de son pied.

— Alors... Somerset. Elle est pas très loin. Je suppose que du coup, tu passes plus de temps avec ta mère qu'avec ton père.

— Mon père a épousé une femme de vingt ans sa cadette et a déménagé à l'autre bout du pays. Il a aucune envie de rester en contact avec sa prostituée de fille.

Un muscle tressaillit dans la joue de Rez et l'expression de son visage devint menaçante.

— Il t'a traitée de prostituée ? grogna-t-il.

— Entre autres. Ça, c'est même plutôt léger à côté du reste.

— Mais ça t'a pas empêché de poursuivre tes rêves.

— Danser sur scène, c'était mon rêve. Mais j'ai échoué comme ballerine. J'ai aussi appris à mes dépens que j'étais nulle en hip-hop. Malheureusement, les Rockettes m'ont pas rappelée non plus. Et bien sûr les Steelers ont pas de pom-pom girls.

Elle haussa une épaule et la laissa retomber.

— Me voilà donc danseuse vedette au Pit. Je vis mon rêve.

Il lui remua le pied.

— T'aimais ton travail avant que les Demons prennent les rênes, n'est-ce pas ?

— C'est vrai. Même si j'adore danser, j'aimais mon travail au Peach Pit surtout pour l'ambiance et les personnes avec qui je travaillais. On était des femmes qui se soutenaient entre elles. Maintenant, avec Sot et son adorable acolyte, Cookie, on est rien de plus que des bouts de viandes exploités à des fins lucratives. L'ambiance de famille a complètement disparu. C'est pour ça, en plus de la perte de notre clientèle, que la majorité des filles d'origine ont décampé. Si Laura avait ouvert un autre club dans la région, on l'aurait toutes suivie. Maintenant, on croise les doigts, et les orteils douloureux, pour que Mel arrivent à le faire.

— Elle t'engagerait comme manager sans hésiter.

— Je me contenterais d'un poste d'assistante-manager ou d'hôtesse. À nous deux, on attirerait des hommes de toute la région Tri-State.

—J'en doute pas, murmura-t-il en fronçant les sourcils.

Est-ce que cette dernière partie le dérangeait ? Si oui, il n'était peut-être pas aussi ouvert qu'elle le pensait. Et ça pourrait être un problème. Malgré tout, elle lui accorderait le bénéfice du doute jusqu'à ce qu'elle ait une preuve du contraire.

De plus, ce n'était pas comme si elle cherchait quelque chose à long terme avec lui. Ils passaient juste du bon temps ensemble. À poil ou habillés.

Une chose était certaine, elle adorait son massage des pieds.

— Sur ce… dis-moi ce que tu peux sur ce que tu fais avec les Demons.

Le mouvement de ses doigts s'arrêta brusquement et il mit un peu de temps à répondre.

— Ça, comme ce que je t'ai dit avant, ne sort pas de cette pièce, Saph.

—Je te promets que ça entrera ici, dit-elle en se tapotant

l'oreille, et que ça ne sortira pas d'ici, ajouta-t-elle en se tapotant la bouche.

Il sourit.

— Tu sais déjà que Saint veut que je m'occupe des réparations et de l'entretien du Pit.

— C'est parce que je lui ai cassé les couilles là-dessus.

— Et on t'en remercie. Mais ils veulent aussi que ma fausse entreprise de construction termine quelques travaux dans leur club.

— Tout ça c'est en plus de ta venue au Pit pour faire des achats.

— Ouais.

— Donc tu seras aux premières loges pour les surveiller.

— Avec un peu de chance, mais c'est pas tout, on doit aussi retrouver T-Bone.

— Pour retrouver la sœur droguée de Sloane.

— Oui, expira-t-il.

— C'est triste, et T-Bone c'est un vrai con. Il mérite ce qui l'attend.

— Et on a l'intention de lui livrer ça sur un plateau d'argent.

— Tu commences quand à bosser pour eux ?

— Demain. Ce matin, Nox et moi on est allés voir de quoi on aura besoin en termes d'équipement et on l'a dit aux Demons pour qu'ils nous apportent ce qu'il faut. On a jeté un coup d'œil un peu partout, en essayant de pas trop se faire remarquer non plus, ensuite on est partis.

— Et les travaux qui doivent être faits au Pit ?

— On espère alterner entre les deux. On veut que notre boulot dans la chapelle des Demons dure le plus longtemps possible.

— Vous cherchez quoi en particulier ?

— À part T-Bone ? Tout ce qu'on peut leur coller sur le dos. Plus on peut accumuler de chefs d'accusation contre ce MC, mieux c'est.

— Parce que certains chefs d'accusation sont toujours abandonnés, supposa Sapphire.

— C'est vrai. Balance contre le mur toutes les saloperies possibles et vois ce qui colle. On veut s'assurer qu'on fait pas ça pour rien. Plus y aura d'inculpations contre ce club, mieux ce sera.

Elle repensa à leur conversation de l'autre jour.

— T'as dit que t'espérais que ça les empêcherait de trafiquer de la drogue.

— S'ils finissent tous en taule ? Je l'espère bien. On espère anéantir ce putain de club pour qu'il reste plus assez de membres pour continuer le transport et la vente de méthamphétamine.

— Mais la mafia trouvera juste une autre organisation pour assurer le transport à leur place, non ? demanda-t-elle.

— C'est possible. Ce serait bien que les fédéraux écrasent aussi la Cosa Nostra, mais je sais pas ce qui se passe de ce côté de l'enquête fédérale ni même s'il se passe quoi que ce soit. Notre groupe se concentre sur la section des Demons en Pennsylvanie.

— Leur club à Uniontown.

— Tu l'as vu ?

— Non, j'ai pas eu ce plaisir, mais je les entends en parler des fois. Et parler de leurs fêtes en Virginie-Occidentale. Elles ont l'air de déchirer, dit-elle sèchement.

— Je suis sûr qu'ils adoreraient que tu te joignes à eux.

— Et je suis sûre que tu sais ce que je leur dirais de faire de cette invitation.

Il ricana.

Une fois de plus, son petit rire lui fit plus d'effet qu'il n'aurait dû. Il lui donna également envie de passer à la suite de leur soirée. D'un autre côté, elle appréciait leur conversation actuelle. Et elle était heureuse qu'il lui fasse assez confiance pour parler de certains détails de son travail au sein de l'unité d'intervention. Elle ferait tout ce qui était en son pouvoir pour ne pas briser cette confiance.

— T'apprécie le travail d'infiltration ?

— Je déteste pas ça. Et je suis content de bosser pour cette unité d'intervention. C'est carrément mieux que de patrouiller pour mon département, parce que j'ai beaucoup plus de liberté avec cette mission. Crew connaît la plupart d'entre nous depuis plusieurs années. Il nous fait confiance. C'est pour ça qu'il nous laisse faire ce qu'on a à faire sans nous contrôler constamment.

— C'est important de permettre un peu d'autonomie. Il a l'air d'être un bon chef.

— Lui dis jamais ça.

Sapphire sourit.

— Il est vraiment arrogant ?

— Il est quelque chose.

Plus il parlait de son travail, plus il lui massait les pieds fort et rapidement. Il enfonça son pouce dans sa voûte plantaire douloureuse et, une fois de plus, elle gémit doucement.

— Putain de merde, femme. Rien que ce putain de son...

— Qu'est-ce qu'il a ? demanda-t-elle innocemment.

— La prochaine fois que je l'entendrai, je veux que ce soit quand on sera nus tous les deux et que tu seras sous mon corps.

— Tu veux dire quand tu me feras un massage intégral ?

— Plutôt un massage interne.

— C'est prometteur.

— Je suppose que t'es prête à passer à la suite de notre soirée.

— T'as tout bon.

Elle frotta son pied libre le long de son érection. Elle n'aurait pas beaucoup de mal à baisser son jogging et à grimper sur ses genoux, là, sur le canapé.

— Et visiblement toi aussi.

— C'est *dur* de cacher à quel point j'ai envie de toi là tout de suite.

Elle pencha la tête.

— J'en ai marre de papoter. Et toi ?

— Tu t'attends à des miracles, mais je ferai de mon mieux pour faire autre chose de ma bouche que de jacter.

— Je suis sûre que je peux te filer un coup de main là-dessus.

Il lui lâcha les pieds, se leva et lui tendit la main.

— J'y compte bien.

— Et moi j'ai l'intention de compter le nombre d'orgasmes que tu me donneras. Mais pas de pression...

Chapitre Seize

— MIEUX TU REBOUCHES MAINTENANT, moins t'auras à poncer plus tard, grommela Nox par-dessus son épaule.

Rez grogna.

— Poncer ? Ça ressemble à une insulte.

— Ouais, poncer. Tu te souviens du ponçage qu'on a fait dans *cet autre endroit* ?

Cet autre endroit était un code pour désigner La Planque quand ils bossaient dans la chapelle d'Uniontown des Demons.

Ils devaient se servir d'un code pour presque tout ce dont ils parlaient. Ils commençaient à ne même plus pouvoir se souvenir de leur lexique. Quand c'était nécessaire, ils s'envoyaient des textos même s'ils se trouvaient dans la même pièce. C'était mieux que de se faire prendre en territoire ennemi.

— J'ai essayé d'oublier. Je te jure que j'ai craché mes poumons pendant des semaines après ça. Et si quelqu'un m'avait regardé me moucher, il aurait cru que j'étais accro à la coke avec toute la poudre blanche qui sortait de mes narines.

Rez entendit un gloussement étouffé dans son dos.

Un putain de gloussement !

Rez sourit devant la cloison sèche en appliquant plus de pâte à reboucher dans une faille. Il avait raison, faire faire à Nox un peu de travail d'infiltration était bon pour sa santé mentale.

Même s'ils n'entendaient ou ne voyaient rien de ce qui se passait dans ce putain de taudis, rien que ça valait la peine de se taper tout ce boulot à l'arrière de la Tanière du Loup.

Et de se farcir ces connards de motards.

— Je pense qu'on devrait trouver une excuse et aller au Pit demain pour bosser sur ces toilettes.

— Ouais, je pense la même chose, marmonna Nox. Je déteste les travaux de plomberie.

— T'as déjà pensé qu'on se taperait ce genre de boulot quand on est sortis de... *tu-sais-quoi* ?

Tu-sais-quoi étant le code pour l'académie de police municipale dans laquelle ils avaient tous les deux étudié. Même si Nox avait obtenu son diplôme quelques années avant Rez.

— Ça m'a pas préparé à ce genre de conneries.

— J'ai jamais pensé que devenir un spécialiste de la construction dans l'armée me serait utile dans ma carrière actuelle.

— Et pourtant on est là.

Nox grogna.

Rez aperçut un mouvement du coin de l'œil. Si tôt dans la journée, il n'y avait généralement pas beaucoup de Demons dans les parages. S'ils ne vivaient pas sur place, les membres du chapitre d'Uniontown commençaient à se pointer dans la soirée, quand ils se pointaient tout court. Ce n'était pas comme si l'ancienne station-service était le coin idéal pour flâner. Rien à voir avec la chapelle des Blue Avengers, qui était plutôt une vaste et impressionnante garçonnière. La Tanière du Loup était franchement minable à côté, d'après Rez.

Même si personne n'en avait rien à foutre de son avis.

Spatule à la main, il se dirigea vers la porte ouverte et jeta un coup d'œil à l'extérieur, constatant que le couloir était vide. Il rentra la tête à l'intérieur et chuchota quelques mots à Nox.

— T'as vu ça ?

— Quoi ?

— Quelqu'un vient de passer.

— À mon avis c'était un Demon.

— Oh, regarde-toi, Lenny, un vrai putain de comique.

Comme ils avaient dû choisir un nom pour Nox, quoi de mieux qu'un dérivé de Lennox, son nom de famille ?

— Je fais que souligner l'évidence, *Tony*.

Rez perdit rapidement le sourire que Nox lui avait arraché avec son commentaire de petit malin lorsque son téléphone portable vibra dans ses fesses.

— Merde, grommela-t-il en posant la spatule et en ramassant un chiffon.

Une fois ses doigts essuyés, il sortit son téléphone de sa poche de derrière et vit la notification d'un texto. Il l'ouvrit et lut un message de Mullins, un inspecteur des stupéfiants de la police de Pittsburgh et un autre membre de l'unité d'intervention.

Je suis devant les caméras. T-Bone vient de passer devant l'endroit où vous bossez.

Putain de merde.

— C'est T-Bone, chuchota Rez après s'être rapproché de Nox.

Il lui montra le texto.

La colonne vertébrale de Nox se redressa d'un coup et sa mâchoire se crispa. Il jeta ensuite un coup d'œil par-dessus son épaule vers la porte ouverte.

Rez haussa un doigt pour lui demander d'attendre une seconde et renvoya un message à Mullins. *Il est allé où ?*

Mullins répondit : *Dans la salle la plus éloignée.*

C'était la putain de pièce dans laquelle Decker avait découvert Sadie. Ça voulait dire que Wolf n'avait pas donné la chambre de T-Bone à un autre motard et qu'il s'attendait à son retour.

Rez demanda rapidement : *Des signes d'elle ?*

Non, mais je viens juste d'arriver. Elle est peut-être déjà dans sa chambre.

Ils devaient aller vérifier.

Mullins poursuivit en demandant : *Tu veux que je prévienne Decker ?*

Non, je m'en occupe. Merci, lui répondit Rez avant d'ouvrir une conversation entre Decker et lui pour lui annoncer la nouvelle. *T-Bone est de retour.* Il lui envoya rapidement un autre texto : *Mais je sais pas s'il est de retour pour de bon.*

Decker demanda : *Des signes de Sadie ?*

Pas encore. On ira voir de plus près dès qu'on pourra le faire sans risquer de compromettre notre couverture.

Putain. Si elle est pas avec lui, il faut qu'on l'attrape et qu'on lui passe un savon pour qu'il nous dise où elle est, répondit Decker au texto de Rez.

Decker avait dû ajouter Finn à une conversation de groupe, car tout à coup, Woody Woodpecker apparut. *C'est pas tout ce qu'on va lui faire.*

Rez ajouta Nox à la conversation pour le tenir au courant.

Decker : *On va s'occuper de lui. Mais on doit d'abord trouver Sadie.*

Finn : *Je suis d'accord. Vu que c'est la dernière personne à l'avoir vue.*

Rez : *Quand est-ce qu'on organise une petite réunion avec lui pour savoir ce qu'il sait ?*

Nox : *Il faut pas qu'on le fasse flipper.*

Rez se retourna et fit un signe de tête à Nox en guise d'accord.

Nox reporta son attention sur son portable et envoya un autre texto : *On va faire gaffe. On va le pister un peu et voir s'il reste dans le coin. S'il se tire, Mullins pourra voir dans quoi il roule et dans quelle direction il se dirige.*

Les doigts de Nox bougeaient à la vitesse de l'éclair. Rez mettait une plombe à rédiger des textos, car il devait corriger ses fautes de frappe tous les deux putains de mots.

— Tu veux aller fouiner ? chuchota-t-il à Nox.

Son frère du MCBA lui fit un simple signe de tête et s'exprima assez fort pour que tout le monde puisse l'entendre.

— Je pourrais prendre une pause pour me dégourdir les jambes. Et toi ?

— En fait, je prendrais bien une putain de bière. Tu sais que je déteste enduire du plâtre.

Rez pencha la tête vers le couloir.

— On plâtre et on ponce toutes les cloisons cette semaine et la semaine prochaine on pourra se mettre à la peinture, annonça Nox à voix haute en s'essuyant les mains à l'aide d'un chiffon propre.

Pour l'amour du putain de ciel. Rez détestait autant la peinture que le plâtrage.

Ouais, il ne pensait certainement pas avoir à se taper ce genre de boulot ingrat quand il avait décidé de devenir flic. Un nez cassé en essayant de maîtriser un sujet ? Ouais. Être couvert de plâtre et de poussière ? Jamais, putain.

Il n'avait jamais eu peur d'une bonne bagarre. Mais le travail manuel, c'était juste... Il soupira et donna une tape dans le dos de Nox.

— Allons fouiner un peu.

Lorsque Nox le suivit dans le large couloir, ils ne virent ni n'entendirent rien. Les trois pièces à leur droite étaient terminées et occupées par des Demons. Les trois pièces à leur gauche, y compris celle dont ils venaient de sortir, étaient celles qu'ils étaient en train de terminer pour le MC.

— Puisque Wolf a dit qu'il voulait qu'on finisse les trois dernières chambres comme celles déjà terminées, on devrait peut-être les examiner de plus près.

Nox joua le jeu.

— Bonne idée. Regarde si y en a qui sont ouvertes.

Ils ne prirent même pas la peine d'essayer d'ouvrir les deux premières portes mais se dirigèrent directement vers la pièce assignée à T-Bone.

Rez attrapa la poignée et jeta un coup d'œil rapide à Nox quand elle tourna dans sa main, puis il se mit à pousser la porte doucement. Juste à ce moment-là, T-Bone ouvrit la porte brusquement, mais se servit de son corps pour leur bloquer le passage et leur bloquer la vue de la pièce sombre derrière lui.

— Vous êtes qui, putain ? Vous foutez quoi ici ?

Le prospect renfrogné se faufila hors de la pièce et referma rapidement la porte derrière lui.

— Moi c'est Tony et lui c'est Lenny, dit Rez en faisant un geste du pouce vers son partenaire. On a été embauchés pour terminer la construction des trois dernières chambres.

— J'en ai rien à foutre, grommela T-Bone en essayant de passer devant eux.

Ils veillèrent à rendre cette tâche impossible.

— Comme c'est un nouveau job pour nous, on veut voir comment la dernière équipe avait terminé les chambres pour qu'on s'assure de faire la même chose.

C'était une excuse tellement à chier, mais il n'avait pas encore rencontré de Demon doté d'esprit critique.

Les narines de Nox se dilatèrent et il pinça les lèvres en voyant les cicatrices s'estompant sur le visage du prospect.

— Putain, mec, s'exclama Rez. On dirait que tu sors d'un combat contre une chatte enragée. T'as dû la faire grimper aux rideaux, hein ?

Il fronça les sourcils.

Le motard porta automatiquement une main à son visage, à l'endroit où Sloane avait dû le griffer comme une dingue pour l'empêcher de la kidnapper. Quand T-Bone fit ce geste, Rez remarqua quelques griffures infectées, ainsi que des cicatrices sur le dos de la main qu'il venait de lever, sans doute l'œuvre de Finn le félin.

— Putain, mec, tu devrais faire examiner ces égratignures. On dirait que tu t'es frotté à un couguar sauvage.

— Occupe-toi d'tes putains d'affaires.

T-Bone tenta de passer devant eux encore une fois, mais Rez et Nox se rapprochèrent et l'empêchèrent de passer. Ils étaient tous les deux plus costauds que le prospect, donc ils n'avaient pas grand mal à lui bloquer le passage.

— Cette chambre, c'est la tienne ?

Rez pencha la tête vers la porte fermée derrière T-Bone.

Le prospect grimaça et serra les lèvres.

— En quoi ça t'regarde, putain ?

Rez haussa les épaules.

— Comme je l'ai dit, je vérifie juste qu'on fait la même chose que dans le reste des chambres, c'est tout. Et puis, si t'as besoin de travaux là-dedans, on pourra s'en occuper une fois qu'on aura terminé notre boulot actuel.

— J'ai rien besoin d'vous.

Si ce n'était pas une perle, ce type.

— Pas de problème, mon frère. J'essayais juste d'être utile.

— J'suis pas ton frère, grogna le type. Dégagez d'mon chemin et d'ma chambre.

Rez haussa les mains.

— Désolé, mec, je voulais pas m'imposer. Comme je l'ai dit, on essayait juste de se rendre utiles et de s'assurer que Wolf soit satisfait de notre boulot pour qu'il nous engage à nouveau.

— Allez vous faire foutre.

T-Bone força le passage, obligeant Rez et Nox à faire un pas en arrière.

— Passe une bonne journée, dit Rez dans le dos de T-Bone en lui faisant un salut militaire à deux doigts que le prospect ne vit pas.

Rez envoya un texto rapide à Mullins. *Il se barre. Vois ce qu'il conduit et dans quelle direction il va.*

Mullins répondit sur le champ : *Ça marche.*

— Et maintenant ? dit Nox.

— Maintenant on entre dans cette foutue pièce pour la fouiller.

Rez tenta d'ouvrir la poignée et la trouva verrouillée. Pas étonnant.

— Putain.

— J'ai une clé, annonça Nox.

Rez se retourna vers lui.

— Quoi ?

Nox sourit. Un putain de sourire ! C'était quoi cette histoire, putain ?

— Je reviens tout de suite.

Le mec retourna dans la pièce où ils travaillaient depuis ce matin.

En attendant que Nox récupère la « clé » dont il avait parlé, Rez envoya un nouveau texto à Mullins. *On va s'introduire dans sa chambre. Garde l'œil bien ouvert, tu veux bien ?*

La réponse arriva en quelques secondes. *Dacodac.*

Il envoya ensuite un texto à Decker. *T-Bone est parti seul. On va s'introduire dans sa chambre et voir si on trouve des signes de Sadie.*

Tiens-moi au courant, répondit Decker.

Compte sur moi.

Nox apparut près de lui, une spatule propre à la main.

— Ah, le vieux coup de la carte de crédit.

— Ouais, c'est des poignées ordinaires. Rien d'aussi sûr

qu'une serrure multipoints, alors ça devrait être facile comme bonjour. Surveille mes arrières.

— Toujours, lui dit Rez en se plaçant de façon à cacher à toute personne apparaissant dans le couloir ce que fabriquait Nox.

Rez jeta un coup d'œil par-dessus son épaule et vit Nox glisser la spatule entre le montant de la porte et la porte avant de la baisser d'un coup sec. Quelques mouvements supplémentaires et la porte s'ouvrit.

— Putain de merde, s'exclama doucement Rez. T'as aussi appris ça à l'armée ?

— J'ai appris beaucoup de choses dans l'armée. La plupart étaient pas nécessairement approuvées par le commandement. Tu veux que je monte la garde pendant que tu fouilles la pièce ?

— Ouais, mon frère, je fais vite parce que je veux pas qu'on se fasse pincer.

Nox haussa les sourcils.

— T-Bone nous a pas demandé de colmater un trou dans le mur ?

Rez ricana.

— Préviens-moi si quelqu'un nous repère et je m'assurerai de foutre *accidentellement* ma botte dans la cloison pour valider notre histoire.

Nox hocha la tête et baissa la visière de sa casquette de baseball en tournant le dos à la porte.

Rez prit une grande inspiration, incertain de ce qu'il allait trouver dans cette pièce sombre qui empestait comme des toilettes mobiles pleines par une journée d'été. *C'était quoi ce bordel ?*

Rez déglutit en essayant de ne pas vomir sur le champ.

— Tu veux pas plutôt t'occuper de la fouille ? Je peux faire le guet.

Il espérait que l'odeur nauséabonde n'avait pas encore atteint les narines de Nox.

Son espoir fut rapidement détruit lorsque Nox lui répondit.

— Plutôt crever. J'ai ouvert la porte, t'as le plaisir de fouiller la pièce.

— Putain de merde, grommela-t-il.

Il inspira profondément, retint son souffle et entra. À la seconde où Rez alluma la lumière, ses poumons gonflés se vidèrent.

— Quelle putain de porcherie.

— Insulte pas les porcs comme ça. Ils sont intelligents et normalement propres.

— Contrairement aux prospects, apparemment.

— Arrête de jacter et grouille-toi, murmura Nox.

— Putain, mec. Parfois, j'ai des choses importantes à dire.

Nox répondit par un grognement.

Le sol était couvert de linge sale et des pièces de bécanes étaient empilées dans un coin. T-Bone n'avait pas d'autres « meubles » qu'un matelas gonflable. Et sur ce matelas se trouvait une pile de couvertures que Rez avait peur de toucher.

Mais il ne pouvait pas se défiler, car il y avait une masse en dessous.

Il devait s'assurer que ce n'était pas un corps.

Pour l'amour de Dieu, s'il vous plaît, faites que ce soit pas un putain de corps.

Si c'était le cas, qu'il s'agisse de la sœur de Sloane ou de quelqu'un d'autre, ils seraient obligés de le signaler et leur couverture tomberait certainement à l'eau.

Il se signa rapidement, leva les yeux au plafond et pria pour que ce ne soit pas Sadie. Il ne voulait pas être celui qui annoncerait la nouvelle à Decker et Sloane.

Découvrir un corps en décomposition n'était pas exactement à l'ordre du jour.

Il prit son courage à deux mains et, à l'aide de deux

doigts uniquement, souleva avec précaution la pile de literie sale. Il ne trouva que plus de literie et des vêtements encore plus sales en dessous.

Oh, merci, putain de merde. Il soupira de soulagement, puis regretta d'avoir laissé un peu de cet air putride infiltrer ses narines.

Qui pouvait bien vivre dans une telle misère ?

Après avoir jeté un autre coup d'œil rapide pour s'assurer qu'il n'avait rien manqué d'évident, il sortit rapidement, écartant Nox de son chemin pour pouvoir respirer un peu d'air qui ne le ferait pas gerber. Une fois cette mission accomplie, il ordonna à Nox de fermer la porte et se traîna dans le couloir jusqu'à la sortie de derrière.

Il quitta le bâtiment, leva le visage vers le soleil aveuglant et inspira profondément.

Nox apparut soudain derrière lui.

— Tu vas bien ?

— Non, putain.

— Je suppose que c'était pas Sadie, murmura Nox.

— Non.

— C'était quoi ?

— Juste, dit-il en grimaçant, de la saleté.

— C'est tout ?

Lorsque Rez se retourna et vit les yeux amusés de Nox, il réalisa que sa souffrance en avait valu la peine.

Alors, oui, même si cette expérience craignait comme un arrachage de dent, il était content de voir Bradley Lennox redevenir lui-même.

Rez passerait une nuit entière sur ce matelas gonflable miteux et sous ces couvertures tellement répugnantes qu'elles lui piquaient les yeux et lui brûlaient les poils de nez si ça lui permettait de continuer à voir son frère redevenir l'homme qu'il était avant de perdre sa femme.

———

Rez porta la bière à ses lèvres, laissa le breuvage frais glisser dans sa gorge, puis posa la tête contre le dossier du canapé. Il aurait dû faire un peu de muscu après avoir quitté Nox. Mais les travaux de construction quotidiens à la Tanière du Loup en plus des travaux de maintenance au Peach Pit lui donnaient déjà pas mal de fil à retordre.

Les pieds appuyés sur la table basse, il posa la bouteille sur sa cuisse et poussa un soupir si long et profond qu'il sembla sortir des abîmes de son âme.

Il se mit à rêver de la présence de Sapphire pour qu'il puisse faire une autre forme d'exercice. Il se mit à penser à T-Bone également, qui s'était encore une fois volatilisé. Ils n'avaient aucune idée de l'endroit où dormait le prospect, puisqu'il n'était pas retourné à la chapelle des Demons. Rez pensait donc que le motard s'était arrêté l'autre jour juste pour récupérer quelque chose.

Il pariait sur de la drogue. Parce que comment prostituer une droguée sans la faire planer constamment ?

Mullins n'avait pas pu identifier la berline que conduisait le prospect, il avait juste constaté que c'était un vieux tas de merde. Peut-être une Chevrolet ou une Dodge marron. Mais il avait remarqué que personne d'autre n'était avec lui dans le véhicule alors qu'il se dirigeait vers l'ouest.

Rez ne savait pas si ça valait la peine qu'ils continuent de chercher Sadie, mais tant que Decker ne leur dirait pas d'arrêter, ils continueraient tous. Il savait à quel point Decker voulait aider Sloane à retrouver sa sœur. Son frère du MCBA était tellement mordu de cette femme qu'il ferait n'importe quoi pour elle.

Le putain de grand amour.

Rez grimaça. Pourquoi choisir de s'engager quand on pouvait s'envoyer en l'air du matin au soir sans avoir une putain de ficelle autour des couilles ?

Sur le coussin à côté de lui, l'arrivée d'un nouveau texto

alluma l'écran de son portable. Dès qu'il vit qu'il s'agissait de Sapphire, il se précipita pour le lire.

Puis, il réalisa ce qu'il était en train de faire et ralentit.

Va te faire foutre, Cupidon, va te faire foutre. T'as besoin qu'on t'enfonce ta putain de flèche empoisonnée dans le cul.

Mais, *putain*, il devenait rapidement accro à... la chatte de Sapphire.

C'était ça.

Elle était sexy à mourir, géniale au lit, confiante et intelligente. Et jusqu'à présent, elle n'avait laissé aucune des conneries qui sortaient de sa bouche volontairement ou accidentellement la faire fuir.

Il patienta quelques battements de cœur supplémentaires et s'autorisa enfin à lire le texto, espérant qu'elle lui annonçait être en route vers chez lui pour une autre soirée bien sympa.

Malheureusement, ce n'était pas le cas. Mais heureusement, c'était aussi une bonne nouvelle. Peut-être.

T-Bone est de retour, disait son texto.

— Putain de merde.

Il grogna lorsqu'il dut corriger trois fautes de frappe à cause de ses doigts maladroits. *Il travaille là ?*

Il sursauta lorsque son téléphone sonna tout à coup dans sa main. Il s'était dit qu'elle n'appellerait pas, car elle ne voudrait qu'on l'entende au boulot. Et elle n'était pas censée avoir son portable sur elle pendant ses heures de travail. Toutefois, ce n'était pas comme si les Demons suivaient le règlement historique du club. Donc peut-être que cette règle-là aussi était passée par la fenêtre.

Mais dans tous les cas, entendre sa voix sulfureuse dans son oreille était un délice.

— On dirait bien. Il est resté dans le bureau de Sot un moment.

— Il a dû demander de récupérer son boulot.

— Les prospects ont besoin de demander ? Je croyais

qu'on attendait d'eux qu'ils travaillent et qu'ils avaient pas leur mot à dire. C'est pas comme s'ils avaient un département des ressources humaines.

Il ricana.

— C'est vrai.

— Tu fais quoi ?

— Je rêve de toi à poil sous mon corps. Tu finis à quelle heure ce soir ?

— À la fermeture.

Putain.

— Je te l'ai dit quand je suis partie ce matin.

Double putain.

— T'as pas dû faire attention, poursuivit-elle.

— Difficile de faire attention à quoi que ce soit quand tu te promènes dans ma chambre dans le plus simple appareil.

— J'étais habillée.

— D'être concentré avant le café, alors.

— Je t'avais apporté une tasse vingt minutes avant.

— Alors je suis juste un connard. Bref... Revenons à T-Bone...

Son petit rire grave lui remplit l'oreille.

— Je vais me pointer.

— Et faire quoi ?

— Le suivre s'il part.

— Et s'il part avant que t'arrives ?

— Tu peux m'envoyer un texto dès qu'il se barre ?

— Bien sûr. Mais c'est pas comme si je pouvais rester assise là et guetter chaque mouvement de ce trou de balle. Sot me colle aux basques.

— Fais ce que tu peux. Tu sais dans quoi il roule ?

— Si tu l'as pas encore compris, ils roulent tous en Harley.

Il fit semblant de rire.

— T'as le sens de l'humour, hein ? Juste pour info, il était au volant d'une berline quand il a quitté la Tanière du

Loup l'autre jour. Tu peux aller voir si elle est garée à l'arrière ?

— Je peux pas sortir pour le moment. Je dois être sur scène dans quelques minutes.

— Merde, marmonna-t-il. D'accord. Je viens au club maintenant. Je passerai te voir quand je serai là.

— À tout à l'heure, *Tony*.

Elle lui envoya un baiser à l'autre bout du fil.

Bien sûr, ce baiser atterrit directement sur sa queue.

Chapitre Dix-Sept

Comme Nox et lui travaillaient au club ici et là, se chargeant de la longue liste de réparations préparée par Sapphire en échange de sachets de méthamphétamine, Saint était devenu assez « généreux » pour leur permettre d'entrer sans payer. Cependant, il devait quand même laisser son arme dans la voiture ou chez lui, vu qu'il n'était pas autorisé à contourner le détecteur de métaux.

Il supposa que Saint avait peur de bouffer du plomb. Ce ne serait pas étonnant que cet enfoiré se soit fait beaucoup d'ennemis au cours de sa vie.

Il haussa le menton vers Ringo en passant à travers le détecteur, attrapa son portefeuille et ses clés de l'autre côté et se dirigea vers les doubles portes du club.

Bien sûr, la musique trop forte et contenant bien trop de basses lui agressa immédiatement les oreilles. Il scruta rapidement la scène et la salle à la recherche de Sapphire, mais ne la vit nulle part. Par contre, il aperçut ce connard de T-Bone debout derrière la corde en velours rouge, les jambes écartées et les bras croisés sur sa poitrine, arborant une moue acariâtre.

Quelqu'un n'était manifestement pas content de recommencer à bosser pour des cacahuètes.

Pendant le trajet jusqu'au club, Rez avait envisagé plusieurs scénarios expliquant pourquoi T-Bone voudrait à nouveau bosser au Peach Pit. Son hypothèse la plus concluante, c'était qu'il voulait avoir accès à la réserve de méthamphétamine conservée dans un véhicule garé à l'arrière du club.

Bien sûr, c'était un autre vieux fourgon encore plus merdique que celui qui était garé à l'origine dans le parking du personnel, puisque Mel avait réduit celui-là en cendres.

Rez sourit en se rappelant ce coup d'éclat.

Ses réflexions sur T-Bone l'amenèrent à élaborer un nouveau plan pour servir une tranche de karma au prospect. Mais d'abord, il devait discuter de ses idées avec Decker et Finn et s'assurer qu'ils étaient dans le coup.

À l'origine, ils avaient prévu de piéger cet enfoiré et de le balancer aux Russo, mais ils pourraient peut-être aussi faire tomber le prospect en faisant croire à Wolf ou Saint que T-Bone prélevait de la méthamphétamine sur le stock du MC.

Les Demons se débarrasseraient d'un voleur peut-être bien plus rapidement que la Cosa Nostra.

Et il n'était pas exclu que T-Bone *tape* vraiment dans le stock. Ce n'était pas comme si ce type était le symbole de l'honnêteté.

Que ce soit vrai ou non, le MC n'allait pas tolérer qu'il vole leur principale source de revenus. Comme T-Bone n'avait pas apprécié que Decker lui « vole » sa poule aux œufs d'or, Sadie.

En fin de compte, le karma était une putain de salope aux dents acérées.

Rez s'arrêta au bar, commanda un whisky coca à Mutt, une boisson qu'il ne pourrait pas foirer puisque le seul véritable talent du prospect était de décapsuler des bouteilles de bière, puis il prit son verre et se dirigea vers l'une des banquettes installées le long du mur le plus éloigné des lumières vives de la scène, un endroit d'où il pourrait observer les allées et venues sans trop se faire remarquer.

Il se faufila entre toutes les tables vides. Chaque fois qu'il venait au club, il pouvait jurer qu'il y avait de moins en moins de clients.

Ce n'était pas bon pour Sapphire ni pour aucune des danseuses. En faisant couler le club, Saint mettait les femmes à genoux financièrement.

Il prit place dans la cabine, but une longue gorgée de sa boisson composée essentiellement de putain de glaçons et sortit son portable de sa poche.

Alors, ouais, l'interdiction de se servir de son portable était maintenant un putain de souvenir. Ça voulait dire que n'importe quel crétin pouvait enregistrer ce qui se passait ici secrètement ou prendre des photos des danseuses pour les mettre en ligne. Ou pour en tirer profit d'une manière ou d'une autre. Ou pour les mater pour son plaisir personnel, tard dans la nuit, seul dans son lit.

Sapphire avait vraiment besoin de se tirer de là. Genre, hier. Et il recommanderait vivement à Cherish et Porsche de faire la même chose.

Il avait l'intention d'avoir cette discussion avec Sapphire. Encore une fois.

Il sortit son téléphone de la poche intérieure de sa veste en cuir et le tint sous la table au cas où Ringo aurait fait une erreur en lui permettant de le garder.

Il envoya un texto à Crew. *Tu sais qui surveille les caméras du Pit ce soir ?*

Il avait presque fini son whisky coca dilué lorsque le chef de l'unité d'intervention répondit.

Pourquoi ?

Bien sûr, ce mec ne pouvait pas juste répondre à sa putain de question. *Je suis là et T-Bone aussi. Je veux que la personne de service ce soir le surveille de près. Si je peux savoir quelle berline il conduit et avoir sa plaque d'immatriculation, ça pourrait nous aider à le retrouver plus tard.*

C'est probablement la même berline que celle dont Sloane s'est échappée quand cet enfoiré l'a enlevée, répondit Crew.

Probablement, puisque Mullins a dit que c'était une berline marron.

Alors ça ressemble à la berline que j'ai vue sur les vidéos de l'hôpital quand il s'est tiré avec Sadie. Je pense que c'est Reynolds qui visionne les images ce soir.

T'en es pas sûr ? C'est toi le responsable.

Hé, il aurait pu échanger avec quelqu'un d'autre. Je vous microgère pas, bande d'enculés.

C'était vrai. C'était l'un des bons côtés de Crew, sur une liste très courte.

Un autre texto s'afficha sur son écran. *Mais je peux commencer à le faire, si tu veux. Et je m'assurerai de faire en sorte que tout le monde sache que c'est à cause de toi.*

T'es vraiment hilarant, connard, répondit Rez. Il fronça les sourcils en regardant son portable puis demanda : *Pourquoi t'as pris autant de temps pour répondre au début ? Tu fais quoi ?*

Je me fais ta mère.

Putain. Je pensais qu'elle avait plus de goût. J'imagine que j'avais tort. Oublie pas de goûter ses haricots noirs pendant que tu lui fais goûter ton « haricot vert ».

Appelle-moi Papa.

T'es assez vieux pour être mon père, répondit Rez.

Ouais, si j'avais engrossé ta mère à dix ans.

T'as douze ans de plus que moi.

Connard, tu crois que le sperme entre dans la foufoune et que le gamin sort comme d'un distributeur de friandises ? Il a fallu t'incuber un moment.

Bon, va regarder du porno ou je sais pas quoi et arrête de fantasmer sur ma mère. Tu vas me faire faire des cauchemars.

Cette femme sait cuisiner. Encore mieux, elle peut te mettre hors d'état de nuire avec une simple tong. C'est mon héroïne.

Rez renifla et secoua la tête, puis envoya un texto à Reynolds. *T'es devant les caméras ?*

Contrairement à Crew, Reynolds répondit en quelques secondes. *Ouais. Je vois ton cul au Peach Pit.*

Parfait. T-Bone bosse ce soir.

Je vois aussi cet enfoiré, répondit le caporal de la police d'État.

Garde un œil sur lui. Je pense qu'il va disparaître et revenir pour faire des ventes à l'arrière. Rez était fier de n'avoir eu à corriger que trois fautes de frappe en rédigeant ce long texto.

Ça marche, apparut ensuite.

S'il part, dis-le-moi dès que possible pour que je puisse essayer de le suivre. Vois aussi si tu peux voir quelle voiture il conduit.

C'est noté.

T'es le meilleur, Reynolds. Rez ajouta trois émojis bisous à la fin de son message.

Tu peux m'embrasser la rondelle avec ces lèvres.

Rez ricana et posa son portable à côté de lui, sur la banquette en vinyle, afin de voir son écran au cas où un autre texto arriverait. Après avoir jeté un autre coup d'œil rapide autour du club, ses yeux se posèrent sur T-Bone et y restèrent une bonne heure.

Du moins jusqu'à ce que la femme de ses rêves fasse son apparition, vêtue d'une robe à paillettes rouge sang qui montrait plus de son décolleté qu'il ne l'aurait souhaité et qui épousait parfaitement ses hanches et ses seins.

Il ne fut pas surpris de voir qu'il n'était pas le seul porteur de queue à l'avoir remarquée.

———

— Tu viens après le travail ?

Rez, assis seul sur la banquette, était un vrai délice pour

les yeux. Elle connaissait maintenant ce corps sexy et musclé presque aussi bien que le sien vu qu'elle en avait exploré pratiquement chaque centimètre.

Sa question la fit soupirer.

— Je t'ai dit que je bossais jusqu'à la fermeture. Deux fois.

— Putain.

En fronçant les sourcils, il se passa les doigts dans les cheveux.

— Mon cerveau est bloqué sur mon besoin de te baiser et je peux pas faire ça pendant que t'es ici au boulot.

Elle haussa un sourcil. Mais si elle était honnête, ces cinq mots, *mon besoin de te baiser*, avaient envoyé un ruban de chaleur tourbillonner dans son corps et s'écraser sur sa chatte, la faisant se resserrer et donnant à Sapphire l'envie de le baiser également.

— Eh bien, tu pourrais, mais je préfère faire ça ailleurs que dans ce taudis.

— T'es pas la seule.

Il glissa jusqu'à l'extrémité de la banquette incurvée, passa sa main sur ses fesses, l'installa sur sa hanche et la tira sur ses genoux.

Une fois installée là, elle se pencha contre lui et approcha sa bouche de son oreille.

— T'essaies de faire rager Sot ?

— Il est toujours là ?

— Il était là la dernière fois que j'ai vérifié.

— T'accepterais un sac rempli de méthamphétamine en guise de paiement pour une danse privée ? C'est une forme de devise maintenant, si t'étais pas au courant.

— Je pense que je vais passer mon tour, parce que j'aurais du mal à payer ma facture d'électricité avec ça. La compagnie d'électricité verrait pas ça d'un très bon œil. C'est comme ça qu'ils te paient pour ton boulot ?

— Plus ou moins. Le seul avantage, c'est que ça me permet de retirer de la drogue de la circulation.

Payer des travaux de construction ou de bricolage avec de la drogue prouvait à quel point Saint le Sot était un minable.

La différence entre Rez et Sot était le jour et la nuit.

Elle se pencha en arrière pour observer ses yeux marron et profonds.

— Que t'acceptes de te faire payer en drogue, ça leur met pas la puce à l'oreille ? J'ai vu beaucoup de drogués et t'as pas l'air d'en être un du tout.

Il avait au contraire l'air d'être au sommet de sa forme.

Rez haussa les épaules.

— Tu supposes qu'ils sont intelligents.

Elle pencha la tête en avant.

— Que je suis bête.

— Alors, je suppose qu'ils ont abandonné le règlement concernant les portables en salle ?

Malheureusement. Contre la volonté des danseuses. Ce n'était pas comme si Sot tenait compte de leurs idées ou de leurs plaintes.

— Jusqu'à une certaine limite. Tu peux le garder sur toi tant que tu prends pas de photos ou de vidéos. C'est du moins ce que Sot nous a dit lorsque certaines d'entre nous se sont plaintes.

— Tu veux dire s'ils font ça sans se cacher. Mais c'est assez facile de prendre des photos en douce.

Il expira.

— J'aime pas ça. Ils iront jusqu'à foutre quelqu'un à la porte s'il est pris en train de faire ça ?

— T'en penses quoi ?

— Je pense que tu devrais trouver un autre boulot.

Bien sûr, c'était ce qu'il pensait. Et la fréquence à laquelle il mettait le sujet sur la table commençait à l'inquiéter.

Dans le passé, elle avait eu une relation avec un homme qui la contrôlait et elle s'était juré de ne plus jamais recommencer. Elle voulait avoir le contrôle total de sa vie.

Son petit ami de l'époque détestait qu'elle fasse du strip-tease et lui avait dit que si elle n'arrêtait pas, il partirait. Elle n'avait pas arrêté et n'avait pas versé de larme lorsqu'il avait franchi la porte. Elle lui avait même fait ses putains de valises elle-même.

C'était sa vie et elle la vivrait selon ses envies. Si quelqu'un n'aimait pas ses choix, il pouvait gentiment aller se faire foutre.

Alors, que Rez l'incite constamment à quitter son travail commençait à lui taper sur les nerfs.

Ils ne couchaient ensemble que depuis quelques semaines. Ils n'étaient pas impliqués dans une relation sérieuse. *Putain*, ils n'étaient pas impliqués dans une relation du tout, si ce n'était une relation amicale.

Une relation amicale et sexuelle.

C'était fun, excitant et satisfaisant. Ça la ferait chier de devoir tout arrêter subitement. Mais si elle devait le faire, elle le ferait, parce qu'aucun homme n'allait lui dicter comment vivre sa vie.

Aucun.

Pas même un flic *sexy à se lécher les babines* nommé Antonio Alvarez.

Elle fit glisser le bout de son ongle sur la coquille de son oreille.

— Je suppose que tu vas pas ouvrir un club de sitôt pour m'offrir un endroit où bosser quand je quitterai ce boulot ?

— Mel y travaille.

— Et je fais quoi en attendant ? Je trouve un Sugar Daddy pour s'occuper de moi ?

— Si tu cherches un Sugar Daddy, t'es pas assise sur les genoux de la bonne personne.

— C'est ça le truc. C'est pas ce que je cherche. J'aime

payer mes propres factures, prendre mes propres décisions et être indépendante.

— J'en doute pas, murmura-t-il.

— Je veux pas qu'un homme, riche ou non, me dise ce que je peux ou peux pas faire.

— Je comprends ça aussi.

— Alors tu devrais tenir compte de cet avertissement, dit-elle à voix basse.

Elle posa une main sur son épaule et descendit de ses genoux. Il garda son bras autour d'elle et planta ses doigts plus profondément dans sa hanche pour l'empêcher de s'éloigner.

— Maintenant... il faut que j'aille me préparer. On m'attend sur scène bientôt.

— Tu peux pas quitter le navire plus tôt ?

— Pour glisser sur ton mât ?

Elle lui fit un clin d'œil.

Il s'esclaffa.

— Eh bien, c'est vrai que tu fais gonfler mes voiles.

Lorsqu'elle se pencha vers lui pour effleurer ses lèvres, le bout des doigts de Rez effleura son décolleté.

— C'est un ruban adhésif franchement impressionnant.

— C'est pas mal pour bâillonner quelqu'un aussi.

Il rit.

— Si je disparais, c'est que T-Bone est parti aussi. S'il bouge, je vais le suivre pour voir où il atterrit.

— Sympa comme programme. Sur ce, je vais aller me remuer contre un poteau et voir si je peux vider les trois portefeuilles qui restent ce soir. Si t'es encore là quand j'aurai terminé, je passerai te voir.

— Si tu cherches un bon gros pourboire, t'as pas à chercher bien loin. J'en ai un à te donner, mais il sera juste pas vert.

— J'espère bien que non. Parce ce que si c'était le cas, t'aurais de plus gros problèmes que le connard de prospect qui s'est glissé à l'arrière pendant que t'étais distrait par mes seins.

Elle dut reculer rapidement lorsqu'il bondit de la banquette. Et elle secoua la tête lorsqu'il s'élança vers la porte en sprintant pratiquement.

Chapitre Dix-Huit

Rez l'avait perdu. Lorsqu'il était monté dans le véhicule assigné par l'unité d'intervention à l'arrière du club, l'enfoiré s'était déjà tiré depuis longtemps.

Reynolds l'avait informé par texto que T-Bone avait filé vers l'ouest, mais il n'avait pas pu déchiffrer sa plaque rouillée. Au moins, le collègue de Rez avait bien identifié le véhicule comme étant une vieille Chevrolet Caprice marron foncé avec des taches de métal oxydé dans les endroits où la peinture manquait.

Ça matchait avec le véhicule aperçu au Centre Médical Bon Samaritain et à la Tanière du Loup.

Étant donné que cette opportunité était tombée à l'eau, Rez se rendrait au Peach Pit plus souvent, même lorsqu'il ne faisait pas de travaux. Il ne se garerait plus à l'avant non plus.

Une bonne leçon d'apprise.

En fait, Decker, Finn et Rez prévoyaient maintenant de surveiller le parking du personnel chacun leur tour à chaque fois que son véhicule apparaîtrait sur les caméras ou que Sapphire l'informerait de l'arrivé du prospect.

Ils devaient absolument le prendre en filature, voir où il

allait, si c'était ailleurs qu'à la Tanière du Loup, et tenter ensuite de localiser Sadie.

Comme Nox et Rez travaillaient presque tous les putains de jours au club des Demons, ils savaient que le prospect ne passait pas la nuit là-bas. Il ne s'était plus pointé depuis l'autre jour.

Ce connard était une putain d'anguille et se dérobait sans cesse.

Mais ils le retrouveraient.

En temps normal, ils s'armeraient de patience et attendraient l'occasion idéale, mais Sadie n'avait peut-être pas autant de temps.

Si elle respirait toujours.

À ce stade, s'ils la retrouvaient vivante, ce serait un miracle.

L'opinion réaliste de Rez, c'était qu'essayer de sauver la sœur de Sloane était une cause perdue. Toutefois, si pour le bien de sa femme, Decker voulait continuer à retourner ciel et terre pour la retrouver, alors ils lui viendraient en aide. Ils assuraient ses arrières comme il assurait les leurs.

Une vraie fraternité.

Il aimait chacun de ses frères du MCBA et n'hésiterait pas à se prendre une balle pour les sauver. Il respectait également tous les membres de l'unité d'intervention, mais ils n'avaient bien sûr pas le même type de lien que les Blue Avengers. Ils bossaient ensemble et ne traînaient ensemble qu'occasionnellement.

Lorsque la sonnette de la porte retentit, il ne put empêcher son sourire d'éclairer son visage et sa bite de palpiter dans son jean.

Il attendait son arrivée.

À chaque fois qu'elle était en repos ou qu'elle finissait avant la fermeture, elle avait pris l'habitude d'apporter ses affaires de rechange et de passer la nuit chez lui. Si elle arrivait assez tôt, ils dînaient même ensemble. Mais quelle que soit l'heure à laquelle elle mettait les pieds chez lui, ils faisaient toujours l'amour.

Le plan de ce soir n'était pas différent.

Ils passaient du temps ensemble soit chez lui, soit au Peach Pit. Ils n'avaient jamais eu de rencards à l'extérieur et n'avaient pas parlé non plus de relation exclusive. Pour le moment, ils préféraient que les choses restent simples.

Alors que ce type de relation ne dérangeait pas Rez d'habitude, c'était même ce qu'il avait tendance à préférer, hier soir, alors qu'il fixait le jeu vidéo en pause sur son écran géant, il avait réalisé qu'il n'avait jamais couché avec la même femme plus de quelques fois.

Mais il n'avait jamais non plus rencontré de femme avec laquelle il aurait *souhaité* coucher plus régulièrement. Il préférait ne pas aller sur ce terrain-là et s'engager avec qui ce que soit. La plupart d'entre elles voulaient plus que ce qu'il était prêt à offrir de toute façon.

Mais Sapphire était différente. Elle cochait toutes les cases de sa femme idéale.

Toutes sauf la partie qui consistait à se mettre à poil devant d'autres mecs, bien sûr.

Son seul soulagement, c'était que ses clients ne recevaient pas d'elle ce que lui recevait.

Eux n'avaient pas le droit de la toucher tandis qu'elle encourageait Rez à la toucher.

Ils n'avaient absolument pas le droit de l'embrasser alors que la bouche de l'homme s'était posée sur chaque centimètre du corps pulpeux de Sapphire. Plusieurs fois.

Et pour ce qui était de la baise... Il en redemandait constamment. Et elle semblait ressentir la même chose pour lui.

Ou du moins, c'était ce qu'il espérait.

Il se demanda brièvement ce que dirait sa mère s'il lui présentait Sapphire et lui disait ce qu'elle faisait dans la vie.

Il grimaça. Carmen Alvarez était certes ouverte d'esprit,

mais elle avait aussi ses limites. Et que son fiston sorte avec une strip-teaseuse pourrait être une limite infranchissable.

Cela n'avait aucune importance pour le moment et ça ne devrait même pas lui traverser l'esprit. Ils n'en étaient pas au point de se présenter leur famille respective et n'y arriveraient certainement jamais de toute façon.

Le son de la sonnette prouvait à quel point elle le désirait, puisqu'elle revenait pour un peu de rabe à chaque fois.

Et pour profiter de la cuisine de sa mère. Mais il était tard et l'heure du dîner était passée depuis longtemps, donc ils partageraient un repas la prochaine fois.

La prochaine fois ?

Il était peut-être dans la merde jusqu'au cou.

Il explorerait cette voie plus tard. Parce qu'il était actuellement sur une voie qui se terminait avec le corps nu de Sapphire se tortillant sous son corps tandis que sa chatte serrée trayait ses couilles jusqu'à la dernière goutte de sperme.

Cette idée le frappa et il ne put ouvrir la porte assez vite. En fait, il oublia de regarder par le putain de judas pour s'assurer que c'était *bien* elle et pas un psychopathe avec un masque de hockey et un énorme couteau de boucher.

La preuve qu'il perdait toute trace de bon sens face à elle.

Putain, il n'était même plus dans la merde. Il se noyait carrément dedans.

— Hé beau gosse, le salua Sapphire avec un grand sourire avant de lui palper légèrement l'entrejambe en entrant.

— Je suis qu'un morceau de viande pour toi, hein ? la taquina-t-il.

Elle haussa les épaules.

— Au moins tu sers à quelque chose. C'est pas le cas de certains mecs.

Il grogna mais ne put rien répondre puisque c'était vrai.

Après avoir fermé et verrouillé la porte, il se retourna et se prit son sac dans l'estomac. Il l'attrapa et la regarda se pencher et dézipper ses bottes en cuir noir lui grimpant jusqu'aux genoux.

— J'aurais pu le faire pour toi.

— *Uh, uh.* T'as léché le dessous de mon pied l'autre soir.

Il rit lorsqu'elle frémit.

— Après ta réaction quand t'as cru que j'allais te sucer les orteils y a quelques semaines, je savais que ça te dégoûterait.

Elle posa ses bottes au bout du canapé et se retourna.

— Mission accomplie.

— Comment c'était le boulot ?

— Barbant, en fait. On avait pas besoin de moi sur scène donc j'ai fini par bosser en salle.

Ce qui le dérangeait encore plus que ses danses sur scène, c'était qu'elle se déshabille enfermée dans une pièce pour un pervers en rut, sans aucune sécurité si les choses tournaient mal.

— Et ?

Le sourire de Sapphire devint une grimace.

— Et ce soir, c'était la disette. Une demi-douzaine de clients grand max. Le pire, c'est qu'ils étaient quasiment tous fauchés. J'ai trouvé qu'un seul client partant pour une danse privée et il m'a donné que cinq dollars de pourboire après.

Il a fait quoi ?

— Il s'est excusé de pas avoir assez d'argent pour te donner un pourboire décent ? Ou c'était juste un crevard ?

— Il pensait être généreux avec son billet de cinq froissé.

Elle secoua la tête, faisant tourbillonner ses cheveux autour de ses épaules.

Lorsqu'elle arrivait chez lui, ses longs cheveux noirs étaient généralement remontés sur sa tête. Ce soir, ils étaient détachés et lui donnaient l'envie irrépressible d'enrouler une mèche autour de son poing et de la regarder le pomper à genoux devant lui.

— Putain, murmura Rez, en réponse à la fois à son fantasme torride et à ce qu'elle venait de dire. Je peux te donner un bon gros pourboire pour combler le manque.

Ses sourcils parfaitement dessinés grimpèrent sur son front et elle lui donna une petite tape sur le nez du bout de sa longue griffe. Ce soir, elle portait du vernis violet à motif.

— T'es tellement généreux. Mais c'est vrai que t'as une belle bite, contrairement à...

Elle ferma la bouche brusquement.

— Oh non, putain. Tu peux pas laisser ça en suspens, insista-t-il.

Elle secoua à nouveau la tête.

Il laissa tomber son sac au sol, lui attrapa les hanches et l'attira à lui, baissant le menton suffisamment pour capter son regard.

— Dis-moi.

Elle soupira.

— Mon seul client de la soirée a décidé que c'était parfaitement acceptable de sortir sa queue et de commencer à se branler pendant que je dansais.

Il crispa la mâchoire.

— Ensuite il m'a demandé de la sucer.

Il serra les dents.

— Et après il m'a traitée de sale pute.

Les narines de Rez se dilatèrent et il inspira profondément pour ne pas laisser la moutarde lui monter au nez.

— C'est un habitué ?

Parce que si c'était le cas, il lui demanderait de lui montrer qui c'était pour qu'il puisse avoir une petite conversation avec lui.

De près et en personne.

Avec plus que des mots.

— Ce soir c'était la première fois que je le remarquais,

mais ça veut pas dire qu'il est jamais venu avant. Cela dit, je lui donnerai plus de danse privée. Même s'il avait pas été si radin.

— Et Saint il a dit quoi quand tu lui as raconté ce qu'avait fait ce type ?

Elle pencha la tête sur le côté.

— Pardon ? Tu t'attendais vraiment à ce que je le signale à cet enfoiré ? Même si je lui avais dit, il se serait probablement contenté de sourire en me disant de serrer les dents. Et peut-être même d'aller pomper le client pour rapporter plus de fric.

— Il faut que tu te tires de là, grommela-t-il.

— Rez, tu dis ça presque tous les putains de jours. Je te comprends. Si j'avais une autre option, je le ferais. Mais pour l'instant j'en ai pas.

Elle avait des options. Juste des options qu'elle ne trouvait pas assez bonnes.

— Pourquoi je demanderais pas à certains de mes frères de voir s'ils ont d'autres opportunités d'emploi ?

Elle fronça les sourcils.

— Quel genre d'opportunités ?

Il haussa les épaules.

— Je sais pas. Je veux dire, le prez de mon club a une femme qui tient une boulangerie. Peut-être qu'ils ont besoin d'aide.

Quand elle ouvrit la bouche, il continua de parler.

— Sloane travaille à distance pour un cabinet d'avocats. Peut-être qu'ils embauchent. À nous tous, on pourrait peut-être te trouver quelque chose en attendant que Mel ouvre son club. Je vais même demander à mon service de police. Ils ont besoin de personnel de bureau parfois, même temporairement.

— Tu veux que je travaille pour des flics ?

Sa façon de dire ça lui donna l'impression qu'elle était dégoûtée.

— Euh... T'as oublié que j'en suis un ?

Ses lèvres dépourvues de rouge à lèvres remuèrent d'un air amusé.

— Je dois reconnaître que t'es pas mal, mais ça veut pas dire que j'aime le reste d'entre vous.

Il rit.

— Putain. Je savais que tu m'aimais que pour ma bite !

— Ta mère cuisine bien, c'est un bonus ça aussi.

— Et elle m'a élevé, moi, le fils idéal, c'est encore un autre bonus.

— *Mmm hmm.*

Il pressa ses hanches charnues.

— Allez. On devrait aller faire un peu de danse horizontale avant que tu sois trop fatiguée pour grimper sur ma barre.

— T'es un vrai romantique, hein ? murmura-t-elle sèchement.

Il redressa la tête brusquement.

— Attends, t'es venue ici pour que je te fasse la cour ?

— Non. Je suis venue ici pour des orgasmes sans fin.

— Eh bien alors... Tes désirs sont des ordres !

Il fit un geste de la main en direction des escaliers.

— Ouvre la voie.

— Pour que tu puisses mater mon cul ?

Il lui lança un sourire.

— Absolument, putain.

Elle se dirigea vers sa chambre, en s'assurant de remuer les hanches comme une balançoire en pleine tempête.

Cette femme n'avait pas froid aux yeux.

Alors, ouais, elle cochait certainement toutes ses cases.

Il ne pouvait pas imaginer une femme plus parfaite pour lui.

———

Elle était assise au bord du lit, vêtue d'une tenue qu'elle portait sous le jean et le pull qu'elle avait enfilés avant de quitter le boulot. Ce n'était pas la tenue de dominatrice en cuir qui avait mis Rez dans tous ses états et qui avait déclenché ces « rencards » coquins entre eux.

Non, c'était une pièce de lingerie très sexy, semblable à un body teddy, qu'elle avait déjà portée sur scène et lors de danses privées. Ce n'était pas grand-chose, mais pas grand-chose n'était nécessaire.

Elle était composée principalement de fines bretelles noires qui encadraient ses seins généreux, sa taille étroite et ses hanches chaloupées. Le seul tissu qui couvrait ses tétons et son entrejambe, la couverture desquels était une obligation légale lorsqu'on dansait sur scène, était des bandes de dentelle noire.

Cette tenue était l'une de ses préférées, car elle adorait sa façon de souligner ses courbes et de les mettre en valeur. Après s'être débarrassée de sa tenue de ville pour révéler le teddy caché en dessous, elle avait enfilé une simple paire de talons aiguilles noirs qu'elle avait glissée dans son sac pour compléter le look.

Lorsqu'elle était sortie de la salle de bains, Rez avait ouvert grand la bouche et écarquillé les yeux comme un personnage de dessin animé. « Choc et stupeur » était exactement la réaction qu'elle recherchait et elle n'avait pas été déçue.

— T'es encore habillé, s'était-elle plainte en s'approchant du lit.

Il avait fermé sa mâchoire entrouverte, lui avait adressé un sourire sexy et avait levé un doigt.

— Je reviens tout de suite.

Avant même de pouvoir répondre, elle l'avait vu se précipiter hors de la chambre. Quelques secondes plus tard, *Closer* de Nine Inch Nails avait jailli des haut-parleurs encastrés dans les murs de l'appartement.

Apparemment, elle n'était pas la seule à avoir prévu une surprise pour ce soir.

Une main apparut dans l'embrasure de la porte puis disparut rapidement. Un pied nu apparut ensuite puis disparut également. Une jambe suivit et quelques secondes plus tard un bras prit sa place.

Lorsque toutes ses extrémités disparurent, il entra en se pavanant dans la pièce.

Est-ce qu'il essayait d'être sexy ? Est-ce qu'il voulait lui en mettre plein la vue ? C'était quoi ce numéro ?

Elle pinça les lèvres pour ne pas éclater de rire devant ses mouvements maladroits. Elle posa ses paumes sur le matelas derrière elle, croisa ses jambes enveloppées dans des bas transparents à hauteur de cuisse et se pencha en arrière pour apprécier le spectacle qu'il tentait de lui offrir.

Si ce n'était pas sexy, ce serait au moins divertissant.

La capuche de son sweat-shirt de la police régionale d'Allegheny Sud était sur sa tête et son visage était incliné vers le bas, créant une ombre assez grande pour cacher ses traits. Une fois au milieu de la place, il s'arrêta et fit une pirouette presque impressionnante sur la pointe d'un seul pied afin de se retrouver en face d'elle.

D'un air dramatique, il rejeta sa capuche en arrière, arqua un sourcil noir et lui envoya un baiser.

Elle plaqua une main sur sa bouche pour étouffer le ricanement qu'elle sentait remonter.

C'était tellement mauvais, putain.

C'était aussi tellement parfait, putain.

Ce mec avait un super sens de l'humour et n'hésitait pas à se moquer de lui-même, même s'il n'avait certainement pas l'intention d'offrir un spectacle comique.

Elle aimait ça.

Elle l'aimait bien.

Bien sûr, c'était pour ça qu'elle passait autant de temps avec lui. C'était bien plus qu'un bon coup.

Il était magnifique, avait un superbe sourire et un physique impressionnant. Il s'exprimait bien, quand il prenait le temps de tourner sa langue sept fois dans sa bouche. C'était peut-être un col bleu, mais jusqu'à présent, rien ne lui montrait qu'il n'était pas financièrement responsable, et il avait une carrière solide et noble qu'il semblait apprécier.

Cet homme avait plus de pour que de contre.

La seule chose qui la dérangeait, et ce n'était qu'un léger problème à ce stade, c'était le fait qu'au départ elle pensait qu'il ne voyait pas d'inconvénient à ce qu'elle fasse du strip-tease. D'une certaine manière, il n'était peut-être toujours pas contre, mais plus ils passaient de temps ensemble, plus il semblait devenir possessif et penser avoir son mot à dire sur sa carrière.

Elle devait étouffer ça dans l'œuf avant que ça ne devienne un problème plus important.

Elle voulait avoir le contrôle total de sa vie et refusait de renoncer à ça pour une relation de couple. Tout homme avec lequel elle était impliquée, même à titre occasionnel, devrait respecter ça pour conserver une place dans sa vie.

Sinon, ce serait un énorme problème.

Elle avait déjà remarqué des signes de possessivité chez lui, alors qu'ils n'étaient même pas impliqués dans une relation sérieuse. Elle espérait que c'était juste parce qu'il était flic. Les membres des forces de l'ordre avaient tendance à être des personnalités de type A, plus protectrices et parfois autoritaires.

Son inquiétude là-dessus s'estompa lorsqu'il pivota à nouveau sur la pointe du pied et se retrouva dos à elle. Il tendit la main par-dessus son épaule et attrapa son pull dans son dos avant de tirer dessus d'un coup.

Pas en rythme avec la chanson. Pas même en douceur.

Son pull s'accrocha à ses larges épaules, puis à sa tête et, après quelques secondes de lutte, il se libéra enfin et balança le pull dans un coin.

Il était clair, même à ce stade du « spectacle », que Nick, le propriétaire de la revue masculine des Quéquettes, n'embaucherait pas Rez de sitôt.

Mais encore une fois, c'était plutôt amusant. Et c'était aussi un peu mignon qu'il fasse autant d'efforts pour l'impressionner. Même s'il n'avait pas besoin de ça.

Il devait avoir prévu le coup depuis le début, car sous son pull, il portait un débardeur noir côtelé, et comme il se plaignait toujours d'avoir trop chaud, porter plusieurs couches de vêtements n'était pas trop son style. Mais ce débardeur mettait en valeur sa taille fine, son dos large, ses épaules musclées et dévoilait certaines des œuvres d'art tatouées sur sa peau.

Elle cligna des yeux lorsqu'il bondit et pivota dans les airs, atterrissant agilement en face d'elle.

— Waouh, murmura-t-elle.

Il remua les sourcils.

— Impressionnant, non ?

— *Mmm hmm*. C'est un jogging déchirable ?

Elle s'attendait presque à ce qu'il saisisse une poignée du fin tissu en polyester et l'arrache violemment.

Il n'en fit rien.

Au lieu de ça, il glissa ses pouces dans la ceinture élastique et baissa son pantalon juste assez pour qu'elle puisse voir le délicieux V dessiné le long de ses hanches, avant de le remonter rapidement.

— La chanson est presque terminée, prévint-elle.

Il avait besoin de revoir son timing.

— T'inquiète, je gère.

Évidemment.

— Oh mon Dieu, murmura-t-elle lorsque *The Stroke* de Billy Squier emplit la pièce.

Lorsqu'il se mit à remuer les hanches au rythme de la

musique, elle ne put manquer son érection sous le tissu soyeux.

Au moins, il ne sortit pas son membre en se mettant à se branler au rythme de la chanson, comme ce qui s'était passé plus tôt dans la salle VIP. Même si là tout de suite, ce serait plutôt sexy, et ce serait franchement mieux accueilli que lorsque son client avait eu cette idée brillante.

Tout ça avait beau être divertissant, lorsqu'il se décida enfin à enlever son débardeur noir pour dévoiler son torse impressionnant, elle dut essuyer une petite goutte de bave coulant au coin de sa bouche.

Il fit glisser sa main sur son torse, de haut en bas, en remuant les hanches, puis effleura le sentier sombre et sexy qui partait de son nombril jusqu'à la ceinture abaissée de son jogging.

Il le fit descendre un peu plus bas jusqu'à ce qu'il expose le dessus de ses poils pubiens noirs, puis pivota à nouveau, lui offrant son dos avant de baisser son pantalon encore plus bas et de lui révéler son cul ferme et bombé.

Cet homme faisait des squats, c'était certain.

Il fessa ce petit cul délectable deux fois, ce qui fit sourire Sapphire.

Il pivota doucement et une fois de nouveau face à elle, elle aperçut que la ceinture de son jogging était comme suspendue à son épaisse érection.

— T'as besoin d'aide pour dégager ça ?

Elle était tout à fait disposée à l'aider en cas de besoin.

— T'es prête à ce que je libère le monstre ?

— N'exagérons rien, répondit-elle sèchement.

— Quoi, elle est impressionnante, non ?

— C'est une belle bite, admit-elle. Une véritable œuvre d'art sculptée par les Dieux.

Il sourit de toutes ses dents.

— Alors t'es prête pour la révélation.

Elle décroisa les jambes et se leva du lit, marchant vers

lui comme lors d'une lente promenade dominicale, leurs yeux rivés l'un sur l'autre.

Lorsqu'elle se retrouva nez à nez avec lui, elle posa une main sur ses abdos bien fermes pour garder l'équilibre et se mit lentement à genoux sans le quitter des yeux.

— Putain, murmura-t-il. Cette tenue sur toi... Bon sang. C'est le feu absolu.

Elle lui sourit.

— Je me disais que ça te plairait puisque c'est une de mes préférées.

— L'image de ton corps dans cette tenue sera gravée dans mon cerveau pour le reste de ma vie, admit-il.

— Je devrais m'excuser ?

— Non, putain. C'est un souvenir avec lequel je suis prêt à vivre.

Elle hocha la tête et libéra sa queue de son jogging, puis le poussa à ses pieds.

Il posa ses yeux sombres et brillants sur elle et la reluqua avidement. Son poing se promenant à la base de sa trique, elle leva les yeux sur lui. Lorsqu'elle posa le regard sur sa queue, elle vit une perle de précum apparaître sur son gland.

— Peut-être que c'est moi qui aurais dû rejoindre les Quéquettes sous couverture au lieu de Finn.

— Tu ferais mieux de conserver ton boulot.

— Pour l'instant, mon boulot c'est de faire des travaux, et apparemment, je suis aussi mauvais dans ce domaine qu'en danse.

Il tordit les lèvres.

— Ma performance était censée te mettre les hormones en feu.

— Oh, te détrompe pas, *tu* me mets bien les hormones en feu, mais avec tes danses horizontales, pas verticales.

— Bien n... *ooooo*... té, grogna-t-il lorsqu'elle l'avala profondément et mit fin à leur conversation.

Chapitre Dix-Neuf

Il avait failli perdre la boule quand elle s'était agenouillée entre ses jambes écartées, avait enroulé ses lèvres pulpeuses autour de sa queue, vêtue de cette lingerie sexy à crever, ou peu importe ce que c'était, en plus de ces talons chauds comme la braise, et qu'elle l'avait pompé comme si c'était le dernier jour de sa vie.

Il devait être mort et s'être réveillé au paradis, parce qu'il ne pouvait pas avoir autant de cul et que cette femme soit réelle.

Peut-être qu'il avait reçu un coup de démonte-pneu dans la tête et qu'il était dans le coma depuis deux semaines.

Putain de merde, s'il se réveillait et apprenait que tout ça n'était qu'un rêve ? Il serait furax et demanderait aux médecins de le remettre dans le gaz parce qu'il n'en avait pas fini avec cette femme. Réelle ou imaginaire.

Il avait dû la supplier d'arrêter avant de jouir dans sa gorge, et pendant un instant, il avait cru qu'elle comptait ignorer son appel désespéré. Au dernier moment, alors qu'il avait pratiquement jeté l'éponge et s'apprêtait à cracher la purée, elle l'avait laissé glisser de ses lèvres et, avec son aide, s'était relevée ensuite.

— Teddy, avec ou sans ?

Est-ce que c'était même une question ?

— Avec !

Il calma son enthousiasme et se racla la gorge avant de baisser d'un ton.

— Pour l'amour du ciel, garde-le. Les talons aussi.

Il la regarda de haut en bas, des pieds à la tête.

— Tourne-toi.

— Comme ça ?

Une fois retournée, elle regarda par-dessus son épaule, ses yeux bleus et brûlants et ses lèvres entrouvertes.

Oh ouais, si c'était le paradis, il était prêt à faire ses valises et à s'y installer définitivement.

— Sur le lit. À quatre pattes. Face à la tête de lit.

Quelque chose brilla dans ses yeux et sur son visage, et il se demanda si elle aimait ou détestait qu'il soit si autoritaire. Si elle exécutait ses ordres, il aurait sa réponse. Même si Sapphire était farouchement indépendante, pour certains couples, la dynamique du pouvoir dans la chambre à coucher n'était pas toujours la même qu'à l'extérieur.

Il fut extrêmement satisfait de voir qu'elle s'exécuta sans hésitation. Elle se dirigea vers le bout du lit en balançant les hanches lentement, comme lorsqu'elle était sur scène.

Elle grimpa dessus et se mit en position.

Putain, ouais.

Après s'être libéré du jogging à ses pieds, il la suivit en gardant les yeux rivés sur ce cul spectaculaire.

Il avait envie de partir en courant, de balancer la tête en arrière et de hurler au ciel : « Comment ça se fait que j'aie autant de putain de cul ? » Mais s'il faisait ça, il risquerait de se faire 302. Un nom de code qui voulait dire se faire interner d'office.

Ça pourrait en valoir la peine. Tant qu'ils l'emmenaient *après* qu'il se soit vidé les couilles jusqu'à la dernière goutte.

Quand il s'approcha d'elle, il sentit l'odeur d'une femme

excitée, pas par son strip-tease foireux, mais simplement par la fellation qu'elle venait de lui offrir. Une case de plus à cocher sur sa liste des qualités de sa « femme idéale ». Il espérait bien qu'il cochait aussi certaines de ses cases à elle.

Rez fit glisser une main le long de sa colonne vertébrale et passa un doigt dans la fente de son cul. Il écarta le tissu en dentelle qui couvrait son entrejambe pour s'offrir un accès illimité à tous ses fantasmes, mais laissa les bretelles noires en place, car elles encadraient ses fesses parfaitement.

Elle plaisantait peut-être quand elle avait dit que sa bite était une œuvre d'art, mais il voyait bien un artiste de renommée mondiale peindre Sapphire à l'huile pour que cette femme puisse être appréciée par les générations futures.

— T'es tellement belle, putain, murmura-t-il.

Sa bouche effleura ses fesses, d'abord une, puis l'autre, puis il la mordilla légèrement, ce qui la fit tressaillir.

Il poussa le tissu un peu plus sur le côté et plongea son visage contre sa peau, inhalant pleinement l'odeur de son excitation avant de goûter son désir. Il lécha ses plis lisses, puis les suça avec force, faisant gonfler sa chair de plus belle.

Il fit glisser son pouce dans sa mouille, puis pressa le bout humide contre sa rondelle nue et plissée. Lorsqu'elle poussa contre lui au lieu de s'écarter, il cocha une autre case sur sa liste.

Vu qui elle était et ce qu'elle faisait dans la vie, elle n'avait pas de complexes, une haute estime d'elle-même et une confiance absolue en ses capacités.

Check. Check. Check.

Comme lui, elle était prête à explorer et même à titiller les limites de la décence.

Check.

— Relève le cul, l'exhorta-t-il en lui donnant une légère claque sur une fesse.

Lorsqu'elle s'exécuta, il passa sa langue de son clito à sa fente, puis redescendit, se délectant de sa saveur.

Putain, ouais, c'était vraiment son genre de paradis.

Il continua de la savourer, caressant son trou avec son pouce, mordillant ses plis, la léchant, la suçant, la titillant du bout de la langue.

Ses gémissements et cris doux étaient un million de fois meilleurs que la musique diffusée par les haut-parleurs.

Et quand elle le supplia de la doigter, il n'hésita pas une seconde. Il les plongea en elle encore et encore, avec force et vitesse, tandis qu'elle balançait la croupe pour répondre à chaque pénétration digitale.

— Je vais jouir ! hurla-t-elle en balançant la tête en arrière alors que tous ses muscles se contractèrent sous ses doigts.

Il ne s'arrêta pas pour autant, et quand elle agrippa ses doigts et que sa rondelle se resserra sous la pulpe de son pouce, il dut s'armer d'un courage de spartiate pour ne pas tout envoyer chier et plonger dans sa chatte sans même prendre le temps d'enfiler une capote.

Il fallait qu'il garde son putain de sang-froid. Mais *putain,* c'était une épreuve.

Une fois que son orgasme s'estompa et qu'il la sentit se détendre autour de ses doigts, il se dégagea et s'assit sur ses talons.

— Reste comme ça. Bouge pas.

Sans un mot ni une plainte, elle resta immobile.

Il descendit rapidement du lit, ouvrit le tiroir de la table de nuit, en sortit un préservatif, déchira l'emballage et, les doigts tremblants d'impatience, le fit rouler sur son membre douloureux et dur comme la pierre.

— Dépêche-toi, lui dit-elle en le regardant faire tout ça.

Faire vite n'allait pas être un problème. Même s'il voulait prendre son temps, il n'était pas sûr que ce soit possible après ce qu'elle venait de lui faire avec sa bouche.

Il allait devoir faire de son mieux.

Il s'installa de nouveau derrière elle, le cul de sa belle toujours surélevé, puis il attrapa sa bite à une main et fit glisser son gland de son anus à son clitoris gonflé, et vice-versa. Il ne s'arrêta que lorsqu'il se trouva là où il devait être. Et une fois prêt, il planta le pouce de sa main libre sur sa porte de derrière.

Il remua jusqu'à ce que sa bite écarte ses plis luisants, s'assurant d'être parfaitement installé avant de pousser en elle avec son pouce et sa bite en même temps.

— *Ouiiiii*. Oh, putain, oui, gémit Sapphire.

Oh putain, oui, c'était l'expression adéquate.

Enfonçant profondément ses deux appendices en elle, la chaleur et l'étroitesse qui les prenaient en étau l'obligèrent à faire une pause et à inspirer lentement. Elle prit le temps de se détendre autour de lui, l'accommodant si facilement qu'elle semblait spécialement faite pour lui.

En gardant les hanches immobiles, il fit entrer et sortir son pouce dans son anus.

Il n'avait jamais beaucoup pensé aux trous de balle, sauf à ceux qui avaient deux jambes et foutaient la merde, mais celui de Sapphire…

Il était étonnamment joli. Il ne pensait même pas que c'était possible.

— Rez, souffla-t-elle en soulevant les fesses et en lui faisant ainsi oublier l'idée folle qu'il avait en tête. Oh, s'il te plaît... Rez.

Ah putain. Cette femme allait causer sa perte.

Il devait se mettre à bouger avant qu'il ne soit trop tard.

Le pouce enfoncé dans son cul jusqu'à la dernière phalange, il plaça une main au centre de son dos pour la maintenir en place et commença à remuer les hanches, synchronisant le rythme de son pouce et de sa queue.

Il prit ses cris d'encouragement, ainsi que la forte inclinaison de son bassin, comme une invitation à la baiser plus fort, plus vite et plus profondément.

Chose qu'il fit sans se faire prier.

Tandis qu'elle convulsait et ondulait autour de sa longueur douloureusement dure, il la pilonna encore et encore, le bruit du claquement de leur peau s'entrechoquant remplissant la pièce.

— Putain de merde, je veux jouir, gémit-elle. Mais putain, je veux pas jouir non plus. J'en veux toujours plus. C'est juste... C'est juste... Oh mon Dieu... Rez...

À la seconde où il retira sa main de son dos, elle se mit à quatre pattes et balança les fesses contre lui encore et encore.

Si elle continuait à faire ça, elle risquait de le briser plus vite qu'il le souhaitait.

— Saph...

— T'arrête pas !

Il n'avait pas l'intention de s'arrêter, mais si *elle* ne s'arrêtait, il jouirait tellement fort qu'il serait projeté sur la putain de lune.

Il passa son bras autour de sa hanche, trouva son clito et le titilla, sans ménagement, lui donnant exactement ce qu'elle voulait.

Il ne ralentit pas.

Ne fit preuve d'aucune pitié.

Et elle n'en demandait aucune alors qu'il continuait de balancer les hanches contre son cul. Son pouce et sa bite enfoncés dans ses deux trous comme dans une boule de bowling.

L'intense sensation de traction et de relâchement de ses parois intérieures le fit vaciller, balancer la tête en arrière et fermer les yeux. Sa chaleur humide l'avait conduit au bord de ce précipice dangereux, sur lequel il se trouvait en équilibre précaire.

Il s'accrochait désespérément à un fil fin et sur le point de rompre.

— J'y suis presque, gémit-elle.

Merci, putain.

— J'y suis... Oh mon Dieu... Baise-moi, bébé. Baise-moi aussi fort et aussi vite que possible. Emmène-nous là-bas.

C'était tout ce qu'il avait besoin d'entendre.

Il serra les dents et se jeta sur elle encore et encore.

Lorsqu'elle atteignit le paroxysme de son orgasme, les ondulations intenses qui parcoururent son corps le menèrent à sa perte. Il planta ses doigts dans sa hanche en s'enfonçant en elle encore une fois, puis, avec un grognement féroce, il gicla enfin.

Les yeux toujours fermés, il aspira à pleins poumons. La réaction de Sapphire et l'emprise incroyable que cette femme avait sur lui firent palpiter son corps des pieds à la tête.

———

Il s'attachait trop et ça commençait à l'inquiéter. Ce qui avait commencé comme une relation décontractée et fun prenait une autre tournure.

Il insistait pour qu'elle vienne chez lui au lieu de l'inverse.

Il insistait pour qu'elle passe la nuit chez lui.

Il insistait pour qu'ils dînent ensemble lorsqu'elle arrivait assez tôt.

Il insistait pour lui préparer son petit-déjeuner avant qu'elle s'en aille le lendemain matin.

D'un côté, il pouvait sembler gentil et attentionné. D'un autre côté, elle était tendue parce qu'elle s'était déjà retrouvée dans ce genre de situation.

Et ça s'était mal terminé à chaque fois.

La personne qu'elle pensait être l'homme idéal s'était avérée être le contraire à chaque fois.

Elle ne pouvait pas revivre ça, car elle serait encore plus dévastée étant donné qu'elle commençait à s'attacher à lui, elle aussi.

Mais au fil des jours, Rez continuait de glisser furtivement pendant leurs conversations orales ou texto son mécontentement de la voir continuer de travailler au Peach Pit.

Et parfois même moins subtilement.

Elle tenta d'abord d'ignorer ses remarques, mais elle n'était pas certaine de pouvoir continuer à le faire.

Oui, elle préférait être hôtesse parce qu'elle aimait interagir avec les clients. Elle aimait aussi travailler en salle. C'était un défi pour elle de tenter de convaincre les hommes de réserver une danse privée dans les salons VIP. Plus les années passaient, plus elle devenait habile et plus ça devenait facile. Elle ne cherchait pas uniquement à se mettre de l'argent dans les poches, elle réservait aussi des danses pour les autres femmes.

Elle regrettait l'époque où tous les employés du club étaient comme une grande famille et pas juste des collègues de travail. Mais ces foutus Demons avaient détruit et continuaient de détruire cette atmosphère familiale.

Mais, et c'était un grand « mais », jusqu'à ce qu'elle ait une chance de reprendre ce rôle, elle ferait ce qu'il fallait pour joindre les deux bouts.

Ce n'était pas négociable.

Comme Rez, elle n'était pas née avec une cuillère en argent dans la bouche. Elle était comme presque tous les Américains de nos jours... Elle vivait d'un salaire à l'autre. Manquer ne serait-ce qu'une semaine de revenu pourrait avoir des conséquences financières désastreuses.

Ça voulait donc dire supporter Saint le Sot, sa misérable bande de motards et se déshabiller sur scène, tout en essayant de faire lever les clients de leur chaise et les attirer dans un des salons VIP aussi souvent que possible.

Rez devait comprendre ça. Et aussi, comprendre que ça ne changerait pas de sitôt.

Elle ne cherchait pas à sortir de la merde gratuitement en se tapant le premier venu. Parce qu'en fin de compte, rien n'était gratuit dans la vie. Elle le paierait d'une manière ou d'une autre.

Très probablement en sacrifiant son indépendance.

Et ça, ce n'était absolument pas à vendre.

Malgré ses allusions, à la fois subtiles et directes, elle aimait passer du temps avec lui. Sans compter que le sexe était top.

Elle était bien consciente que ses instincts protecteurs et autoritaires contribuaient à faire de lui un bon flic. Mais toutes les femmes n'avaient pas envie de supporter ça dans leur vie de tous les jours.

Elle était déjà passée par là et en avait fait les frais. Avait subi déception et chagrin d'amour à foison.

Peut-être qu'elle devait tracer des frontières très claires et établir des règles bien définies dans leur relation. Des frontières qu'il ne pourrait pas franchir. Des règles qu'il devrait suivre. Et s'il refusait d'accepter ses conditions, elle devrait mettre fin à leur relation.

Certes, ça craindrait.

Mais mieux valait faire ça trop tôt que trop tard, parce qu'elle l'aimait bien.

Beaucoup en fait.

Et attendre trop longtemps rendrait les choses plus douloureuses.

Elle ouvrit les yeux et jeta un coup d'œil à l'horloge numérique posée sur la table de nuit.

Neuf heures.

Pas étonnant de voir un petit rayon de soleil matinal traverser les stores tirés.

Alors qu'elle commençait à s'écarter de lui pour se lever et commencer sa journée, Rez resserra son bras autour d'elle et la ramena contre sa poitrine.

Il aimait dormir dans cette position lorsqu'elle passait la nuit chez lui.

Elle n'avait jamais été avec un homme si tactile. D'habitude, après le sexe, soit il s'en allait, soit elle s'en allait, soit ils se tournaient chacun de leur côté du lit et s'endormaient comme ça.

Pas Rez.

— Tu crois aller où ?

Sa voix était encore enrouée à cause du sommeil. Il fit suivre sa question d'un bâillement bruyant et elle sentit sa trique matinale lui frapper les fesses.

— Il est neuf heures.

Il releva la tête, jeta un coup d'œil à l'horloge et grogna.

— Putain. Il est vraiment neuf heures.

Il la fit rouler sur le dos et l'emprisonna sous son poids. Il semblait détendu et satisfait, et les coins de sa bouche étaient légèrement relevés.

— Petit-déjeuner ?

Il fallait qu'elle ait cette conversation avec lui à propos des limites à mettre en place pour que leur relation fonctionne, mais le moment n'était pas propice. Elle préférait prendre le temps de réfléchir à la meilleure façon d'aborder ça. Elle ne voulait pas se débarrasser de lui, mais elle voulait qu'il se débarrasse de ses conneries.

— Je crois que je vais rentrer. J'ai besoin de me laver un peu avant d'aller au boulot, dit-elle en taisant son besoin de *réflexion*.

Il posa ses deux paumes sur le lit et poussa pour se soulever. Il plissa le front ensuite, mécontent et probablement confus.

— Il faudrait quand même que tu manges.

Elle détourna son attention de la façon particulièrement

séduisante dont les muscles de ses bras et de ses épaules se contractaient. Elle se secoua la tête, car elle ne pouvait pas se laisser distraire ou tenter par son sex-appeal.

— Je vais prendre quelque chose rapidement sur la route.

— Saph...

— Rez...

Il secoua la tête et ses yeux marron foncé se rétrécirent sur ceux de Sapphire.

— OK, qu'est-ce que j'ai fait ou dit pour tout foutre en l'air ? Dis-moi au moins ça.

— Rien. Tu peux pas t'empêcher d'être ce que t'es.

Son visage et ses yeux sombres se voilèrent tous les deux.

— Putain.

— Je voulais pas dire ça méchamment.

Il s'écarta d'elle et s'allongea sur le dos.

— Je t'avais prévenue de ma maladie du pied dans la bouche.

— Et j'ai entendu et tenu compte de cet avertissement, lui assura-t-elle.

— Alors, qu'est-ce que c'est ?

Elle devait faire attention à ses mots. Elle ne voulait pas que leur relation prenne fin, elle avait juste besoin qu'il se détende un peu. Elle commençait à se sentir submergée par l'intensité de son besoin d'être avec elle. Quelque chose dont elle n'avait pas l'habitude.

Elle sortit du lit.

— Écoute, je suis fatiguée. Quand je suis ici, je dors pas beaucoup et j'ai passé beaucoup de temps ici.

— C'est une mauvaise chose ?

Elle ramassa son body au sol, où il l'avait jeté hier soir après l'avoir enlevé pendant leur deuxième partie de jambes en l'air. Elle le fourra dans son sac, prit une culotte, un pull et un legging ainsi qu'une paire de chaussettes pour porter chez elle.

— Non, Rez, c'est pas une mauvaise chose, enfin sauf pour ma fatigue, mais j'ai des choses à faire à la maison, répondit-elle avec ses vêtements dans les bras.

Elle se dirigea vers la salle de bains pour soulager sa vessie hurlante, se laver et s'habiller.

Juste avant d'entrer dans la salle de bains, elle jeta un coup d'œil par-dessus son épaule. Il était maintenant assis contre la tête de lit, fixant un point invisible sur le mur.

Merde.

Elle ne voulait pas lui faire de mal, mais elle devait aussi se protéger. Elle voulait éviter que ça ne se termine mal, et que l'un ou l'autre ne souffre d'un chagrin d'amour.

Elle entra dans la salle de bains, fit ce qu'elle avait à faire et quand elle ressortit habillée et un peu apprêtée, elle marcha directement vers son sac.

Les yeux de Rez suivirent chacun de ses mouvements et tout un tas de mécontentement recouvrit son visage.

— T'as quelque chose à me dire ?

— Comme ?

— Comme je sais pas. Dis-moi. Je sais pas ce qui se passe dans ta tête en ce moment. Je pensais...

Il secoua la tête, passa ses doigts dans ses cheveux ébouriffés avant de continuer.

— Putain. Je sais pas ce que je pensais.

— T'es génial, Rez. C'est juste que j'ai pas l'habitude de passer autant de temps avec quelqu'un.

— Ça ressemble à un adieu.

Elle pinça les lèvres. Il lui faisait mal au cœur et ça prenait une direction qu'elle ne voulait pas prendre.

— C'est pas le cas. C'est juste que je peux pas passer tout mon temps libre ici alors que je dois m'occuper de mon propre appartement.

Cette explication devrait suffire pour le moment, jusqu'à ce qu'elle puisse aborder la question avec un peu plus de tact.

— Je serai au club plus tard, la prévint-il, pour garder un œil sur T-Bone.

Il ne la croyait pas. Elle ne se croirait probablement pas non plus à sa place.

Putain.

Elle ajusta la sangle de son sac sur son épaule, s'approcha du lit, se pencha vers lui et déposa un baiser sur ses lèvres.

— Alors, je te verrai là-bas.

Lorsqu'elle s'écarta, il lui fit un simple signe de tête, les lèvres serrées.

— Sapphire…, l'appela-t-il dès qu'elle atteignit le seuil de la porte.

La poitrine douloureuse, elle s'arrêta et jeta un coup d'œil par-dessus son épaule.

Il secoua la tête.

— À plus tard.

Chapitre Vingt

Il allait devoir commencer à porter des boules Quies dans ce putain de bordel avant de devenir sourd. Ce soi-disant DJ à la con avait besoin de se trouver un nouveau boulot.

Rez but une gorgée de sa bière plate et grimaça. Horrible, putain. Comment c'était possible de foirer une putain de bière pression ?

Avec un soupir, il étendit les jambes et croisa les chevilles, s'installant confortablement pour ce qui pourrait être une longue nuit.

Il gardait un œil sur le couloir de derrière et un autre sur Sapphire qui passait de table en table, flirtant avec les clients, grimpant sur leurs genoux, jouant avec leurs cheveux, riant et les tripotant légèrement. Elle faisait tout ce qu'elle pouvait pour vendre des danses privées pour ses collègues et elle.

Il s'efforça de rester sur sa chaise et de paraître froid, calme et posé. Il dut poser sa bière sur la table avant de la briser dans son poing.

C'est son boulot.

C'est son boulot.

C'est son putain de boulot.

Tu le savais avant de commencer à flirter avec elle.

Fais pas le con.

Si tu dis de la merde ou si tu fais une scène, elle posera plus jamais les fesses dans ton lit. Fous pas tout en l'air. Parce qu'en ce moment, tu peux toucher chaque centimètre de son corps. Pas eux. Ils peuvent qu'en rêver.

Sa mâchoire remua lorsque l'homme sur les genoux duquel elle était actuellement perchée enfonça son visage dans son cou et fit glisser sa main de sa hanche couverte de paillettes à son cul.

Avec un rire guttural, elle plongea la main dans les cheveux du type et pressa ses lèvres rouge vif contre son oreille.

Elle joue un rôle. Tout comme toi.

Il décrispa la mâchoire, se détendit un peu les muscles et commença à respirer à nouveau lorsqu'avec un autre rire éclatant, elle se leva et fit signe à quelqu'un de s'approcher. Elle avait obtenu une danse privée pour l'une de ses collègues danseuses au lieu de la garder pour elle.

Belle *et* généreuse.

Il la perdit de vue lorsque la personne qu'il attendait prit place derrière la corde en velours rouge.

T-Bone.

Pas trop tôt, bon sang.

— Putain de merde, dit-il dans sa barbe.

— Il est là, dit une voix douce et chantante derrière lui alors qu'il attrapait son portable.

Il jeta un coup d'œil par-dessus son épaule et vit les yeux bleus de Sapphire fixés sur T-Bone.

Le premier réflexe de Rez fut de l'examiner de la tête aux pieds pour s'assurer que tout allait bien. Elle lui semblait être en forme. Plus qu'en forme, en fait, dans cette robe sexy à crever dotée d'une fente sur le côté qui lui grimpait vers la hanche.

Toutefois, cette fente donnait à ses clients un accès trop facile à son corps et pouvait encourager des gestes inappropriés.

Putain de bordel de merde. Il était en train de devenir un connard possessif.

— Je vois ça. Il est temps de rassembler la cavalerie, murmura-t-il.

Il envoya un texto rapide à la troupe. *En selle.*

— Vous allez faire quoi ? demanda-t-elle si doucement qu'il faillit ne pas l'entendre.

— Voir ce qu'il peut nous dire sur l'endroit où se trouve Sadie.

— Dans le club ?

— Non. On va mettre en place un piège et attendre qu'il tombe dedans.

— J'espère que vous obtiendrez vos réponses.

Elle n'était pas la seule. Ils auraient dû trouver la sœur de Sloane depuis longtemps, vivante ou morte. Ou même à moitié vivante.

Il se leva et se tourna vers elle.

— Je t'inviterais bien à passer à la maison après le boulot, mais je sais pas quelle direction va prendre cette soirée.

Elle s'approcha de lui, planta un de ses talons compensés entre ses bottes, se pencha vers lui et murmura deux mots.

— Sois prudent.

Lorsqu'elle fit glisser ses longs ongles sur sa nuque, son sang envisagea de migrer vers le sud. Ce n'était pas le moment.

— Toujours. Je prendrai de tes nouvelles plus tard.

— C'est pas nécessaire.

Alors qu'elle commençait à s'éloigner de lui, il lui attrapa le poignet et la ramena face à lui.

— Je prendrai de tes nouvelles plus tard, répéta-t-il plus fermement.

Une expression qu'il ne connaissait pas traversa son visage, mais elle disparut en un clin d'œil.

Peu importe ce que c'était, et il avait sa petite idée, il n'aimait pas ça.

— T'aimes pas que je m'inquiète pour toi, Sapphire. Mais en même temps t'aimes ça.

Ce n'était peut-être pas tout, mais ça faisait au moins partie du problème.

— Je suis désolée pour tout à l'heure. Je me sens un peu submergée par ma vie en ce moment, dit-elle pour se couvrir au lieu de nier sa remarque.

— À cause de ton boulot pour Saint ?

— À cause de... tout.

— À cause de moi, conclut-il.

— À cause de tout, répéta-t-elle.

— Ouais, dit-il d'un ton ferme. Je t'embrasserais bien, mais ton connard de patron vient d'arriver dans la salle. Je dois rejoindre mon équipe. On se voit plus tard.

Après un signe de tête, elle se dirigea vers une cabine dans le coin, occupée par trois gars d'une vingtaine d'années. Les six yeux étaient rivés sur elle plutôt que sur la danseuse sur scène.

Pour l'amour du putain de ciel.

Ça ne le dérangeait pas qu'elle bosse dans un club de strip-tease.

Ce qui le dérangeait, c'était qu'elle offre sa nudité à quelqu'un d'autre que lui.

Ça le dérangeait que d'autres hommes la touchent alors que chaque centimètre de son corps devrait n'appartenir qu'à lui.

Il fallait qu'il apprenne à faire avec.

Il n'était pas sûr d'en être capable, si les choses continuaient à évoluer entre Sapphire et lui.

Ça pourrait être un énorme problème. Surtout qu'il ne

voulait pas foutre en l'air sa touche avec elle en jouant la tête dure.

Mais c'était un problème auquel il ne pouvait pas penser pour l'instant.

Ils en avaient un autre à régler en priorité.

———

LES VISIÈRES de leurs casquettes de baseball rabattues et des bandanas noués autour de la moitié inférieure de leur visage pour cacher leur identité aux humains, aux caméras de sécurité et aux caméras de circulation, les quatre fantastiques, Rez, Decker, Finn et Nox, s'étaient répartis dans trois véhicules.

Ils devaient s'assurer qu'aucun d'entre eux ne soit reconnu. Surtout Rez et Nox, puisqu'ils étaient toujours sous couverture en tant qu'ouvriers. Et si cet enfoiré ne leur donnait pas de bonnes pistes sur Sadie ce soir, ils devraient continuer de la chercher. En plus de continuer à documenter toutes les activités illégales dans lesquelles les Demons étaient impliqués. Ce qui allait de soi, puisqu'en tant que membres de l'unité d'intervention, c'était ce sur quoi ils étaient *censés* se concentrer, et non pas sur la traque d'un prospect abusif qui avait enlevé la sœur de Sloane.

Quoi qu'il en soit, ils devaient se dépêcher de mener à bien cette mission, car l'aube approchait à grands pas.

Rez, avec Decker installé sur le siège passager, s'était garé près du parking du personnel, dans un coin ombragé, en attendant que T-Bone quitte le Peach Pit.

Avec Decker trépignant à ses côtés, la tension dans l'habitacle était à couper au couteau alors qu'ils regardaient tês employés sortir au compte-goutte après la fermeture. Son pote baraqué était impatient de mettre la main sur le prospect qui lui avait volé Sadie sous son nez.

Ils étaient déterminés à la retrouver ce soir et à en finir avec cette histoire une bonne fois pour toutes.

Ou, au minimum, à la localiser.

Ce qui était certain, c'était qu'ils allaient trouver le moyen de convaincre T-Bone que garder Sadie n'était plus une option.

Après avoir vu le prospect grimper dans sa berline de merde, Rez attendit qu'il sorte de la ruelle et s'engage sur la route principale avant d'allumer les phares de son véhicule et de le prendre en filature.

— C'est parti, mon kiki, grogna Decker en envoyant un texto à Finn et Nox pour leur indiquer que leur cible était en mouvement.

Rez s'assura de garder un œil attentif sur le véhicule à environ cinq cents mètres devant eux. Il ne voulait pas s'approcher trop près et prendre le risque de mettre la puce à l'oreille de ce connard, mais il ne voulait pas non plus le perdre de vue. Il fallait de l'expérience et beaucoup de dextérité pour suivre quelqu'un sans se faire prendre.

Surtout la nuit, sans autre circulation.

À chaque virage, à chaque stop, à chaque feu rouge, Decker répétait fidèlement les mêmes avertissements.

— T'approche pas trop. Le perds pas.

Finalement, Rez secoua la tête et lui aboya dessus.

— Bon sang, Deck, ferme ta grande gueule. Je suis déjà sur les nerfs.

Decker haussa les mains et s'enfonça sur son siège.

— Je sais que tu veux la retrouver. Nous aussi. Mais si t'arrêtes pas d'être sur mon dos, je risque de faire une connerie.

— Mon cœur cogne comme une mitraillette, grommela Decker en pressant une main sur sa poitrine.

— Le mien aussi. Tiens juste au courant ces deux-là de notre position.

Decker porta son portable à l'oreille.

— Vous m'entendez tous les deux ? demanda-t-il. Parfait, ajouta-t-il une seconde plus tard.

Pendant que Rez était concentré sur la route, Decker expliqua à Nox et Finn où ils se trouvaient et dans quelle direction ils allaient.

— Bonne idée, entendit Rez au bout de quelques minutes.

Il jeta un coup d'œil vers le côté passager.

— Quoi ?

— Finn dit qu'il y a un feu de circulation dans environ cinq kilomètres, et que sur la gauche il y a une voie qui donne sur une rue à sens unique et une voie qui continue tout droit. Il va nous rattraper en espérant que le feu sera rouge quand on arrivera. Si c'est le cas, on reste derrière T-Bone et une fois qu'il s'arrête, on le colle au cul, pare-chocs contre pare-chocs. Finn nous attendra dans la ruelle de gauche. Nox traversera l'intersection et le bloquera par devant.

— On va le prendre en sandwich, résuma Rez.

— Ouaip. Comme on l'espérait, sans être certain de pouvoir le faire.

— Si le feu est vert on fait quoi ?

— Alors on passe au plan B.

Rez fronça les sourcils.

— C'est quoi le plan B ?

— Je sais pas. On se débrouillera si c'est nécessaire.

Et lui qui pensait avoir manqué d'attention.

— Putain. Alors le plan A a intérêt à marcher.

— J'aimerais bien qu'on ait un de ces émetteurs d'urgence pour changer la couleur des feux de circulation.

— Putain, ça aurait été parfait.

— Mais c'est illégal de s'en servir comme ça.

— Attends. On a prévu de faire quelque chose de légal ce soir ? demanda Rez.

Decker ricana.

— Crew ferait une crise de nerfs s'il savait ce qu'on fout.

— C'est pour ça qu'on l'a pas mis au courant de notre programme, répondit Decker.

C'était plus facile d'implorer le pardon après coup que de demander la permission avant et de se la voir refuser.

C'était une conviction que Rez avait suivi à la lettre toute son adolescence.

Et ce soir également, bien sûr.

Il sourit.

— Moins y a de gens au courant, mieux c'est.

— Sans déconner, murmura Rez en tournant à gauche à l'intersection suivante. Il arrive quand ce feu ? Ils sont déjà en place ?

Decker ramena son portable à son oreille.

— Vous êtes prêts ?

Lorsque Rez jeta un coup d'œil à sa droite, Decker lui fit un signe de tête et leva le pouce.

— Encore deux rues devant nous. Finn attend déjà dans la ruelle de gauche. Nox est prêt à démarrer dès qu'il nous verra.

— C'est parti, mon kiki ! cria Rez en répétant les mots de Decker.

— Tu vois ça ? lança Decker qui bondissait pratiquement sur le siège passager et pointait du doigt le pare-brise.

— C'est parfait, putain. Tu parles d'un timing parfait.

— C'est quoi ce bordel, mec ? T'agis et tu parles comme Valou Chérie quand tu lui demandes si elle veut regarder les Minions pour la centième fois.

Lorsque le feu passa au rouge, les feux de freinage de la Caprice s'allumèrent et la voiture s'arrêta.

Dieu merci, putain. Ils allaient peut-être enfin pouvoir mettre un terme à cette épreuve et ramener la sœur de Sloane à la maison.

Dès qu'ils s'arrêtèrent derrière la berline, Nox traversa le carrefour au volant de son pick-up tellement vite que Rez crut qu'il allait percuter l'avant de la Caprice. Les pneus du pick-up crissèrent sur le bitume et il parvint à s'arrêter de justesse.

Rez freina et s'arrêta juste avant que son pare-chocs ne heurte celui de la Chevrolet. Decker ouvrit sa portière et bondit de la voiture avant même qu'elle s'arrête complètement, puis sprinta vers la voiture de T-Bone.

Un coup de pied sauvage ouvrit brusquement la portière de la Caprice dès que T-Bone réalisa qu'il se passait quelque chose, mais avant qu'il ne puisse prendre ses jambes à son cou, Decker lui mit un coup d'épaule dans le torse tellement fort que même Rez poussa un grognement de douleur.

Les deux hommes s'écrasèrent violemment sur le trottoir, mais la chute de Decker fut quelque peu amortie par le motard longiligne.

Rez mit la voiture sur Parking et bondit rejoindre son équipe. Decker tenait maintenant T-Bone allongé sur le ventre, un genou planté dans sa colonne vertébrale, tandis que Finn menottait les poignets de l'enfoiré dans son dos.

— Il me faut les câbles zip-lock, aboya Decker. Je veux lui attacher les chevilles comme il l'a fait à Sloane.

— Il s'passe quoi, putain ? hurla T-Bone sous l'effet de la panique. C'est toi, Hatchet ?

— Ouais, fils de pute, c'est Hatchet. Content que tu te souviennes de moi. Maintenant, ferme ta gueule.

Finn passa une taie d'oreiller sur la tête de T-Bone et une fois qu'elle fut bien installée, Decker le releva en tirant sur ses poignets ligotés.

— Tu fous quoi, putain ? J'ai pas ta meuf.

— C'est des conneries, grogna Decker. Tu me l'as volée et je veux la récupérer.

— C'est toi qui me l'as volée ! hurla T-Bone.

— Il faut qu'on te bâillonne ? lui demanda Decker.

Ils avaient déjà décidé que seul Decker parlerait pendant la mission, afin que leurs voix ne soient pas reconnues par la suite. Ils voulaient aussi que T-Bone pense que Decker était l'ancien prospect Hatchet et pas un flic sous couverture.

Rez devait se mordre la putain de langue pour s'empêcher de lui hurler dessus. Il supposait que c'était la même chose pour Finn, surtout vu que T-Bone avait levé la main sur Mel.

— T'es mort, Hatchet, menaça le prospect. Je jure sur la tête de ma putain d'mère qu't'es un homme mort.

— J'sais pas, j'aurais pas pu t'plaquer au sol si j'étais un fantôme, enfoiré.

Decker fit un signe du menton à Rez, lui indiquant d'ouvrir la portière arrière de la Caprice. Il posa ensuite les yeux sur Nox.

— Frère, attrape-lui les pieds et aide-moi à balancer ce connard sur la banquette arrière.

Nox ne répondit que par un hochement de tête et attrapa les chevilles attachées du Demon tandis que Decker utilisa ses bras menottés pour le torpiller à l'arrière de la bagnole.

— Bon Dieu ! hurla T-Bone lorsque sa tête heurta la portière.

— Non, c'est pas lui, c'est le karma, espèce de salope pleurnicharde.

Decker claqua la portière, coupant court aux insultes du prospect.

— On aurait peut-être dû le bâillonner, dit Finn à voix basse.

— Ça me dérange pas de l'ignorer, dit Decker.

— Donc on va où maintenant ? demanda Rez.

— Quelque part où y aura ni yeux ni oreilles. J'ouvre la voie.

Sur ce, Decker sauta sur le siège conducteur de la Caprice et tira la portière grinçante avant de la claquer.

Après un dernier regard entre eux, les autres retournèrent à leurs véhicules et suivirent Decker, sans avoir la moindre idée de leur destination.

———

LE TERRAIN ÉTAIT PARFAIT puisqu'il était sombre, désert et au milieu de nulle part.

Dès que Decker se gara, il coupa le moteur de la Caprice et en sortit. Rez, Nox et Finn garèrent leurs véhicules d'emprunt en ligne derrière lui pour que T-Bone ne puisse pas lire leur plaque d'immatriculation.

Pas de plaques, pas de voix, pas de noms.

Une réunion sectaire anonyme.

Decker arracha pratiquement la portière arrière de ses gonds quand il l'ouvrit et tira T-Bone de la banquette arrière par les chevilles. Le prospect atterrit au sol comme un sac de patates.

— Putain ! grogna-t-il bruyamment. T'étais censé être un des nôtres, Hachet ! hurla-t-il ensuite. T'es qui, putain ?

— Ton pire cauchemar, répondit calmement Decker.

— C'est les Russo qui t'envoient ?

Rez haussa les sourcils. Pourquoi est-ce que ce prospect s'inquiétait des Russo ? Est-ce qu'il leur volait de la métham-phétamine à eux aussi ?

— Pire que ça, répondit Decker.

— Viper ?

Le frère de Rez laissa cette question sans réponse.

— Wolf ?

Decker ne répondit pas à cette question non plus.

À présent, le trou de balle plissé du prospect devait être tellement serré qu'il ne pourrait pas lâcher de brique pendant une semaine.

Et si ça ne tenait qu'à Rez, il ferait en sorte qu'il ne puisse plus jamais en lâcher.

— Allez, mec ! J'allais tout rembourser. Les Russo t'ont

installé dans notre club comme prospect pour qu'tu puisses nous espionner ?

— T'as pris quelque chose qui t'appartenait pas, lui rappela Decker en ignorant cette question également.

En réalité, il lui avait pris plus que « quelque chose ». Il lui avait pris Sadie et Sloane.

En plus de ça, il avait presque kidnappé la fille de Decker, qui était âgée de quatre ans. Si ce connard avait réussi, Rez avait le sentiment que ça aurait été une condamnation à mort instantanée.

Une sentence qui n'aurait pas impliqué de chaise électrique ou d'injection létale.

Pas du tout, putain, Decker l'aurait mis en pièces, morceau par morceau, à mains nues.

— J'allais payer pour c'que j'ai pris. J'le jure, putain ! J'peux encore le faire si tu m'laisses partir. J'ai un moyen d'me faire du blé en plus.

Ouais, en prostituant des femmes droguées à la méthamphétamine.

— On t'a pas dit que les prospects étaient jetables ? demanda Decker.

Pour une fois, ce connard resta silencieux.

Ils pouvaient l'entendre respirer bruyamment sous la taie d'oreiller. Et Rez jura sentir l'odeur d'une grosse merde. Quelqu'un avait dû avoir un petit accident.

Pauvre type.

Il sourit de toutes ses dents.

Decker redressa T-Bone violemment et le poussa contre l'aile de la Caprice. Il jeta ensuite un coup d'œil autour de lui pour s'assurer qu'ils avaient tous leur visière bien basse sur la tête et leur bandana remonté bien haut sur leur nez avant d'arracher la taie d'oreiller de la tête du prospect.

T-Bone les observa avec des yeux si écarquillés que Rez s'étonna que le blanc de ses yeux n'illumine pas la nuit.

Decker se pencha en avant et hurla au visage de T-Bone.

— Elle est où Sadie ?

La tête du prospect bascula en arrière.

— J'sais pas.

— C'est des conneries. Essaie encore. J'sais que t'es allé la chercher à l'hôpital. J'ai vu la preuve. Tu l'as emmenée où ?

— J'l'ai emmenée nulle part.

— J'sens la merde dans ton putain d'froc, connard. Tu vas rester assis dans ta chiasse toute la putain d'nuit si t'me dis pas où elle est.

Decker était un dur à cuire. Rez était impressionné.

— Elle voulait être déposée dans un motel. C'est c'que j'ai fait.

— Encore des conneries.

— C'est vrai ! hurla T-Bone.

— Quel motel ?

— J'me souviens pas du putain d'nom !

— Donne-moi l'adresse, exigea Big Deck.

— J'connais pas la putain d'adresse.

— Quelle putain d'ville ?

Il ouvrit la bouche et la referma plusieurs fois.

Perdant patience, Decker s'approcha plus près, nez à nez, et lui rugit à la gueule.

— Quelle putain d'ville ?!

— Wheeling.

Putain.

— Où à Wheeling ?

Rez estimait qu'il y avait au moins une douzaine de motels dans et autour de Wheeling, en Virginie-Occidentale. Il fallait qu'ils réduisent le nombre de possibilités.

— Aucune idée, putain. Il faisait nuit. J'l'ai déposée à l'accueil et j'me suis tiré.

Encore des foutaises. L'homme racontait autant de conneries qu'il avait de merde dans le calbut.

— Sans putain d'blé et sans vêtements ? Rien ?

— J'lui ai donné d'l'argent pour une chambre. J'en avais rien à foutre d'ses fringues. C'est plus mon problème cette meuf.

Encore un mensonge.

— Et si on t'emmenait avec nous pour qu'tu nous montres où ça s'trouve ?

— T'as intérêt à m'relâcher avant qu'mon MC vous fasse regretter c'que vous êtes en train d'foutre.

Decker balança la tête en arrière et hurla de rire. Bruyamment. On aurait dit un homme devenu complètement timbré.

C'était peut-être de la comédie, mais c'était franchement convaincant.

— Tu crois qu'ces enculés en ont quelque chose à foutre de toi ? T'es qu'un putain d'outil pour eux. T'es jetable. Ils sont pas à ta recherche. Ils battraient même pas des cils si j't'écorchais et te plantais devant la Tanière du Loup. Tu sais ce qu'ils feraient ? Ils t'remplaceraient. Des perdants comme toi on en trouve à la pelle. Y en a des tonnes d'où tu viens, terrés dans le sous-sol de leur mère.

— Va t'faire foutre ! cracha T-Bone à Decker.

— Putain, tu vas m'briser mon petit cœur.

Decker attrapa une poignée des cheveux filandreux du prospect et lui releva la tête.

— Maintenant... J'veux la vérité et rien qu'la putain d'vérité. Si j'détecte le moindre mensonge, tu vas payer pour chaque mensonge qui sortira d'ta sale bouche. Tu m'as compris ?

— Va t'faire foutre, grommela T-Bone.

— J'sens une larme se former..., renifla Decker. J'sais que t'as pas juste déposé ton putain de gagne-pain dans un motel. J'sais que tu l'as contactée récemment parce que t'es un sale putain de rapace. Alors... C'est quand la dernière fois qu'tu l'as vue ? demanda-t-il. Si tu mens, tu vas tellement l'regretter qu'tu feras plus que chier dans ton froc.

Lorsque T-Bone pinça les lèvres, Decker se pencha en avant et lui hurla de nouveau au visage.

— Quand ?! Pas répondre sera traité comme un mensonge. T'as pas le dessus ici, T-Bag. C'est nous qui l'avons. Tu devrais y réfléchir sérieusement avant d'répondre.

— Si j'te le dis, tu m'laisses partir ?

— Ouaip.

Rez pinça les lèvres pour éviter de ricaner et de trahir le mensonge de Decker.

— Y a deux jours.

— Mais tu connais pas l'nom du motel.

— Y avait l'mot motel dedans. J'ai pas fait attention au reste.

— T'as payé comment ?

— En liquide.

Putain, ça voulait dire pas de reçu. Rez n'était pas surpris que le prospect n'ait pas de carte de crédit, mais il voyait bien le voleur se servir d'une carte volée.

— Depuis combien d'temps elle est là ?

— Un moment.

— Elle est là depuis qu'tu l'as enlevée de l'hôpital ?

— Putain, j'l'ai pas...

Lorsque Decker serra le poing, T-Bone changea rapidement de stratégie.

— Non.

Decker inspira si fort qu'ils purent tous l'entendre. Sa patience s'épuisait et il était sur le point de craquer. Il fallait qu'ils en finissent rapidement.

Nox s'approcha de Decker et lui chuchota quelque chose à l'oreille. La poitrine de Decker gonfla, s'immobilisa un moment, puis se contracta avant qu'il hoche la tête finalement.

Puis, d'un geste rapide comme l'éclair, Decker attrapa le

prospect à la gorge et lui poussa la tête contre l'aile, provoquant une grosse bosse dans la carrosserie.

Putain, ça devait faire mal.

Tant mieux.

Decker s'accroupit et pointa un doigt au visage du prospect en souffrance.

— J't'en dois une, enfoiré. Pas seulement pour c'que t'as fait à Sadie, mais aussi pour c'que t'as fait à ma vieille dame. Tu ferais mieux d'pas fermer les yeux trop longtemps, parce que tu risquerais d'me voir dans tes putains d'cauchemars.

Il se leva et fit un pas en arrière.

— J'en ai fini avec cette chatte usée d'toute façon.

Oh, merde !

Nox s'approcha de Decker, probablement pour l'empêcher de tuer T-Bone.

— J'vais dire à Viper l'endroit où il peut t'localiser. Après lui avoir dit que tu t'sers dans la caisse. J'parie qu'il sera pas très content. J'ai l'impression qu'tes putains d'jours sont comptés.

— Tu peux pas m'laisser ici !

— Qui a dit que j'pouvais pas ?

Decker se retourna et, alors qu'il commençait à se diriger vers Rez, il lança autre chose par-dessus son épaule.

— Elle a intérêt à être à Wheeling, sinon ce soir ce sera qu'un avant-goût de c'qu'on va te faire ensuite.

— Viper te croira pas !

Rez sentait le désespoir du prospect mais ne parvenait pas à éprouver la moindre sympathie pour le pauvre con.

— Alors t'as rien à craindre, à part le coyote que j'viens d'entendre. Peut-être qu'il viendra te tenir chaud ce soir.

Decker pencha la tête et s'adressa au reste de son équipe.

— Allons-y. J'en ai fini avec cette merde pour le moment.

Alors qu'il commençait à s'éloigner, il s'arrêta net et secoua la tête.

— J'ai menti. J'en ai pas encore fini avec ce fils de pute.

Il retourna voir T-Bone et se planta devant lui.

— J'ai besoin d'savoir une dernière chose.

— J'te dirai tout c'que tu veux savoir si tu m'laisses partir.

— Comment t'as découvert où j'habite ? grogna-t-il.

T-Bone ouvrit la bouche, mais rien n'en sortit.

Le hurlement de Decker emplit la nuit noire.

— Comment t'as trouvé où j'habite, putain ?!

— C'était facile, répondit le prospect.

Oh, merde.

— Comment ? demanda Decker.

Devant l'hésitation de T-Bone, Decker pencha la tête. Apparemment, ce mouvement suffit à faire parler le prospect tellement vite qu'il se mit à trébucher sur ses mots.

— J't'ai suivi chez toi un soir. J'ai vu où tu vivais. J'suis revenu quand t'étais pas là.

Oh putain.

Un agent infiltré continuant de vivre chez lui pendant une mission dangereuse était risqué, mais comme Decker élevait Val, il ne pouvait pas juste s'installer autre part comme Fletch et Wilder.

La décision de rentrer chez lui avec le véhicule qui lui avait été assigné s'était retournée contre lui. Et Rez était certain qu'à présent Decker se sentait encore plus coupable.

— Maintenant, j'en ai fini, lança le colosse la mâchoire serrée.

Avec une expression vide, Nox hocha la tête et retourna à son pick-up. Finn échangea un regard avec Rez puis haussa les épaules.

Alors d'accord, on dirait qu'ils allaient vraiment laisser le prospect dans le froid, les poignets et les chevilles toujours attachés.

Quel dommage !

Il retourna à la voiture, Decker sur ses talons. Dès qu'ils furent installés, Rez retira le bandana de son visage et le jeta sur le tableau de bord avant de jeter un coup d'œil à son frère. C'était bien une veine la chose qui palpitait sur sa tempe ?

— Juste pour être clair... On va vraiment le laisser ici comme ça ?

Decker se tourna vers lui.

— Tu te soucies de ce qui va arriver à ce fils de putain ? Après ce qu'il a fait à Sloane et Val ?

La réponse de Rez fut de démarrer la voiture et de passer en mode Drive. Il adressa un grand sourire à Decker avant de lever le pied de la pédale de frein.

— On va où maintenant ?

— Wheeling.

Il n'aurait même pas dû prendre la peine de poser la question.

— On devrait prévenir Crew qu'on sera pas dans le coin un moment ?

— Non. S'il a besoin de nous, il sait comment nous joindre.

— Pas faux. C'est parti, mon kiki.

Chapitre Vingt-Et-Un

Ils traversèrent la frontière de la Pennsylvanie et s'arrêtèrent sur une aire de service de l'autoroute I-70. Après une pause pipi et l'achat de quatre cafés extra-larges et de quelques beignets, ils se retrouvèrent près de leurs véhicules.

— J'aurais kiffé que cet enculé ait un putain de flingue sur lui. On aurait pu faire passer ça pour de la légitime défense, grommela Nox après avoir bu une longue gorgée de son café fumant.

— Même si on avait fait ça proprement, ça aurait causé tout un tas de conneries et de prises de tête, dit Finn. Vaut mieux prévenir Viper et laisser ces enfoirés sans pitié s'occuper de son cas. Ils vont pas rigoler avec un prospect qui a le culot de les voler.

Rez hocha la tête.

— T'as raison. Laissons-les s'occuper de lui. Il aura ce qu'il mérite sans qu'on ait à se salir les mains.

— Si le froid ou les coyotes s'occupent pas de lui en premier, dit Decker.

— Ce serait vraiment dommage, murmura Finn.

— Un vrai putain de drame, acquiesça Rez avec un

sourire en coin avant de porter son gobelet de café en carton à ses lèvres.

Comme il avait le sentiment qu'ils prendraient un certain temps avant de retrouver Sadie, il lui faudrait bien plus qu'un gobelet de café pour rester éveillé pendant leurs recherches. Surtout après avoir englouti deux beignets Boston Cream en moins de deux minutes. La surcharge en glucides pourrait contrecarrer les effets plus que désirables de la caféine.

— Pour l'instant, notre objectif principal c'est de retrouver Sadie et d'en finir avec toute cette merde, déclara Decker. Et d'espérer qu'elle soit encore en vie quand on la localisera.

— Puisqu'on sait pas dans quel motel elle se trouve ni même si cet enfoiré nous a raconté des bobards, ce serait pas mieux qu'on se sépare en deux équipes pour fouiller le péri-mètre ? demanda Finn.

— Je pense que c'est le meilleur plan, acquiesça Nox. On couvrira plus de terrain comme ça.

Decker hocha la tête.

— Je suis d'accord. À chaque fois que vous sortez d'un motel, envoyez le nom dans le groupe pour qu'on évite de perdre du temps en fouillant deux fois le même. Ça va déjà prendre une plombe sans qu'on se complique les choses.

Ça c'était clair, putain.

— Si on la trouve pas, un coyote sera la dernière chose dont T-Bag devra s'inquiéter. C'est moi qui lui arracherai la putain de gorge.

— Bon sang, Deck, murmura Finn.

— Ça dure depuis bien trop longtemps.

— Si on la trouve pas à Wheeling, tu lèves le drapeau blanc ? lui demanda Rez.

Ils ne pouvaient pas chercher Sadie éternellement.

Decker pinça les lèvres une seconde, puis expira un grand coup.

— On va la retrouver.

Rez aurait aimé partager la confiance de son frère.

— Ouais, on va la retrouver, confirma-t-il tout de même.

— L'échec, c'est pas une putain d'option, dit Nox.

— J'emmerde l'échec, dit Rez.

— Tout le monde a les photos de T-Bone et de Sadie sur son portable ? demanda Decker.

Tout le monde confirma que oui.

— Très bien, alors c'est parti. Je fais équipe avec Finn. Rez, Nox et toi vous êtes ensemble. On doit être rapides mais minutieux. On va fouiller tous les putains de motels de Wheeling et des environs, en commençant par le centre et en allant vers l'extérieur. On élargira notre zone de recherche jusqu'à ce qu'on la trouve.

— Deck…, commença Finn d'un ton qui sentait l'avertissement.

Decker secoua la tête.

— Non. On va la trouver. Peu importe le temps que ça prendra. Si Crew a un problème avec notre absence, je m'en occuperai. Si vous tombez dans un motel coûteux, passez au suivant. T-Bone paierait jamais pour la loger dans un endroit comme le Ritz. Il a choisi un endroit bon marché, qui accepte les paiements en liquide et où les gens se mêlent de leurs culs. Il veut gagner du fric, pas en dépenser.

— Allons-y, cria Rez.

Ils laissèrent un véhicule au relais routier et emmenèrent les deux autres plus loin en Virginie-Occidentale avant de se séparer. Deck et Finn s'enfoncèrent dans Wheeling tandis que Rez et Nox décidèrent de rester en périphérie et de commencer par là.

En s'aidant de Google Maps, ils commencèrent à fouiller un motel après l'autre, des plus décents aux plus économiques en passant par les plus merdiques, partant de l'est avant de se diriger vers l'ouest.

Ils se rendaient à la réception, sortaient leurs badges

rapidement et montraient la photo de T-Bone et de Sadie aux employés, les informant que Sadie était une personne en danger.

Après deux autres grands gobelets de café, un sachet entier de Twizzlers à la fraise, du bœuf séché de station-service et deux Snickers, ils commencèrent à se décourager. Personne n'avait vu Sadie ou le connard de prospect au sein de leur motel ou dans les environs.

— Ça risque de nous prendre plusieurs jours, grommela Rez après s'être arrêté au motel numéro six et être remonté dans la voiture mais cette fois sur le siège passager.

— Alors ça nous prendra plusieurs jours, répondit simplement Nox.

— Tu peux t'arrêter au prochain MacDo ?

Nox lui jeta un regard en fronçant les sourcils.

— Si t'as pas déjà la chiasse à cause de toutes les saloperies que t'as englouties aujourd'hui, un burger mystérieux te garantira une belle avalanche.

— Tu penses à un autre fast-food. Celui où tu dois courir aux toilettes dès que t'as franchi la frontière.

— Ouais, à cause d'une diarrhée explosive. Le MacDo te fera peut-être pas chier tes entrailles, mais ce qui est certain, c'est qu'il te fera regretter ton Big Mac.

— Oublie ce que j'ai dit. Tes putains d'images m'ont coupé l'appétit, grommela Rez.

— J'essaie juste de sauver ton cul. Littéralement.

— Regarde-toi, à faire le travail du Seigneur.

— Je suis coincé dans cette putain de caisse avec toi. Ça s'appelle l'instinct de conservation.

Putain, c'était bon d'entendre Nox plaisanter à nouveau. Même si c'était aux dépens de Rez.

— Mec, si je chie dans mon froc comme T-Bone, abandonne-moi juste au milieu d'un champ pour que je serve de quatre heures aux coyotes.

— Nan, je m'arrêterai à un lave-auto, je te pencherai sur

le capot et j'utiliserai le tuyau haute pression pour te décrasser le popotin.

— Sympa.

— Tu seras tout mignon... et tout propre après ça.

— Merci, mon frère, d'assurer mes arrières... trains. T'es le héros dont je savais pas avoir besoin.

Nox fit un bruit qui ressemblait étrangement à un ricanement étouffé.

Lorsque Rez jeta un coup d'œil vers lui, son visage avait repris son sérieux.

Après une demi-douzaine de motels supplémentaires en autant d'heures, ils avaient maintenant quitté Wheeling et se trouvaient sur la rive ouest de l'Ohio.

Après cette aventure, il ne voulait plus jamais voir le hall d'un motel miteux de toute sa vie, avec leurs boiseries des années 70 et leurs meubles des années 80 couverts de taches suspectes.

Pour ne rien arranger, il n'arrêtait pas de roter le putain de hot-dog chili fromage qu'il avait bouffé lors de leur dernière pause pipi.

— Ça te dérange, putain ? Nox grommela en baissant la vitre à cause du dernier renvoi toxique de Rez.

— Si ça sort pas par le haut, ça sortira par le bas. Choisis ton poison.

— Voilà le prochain, annonça Nox en haussant le menton. Gare-toi là.

Rez baissa la tête pour lire l'enseigne allumée. Brookside Motel.

— On est où maintenant ?

— À l'ouest de Bridgeport.

— Bridgeport, en Californie ? Parce que j'ai carrément l'impression que ça fait des semaines qu'on est en chasse.

— Ohio.

Alors qu'il quittait la route pour entrer sur le parking, les phares de la voiture éclairèrent le motel miteux d'un étage qui semblait avoir été abandonné dans les années soixante.

C'était un établissement une étoile au mieux. Une étoile qu'il ne méritait peut-être même pas.

Leurs portables retentirent tous les deux en même temps.

— Alors, les nouvelles ?

— Toujours rien, dit Nox en lisant le texto qu'il avait sous les yeux. Ils se dirigent vers le prochain motel.

— Est-ce qu'il dit qu'on devrait s'arrêter pour la nuit et dormir quelques heures ?

— À ton avis ? demanda Nox.

— Tous ces motels cafardeux sont pas ouverts vingt-quatre heures sur vingt-quatre. On va peut-être être forcés de s'arrêter pour la nuit à un moment donné.

— Alors dis-le à Big Deck. Te plaindre comme une petite pute devant moi ça va pas nous aider.

Avec un soupir, Rez se gara devant la réception et éteignit le moteur.

— On entre tous les deux ?

— Ouais, j'ai besoin de me dégourdir les jambes.

Avec un hochement de tête, Rez se redressa sur le siège conducteur, s'étira de toute sa longueur comme s'il tentait de toucher les étoiles, puis arqua le dos pour détendre ses muscles crispés.

Une sonnerie retentit lorsque Nox ouvrit la porte de la réception et la maintint ouverte pour Rez.

— Les femmes d'abord.

Rez lui pinça la joue, puis la tapota légèrement.

— Merci, beau gosse, t'es un vrai gentleman, dit-il avant de lui envoyer un baiser.

— On accepte pas les gens de votre espèce.

Ils s'arrêtèrent tous les deux net.

— De notre espèce ? grogna Nox.

— Ouais, vous, les gays.

Nox et Rez échangèrent un regard avant de se concentrer sur l'homme bedonnant et mal rasé derrière le comptoir, ne portant rien d'autre qu'un débardeur crasseux. S'il n'était pas l'image même du stéréotype de l'employé de nuit d'un motel miteux, Rez ignorait qui pourrait bien l'être.

— On n'est pas un couple.

— Alors vous êtes quoi ? demanda M. Convivialité.

— Des flics, répondit Rez.

— J'aime pas cette espèce non plus.

— Très accueillant, dit Rez dans sa barbe. Ça me fait chaud au cœur.

— On demande pas à devenir votre meilleur ami, dit Nox à l'employé en finissant de faire les quelques pas qui le séparaient de la réception. On vient juste chercher des informations.

Rez le suivit, sachant déjà que ce type allait carrément les faire chier. Plus que ce foutu hot-dog chili fromage.

— Je sais que dalle, dit le type aux cheveux ébouriffés en haussant le menton comme pour les mettre au défi.

Un seul pain dans sa sale gueule et il se jetterait au sol en appelant sa maman.

Nox renifla bruyamment.

— Mec, ça sent l'herbe de merde ici. C'est vous qui avez fumé cette saleté ?

— Non.

Nox se pencha en avant et inspira profondément.

— Cette herbe de putois vous colle encore à la peau comme le Drakkar Noir des années 80.

— Comme quoi ?

L'homme fronça les sourcils, ce qui lui donna l'air de sortir d'une grotte avec un gourdin à la main.

Nox secoua la tête.

— Bref, je suppose que l'usage récréatif de cannabis est toujours illégal dans cet État ?

— Vous êtes pas de l'Ohio ?

Nox baissa le menton et le ton de sa voix.

— J'ai dit qu'on l'était ?

— Si vous êtes pas d'ici, vous êtes en dehors de votre juridiction et je me fous de vos accusations.

Rez se gratta la nuque en regardant Nox faire son numéro. C'était divertissant, mais il ne marquait pas de point avec le connard de l'autre côté du comptoir.

— Écoutez, commença Nox, on appellera pas nos frères de la police locale pour leur signaler l'usage illégal de drogues dans l'établissement si vous nous filez un coup de main.

— Quel genre de coup de main ?

— J'ai juste quelques questions à poser.

— Comme ?

Nox brandit son téléphone et l'enfonça pratiquement dans le visage du pauvre type.

— Vous l'avez vu ? Il séjourne ici ? Ou il a séjourné ici ?

L'employé du motel jeta un coup d'œil au portable, et quelques secondes plus tard, un mur vint couvrir son visage. Lorsqu'il releva les yeux, ces derniers glissèrent de Nox à Rez avant de revenir sur le portable.

— J'ai peut-être vu ce type.

Putain de merde. Ils avaient peut-être enfin une piste.

— Récemment ? demanda Rez.

— Y a quelques jours.

— Ça veut dire quoi quelques jours ?

— Deux, trois peut-être.

— Il a loué une chambre ?

— Ouais.

Nox passa son doigt sur l'écran, puis lui tendit le portable à nouveau.

— Et elle ?

Le réceptionniste posa les yeux sur la photo et une marée rouge écarlate lui grimpa sur le cou.

— Je suis pas sûr de l'avoir vue, elle, par contre.

Putain de menteur.

— Regardez de plus près.

Nox poussa son portable dans la figure du type à tel point qu'il lui cogna le bout du nez.

— Vous en pensez quoi ? Elle vous semble familière ?

— Je l'ai peut-être vue aussi.

— Nue ?

L'homme se pinça les lèvres.

— Vous avez payé le type avec qui elle était pour la baiser ?

— Pourquoi je ferais un truc pareil, putain ? J'ai pas besoin de payer pour niquer.

Rez se pencha sur le comptoir et observa l'homme attentivement en lui posant sa question suivante.

— Vous couchez avec elle en échange de la chambre, alors ?

C'était ça. C'était écrit sur son visage même s'il essayait de le cacher. Le mec avait probablement réduit le prix de la chambre contre quelques parties de jambes en l'air avec la sœur de Sloane. *Fils de pute.*

— Elle est toujours là ? demanda Rez.

— Je suppose que oui puisqu'ils ont pas réglé leur note.

— C'est quoi le numéro de leur chambre ?

L'homme haussa les paumes et recula du comptoir en secouant la tête.

— Je vous en ai déjà trop dit. Vous obtiendrez rien de plus de moi sans un mandat.

Rez était persuadé qu'ils obtiendraient les informations dont ils avaient besoin sans mandat. D'une manière ou d'une autre.

— On a besoin du numéro de chambre, Herbert.

— Je m'appelle pas Herbert.

— Ça vous va bien pourtant. J'ai besoin du numéro de chambre, Bert, ou on va aller frapper aux portes de tous les clients jusqu'à ce qu'on la trouve. Ce serait plus facile pour vous et vos clients si vous nous disiez juste ce qu'on a besoin de savoir.

— Je vais appeler les flics.

— Ça m'a l'air pas mal comme plan. Vous avez besoin de leur numéro de téléphone ? C'est facile à retenir puisqu'il y a que trois chiffres. Je suis sûr que lorsqu'ils arriveront et qu'on leur dira pourquoi on recherche cette femme, ils seront pas très contents d'apprendre que vous avez refusé de coopérer.

— Je doute qu'ils soient très contents non plus de sentir l'herbe puante que vous fumiez, ajouta Nox.

— S'ils vous coffrent pas pour l'herbe, je parie qu'ils vous passeront les menottes pour sollicitation si vous avez fourré votre bite entre ses jambes. Ou pour agression sexuelle, parce je suis sûr qu'elle était pas en état de consentir.

Lorsque l'homme pâlit, l'estomac de Rez se retourna. Si l'accusation de sollicitation n'était pas très grave, celle de viol ou d'agression sexuelle l'était, mais ce n'était pas ce qui effrayait le réceptionniste.

L'effroi commença à envahir sa poitrine. Sa réaction dut gêner Nox également, car sa mâchoire devient tranchante.

— Je fais pas confiance aux poulets.

— Moi non plus, dit Nox.

Le réceptionniste fronça les sourcils.

— Vous avez dit que vous étiez des poulets.

— Vous faites confiance à tous les autres réceptionnistes ?

— Je suis pas réceptionniste.

— Vous êtes quoi alors ? demanda Rez.

— Le gérant de nuit.

— Comme si j'en avais quelque chose à foutre. Numéro de chambre, exigea Nox.

— Elle vaut quoi cette information pour vous ?

Nox serra la mâchoire, sortit son portefeuille de sa poche

arrière et en sortit un bifton de cent dollars qu'il posa sur le comptoir.

— Voilà. C'est ce que vaut cette info. Vous avez même pas besoin d'ouvrir la bouche. Indiquez-nous juste leur numéro de chambre d'une manière ou d'une autre. On vous promet que rien de toute cette merde vous retombera dessus.

L'homme fixa le billet de cent dollars sur le comptoir.

— Je suis pas sûr que ce soit suffisant.

Putain de merde, ce connard.

— Écoutez, *Bert*, commença Rez, j'en ai ras le cul de votre putain de petit jeu. C'est une question de vie ou de mort. La femme qu'on recherche, c'est la belle-sœur d'un autre flic et elle a été enlevée en Pennsylvanie. On craint qu'on ait abusé d'elle et qu'elle soit dans un état si pitoyable qu'elle ne puisse même pas appeler à l'aide. Vous voulez vraiment avoir ça sur la conscience ?

Bert haussa les épaules.

— C'est pas ma belle-sœur. Et si c'était le cas, j'en aurais sûrement rien à foutre puisque c'est une salope.

Un mec vraiment droit dans ses bottes.

Nox attrapa le billet de cent dollars sur le comptoir, se tourna vers Rez et pencha la tête vers la porte.

— On va aller frapper à toutes les portes et annoncer ce qui se passe, puisque ce connard a pas l'intention de nous faciliter la tâche.

— Ça me paraît un bon plan. Attends, laisse-moi m'entraîner d'abord...

Rez se racla bruyamment la gorge et se mit à hurler.

— Police ! Ouvrez !

Il sourit à Nox.

— Pas assez bien. Je vais réessayer.

Il hurla encore plus fort.

— Police ! Ouvrez ! C'est une descente !

Il jeta un coup d'œil au gérant.

— C'est pas trop mal. Allons-y.

— Allez, les mecs ! cria le type alors qu'ils se dirigeaient vers la porte.

Rez s'arrêta, la main sur la poignée de la porte.

— Vous êtes prêts à coopérer maintenant ? lui demanda Nox à côté de Rez.

L'homme ferma les yeux une seconde, puis les rouvrit.

— Promettez-moi que je serai pas tenu responsable de ce que vous trouverez dans leur chambre.

Soudain, ce profond malaise réapparut dans le creux de son estomac.

— On a tendance à fermer les yeux quand on a affaire à des témoins coopératifs, mentit Nox.

Rez eut le plus grand mal de s'empêcher de lever les yeux au ciel.

— Dernière chambre au fond. Chambre numéro un. Mais c'est pas moi qui vous l'ai dit. Et quoi que vous y trouviez, j'y suis pour rien.

Nox et Rez échangèrent un autre regard, puis ils ressortirent dans la nuit froide et obscure.

Chapitre Vingt-Deux

Ils se tenaient tous les deux devant la porte de la chambre numéro un, la regardant fixement.

— On frappe ou on la défonce à coup de pied ? demanda Rez à son partenaire.

La porte en bois était tellement pourrie qu'il ne faudrait pas grand-chose pour la faire sortir de ses gonds. Peut-être même qu'un coup d'épaule suffirait, plutôt qu'un coup de botte.

— On frappe d'abord, répondit Nox. Si elle est là, laissons-lui une chance de répondre avant de lui foutre une peur bleue en débarquant dans sa chambre comme un bulldozer.

— Bonne idée. En plus, j'ai pas confiance en cet enfoiré. Bert nous a peut-être menti quand il nous a dit que c'était cette chambre. On veut pas qu'un pauvre client innocent fasse une crise cardiaque.

Alors qu'ils s'approchaient de la porte, une odeur nauséabonde pénétra ses narines et lui fit plisser le nez.

Putain, ce n'était *pas* un bon signe.

Rez jeta un coup d'œil à Nox. Comme un côté de sa

bouche était redressé, il avait clairement senti l'odeur lui aussi.

— Je me demande c'est quand la dernière fois que la femme de chambre est entrée dans cette chambre ?

— Vu qu'il y a un panneau « ne pas déranger » accroché à la poignée de la porte, répondit Nox, je suppose que ça fait un moment.

—J'oublie toujours à quel point t'es un génie.

— T'inquiète pas, ça me dérange pas de te le rappeler aussi souvent que nécessaire, grommela Nox. Sadie ! hurla-t-il en frappant à la porte.

Ils firent tous les deux un pas en arrière en attendant que quelqu'un ouvre la porte, Sadie ou autre, puis Rez tourna la tête et inspira lentement, espérant remplir ses poumons d'un peu d'air pur.

La qualité de l'air n'était pas bien meilleure à cinquante centimètres de distance.

Oh ouais, pas bon signe.

Après à peu près une minute, il retint sa respiration et s'approcha de la porte à nouveau, collant son oreille dessus.

— T'entends quelque chose ? demanda Nox.

Rez secoua la tête. Pas de télévision, ni de radio, ni de voix.

Rien qu'un silence de mort.

Il recula et revint se tenir près de Nox, puis jeta un coup d'œil à travers la fenêtre de la chambre. Les rideaux étaient tirés et aucune lumière ne brillait derrière.

Mais cette putain d'odeur…

Elle commençait à lui griller les poils du nez et à lui retourner l'estomac encore plus que ce putain de hot-dog.

Rez remonta le col de son pull thermique sur son nez mais eut soudain une meilleure idée.

— Attends une seconde.

Il courut à la voiture, attrapa leurs bandanas et lorsqu'il revint vers Nox, il lui en balança un. Ils se couvrirent le nez et la bouche, espérant que ça filtrerait une partie de l'odeur nauséabonde.

— Bon, et maintenant ? demanda Rez à Nox. On retourne au bureau et on voit si le vieux Berty veut bien nous filer la clé ?

— J'emmerde ce connard. J'ai ma propre clé.

Nox sortit son portefeuille et y glissa ce qui semblait être une carte de crédit, mais en métal.

— T'adores vraiment entrer chez les gens par effraction.

Nox l'ignora et se contenta de coincer la carte entre le montant de la porte et le verrou, la faisant remuer jusqu'à ce qu'il parvienne à déverrouiller la porte. Il tourna ensuite la tête vers Rez.

— Prêt ?

— Pas vraiment. Et toi ?

Le visage de Nox s'assombrit.

— Je vais pas apprécier ce qu'on va trouver de l'autre côté de cette porte.

— Pareil pour moi, mon frère.

Rez saisit la poignée de la porte et se prépara à affronter ce qu'ils allaient trouver. D'un côté, il espérait que Sadie se trouvait dans la chambre, de l'autre... il espérait qu'elle ne soit pas dedans.

Parce que si elle se trouvait dans cette chambre…

Lorsqu'il poussa la porte, même le bandana ne put rien contre l'odeur.

— Putain de bordel de merde.

Son estomac se retourna comme une crêpe.

— Allume la lumière, dit Nox derrière lui.

Rez n'avait pas envie d'allumer la lumière. Il voulait au contraire reculer, fermer la porte et rentrer chez lui.

— Je sais pas si je peux faire ça, murmura-t-il.

La lumière s'alluma et l'aveugla une seconde, puis dès que ses yeux s'y habituèrent, il les ferma et déglutit difficilement.

Il entendit une bouffée d'air derrière lui et lorsqu'il se retourna et ouvrit les yeux, il vit Nox figé dans l'embrasure de la porte.

Merde.

Putain.

Merde.

Le visage blanc spectral de Nox était rivé sur ce qui se trouvait devant lui.

Rez avala la bile qui lui montait dans la gorge.

— Je veux pas regarder, n'est-ce pas ?

Ça fit bouger Nox. Pas dans la chambre, mais à l'extérieur.

Il disparut d'un coup, laissant Rez debout là, tournant le dos à la chambre.

Rez se signa lentement, serra la mâchoire et se retourna. Son cerveau avait du mal à comprendre la scène sous ses yeux.

Putain de bordel de merde.

Il avala la salive qui inondait sa bouche.

Il ne vomirait pas.

Il ne vomirait pas.

Il. Ne. Vomirait. Pas.

L'esprit dominait la matière.

Fais comme si t'enquêtais sur une scène de crime normal et que t'avais aucun lien avec cette personne. Fais comme si tu connaissais pas personnellement les personnes que ça allait affecter.

Il jeta un coup d'œil autour de lui, sans poser les yeux sur le lit, jusqu'à ce qu'il n'ait d'autre choix que de s'attarder dessus. Il hocha la tête lentement, essayant de trouver le courage de s'approcher.

Il ne prit pas la peine de chercher son pouls. Ça faisait longtemps que son cœur s'était arrêté.

Ce qui restait de la sœur de Sloane n'était rien d'autre qu'un squelette couvert d'une peau cuirassée. Elle n'était pas dans cet état, parce qu'elle était devenue un cadavre en décomposition, même si c'était effectivement ce qu'elle était devenue, mais parce qu'il ne restait déjà rien de Sadie avant qu'elle ne rende son dernier souffle.

———

Rez faisait les cent pas au milieu du parking, se frottant la nuque d'une main.

Lorsqu'il était sorti de la chambre tout à l'heure, il avait fermé la porte derrière lui par respect pour la sœur de Sloane. Mais plus important que le respect, il devait préparer Decker à son arrivée avant que son frère ne voie ce qui se trouvait dans cette chambre.

Il l'avait prévenu que Sadie était décédée et que ce qui restait d'elle était en piteux état, mais il avait omis beaucoup de détails.

D'abord parce qu'il avait du mal à en parler à haute voix avant d'avoir pu compartimenter ce qu'il avait vu.

Et deuxièmement, il y avait des choses que Decker devait voir par lui-même. Parce que si quelqu'un lui racontait la scène au téléphone, il ne le croirait peut-être pas. Decker devait voir la réalité en face et décider quoi dire à Sloane.

Outre le fait évident que sa sœur était morte.

Ce serait la partie la plus facile à annoncer de cette nouvelle difficile.

Sa mort ne serait pas une surprise, c'était même objectivement l'éventualité la plus probable, mais ce qui lui était arrivé ensuite laisserait tout le monde sans voix.

C'était certain.

Parce qu'aucune personne saine d'esprit ne pourrait être aussi... dépravée.

Mais Decker n'était pas la seule personne pour qui il s'inquiétait.

Il n'avait pas vu Nox depuis qu'il était sorti de la chambre.

Il n'était pas assis dans la voiture. Il n'attendait pas à la réception.

Il avait complètement disparu.

Rez était un connard. Il n'avait jamais pensé à la façon dont réagirait Nox à ce qu'ils avaient vu.

Et ce qui l'inquiétait, c'était que tous les efforts faits par Nox pour sortir de la dépression causée par la perte de sa femme soient complètement anéantis.

Ça faisait flipper Rez. Ça lui foutait carrément une peur bleue.

Juste après la mort de sa femme, tous ses frères avaient craint qu'il mette fin à ses jours. Ils avaient enfin mis cette inquiétude derrière eux.

Mais à présent…

— Putain ! cria-t-il vers le ciel matinal.

Il avait été stupide de l'emmener avec lui. Rez avait tenté de le faire sortir du cocon qu'il s'était fabriqué et de l'impliquer davantage, notamment en se faisait passer pour un ouvrier avec lui, mais ça avait fini par lui exploser au visage.

Putain de bordel de merde.

Des phares traversèrent le parking, l'aveuglant une fraction de seconde avant que Decker ne s'arrête sur l'une des places vides.

Les places de parking disponibles étaient nombreuses étant donné que seules quelques chambres étaient louées. Heureusement, la plupart d'entre elles étaient proches de la réception. Le faible taux d'occupation signifiait qu'il n'y aurait pas de groupe de curieux quand les flics locaux et le médecin légiste arriveraient.

Et ils risquaient d'arriver rapidement puisqu'il avait déjà appelé le 911 et parlé à la centrale du comté pour signaler ce qui se passait et ce qu'ils avaient découvert. Il avait également demandé à ce qu'ils n'arrivent pas en code trois, donc en débarquant au motel avec leurs gyrophares lumineux et leurs sirènes hurlantes.

En fait, ils n'avaient besoin de la police et du médecin légiste que pour documenter la scène et enlever le corps. Ils ne leur parleraient pas de T-Bone. Ils s'occuperaient eux-mêmes du prospect.

Il s'était arrangé pour faire en sorte que Decker et Finn arrivent les premiers, car une fois les flics locaux sur place, il ne voulait pas risquer qu'ils fassent les connards et leur interdisent de retourner dans la chambre.

Rez attendit que le plus baraqué de ses frères se soit extirpé du siège conducteur avant de s'approcher.

— Deck, je suis allé à la réception prendre un drap de rechange pour couvrir son corps. Je te préviens, l'odeur est infecte et ce qu'il y a sous le drap l'est encore plus.

— Putain. Elle est déjà en décomposition ?

Rez grimaça.

— Ça et d'autres choses...

Decker pencha la tête sur le côté d'un air interrogateur.

— Quelles autres choses ?

Rez se contenta de secouer la tête et d'avaler une fois de plus la bile qui refusait de rester dans ses tripes.

— Tu penses qu'elle a fait une overdose ? demanda Finn en contournant le coffre de la voiture pour les rejoindre.

— Difficile à dire, lui répondit Rez. Son corps l'a peut-être juste abandonnée. Elle avait tellement dépéri et ressemblait plus à grand-chose.

— Elle était déjà mal en point quand cet enfoiré l'a volée au Bon Samaritain, grogna Decker.

— Ouais, eh bien...

— Tu veux me faire un topo ? demanda Decker.

— Non.

Decker plissa le front.

— À ce point-là ?

— Pire.

— Putain, murmura Deck. OK. Puisque t'as déjà appelé les locaux, finissons-en avant qu'ils débarquent, dit-il ensuite plus fort.

— Je vais attendre ici, annonça Rez.

Hors de putain de question qu'il retourne dans cette chambre. Il n'arriverait jamais à chasser cette puanteur de ses narines ni ce qu'il avait vu de ses cauchemars.

C'était une marque qu'il ne pourrait peut-être jamais effacer.

Decker et Finn le fixèrent pendant quelques secondes, puis leurs visages devinrent plus sinistres et ils entrèrent tous deux dans la chambre sans un mot.

Même pas une minute plus tard, Finn revint dans le parking en courant pour expulser son dernier repas.

— Je t'avais prévenu, dit Rez.

Une fois son estomac vide, Finn resta penché en avant, les mains posées sur ses cuisses, crachant au sol.

Quand il eut terminé, il se dirigea vers la voiture, attrapa une bouteille d'eau et se rinça la bouche.

Rez se dirigea vers lui.

— Tu vas bien ?

— Non.

— Tu veux que je te masse le dos ?

— Va te faire foutre.

— T'as regardé sous le drap ?

— J'ai pas été aussi loin.

— Je savais pas que t'étais une telle chochotte.

— C'est le connard qui reste dehors et refuse d'entrer qui me dit ça, dit Finn en s'essuyant la bouche du revers de la main.

Rez haussa les épaules.

— Je suis pas stupide, c'est tout.

Avec un soupir, Finn se retourna et s'adossa à la voiture. Il passa une main dans ses épais cheveux roux et jeta un coup d'œil autour de lui. Il fronça les sourcils.

— Il est où Nox ?

— Je sais pas.

— Comment ça, tu sais pas ? demanda Finn.

— Il a jeté un coup d'œil dans la chambre et a pris ses jambes à son cou. Un peu comme toi, mais sans le vomissement.

— Quoi ? Eh bien, il faut qu'on le trouve.

— Sans déconner. Mais c'est un grand gaillard et on a d'autres chats à fouetter. On doit notamment s'assurer d'être là pour soutenir Decker.

— Putain, marmonna Finn en jetant un coup d'œil à la chambre. Comment il peut rester dans cette putain de chambre si longtemps ?

— Je dirais qu'il a pas le choix. C'est lui qui doit annoncer la nouvelle à Sloane. Il a besoin de comprendre la situation dans les détails pour pouvoir faire ça.

— Putain de merde. On se doutait que ce serait grave, mais pas à ce point.

— Si tu l'as pas vue, laisse-moi de te dire que c'est pire que tu le penses.

Les yeux de Finn, assombris sous la lumière matinale, rencontrèrent les siens.

— Qu'est-ce que tu veux dire ? T'as vu quoi ?

— Quand je suis entré dans la chambre, elle était étendue sur le lit, sans un seul vêtement. Le liquide séché accumulé entre ses cuisses, sur sa poitrine, et qui sortait même de sa bouche provenait pas de son corps en décomposition...

— Déconne pas, putain, grogna Finn.

— Mec, j'oublierai jamais ça. Je te jure, ça va me hanter pour le reste de ma putain de vie.

— Et Nox a vu ça, conclut Finn.

— Ouais. Comme je l'ai dit, il est parti en courant quelques secondes après, mais ouais...

— Avec ce qui est arrivé à sa femme...

— Finn, tu me dis des trucs que je sais déjà.

C'était une autre situation que Rez ne voulait pas revivre.

— Pour l'amour du putain de ciel, s'exclama son rouquin de frère, on aurait dû le laisser en Pennsylvanie.

— Encore une fois... tu me dis des trucs que je sais déjà.

Rez expira avant de continuer.

— Et maintenant je regrette.

Il donna un coup de coude à Finn lorsque Decker sortit de la chambre en courant et claqua la porte derrière lui.

Ils se dirigèrent tous deux vers le mec baraqué qui faisait les cent pas, une main sur le front et répétant la même chose en boucle.

— Putain. Putain. Putain. Putain. Putain.

Il s'arrêta brusquement et hurla à pleins poumons.

— PUTAIN !

Oh, merde. Il fallait qu'ils trouvent le moyen de limiter les dégâts.

— Elle voulait pas se sortir de là, Deck, tu le sais. Elle s'est fait engloutir par sa dépendance. Parfois, on peut pas les sauver. Quoi qu'on fasse.

Rez essayait d'apaiser le désarroi de Decker, mais c'était inutile.

— Je le sais que trop bien, mais ça rendra pas les choses plus faciles pour Sloane.

L'agonie qu'il perçut dans sa voix frappa Rez en plein cœur.

— J'aimerais pas devoir lui dire ça à ta place, marmonna Finn.

— Non seulement lui dire, mais elle insistera pour voir Sadie une dernière fois. Elle pourrait même avoir à identifier son corps. Pour l'amour du putain de ciel. Je sais pas comment lui dire ça. J'en ai aucune idée. Bordel !

— L'identification a pas besoin d'être effectuée par Sloane. Ses parents seraient prêts à le faire à sa place ?

— Je sais pas, marmonna-t-il en baissant et en secouant la tête. Honnêtement, ils pourraient s'en foutre royalement. Avec un peu de chance, les flics locaux et le médecin légiste me croiront sur parole quand je leur dirai que, dit-il avant de s'interrompre et de jeter un coup d'œil vers la porte fermée du motel, la femme là-dedans, c'est Sadie.

— On est vraiment sûr que c'est elle, hein ? J'aurais pas dû supposer que c'était elle vu qu'elle est si, dit Rez avant de grimacer, différente de ses photos.

— C'est elle. Putain de merde ! J'espérais une fin plus heureuse.

— On sait tous que c'est la réalité de la dépendance. Toi tu le sais mieux que quiconque à cause de ce qui est arrivé à Amélia. Mais c'est pour ça qu'on a rejoint cette unité d'intervention, mon frère. On arrête jamais complètement l'influx de drogue, mais on peut espérer le réduire.

Decker soupira.

— C'est une bataille difficile, c'est certain, putain. Parfois on dirait que c'est une perte de temps. On arrête ce réseau et un autre prend forme à cause de la cupidité. De la pure cupidité. Le dollar vaut plus qu'une vie humaine.

— C'est pas vrai qu'à propos du trafic de drogue, murmura Finn.

C'était la pure putain de vérité.

Les mains sur les hanches, Decker se tourna vers la chambre et la fixa quelques instants, acceptant probablement ce qui se trouvait derrière la porte. Finn et Rez attendirent qu'il termine, puis il ouvrit la bouche.

— Sa mort n'est pas récente. Elle a traversé la phase de rigidité cadavérique. À mon avis, puisqu'elle commence à se décomposer, elle est morte depuis au moins trois jours.

— Il peut se passer beaucoup de choses en trois jours, murmura Rez en se demandant si Decker allait parler de l'état dans lequel Sadie avait été retrouvée et de ce que ça voulait dire.

Il n'eut pas à attendre très longtemps.

Decker était comme un bâton de dynamite dont la mèche était sur le point de finir de brûler. Rez était impatient d'aller retrouver Nox, mais il devait aussi être là pour Decker. Il devrait également répondre aux questions de la police, puisque c'était lui le premier à avoir découvert le corps.

— Ce putain de taré a profité de ça. Il l'a prostituée même après sa mort. Il a trouvé une sorte de pervers pour se faire plus de fric.

— Le dark web, murmura Rez. Il a dû offrir ses services sur le dark web. Y a que là qu'il pourrait faire un truc comme ça et s'en tirer.

— Putain de merde ! s'écria Finn. Les femmes sont même pas à l'abri d'une agression sexuelle après leur mort.

— Les femmes peuvent pas avoir de putain de répit, je le jure, grogna Rez.

— Bordel de merde. Rien de tout ça n'atteint les oreilles de Sloane. Pas un seul mot. Je lui dirai que Sadie a fait une overdose. Rien de plus, dit Decker. Merde ! rugit-il ensuite en se passant les doigts dans les cheveux.

— Putains de malades. Ils doivent être mis à l'écart de la société. Qui peut bien prendre son pied en faisant ce genre de conneries ? marmonna Finn à côté de lui.

Rez émit une hypothèse.

— Je vois bien des incels sauter sur l'occasion puisqu'aucune femme vivante, respirant et dotée d'un cerveau en état de marche les toucherait. Ils sont obligés de coucher avec des femmes incapables de consentir. Ivre, droguée, évanouie, voire morte.

— Ce qu'on a fait à T-Bone, ça suffit pas.

Rez hocha la tête.

— Amen, mon frère.

— T'as déjà demandé l'arrivée du légiste, n'est-ce pas ? demanda Decker à Rez.

— La centrale du comté a dit qu'ils le préviendraient. Mais, mon frère...

— Oh mon Dieu, quoi encore ? Je suis pas sûr de pouvoir supporter plus de cette merde.

Malheureusement, il n'avait pas le choix. Il devait savoir...

— Nox était à mes côtés quand on l'a trouvée. Ça l'a peut-être traumatisé encore plus.

— Oh, c'est une putain de blague !

Decker baissa et secoua la tête.

—Je déteste dire du mal des morts, mais cette femme là-dedans…, dit-il avec rage en relevant la tête et en pointant le doigt vers la chambre. Vous savez, je ressens pas de haine pour beaucoup de personnes, mais je... la *déteste*, putain, elle et ce qu'elle a fait. Elle a pas seulement bousillé sa vie, elle a aussi bousillé celle de Sloane. Et maintenant celle de Nox aussi ? Alors qu'il commençait tout juste à sortir de son putain de marasme et à recommencer à vivre.

Il se tourna vers la chambre et hurla.

— Va te faire foutre, Sadie. Va te faire foutre, toi et tous les dégâts que t'as causés !

Sadie ne méritait pas de mourir comme ça, ni d'être traitée comme elle l'avait été ensuite, mais Rez n'éprouvait aucune sympathie pour la femme qui avait causé tant de chagrin à tant de gens.

Surtout à la femme de Decker, qui s'était épuisée émotionnellement et financièrement pour la retrouver et la remettre sur pieds.

Chapitre Vingt-Trois

Ils étaient épuisés mentalement et physiquement.

Pire encore, ils n'avaient jamais trouvé Nox. Tous leurs appels et textos étaient restés sans réponse. Ils lui avaient laissé tellement de messages vocaux que sa boîte était maintenant pleine et qu'ils ne pouvaient plus en laisser davantage. Comme Nox passait le plus clair de son temps à La Planque, à l'exception des travaux qu'il faisait dans la chapelle des Demons, l'unité d'intervention ne lui avait pas assigné de portable professionnel, ce qui ne leur permettait pas de localiser sa position.

Avant que la police ne quitte le motel, ils avaient informé l'officier responsable de la disparition de Nox et lui avaient demandé de garder un œil sur leur frère disparu.

Rez ne savait pas s'ils le feraient ou non. Ils pourraient ne pas avoir assez d'effectifs pour envoyer un agent à sa recherche. Mais ça ne coûterait rien à leur centrale de lancer un avis de recherche aux services de police environnants, juste au cas où.

Finn avait aussi envoyé un message à Crew pour lui demander de jeter un œil dans l'appartement de Nox et, s'il n'y était pas, de le chercher dans le coin. Lorsque le chef de l'unité de l'intervention lui avait demandé pourquoi, Finn lui avait raconté brièvement qu'ils avaient trouvé Sadie décédée et que ça avait fait vriller Nox.

En réponse, Crew leur avait envoyé une convocation pour une réunion dans deux jours. Il voulait certainement leur passer un savon à propos de leurs activités récentes. Des activités qui ne concernaient pas l'unité d'intervention. Le chef de l'unité d'intervention finirait par s'en remettre, mais ça ne voulait pas dire non plus qu'il ne leur en voudrait pas pendant un certain temps.

Ils avaient attendu des heures au motel pendant que les flics locaux documentaient et photographiaient la scène et jusqu'à ce que le médecin légiste finisse par retirer le corps. Ils avaient répondu à de nombreuses questions, fait leur déposition et se dirigeaient à présent vers l'est alors que le soleil se levait à l'horizon et marquait le deuxième jour de cette histoire de merde.

En dehors de siestes rapides dans leurs voitures pendant que la police locale et le médecin légiste faisaient leur boulot, aucun d'entre eux n'avait fermé l'œil ces dernières vingt-quatre heures.

Finn et Decker avaient roulé ensemble jusqu'au relais routier où ils avaient laissé le troisième véhicule à l'aller. D'une certaine manière, ils avaient espéré qu'à leur arrivée il aurait disparu. Rez eut l'estomac serré en constatant qu'il était toujours là.

Nox ne l'avait pas pris.

Aucun d'entre eux ne s'était attendu à la réaction de Nox. Aucun.

Il souffrait déjà de stress post-traumatique depuis qu'il avait été libéré honorablement de l'armée. Mais la mort de sa femme et toute la situation entourant son décès tragique et inattendu l'avaient plongé dans un profond état de désespoir et de dépression.

Au final, Bradley Lennox était un policier, et les agents

des forces de l'ordre étaient bombardés par plus de tragédies qu'un homme ne devrait avoir à supporter. Ils trouvaient tous des moyens différents d'y faire face. Parfois même en se servant de l'humour noir.

Bien sûr, certaines situations frappaient même les flics chevronnés plus violemment que d'autres. Ils avaient tous leurs sensibilités et leurs limites personnelles. Qu'il s'agisse de meurtre, de torture, de viol, de maltraitance d'enfant, d'inceste ou de l'une des nombreuses raisons pour lesquelles les gens les appelaient.

Mais pour une raison ou une autre, la mort de Sadie, et peut-être même l'état de son cadavre, avait frappé Nox plus violemment que le reste des merdes auxquelles ils étaient exposés habituellement.

Rez était forcé de supposer que c'était parce qu'il revivait ce qu'il avait ressenti en découvrant sa femme morte. C'était peut-être aussi parce qu'il se mettait à la place de Sloane. Qu'il pensait à la façon dont une personne qu'il connaissait personnellement réagirait à la tragique nouvelle de la mort de sa sœur.

Encore une fois, même si ce qu'ils avaient trouvé n'aurait pas dû les surprendre, excepté la partie nécrophilie bien sûr, parce que, *putain*, personne n'aurait pu imaginer quelque chose de si pervers, ça avait quand même déclenché quelque chose au plus profond de Nox.

Rez était inquiet et il n'était pas le seul.

Lorsqu'ils étaient au relais routier pour récupérer la troisième voiture et qu'ils en avaient profité pour prendre un café et se goinfrer de malbouffe, il avait envoyé un texto à Sapphire. Le soleil venait à peine de se lever, donc il n'avait pas beaucoup d'espoir qu'elle soit réveillée, mais il avait voulu avoir de ses nouvelles avant de reprendre la route.

Même si elle lui avait dit que ce n'était pas nécessaire, il voulait qu'elle sache qu'il pensait à elle.

Si elle ne voyait pas le texto tout de suite, elle l'aurait en ouvrant les yeux.

Je suis sûr que tu dors, mais je voulais te dire qu'on est en route pour l'aéroport.

Avant même de pouvoir remettre son portable dans sa poche, il avait sonné et une texto s'était affiché à l'écran. *Je suis réveillée maintenant.*

Désolé. Je voulais pas te réveiller. Je pensais que tu le verrais plus tard.

T'as mal pensé. Vous avez quitté la Pennsylvanie ?

Elle n'avait aucune idée que leur recherche les avait emmenés, ses frères et lui, jusqu'en Ohio.

On avait un boulot à finir. Techniquement, il n'était pas terminé. Pas avant que T-Bone ait fini de payer pour tous ses péchés.

Il lui avait envoyé un autre texto. *Je rentre à la maison pour essayer de dormir un peu.* Mais ça serait peut-être impossible. Après ce qu'il avait vu dans cette chambre, il craignait de ne plus jamais pouvoir dormir sur ses deux oreilles. *Je vais d'abord m'arrêter chez Maman pour manger un truc.*

Il avait déjà envoyé un texto à sa mère pour l'avertir qu'il s'arrêterait manger un des énormes petit-déjeuners dont elle avait le secret. Un estomac rempli de l'exquise cuisine de sa mère pourrait l'aider à trouver le sommeil.

En attendant…

Il n'avait pas reçu de réponse de Sapphire. Elle s'était probablement rendormie. Ou bien…

Peut-être qu'il essayait de forcer quelque chose entre eux qui ne devait pas se faire.

Elle était tellement indépendante, putain, et ne semblait pas être le genre de fille à vouloir s'encombrer d'une relation sérieuse. Mais il était comme ça, lui aussi.

Ou du moins il l'avait été.

Avant elle.

Avant Sapphire, il ne savait pas ce qu'il cherchait chez une femme ou au sein d'une relation de couple.

Maintenant, il le savait.

En regardant Finn et Decker, tous deux désormais engagés dans une relation heureuse, sortir du bâtiment et se diriger vers l'endroit où ils étaient garés, il envoya un nouveau texto rapide à Sapphire. *Tu travailles ce soir ?*

Oui.

Quelle heure ? demanda-t-il.

De 12 à 8.

Elle aurait terminé de bosser assez tôt pour passer chez lui après. *Ça te dérange si je passe au club ?*

Pour ton boulot ou pour me voir ?

Pour te voir.

Le club est ouvert au public, Rez.

Il réfléchit à sa réponse quelques secondes avant de lui répondre. *Je suis pas un client.*

Bien sûr que non. Coucher avec un client serait pas très malin. Ce que je veux dire, c'est que je peux pas t'empêcher de venir au club.

Il fronça les sourcils en regardant son portable. *Mais tu le ferais si tu le pouvais ?*

J'ai dit ça ?

Non, elle n'avait pas dit ça. Mais c'était sa façon de le dire qui l'avait dérangé. Est-ce qu'elle essayait de se débarrasser de lui ?

Ou est-ce qu'ils étaient tous les deux trop fatigués pour avoir cette conversation ?

Il était dans le coaltar et il se pourrait qu'elle soit encore à moitié endormie.

Retourne dormir. Je te parlerai plus tard.

À plus tard, répondit-elle.

Sa réponse le rassura un peu, mais pas complètement.

———

Sapphire se faufila autour des tables, s'arrêtant à l'une d'entre elles pour saluer un habitué. Comme on était mercredi, il n'y avait pas beaucoup de monde. Environ deux douzaines d'hommes et une femme remplissaient les tables et les banquettes, ainsi que les chaises en vinyle qui se trouvaient le long de la scène en T.

Elle devait monter sur cette scène bientôt, mais elle aperçut quelqu'un d'intéressant dans une banquette située dans un coin de la salle.

Rez.

Le voir là, épuisé mais toujours délicieusement sexy, lui fit bondir et accélérer le cœur.

Cette réaction la surprit.

Tout comme la réalisation qu'il lui avait manqué pendant sa courte absence.

Une autre réaction inattendue.

Après avoir échangé quelques textos avec lui ce matin, elle s'était rendormie et était arrivée au boulot juste à l'heure.

Comme Sot n'était pas encore au club lorsqu'elle était entrée par la porte de derrière, son retard n'aurait certainement pas eu d'importance.

Du moins pour lui. Pour elle, c'était important, car elle avait l'habitude d'être ponctuelle, même au travail. Mais les poules auraient des dents avant que le motard ne décide de se pointer plus tôt.

Lorsqu'elle arriva à la banquette de Rez, il se décala juste assez pour qu'elle puisse se glisser près de lui. Une fois installée, elle se pencha vers lui, lui donna un rapide baiser, puis essuya du pouce la trace de rouge à lèvres qu'elle avait laissée sur sa lèvre inférieure.

Le sourire radieux qu'il lui adressa la réchauffa de la racine des cheveux au bout des orteils.

Qu'est-ce qu'il se passe là ?

— Tu vas bien ? demanda-t-il en posant son bras épais sur le dossier de la banquette derrière elle.

Lorsqu'elle s'appuya contre son bras, il enroula les doigts autour de son épaule nue.

— Je vais bien. Et toi ?

— Je vais bien maintenant que t'es là.

Il siffla doucement en glissant les yeux vers le bas.

— C'est une robe sexy à mourir, Saph. Tes tétons ont l'air heureux de me voir.

— Pas juste mes tétons, lui répondit-elle.

Sa tenue de ce soir était une robe noire, moulante et particulièrement courte qui mettait ses longues jambes en valeur. Le haut était juste composé de deux bandes de tissu qui s'entrecroisaient sur sa poitrine et étaient nouées derrière son cou comme un dos nu. Son ventre et son dos étaient exposés et, bien sûr, le tissu contenait à peine son bonnet double D.

— Je suis contente que ça te plaise. C'est une de mes robes préférées, mais je pense que c'est du gâchis de la porter ce soir vu qu'il y a pas beaucoup de monde. J'aurais dû la garder pour le week-end.

— Je suis sûr que personne verra d'inconvénient à ce que tu la remettes ce week-end.

— C'est vrai. Ils font pas vraiment attention à la robe elle-même. Ils sont plus concentrés sur ce qu'elle révèle.

Certaines robes rapportaient de meilleurs pourboires que d'autres. Celle de ce soir faisait partie de celles qui avaient le plus de succès. Alors qu'elle portait habituelle-ment de longues robes scintillantes plus élégantes mais aussi plus sexy, elle aimait de temps en temps sortir de son tiroir ses robes courtes et pimpantes.

— Tu peux aussi la porter chez moi ce soir après le boulot pour que je puisse t'aider à l'enlever

— C'est une invitation ?

— Aucune invitation formelle n'est nécessaire. Ma porte

et mon lit te sont toujours ouverts. Quand tu veux *venir*, viens, dit-il avec un clin d'œil et une lueur dans les yeux.

— Comment t'as dormi ?

— Mieux que prévu, grâce au fait que je me suis gavé des *arepas* faits maison de ma mère, remplies d'œufs brouillés, de fromage et de haricots noirs.

Elle n'avait jamais été fan des haricots noirs jusqu'à ce qu'elle ait enfin l'occasion de goûter ceux de sa mère. Maintenant, elle était obsédée.

Sous la table, Sapphire fit glisser ses longs ongles du haut de sa cuisse couverte de denim à son genou.

— La dernière fois que je t'ai vu, tu courais après T-Bone. Je l'ai pas revu depuis. Qu'est-ce qui s'est passé ?

Il secoua la tête.

— On a eu une petite discussion avec lui à propos de la sœur de Sloane.

— Et il vous a donné des infos ?

— Oui.

Elle haussa les sourcils.

— Volontairement ?

— On a dû le convaincre un peu, répondit-il à voix basse.

Elle prit ça pour une invitation à faire la même chose.

— Et vous l'avez retrouvée ?

— On l'a retrouvée, répondit-il prudemment après une légère hésitation.

— Et comment elle va ?

Elle comprit avant même qu'il ne réponde, car sa réponse se lisait clairement sur l'expression sinistre qu'avait prise son visage.

— Elle est morte.

— Je suis vraiment désolée, murmura-t-elle en lui serrant le genou affectueusement.

— C'était pas totalement une surprise.

— Elle était où ?

— On l'a retrouvée dans l'Ohio.

La triste fin d'une histoire déjà tragique.

— Putain, je me sens si mal pour sa sœur. Alors, et maintenant ?

— Je sais pas encore ce que veut faire Sloane. J'ai pas parlé à Decker depuis notre retour. Comme on est restés debout près de quarante-huit heures d'affilée, on a carburé au café et à la malbouffe.

— Pas étonnant que tu te sois arrêté chez ta mère pour manger un bon repas.

— Et bien sûr, ça lui a fait plaisir que je passe la voir. Alors... Une fois que je saurai où et quand aura lieu l'enterrement, tu viendras avec moi ?

Il voulait qu'elle fasse quoi ? Elle ne connaissait ni Sloane ni sa sœur.

— On assiste à un enterrement avec un invité d'habitude ?

Rez grimaça.

— Je sais pas, mais j'aimerais que tu sois là.

— Rez...

— C'est un enterrement, pas un mariage.

— Ouais mais bon... On n'est pas en couple.

— C'est un putain d'enterrement, Saph, pas un rencard.

Les lèvres de Rez s'aplatirent et formèrent une ligne droite.

— Oublie ce que j'ai dit.

Est-ce qu'il boudait vraiment ?

— C'est quand ?

Est-ce qu'elle allait le laisser la forcer à venir en la culpabilisant ?

Elle n'aurait jamais accepté ce genre de manipulation dans le passé. Elle aurait dit au mec qui tenterait ce genre de combine sur elle d'aller se faire foutre. *Qu'est-ce qui se passait, putain ?* Pourquoi est-ce qu'elle ressentait le besoin de rendre cet homme heureux ?

Est-ce qu'ils étaient devenus un « couple » en cours de route sans qu'elle s'en aperçoive ?

Elle se débarrassa de cette pensée lorsque Rez répondit.

— Je suis pas encore sûr, vu que son corps est toujours dans l'Ohio. Sloane ou ses parents doivent d'abord prendre leurs dispositions.

— C'est dommage que sa sœur n'ait pas pu être sauvée. Les drogues peuvent ravager une personne.

— Leur famille aussi. Malheureusement, l'addiction de sa sœur a creusé un fossé entre Sloane et ses parents.

— C'est dingue. Elle voulait juste sauver sa sœur et elle était prête à tout pour y arriver. On pourrait penser que ses parents voudraient faire la même chose.

— On pourrait le penser. Les gens sont bizarres.

Elle rit doucement.

— Ça c'est vrai.

— Enfin bon, pense à venir. Bien sûr, Finn et Mel seront là, donc tu connaîtras d'autres personnes que moi.

Elle pouvait voir Mel et Finn n'importe quand, et de préférence pas à un enterrement. Elle avait l'impression que Rez voulait la présenter comme sa partenaire, malgré lui avoir dit que ce n'était pas ce qu'ils étaient.

Les doigts de Rez effleurèrent la nuque de Sapphire.

— Tu passes à la maison quand tu finis ce soir ?

— Comment ça se fait que tu ne viennes jamais chez moi et que je doive toujours passer la nuit dans ton appart ?

Vivre dans un énorme sac de sport qu'elle trimbalait sur son épaule n'était pas hyper pratique. Et de toute façon, elle devrait d'abord rentrer chez elle pour le récupérer.

— Parce que j'aime pas que tu vives là-bas. Et à ce propos, je sais que j'ai l'air d'un disque rayé, mais j'aime pas non plus que tu bosses ici. Je m'inquiète pour toi.

— Eh *bieeeeen*, dit-elle lentement, pas besoin de t'inquiéter pour moi. Ça fait des années que j'habite là et que je travaille ici. Et de toute façon, c'est pas à toi de prendre cette décision.

— Mais cet endroit a changé depuis que t'as commencé.

Elle haussa un sourcil.

— Vraiment ?

Si quelqu'un le savait, c'était bien elle. Mais elle avait d'abord besoin d'avoir des options avant de pouvoir s'en aller. Et son appartement n'était peut-être pas situé dans une résidence luxueuse, mais il était abordable.

Il fronça les sourcils.

— Je suis un connard ?

— Insistant, oui. Un connard, non. Mais j'ai vécu trente et un ans sans toi, Rez, je suis sûre que je peux gérer trente et une années de plus sans toi.

Mais est-ce qu'elle en avait envie ? L'idée qu'il ne fasse plus du tout partie de sa vie... lui fit mal.

— Putain, murmura-t-il.

Peut-être qu'elle avait juste besoin de fixer des limites pour que ce qui se passait entre eux continue de fonctionner.

Elle lui saisit le menton et le tourna vers lui jusqu'à ce qu'ils soient pratiquement nez à nez. Elle fut distraite une seconde par ses yeux ravageurs et intenses, mais elle se reprit rapidement.

Concentre-toi. Laisse pas son physique te distraire de ce qui est important. T'es une femme de trente et un ans, pas une idiote de dix-huit balais qui tombe amoureuse d'un mec juste parce qu'il est canon.

Ou bon au lit.

J'en ai vu d'autres. J'ai appris cette leçon avec perte et fracas.

— Te méprends pas, Rez, j'apprécie ton inquiétude, mais c'est inutile. Je suis capable de prendre soin de moi et de prendre mes décisions seule.

Elle l'appréciait. Vraiment. Mais si elle devait s'engager sérieusement avec quelqu'un, et il commençait clairement à pencher dans cette direction, elle voulait le faire selon ses termes.

— Dans le passé, je suis sortie avec quelqu'un qui pensait à tort qu'en raison de mon métier, j'étais rien d'autre qu'une idiote sans cervelle. Que j'étais incapable de prendre de bonnes décisions par moi-même. Je lui ai prouvé qu'il avait tort en faisant le choix très intelligent de l'envoyer valser.

— Tant pis pour lui. Et pour être clair, je pense pas ça de toi. Je trouve que t'es une femme intelligente et capable, une femme qui compte que sur elle-même. Mais ça veut pas dire que tu doives le faire seule, Sapphire.

— Qu'est-ce que tu veux dire ?

Elle commençait à avoir l'impression d'être au lycée et qu'il était sur le point de lui demander de sortir avec lui.

— Je veux dire qu'on a tous besoin du soutien de quelqu'un. Une personne avec qui échanger des idées, quelqu'un qui pourrait t'épauler quand t'as des choix difficiles à faire... des trucs comme ça. Je veux être cette personne pour toi.

Elle fronça les sourcils.

— Ça a l'air... sérieux.

Après avoir inspiré par les narines bruyamment, il expira lentement ce qui semblait être de la frustration.

— Sapphire, écoute...

S'il vous plaît, faites qu'il se mette pas à poser des ultimatums... Ça ruinerait la relation naturelle qu'ils avaient tous les deux. Une relation qu'il semblait vouloir développer.

— Merde, murmura-t-elle lorsqu'elle aperçut un mouvement près de la corde en velours du coin de l'œil.

Elle s'éloigna de lui immédiatement et se leva.

— Sot est arrivé. On peut terminer cette discussion plus tard ? Je dois me préparer pour mon numéro de toute façon.

— Tu m'as jamais dit si tu passais plus tard ou pas.

— Il faut d'abord que je rentre chez moi.

— Tu devrais laisser un sac dans ta voiture.

— Rez…

Un muscle dans sa mâchoire tressaillit.

— Sapphire…

— On en discutera quand je passerai plus tard.

Il lui adressa un sourire victorieux.

Elle secoua la tête et leva les yeux au ciel, puis se dirigea vers la loge pour se changer avant de monter sur scène.

Il avait peut-être gagné cette bataille, mais il n'avait pas encore gagné la guerre. Et elle n'allait pas se laisser faire sans se battre.

Mais elle allait devoir enfiler une armure pour ce combat, car elle avait l'impression que sans ça, elle rendrait les armes bien trop facilement.

Car oui, elle appréciait Rez.

Et ça l'effrayait de constater à quel point elle s'était attachée.

Chapitre Vingt-Quatre

MÊME DE L'AUTRE bout de la salle, Sapphire sentait les yeux de Rez la transpercer de part en part alors qu'elle traversait la scène d'un pas léger vers la barre.

Elle avait décidé d'entamer son numéro avec des jambières blanches cloutées sur des talons compensés blancs. Ses jambières blanches exposaient sa culotte blanche et cloutée en similicuir, et un haut de bikini clouté provenant du même ensemble venait compléter le look. Elle portait également un collier blanc, et évidemment clouté, autour du cou. Sans oublier un chapeau de cow-boy blanc orné de paillettes en forme de S sur le devant.

C'était ce qu'elle appelait sa tenue « Yee Haw ».

Même si sa tenue était en faux cuir, danser dedans la faisait tout de même suer, surtout qu'elle avait les cheveux détachés. Mais heureusement, elle n'allait pas la garder très longtemps.

À la seconde où la première chanson de sa routine suivit la musique d'intro, elle attrapa la barre et se perdit dans le son et sa danse.

Elle adorait chaque putain de minute passée sur scène à

divertir la foule. La plupart du temps, elle oubliait carrément le public et se perdait dans ses pensées.

Par contre, les soirs où Rez était là, elle avait plus de mal à faire ça.

Ça ne devrait pas être le cas, puisqu'il n'était qu'un homme comme les autres habitués, mais pour une raison ou une autre, elle était plus consciente de ce qu'elle faisait lorsqu'il observait chacun de ses mouvements.

Ce soir, elle dansait quasiment pour lui. Et pour lui seul.

À ses yeux, personne d'autre n'existait dans ce club.

Elle était certaine que ce n'était pas la même chose pour lui. Il était parfaitement conscient que tous les autres hommes assis dans cette salle la regardaient danser et se déshabiller.

Il ne se gênait pas pour le faire remarquer clairement…

Il n'aimait pas partager.

Comme elle dansait pour d'autres hommes, et même d'autres femmes, il n'avait pas d'autre choix de toute façon.

Qu'il le veuille ou non, c'était son travail. Un travail qui lui permettait de payer ses factures. Comme son travail à lui l'amenait à passer quelques jours dans l'Ohio pour traquer une junkie.

Est-ce qu'elle lui en tenait rigueur ? Bien sûr que non.

Est-ce qu'elle était en colère de ne pas avoir pu le joindre pendant quelques jours ? Elle n'avait pas le droit de l'être.

Mais malgré la présence d'autres personnes dans la pièce, elle ne dansait que pour lui. Chaque caresse, chaque mouvement de ses cheveux, chaque pirouette…

Lorsque la chanson changea à nouveau, le tempo changea avec elle, ralentissant suffisamment pour lui donner le temps d'enlever ses jambières avant de se jeter à nouveau sur la barre et de grimper au sommet, où elle exécuta une acrobatie après l'autre sous le plafond.

Une fois terminée, elle redescendit en spirale, la tête en bas, jusqu'à ce qu'elle puisse poser les mains au sol. Les jambes toujours accrochées à la barre, elle cambra le dos et fit glisser une main sur son entrejambe, son estomac et ses seins, finissant par coincer un doigt entre ses dents d'un air aguicheur.

Une litanie de cris odieux retentit à proximité et la tira de son cocon. Elle ouvrit les yeux et aperçut un homme debout près de la scène, mais vacillant d'un côté à l'autre comme s'il était ivre.

Avant, toute personne visiblement éméchée et créant des problèmes était rapidement expulsée du club et renvoyée chez elle dans une voiture de service. Bien sûr, toutes ces précautions avaient cessé depuis que les Demons avaient pris le contrôle de l'établissement.

Tant qu'un client payait, le MC vendait. Qu'il s'agisse de danses privées, d'alcool ou même de drogues.

Son attention se détourna de l'homme turbulent devant la scène et se porta sur le bar, où le Demon en chef se tenait debout, les bras croisés sur son gilet en cuir, les yeux rivés sur elle et non sur l'homme agité.

Quel putain de trou du cul !

Il valait mieux qu'elle ignore l'ivrogne sous ses yeux et continue sa routine. Avant d'en finir et de quitter la scène. Mais en jetant un coup d'œil rapide dans la salle, elle vit qu'il attirait plus l'attention qu'elle.

Ce n'était pas bon pour les affaires.

Elle passa rapidement de la tête en bas à la tête en haut et se remit sur ses pieds. Elle décida de l'impliquer dans son numéro, en espérant qu'avec un peu de chance il arrêterait de gueuler. Ce n'était pas un habitué et elle ne l'avait jamais vu dans le club avant. La plupart des habitués ne se comportaient pas comme ça.

Elle posa les yeux sur le perturbateur et se pavana jusqu'au bord de la scène avant de s'arrêter juste devant lui. Elle se pencha en avant, lui tapota le bout du nez d'un air taquin et lui adressa un sourire forcé mais aimable.

— Salut, beau gosse, dit-elle assez fort pour qu'il l'entende par-dessus la musique et les voix d'ivrognes dans sa tête. T'as un problème que je peux régler ?

— Ouais, t'es pas à poil.

— T'as juste besoin d'un peu de patience pour ça. Pourquoi t'irais pas te détendre pour profiter du spectacle ?

— Pince-toi les nibards. Je veux t'voir jouer avec ta chatte.

Huh. Il avait dû avoir l'impression qu'elle acceptait les suggestions.

— C'est pas un sex show, chéri.

— J'en ai rien à foutre. Maintenant donne-moi c'que j'ai payé, putain.

Il puait l'alcool à plein nez.

— On dirait que t'as payé quelques verres et que tu les as bien appréciés.

— C'est toi qu'j'vais apprécier ensuite.

Elle tourna le regard vers Sot, toujours debout au même endroit et ne semblant pas sur le point d'intervenir, ce qui était tout sauf une surprise, puis pointa les yeux rapidement sur la banquette où était assis Rez. Le flic avait l'air tendu et prêt à bondir à la fois de son siège et de sa peau.

Elle secoua la tête discrètement, espérant qu'il comprendrait qu'elle allait bien, qu'elle gérait la situation et qu'il devait rester assis bien sagement.

Seul l'avenir lui dirait s'il avait compris le message ou pas.

— Pourquoi t'irais pas t'asseoir pour que je puisse terminer ma routine ? Quelqu'un viendra t'offrir un verre.

L'homme n'avait clairement pas besoin de plus d'alcool, mais cette offre pourrait l'inciter à s'exécuter et à cesser d'interrompre son spectacle.

Elle regarda Sot à nouveau et pointa du doigt le bord de la scène. Le connard de motard se retourna et lui offrit son dos. Il avait intérêt à être en train de commander un verre pour ce gars et pas de l'ignorer.

— Le manager va t'apporter une boisson gratuite.

— J'veux pas d'boisson. J'te veux toi.

— Eh bien, tu peux pas…

Avant de pouvoir terminer sa phrase, elle vit l'homme bondir en avant, attraper son bras et la tirer de la scène.

Son cœur se logea dans sa gorge lorsqu'elle tomba comme une pierre et ses poumons se vidèrent d'un coup lorsqu'elle atterrit au sol violemment.

Il lui fallut quelques secondes pour reprendre son souffle, et lorsqu'elle y parvint, elle repoussa son agresseur de toutes ses forces. Il avait dû perdre l'équilibre et tomber sur elle.

— Lâche-moi !

Elle poussa plus fort contre son poids écrasant et soudain, elle fut libérée et put respirer à nouveau bien que tout son corps lui faisait mal à cause de l'impact.

Elle entendit une bagarre et, en grognant, attrapa une chaise près d'elle pour se hisser sur ses pieds, sa cheville droite douloureuse la faisant grimacer. Les cris et les tables renversées la firent se concentrer sur ce qui se passait autour d'elle, pensant que Sot se débarrassait enfin de cette ordure

Ce n'était pas lui.

C'était Rez au sol, tabassant l'ivrogne avec une violence insensée.

Elle n'avait aucune idée de ce qu'il criait, car ses mots sortaient de sa bouche en rafale. Elle capta quand même les mots : « putain », « merde » et « fils de pute » assez clairement.

Le client, déjà dans les vapes, avait le nez et la bouche en sang, ainsi qu'une entaille rougeâtre sur la joue. Rez avait attrapé l'ivrogne par le col de son t-shirt et s'en servait pour asséner des coups de poing ininterrompus sur son visage flasque.

Bon sang !

— Rez ! hurla-t-elle pour l'empêcher de tuer le type et de faire une erreur qui bousillerait sa vie. Arrête ! Rez !

Avant qu'elle ne puisse contourner les tables et les chaises renversées pour le rejoindre, Sot et deux prospects encerclèrent Rez, l'attrapèrent et commencèrent à le traîner en arrière. Ils ne se contentèrent pas de retirer le flic de sur le type, ils continuèrent de le traîner de plus en plus loin.

Fou de rage, il tenta de se dégager violemment, mais ne parvint pas à se débarrasser d'eux. Ce qui ne voulait pas dire qu'il jetterait l'éponge sans lutter. Il se débattit comme une bête, crachant une insulte après l'autre, le visage en fureur et les yeux sauvages.

— Lâchez-le ! hurla-t-elle en boucle.

Sot l'ignora et, avec un haussement de menton, ordonna aux deux prospects d'emmener Rez à l'arrière.

Oh, putain !

Elle hurla lorsque sa cheville blessée tourna alors qu'elle s'élançait à leur poursuite. Elle finit par boiter aussi vite que possible, car chaque fois qu'elle posait le pied droit au sol, une douleur aiguë remontait en spirale le long de son mollet.

Elle prit une longue bouffée d'air pour ignorer la douleur, décida d'enlever ses chaussures en espérant que ça l'aiderait, et fit de son mieux pour les rattraper alors qu'ils disparaissaient dans le couloir du fond.

Elle devait être présente pour éviter que Sot et ses hommes de main ne blessent ou ne tuent Rez.

— Vous avez attrapé le mauvais gars ! cria-t-elle dans le couloir en continuant de boitiller. Vous auriez dû vous occuper de ce foutu ivrogne !

Personne ne lui accorda la moindre putain d'attention !

Elle surmonta la douleur et continua d'avancer vers eux. Certaines femmes sortirent des loges et virent Sot ouvrir la porte de derrière afin de traîner Rez dehors.

L'éjectant du club.

Putain ! Putain ! Putain !

Elle attrapa la porte avant qu'elle ne claque et sortit dans le parking du personnel, pieds nus dans le froid glacial.

— Vous avez pas intérêt à lui faire du mal ! cria-t-elle en regardant Rez continuer de se débattre comme un fou.

— Retourne au boulot ! hurla Sot par-dessus son épaule.

— Enlevez vos sales putains de pattes ! continuait de crier Rez.

Sapphire s'aperçut alors que Rez ne s'était pas une seule fois identifié comme flic. Parce que s'il avait fait ça, ils se seraient peut-être arrêtés.

Ou peut-être que non. Peut-être qu'ils l'auraient cogné encore plus fort. Ces motards ne pouvaient pas saquer les membres des forces de l'ordre. Et si sa véritable identité était découverte, ils pourraient se servir de ce prétexte pour le rouer de plus de coups.

— Tu vas faire quoi ? T'es tout seul, on est trois, connard, aboya Sot au visage de Rez.

Il pointa un doigt dans sa direction.

— T'es banni d'ce putain d'club. Si tu remets les pieds ici, on te traînera dehors par les cheveux chaque putain d'fois. Tu bosses plus à notre chapelle non plus. Va chercher la came qui t'faut pour ta défonce autre part. J'veux plus jamais voir ta sale gueule ici. Tu m'as compris ?

— Allez vous faire foutre, enculés ! hurla Rez alors que les trois le lâchèrent et le poussèrent au sol en même temps.

Il trébucha et atterrit à genoux sur le pavé dur et froid.

Elle courut vers lui aussi vite que possible avec sa cheville douloureuse pendant que Sot et les deux prospects passaient devant elle en retournant dans le club. Elle s'occuperait de ce connard de gérant de club plus tard. Pour le moment, elle devait s'occuper de quelqu'un de bien plus important.

Ses dents commencèrent à claquer et elle frissonna violemment lorsque son adrénaline diminua. Elle se rappela qu'elle était pieds nus et uniquement vêtue de son bikini en faux cuir.

Le mois de janvier n'était certainement pas le moment de se retrouver dehors en Pennsylvanie habillée comme si elle se trouvait sur une plage tropicale.

Lorsqu'elle rejoignit enfin Rez, il était debout, essuyant le sang qui coulait de sa bouche du revers de la main. Sa poitrine battait encore à tout rompre et le muscle au coin de sa mâchoire convulsait.

— Tu te tires d'ici ! grogna-t-il en pivotant vers elle. Tu vas te trouver un autre putain de boulot.

Il pointa un doigt vers le bâtiment.

— Ce qui s'est passé là-dedans, c'est de la merde et cet enculé a rien fait pour arrêter ça. Cet endroit est pas sûr pour toi.

— Pardon ?

Il retournait sa colère contre elle ? Non.

Il fit un pas vers elle.

— Tu m'as entendu. On s'en va.

Lorsqu'il tendit la main vers elle, elle fit un pas en arrière.

— Non, Rez, toi va-t'en et calme-toi un peu. Moi je reste.

— Tu te gèles les fesses et t'es blessée.

— Ça va aller et je vais retourner à l'intérieur. Sors d'ici et rentre chez toi avant de me faire virer.

— Jamais de la vie, Saph. Je pars pas sans toi, putain.

Elle redressa la colonne vertébrale et haussa le menton avant de soutenir son regard enflammé.

— C'est pas à toi de prendre cette décision.

Elle ne pouvait pas quitter son travail, pas sans un filet de sécurité, mais elle *pouvait* s'éloigner de lui.

— Sapphire ! hurla-t-il alors qu'elle tournait les talons.

Sa façon de dire son nom était empreinte de colère et de frustration.

— Ils vont pas te protéger contre ce genre de trous du cul.

Non seulement elle devait sauver son travail, mais elle devait aussi le sauver lui, des Demons et de sa propre colère. Et pour ça, elle avait besoin qu'il s'en aille et qu'il tente de se calmer.

— Rentre chez toi, Rez ! C'est pas ton problème.

— Foutaises !

Dès qu'elle arriva à la porte du personnel, elle composa le code de sécurité et la porte s'ouvrit bruyamment. Elle boitilla à l'intérieur aussi vite qu'elle le put, s'assurant de fermer et de verrouiller la porte pour qu'il ne puisse pas la suivre.

Juste derrière la porte, Sot l'attendait, probablement pour s'assurer que Rez ne reviendrait pas à l'intérieur. Il n'avait pas l'air content du tout.

Eh bien, il pouvait *aller se faire foutre*, il n'était pas le seul à ne pas être très content.

Elle enroula ses bras autour de sa taille pour tenter de se réchauffer un peu, mais sa colère contre le motard en chef était la source de chaleur la plus efficace qui soit.

— Tu l'as vu, Saint. Il me défendait. Contrairement à toi ou à tes foutus prospects. Et tu l'as traîné dehors au lieu de ce putain d'ivrogne qui m'a fait tomber de la scène et m'a tordu la cheville.

— On s'occupe de lui aussi. Maintenant, ramène ton cul sur scène ou dégage et reviens jamais ici.

Comment est-ce qu'elle allait pouvoir finir son putain de numéro avec une cheville dans cet état ? Elle commençait déjà à enfler.

— Tu commences vraiment à m'faire chier à râler tout l'temps et à toujours exiger des conneries.

Elle inspira doucement, s'apprêtant à dire au gérant du club d'aller se faire voir, mais se rappela une fois de plus qu'elle avait vraiment besoin de ce foutu boulot. Du moins pour l'instant. Elle relâcha lentement sa frustration en même temps que l'air dans ses poumons.

Patience, Sapphire, tu peux pas partir pour le moment. Prends ton mal en patience et fais ce que t'as à faire.

Elle avait beau vouloir dire à Sot d'aller se faire foutre, se tirer d'ici et ne plus jamais revoir ce connard, elle ne pouvait pas faire ça. Pas si elle voulait éviter de vivre dans sa putain de voiture.

— Pourquoi tu restes plantée là, putain ? T'as un problème ?

Bien sûr qu'elle avait un problème, mais Sot n'en aurait rien à faire.

Elle ferma les yeux, ravala tout le vitriol qu'elle avait envie de lui cracher au visage et se contenta d'une réponse monosyllabique.

— Non.

Ça lui fit plus de mal que sa cheville endolorie.

Des poings cognèrent contre la porte de derrière et la firent sursauter. Elle entendait quelqu'un hurler son nom de l'autre côté, même si la voix était quelque peu étouffée.

Merde. Merde. Merde.

Alors qu'elle se dirigeait vers les loges pour soigner sa blessure et se nettoyer un peu, elle passa devant Sot en lui adressant quelques mots.

— Assure-toi qu'ils le laissent pas non plus entrer par la porte d'entrée.

Cette décision était la meilleure pour eux deux, que Rez soit d'accord avec ça ou non.

Ce connard suffisant et couvert de cuir lui adressa un sourire en coin qu'elle fut tentée d'effacer de son visage.

Son heure viendrait.

Mais le bus du karma ne pouvait pas le frapper assez tôt.

Chapitre Vingt-Cinq

Il ne savait pas comment il pouvait encore lui rester des dents après le temps qu'il avait passé à les grincer. Sa tension artérielle était toujours aussi élevée. Les veines de ses tempes palpitaient toujours. Ses pensées étaient devenues dangereusement sombres.

Et sa patience ?

Inexistante.

Elle était restée dans ce putain de club. Malgré ce qui s'était passé. Malgré son insistance pour qu'elle s'en aille.

Elle était trop têtue et déterminée pour son putain de bien.

D'un côté, sa nature indépendante l'excitait. D'un autre, elle le mettait hors de lui.

Il en avait fini avec elle. Complètement fini, putain.

Il jetait l'éponge.

Elle s'attendait à quoi, putain ? Qu'il reste assis là à se tourner les pouces pendant qu'elle se faisait massacrer par un sale type ?

J'emmerde ces conneries.

J'emmerde ce type.

J'emmerde les Demons.

Et je l'emmerde, elle aussi.

La mâchoire serrée, il marcha dans la cuisine, sortit une canette de Modelo du frigo et la porta à ses lèvres. Pas pour la boire, mais pour soulager ses lèvres enflées et fendues. Il grimaça lorsque le métal froid entra en contact avec sa bouche lancinante.

Il avait hâte que l'unité d'intervention fasse tomber ces putains de Demons. Il organiserait la fiesta du siècle quand ces connards seraient au trou.

Il jeta un coup d'œil sur son portable et vit qu'il était plus de huit heures. Si elle avait tenu jusqu'à la fin de son service, elle devrait être en train de rentrer chez elle. Il remonta la série de textos qu'il lui avait envoyés après qu'elle l'ait enfermé à l'extérieur du Peach Pit. Tous étaient restés sans réponse.

Il avait également laissé trois messages vocaux.

Un alors qu'il était en pleine ébullition.

Un autre alors qu'il était en ébullition douce.

Et le dernier alors qu'il était en train de mijoter.

Il lui avait fallu chaque once de sa putain de volonté pour s'empêcher de faire irruption dans le club et de la sortir de là pour son propre bien.

Mais elle avait besoin de ce boulot.

Tout comme il avait besoin du sien.

Et s'il remettait les pieds là-bas ce soir, ils finiraient tous les deux au chômage. Il balancerait douze ans de carrière dans la cuvette des toilettes.

Le cri strident de sa sonnette lui fit redresser la tête brusquement, puis la tourner vers la porte.

C'est qui ça, putain ?

En se dirigeant vers la porte, il posa sa bière sur le comptoir et attrapa le Glock chargé posé sur la table de la cuisine. Quelques secondes plus tard, il posa un œil sur le judas.

Le personne de l'autre côté de la porte lui fit cligner des yeux.

C'est quoi ce bordel ?

Il ne savait pas s'il devait être en colère ou soulagé.

Il tira sur le verrou et ouvrit la porte d'un coup sec.

— Je croyais que tu m'avais envoyé chier.

Elle était loin de se douter qu'au cours de l'heure qui venait de s'écouler, il l'avait envoyé chier au moins une douzaine de fois.

Mais il garderait ça pour lui.

Puis il réévaluerait ses choix de vie après avoir entendu ce qu'elle était venue lui dire.

— Je devrais.

Il voulait lui lire le Riot Act, mais au lieu de ça, il enfouit toutes ces conneries au fond de lui et s'engagea dans une autre direction. Une direction plus sûre.

— Mais tu peux pas résister à ma queue.

— Ta queue est plutôt pas mal, mais si tu veux que ça continue, il faut qu'on fixe des limites.

Des limites ?

Il étouffa sa réponse à cette merde également.

Si quelqu'un d'autre que Sapphire se tenait à sa porte, il lui aurait claqué dans la gueule et serait retourné siroter sa putain de bière. Mais comme *c'était* elle et pas quelqu'un d'autre, il recula et lui laissa l'espace nécessaire pour entrer.

Elle posa les yeux sur l'arme qu'il tenait à présent mollement le long de son corps et pointée vers le sol.

Un sourcil sombre grimpa sur son front.

— T'attends des ennuis ?

Les ennuis étaient déjà là et venaient d'entrer dans son appartement.

— On sait jamais avec ces salauds.

Il remit le verrou et se retourna, profitant de l'occasion pour la regarder de haut en bas afin de s'assurer qu'elle était bien en un seul morceau.

— Et en parlant de salauds... Je sais pas pour qui tu te prends pour croire que tu peux me dicter ma conduite. Tu savais exactement ce que je faisais dans la vie quand je t'ai rencontré. Je t'ai rencontré au club, putain.

Ouais, en tant qu'hôtesse, pas en te trémoussant à poil autour d'un poteau.

— Je partage pas.

Et ce connard d'ivrogne a touché ce qui m'appartient.

Il fut assez futé pour ne pas dire la seconde partie de sa réponse à haute voix. Il n'aurait probablement pas dû dire la première non plus. Mais dire des conneries qu'il ferait mieux de garder pour lui était une malédiction avec laquelle il devait vivre.

— Alors le fais pas, Rez. Si tu peux pas supporter ce que je fais dans la vie, on peut s'arrêter ce soir. T'as qu'un mot à dire.

— C'est pour ça que t'es venue ? Pour mettre officiellement fin à notre relation ?

Vu qu'elle était retournée au Peach Pit en le laissant dans le froid, il s'était dit que c'était déjà fait.

Elle soupira doucement.

— Je pensais que tu serais différent, Rez. C'est pour ça que je continuais de passer te voir. C'est pour ça que je...

Elle ravala le reste de sa phrase.

Il fronça les sourcils.

— C'est pour ça que quoi ?

Elle pinça les lèvres et secoua la tête.

— C'est pour ça que je suis venue ici ce soir.

Belle déviation.

— Personne devrait poser ses mains sur toi.

Sauf moi. Et pas violemment.

— C'est pas moi qui dirais le contraire.

— Vu comment les Demons gèrent ce club, ça va se reproduire, la prévint-il.

Un air résigné couvrit le visage de Sapphire.

— C'est bien possible.

— J'aime pas ça.

— T'es pas le seul.

— Il faut que tu trouves un autre boulot, Saph. T'es pas en sécurité là-bas.

Il enfonçait une porte ouverte et continuerait de le faire jusqu'à ce qu'elle entende raison.

Si son inquiétude pour elle la poussait à claquer la porte et à ne jamais revenir ? Il devrait faire avec. Mais il n'allait pas se contenter de se taire et la regarder être maltraitée. Ou même pire encore.

Il perdrait la tête et ferait tomber la foudre. Le résultat serait bien pire que ce qui s'était passé plus tôt au club.

— Et je fais quoi jusqu'à ce que j'en trouve un qui me permette de payer mes factures ? C'est pas comme si les offres d'emploi tombaient du ciel par ici. Et les boulots bien payés sont encore plus rares.

Malheureusement, elle avait raison. Les perspectives d'emploi dans le coin étaient franchement limitées.

— Alors ce boulot vaut la peine d'être maltraitée ?

— J'ai dit ça ? Tu crois que ça m'a fait plaisir ce qui s'est passé ce soir ? Je t'en veux d'être intervenu, dit-elle en levant la paume pour l'empêcher de l'interrompre, mais je te suis aussi reconnaissante de l'avoir fait. Ce que t'as fait a foutu en l'air ta couverture, Rez.

— T'es plus importante que ma putain de couverture, Sapphire. Bon sang. Ce connard t'a tirée de la scène. Il aurait pu te faire encore plus de mal. Et aucun de ces putains de Demons a levé le petit doigt pour l'empêcher de réaliser l'idée tordue qu'il avait en tête.

— J'étais là, Rez, lui rappela-t-elle. J'ai une cheville enflée qui le prouve.

Il inspira pour tenter de calmer son irritation.

— Tu vas bien ?

— Oui, heureusement, c'est pas aussi grave que je le pensais. Mais je pourrai pas porter de chaussures à semelles compensées ni même danser pendant quelques jours.

Parfait.

— Désolé.

— T'es désolé ? Le sourire en coin que t'essaies de cacher dit le contraire.

— Désolé de pas avoir arrêté cet ivrogne plus tôt. Je m'attendais à ce que Saint fasse son putain de boulot et s'en occupe lui-même.

— Pareil pour moi, admit-elle en soupirant.

— T'as pas apporté ton sac. Ça me laisse penser que t'es *bien* venue pour mettre fin à ce qu'il y a entre nous.

— Comme je te l'ai dit, je suis venue pour fixer des limites. Et tu te trompes, j'ai apporté mon sac.

— Il est où ?

— Dans la voiture.

Il sourit malgré la douleur causée par sa lèvre fendue.

Elle leva ses yeux bleu clair au ciel.

— Prends pas la grosse tête. J'allais d'abord voir comment se déroulait cette conversation avant de décider de rester ou non. Et on n'a toujours pas fini de discuter.

— On peut papoter aussi longtemps que tu le souhaites dans un endroit plus confortable.

Il tendit la paume vers elle.

Avec un long soupir bruyant suivi d'un grognement, elle plaqua ses clés de voiture dans sa paume.

Sa lèvre meurtrie avait beau lui faire un mal de chien, il ne pouvait pas s'empêcher de siffler une putain de mélodie en descendant les escaliers et en se dirigeant vers sa voiture.

Il n'aurait aucun problème à écouter sa longue liste de limites, mais ça ne voulait pas dire qu'il serait prêt à toutes les accepter.

Ou même à en accepter une seule.

———

Elle ne savait pas pourquoi elle ne pouvait pas juste quitter Rez.

Enfin, elle savait pourquoi, mais elle n'avait pas envie de plonger la tête dans toutes ces raisons. Elle serait effrayée par ce qu'elle découvrirait là, car elle ne serait plus en mesure d'ignorer ses sentiments, et qu'au contraire, ils lui exploseraient au visage.

Leur conversation sur les limites à fixer dans leur relation s'était déroulée exactement comme elle s'y était attendue. Elle avait parlé, il avait écouté, puis avait adapté ses limites à ses besoins personnels.

Bien sûr, comme il était flic, ses putains de talents de négociateur étaient au top.

Elle était à la fois agacée et stupéfaite de voir à quel point il savait transformer ses exigences en quelque chose qui servait ses intérêts à lui. Au cours de leur longue conversation, il l'avait même convaincue de venir avec lui à l'enterrement de Sadie, quand il aurait lieu.

Ils n'avaient pas fait l'amour ce soir-là. C'était la première fois qu'elle passait la nuit chez lui sans qu'ils le fassent. Au lieu de ça, il l'avait installée sur son lit, avait posé son pied sur une pile d'oreillers et avait même maintenu un sac de haricots surgelés contre sa cheville pendant leur conversation.

Il avait en fait pris soin d'elle et s'était assuré qu'elle n'ait pas à se lever du lit en lui apportant tout ce dont elle avait besoin.

C'était peut-être tous ces efforts qui l'avaient fait céder un peu trop facilement.

Ou bien le fait qu'elle tombait amoureuse de lui.

Ou la possibilité qu'elle le soit déjà.

Elle ne démordrait pas de ses limites les plus strictes, par contre. Et quitter son travail étant l'une d'entre elles.

Comme il avait accepté d'arrêter de la harceler là-dessus, elle lui avait promis de chercher autre chose. Ce serait peut-être un effort vain, mais elle essaierait tout de même.

Depuis ce soir-là, qui datait déjà d'une semaine, il avait tenu sa promesse et avait cessé de lui répéter sans arrêt qu'elle devait quitter le Peach Pit, même s'il détestait être banni de son lieu de travail.

Il lui avait dit, en des termes très clairs, que personne ne viendrait à son secours si un autre incident se produisait. Et certainement pas les Demons, qui se foutaient royalement de ce qui pouvait bien lui arriver. En fait, Rez les considérait comme plus dangereux que les clients bourrés.

Elle lui avait promis d'être plus prudente et plus attentive à l'avenir.

Depuis cette conversation, il l'avait aussi convaincue de dormir chez lui tous les soirs pendant le reste de la semaine. Elle était censée venir quelle que soit l'heure à laquelle elle quittait le boulot.

Ça l'avait conduit à une autre limite qu'elle ne voulait pas qu'il franchisse... Il avait exigé qu'elle trouve un appartement autre part.

Son appartement n'était peut-être pas parfait, mais il était abordable. Et si elle finissait par trouver un autre emploi, la paie ne serait probablement pas assez bonne pour lui permettre de s'installer dans une meilleure résidence de toute façon. Ce n'était pas en étant sur son dos là-dessus qu'il allait changer ça.

Elle ne lui avait pas dit clairement qu'elle avait hâte de le retrouver tous les soirs après le boulot, mais la vérité, c'était qu'elle adorait ça.

Chaque fois qu'elle franchissait le seuil de sa porte d'entrée, elle avait immédiatement la sensation d'être à sa place. Chez lui. Avec lui.

Passer sa porte commençait à lui donner l'impression de rentrer chez elle. Plus que lorsqu'elle entrait dans son propre appartement.

Leur relation devenait confortable. Ça lui rappelait le confort d'un pull molletonné et épais par une froide journée d'automne.

La relation qu'ils partageaient à présent était bien plus que sexuelle. Elle ne pouvait pas nier qu'il y avait une connexion entre eux. Un lien qui se renforçait de jour en jour.

Elle pouvait ou se laisser porter, ou y mettre fin. Et si elle avait dû y mettre fin, elle l'aurait fait cette nuit-là, la semaine dernière.

Quand il avait été expulsé du club pour avoir pris sa défense, elle avait sérieusement envisagé de le faire et était arrivée à la conclusion que c'était la dernière chose dont elle avait envie. Y penser sérieusement avait suffi à lui causer une peine de cœur difficilement supportable.

Alors... les voilà.

Dans une situation où elle n'aurait jamais pensé se retrouver avec Rez…

Dans une relation sérieuse qu'ils prétendaient tous les deux être autre chose.

Et parce qu'ils étaient aussi proches, il s'était ouvert un peu plus à propos de l'unité d'intervention, de ce que son équipe faisait et de ce qui s'était passé avec T-Bone, donc elle était parfaitement consciente du danger que représentaient les Demons et ce prospect.

Bien sûr, elle connaissait déjà une partie de l'histoire, mais apprendre le reste était instructif. Elle savait pertinemment qu'il ne lui avait pas tout dit. Elle se demandait aussi s'il ne lui avait pas raconté certains détails pour lui foutre une peur bleue et la pousser à trouver un autre boulot plus vite. Elle savait qu'il en était capable puisqu'il voulait maintenant qu'elle lui donne de ses nouvelles plusieurs fois par jour quand elle était au club.

Ce soir, elle portait une longue robe très élégante qui lui arrivait aux chevilles pour couvrir les petites enflures restantes et, comme elle avait encore un peu mal de temps en temps, elle portait des sandales fantaisie au lieu de ses chaussures à semelles compensées habituelles.

Dès qu'elle sortit de la loge, elle traversa le couloir vers le bureau du gérant.

Rez lui avait confié une mission. Dès qu'il lui avait demandé de faire ça, elle avait sauté sur l'occasion d'entuber les Demons.

Elle jeta un coup d'œil dans l'embrasure de la porte. Chaque fois qu'elle entrait dans le bureau de Sot, elle le faisait à ses risques et périls. Elle ne savait jamais ce qu'elle y trouverait.

Elle frissonna en pensant à certaines des choses qu'elle avait vu Sot faire.

Heureusement, son cul blanc était rangé dans son vieux jean habituel et il était adossé à sa chaise, ses bottes posées sur son bureau couvert de plus d'ordures que de boulot.

Le seul « boulot » du motard était de taper sur les nerfs des femmes qui l'entouraient. Et de les harceler, bien sûr.

Car pourquoi respecter les danseuses qui faisaient gagner de l'argent au club ? C'était une question de bon sens commercial. Une des nombreuses choses qui manquaient à Sot.

— Hé, t'as une minute ? appela-t-elle en s'avançant dans l'embrasure de la porte.

Il braqua ses yeux sombres sur elle.

— Une minute qu'tu vas passer à m'taper sur l'système ?

— C'est à propos de T-Bone.

Il fronça ses sourcils néandertaliens.

— C'est quoi l'problème avec lui ?

Elle entra dans son bureau, laissant volontairement la porte ouverte derrière elle, et s'approcha prudemment du bureau. Il valait mieux qu'elle le traite comme un animal sauvage qui pourrait attaquer à tout moment.

Dès qu'elle en aurait fini avec cette conversation, elle

retournerait en loge et dirait à Rez qu'elle avait survécu. Il était au courant du plan de ce soir et attendrait un appel ou un texto de sa part.

— Je sais que vous vendez de la drogue au club.

Ses bottes s'écrasèrent sur le sol quand il bondit de sa chaise, un froncement de sourcils enlaidissait son visage.

— Comment tu sais ça ?

— Sérieusement ? Tu pensais que personne le remarquerait ? C'est une activité régulière avec des schémas évidents. Par exemple, quand T-Bone travaille, il sort constamment à l'arrière.

— Il sort prendre sa putain d'pause clope.

Elle entendit le « sale pute » silencieux qui ponctua sa phrase. Heureusement qu'il ne pouvait pas entendre tout ce qu'elle disait sur son compte dans sa tête.

— Saint... Mens-moi autant que tu veux, mais je suis plus intelligente que tu le crois.

Elle put à peine voir sa bouche grimacer sous sa barbe broussailleuse.

— C'est d'ça qu'tu voulais m'parler ? Tu voulais m'annoncer qu't'es une putain d'fouineuse qui peut pas s'occuper d'son cul.

Quelle perle.

— Non, je voulais parler de T-Bone en particulier.

— Tu crois qu'j'en ai quelque chose à foutre d'ce prospect ?

— Tu devrais puisqu'il bosse ici. Les soirs où il se pointe en tout cas.

Elle ne l'avait pas vu depuis que Rez et ses frères l'avaient pourchassé. Mais ça ne voulait pas dire qu'il ne faisait plus partie des Demons.

— Alors dis c'que t'as à dire et dégage de ma vue.

Il pencha la tête sur le côté et la reluqua de haut en bas.

— À moins qu'tu veuilles remonter ta robe et t'pencher sur mon bureau.

Pas du tout. Et elle ne ferait jamais ça de son plein gré. Elle préférerait s'agrafer la chatte et rester abstinente pour le restant de ses jours.

— Il utilise la méthamphétamine que vous vendez pour rendre les femmes dépendantes et les mettre sous sa coupe. Ensuite il vend leur corps. Comme un proxénète. Tu le savais ?

Pour paraître indifférent, le visage de Sot resta impassible, mais ses narines se dilatèrent légèrement et le trahirent.

Maintenant, il était temps de lui faire un dessin…

— J'étais derrière un soir, quand je l'ai vu sortir quelque chose de ce véhicule abandonné. Celui qui est apparu mystérieusement peu de temps après l'incendie du fourgon. Vu qu'il était discret et avait l'air un peu parano, je pense pas qu'il prenait ça pour votre activité secondaire, mais je pense que c'était plutôt pour la sienne.

Sot frappa son bureau du plat de la main, ce qui la fit sursauter.

— Tu racontes quoi, putain ? grogna-t-il.

— T'as pas compris ce que je viens de dire ?

— J't'ai entendue, mais tu sais que dalle.

Oh ouais, peut-être qu'il avait déjà ses soupçons et qu'elle venait de les confirmer.

— OK, dit Sapphire en haussant les épaules. J'ai juste pensé que t'aimerais être au courant, parce que les MC sont pas censés être soudés ? Les membres sont pas censés être loyaux les uns envers les autres et envers leur club ?

— Tu sais pas c'qu'il foutait, putain.

— T'as raison. J'en sais rien. Peut-être que si les caméras étaient pas désactivées dans le parking de derrière, tu pourrais le voir par toi-même.

— Elles sont pas désactivées, grommela-t-il.

Foutaises. Mel avait déjà confronté Sot à propos de ces caméras parce qu'elle s'inquiétait pour la sécurité des filles.

Il les avait désactivées pour que leur trafic de drogue à l'arrière ne soit pas filmé. Ça créerait une preuve numérique qui pourrait être utilisée contre eux.

— Non ? Alors va regarder les images. Tu verras que j'ai raison. Je pense qu'il vous vole pour s'en mettre plein les poches. C'est peut-être pour ça qu'il est pas très présent. Il est trop occupé à utiliser votre réserve pour faire rouler sa petite entreprise.

Saint pinça les lèvres, une ligne de colère rayant son visage livide.

— Fous l'camp d'mon bureau.

— Volontiers.

Elle se retourna et en sortant du bureau, elle sourit.

Jeu, set, et match, enculé.

Chapitre Vingt-Six

— OK, commença Rez affalé sur l'un des canapés du club du MCBA avec une bière à la main, Saph a planté une graine dans la tête de Saint. Elle lui a dit qu'elle l'avait vu traîner autour du fourgon d'appro et se comporter un peu bizarrement. Elle lui a dit aussi qu'il filait de la méthamphétamine à des femmes et les prostituait ensuite.

Finn, Decker et Rez avaient organisé une réunion impromptue à propos de T-Bone.

Même si Nox ne s'était pas joint à ce rassemblement officieux, il était revenu. Sans la moindre explication, il était juste apparu à La Planque. Crew avait entendu la télévision allumée dans son appartement et avait frappé à la porte, le trouvant à l'intérieur, les lumières éteintes et un film à l'écran.

Depuis lors, il restait silencieux et se tenait à l'écart. Il répondait à la plupart des questions par des grognements incompréhensibles.

Il était « là », mais pas tout à fait.

En gros, il se comportait juste comme il l'avait fait après la mort de sa femme.

C'était inquiétant et devait être abordé. Toutefois, cela

nécessiterait une tout autre réunion qu'Axel Jamison, en tant que président, devrait organiser avec le reste des frères du MCBA. Avec tout le monde sauf Nox, évidemment, puisqu'il serait au centre des débats.

— Il l'a crue ? demanda Decker à propos de la conversation que Sapphire avait eue avec Saint.

— Il a fait le connard comme d'habitude, mais elle m'a dit que ses réactions, même si elles étaient subtiles, montraient clairement qu'il allait veiller au grain.

Le plus intéressant, c'était que Saint n'avait jamais demandé à Sapphire comment elle savait que T-Bone droguait des femmes pour les prostituer. Sa meilleure hypothèse, et probablement la bonne, c'était que le Demon en avait juste absolument rien à foutre. Tout ce qui l'inquiétait, c'était de se faire piquer son produit. Ce n'était pas comme s'il avait le moindre respect pour les femmes.

— Parfait, répondit Decker en contournant le canapé et en tombant de tout son poids à côté de Rez.

Il avait retrouvé le physique qu'il avait avant sa mission d'infiltration. Et ce n'était pas le genre de physique auquel on voulait se frotter.

Decker posa son portable sur la table basse devant eux.

La voix de Fletcher retentit dans le haut-parleur.

— J'ai aussi fait ce que tu m'as demandé, Big Deck, et j'ai mis la puce à l'oreille de Wolf. Je lui ai dit qu'il me devait du matos parce que ses dernières livraisons étaient plutôt light. Il m'a pas cru au début. Comme Saint, il a fait le connard comme d'hab. Je lui ai dit que j'avais commencé à peser chacun de mes achats avec eux et à suivre qui était le livreur chaque fois après avoir remarqué que mes livraisons étaient à la diète. Je lui ai dit que ça arrivait à chaque fois que T-Bone se chargeait de la livraison. Lui aussi il a fait comme si je racontais des conneries, mais j'ai bien vu qu'il était suspicieux. Sac d'Os, c'est un prospect, pas un membre patché, donc ils peuvent se débarrasser de lui sans devoir voter. Et quand je dis « se débarrasser », je parle pas de lui retirer son cuir.

— Tant mieux, c'est ce qu'on veut de toute façon. Qu'ils jettent leurs ordures à notre place, dit Finn du canapé à gauche de Rez.

Leur frère rouquin était affalé dessus et prenait toute la place. Un bras replié sous sa tête, il semblait prêt à faire une sieste, même s'il était aussi bien réveillé que le reste d'entre eux à cause du sérieux de leur conversation.

— C'était quand ? demanda Decker à Fletch.

— Y a quelques jours.

— Quelqu'un l'a vu depuis ? demanda ensuite Decker en jetant un coup d'œil dans la salle de réunion.

— Pas moi, répondit Rez. Je suis banni du club parce que j'ai protégé Sapphire de ce connard d'ivrogne.

Une scène filmée par les caméras de surveillance installées dans le club, et qui avait été visionnée encore et encore par les occupants du troisième étage.

— Ouais, eh bien, bienvenu au club, dit Finn en riant. Je suppose qu'on devrait porter notre interdiction de mettre le pied au Peach Pit comme un badge d'honneur.

— J'aime pas savoir qu'elle bosse dans cet endroit, marmonna Rez.

Les sourcils froncés, Finn releva la têtc et lui jeta un coup d'œil rapide.

— Alors dis-lui de démissionner.

Decker souffla.

— Du peu que je sais de Sapphire, c'est pas le genre de fille à se laisser mener par le bout du nez par notre bon vieux Rez Taurateur. Elle a pas dit qu'elle partirait une fois que Mel aura ouvert son club ?

— C'est ça, confirma Rez.

Il jeta un coup d'œil à Finn.

— Ça avance d'ailleurs ?

— T'es prêt à faire un don ? On y travaille, mais ouvrir

un club de ce genre-là c'est pas donné. Et tous les deux on n'est pas assis sur une pile d'or.

— Mel cherche des partenaires commerciaux ? demanda Decker.

— Elle en a un, répondit Finn. Moi.

— À part toi, Poil de Carotte, précisa Decker.

Si Rez avait les moyens, il aiderait Mel à lancer son club. Ça pourrait permettre à Sapphire de quitter le Peach Pit au plus vite.

Il avait bien quelques économies, mais…

Putain, est-ce qu'il envisageait vraiment de vider son compte en banque parce qu'il s'inquiétait pour une femme avec laquelle il entretenait une « sorte » de relation ?

Est-ce qu'il était plus mordu qu'il ne le pensait ?

Pour l'amour du putain de ciel.

Il descendit la moitié de sa bière en s'imaginant investir toutes ses économies pour la mettre en sécurité.

— La putain de terre appelle Rez, hurla Finn.

Il jeta un coup d'œil à Finn.

— Quoi ?

— Elle a dû te faire cracher tes derniers neurones hier soir.

Finn sourit.

— Je sais vraiment pas ce qu'elle te trouve.

— Ma bite impressionnante et ma personnalité pétillante.

— OK, revenons à la réalité, dit Decker. Quelqu'un a vu T-Bag dernièrement sur les caméras de la Tanière du Loup ou du Peach Pit ?

— Non, répondit Finn. Et je me coltine des heures et des heures de visionnage ces temps-ci. Mais il faudra qu'on pose la question aux autres personnes qui ont passé du temps devant les écrans.

— Ou sur les écoutes téléphoniques.

Decker passa ses doigts sur sa joue rasée de près.

— Je monterai au troisième étage plus tard pour voir qui est là-haut.

— Je traînais dans leur club d'Uniontown l'autre soir et je l'ai pas vu, dit Fletch.

— Peut-être que Viper ou Wolf se sont déjà occupés de son cas, suggéra Rez.

— On peut pas avoir autant de cul, murmura Decker.

— Il doit sûrement faire profil bas en espérant qu'on n'ait pas retrouvé Sadie, dit Finn.

— Ou il est peut-être toujours ligoté dans ce champ. Quelqu'un est passé vérifier quand on est revenus de l'Ohio ?

Rez n'avait absolument pas pris le temps de faire ça.

— Peut-être qu'il s'est transformé en sucette démoniaque. On *est* à la fin du putain de mois de janvier, dit Finn. En plus de ça, il a neigé un peu. Il pourrait être là-bas déguisé en Frosty le bonhomme de neige.

Decker secoua la tête.

— Je suis allé voir puisqu'il pourrait m'identifier et qu'il sait où j'habite, putain. Quand je suis passé, il y avait aucun signe de lui ou de sa caisse.

— Je doute qu'il ait les couilles de se pointer à nouveau chez toi, *Hatchet*. Il veut pas se taper un autre round contre Finn. Le courageux félin à quatre pattes, pas le minet à deux pattes vautré sur le canapé là-bas, déclara Rez.

Finn lui fit un doigt d'honneur.

— Je suis d'accord. Mon homonyme c'est un dur à cuire, tout comme moi.

Rez renifla puis reprit son sérieux.

— Je me demande qui l'a trouvé ?

— C'est important ? demanda Finn.

— C'est important si c'est un collègue flic qui a mis la main dessus.

— Même si un agent de la police locale l'a récupéré, entre le MCBA et l'unité d'intervention, on a des contacts dans la plupart des départements de la région. Et même si c'était pas le cas, cet enfoiré dira rien aux flics, dit Fletch. Pas avec ce qu'il a fait à Sadie et à je ne sais combien d'autres femmes. Et comme la plupart des motards purs et durs, il déteste la flicaille. Il coopérera pas, peu importe ce qui lui arrive.

C'était vrai.

— OK, il faut qu'on se mette à réfléchir à ce qu'on fait ensuite si les Demons s'occupent pas de lui livrer la dose de karma qu'il mérite, reprit Finn. Cet enfoiré va pas s'en tirer à si bon compte.

— S'ils s'en chargent pas, alors on passe au gros bonnet et on plante des graines dans son jardin, suggéra Rez.

— Je doute qu'on ait besoin d'en planter beaucoup, parce que je serais prêt à parier que les Russo se méfient déjà des Demons, confirma Fletch. Une légère rumeur suffirait pour qu'ils se retournent contre le MC. Trouver de nouvelles mules c'est pas compliqué.

— Les deux organisations seraient stupides de se faire confiance mutuellement, ajouta Rez. Elles sont liées que par l'appât du gain, et par rien d'autre.

— Et on connaît les effets de la cupidité, murmura Decker.

— On a été témoins de certaines des horreurs qui l'accompagnent quand on a trouvé le corps de Sadie, leur rappela Rez.

— L'argent pousse les gens à faire des trucs de malade, acquiesça Finn.

— Je crains qu'en opposant les Russo aux Demons, on crée un putain de bordel monumental. Un bordel qui pourrait nous retomber dessus. Si les Demons mordent à l'hameçon, ce bordel sera contenu dans leur MC et déclenchera pas de guerre massive dans la région.

— Alors espérons qu'ils mordent à pleines dents, dit

Rez, parce qu'on doit essayer de s'occuper de cet enfoiré sans se salir les mains.

— J'arrive pas à croire qu'ils tolèrent qu'il disparaisse aussi souvent, commença Fletch. Ça passerait jamais chez les Dirty Angels. Le prez ici tient tout son club d'une main ferme. J'arrive pas à croire que je dis ça, mais il est vraiment impressionnant.

— Eh bien, Zak *c'est* le frère d'Axel, et Jamison gère notre club plutôt bien. C'est pour ça qu'on continue de l'élire comme président, rappela Decker à Fletch. Ils ont la vie de MC dans le sang.

C'était carrément vrai. Zak et Axel Jamison étaient tous deux des motards de troisième génération. La différence, c'était que lorsqu'ils étaient beaucoup plus jeunes, l'un était allé en prison tandis que l'autre était allé à l'école de police.

— Pour ce qui est de la disparition de Steak Avarié, qui y prête vraiment attention à part Saint ? demanda Rez. Vous croyez que Wolf ou les autres en ont quelque chose à foutre d'un prospect disparu ?

— Ils le remarqueraient s'il payait pas ses cotisations, répondit Fletch. C'est un gros problème chez les Dirty Angels et je suis sûr que c'est encore plus vrai chez les Demons.

— Ils te font payer ta cotisation, Ghost ? demanda Rez en utilisant le nom de mission de Fletch.

— Ouais, Crew a demandé aux fédéraux de couvrir ça, et le loyer de l'appartement. Même si je bosse quand même gratuitement dans l'armurerie des Angels. C'est le deal que Crew a renégocié quand ils ont menacé de nous foutre dehors y a quelques mois.

— Wilder travaille toujours chez le prêteur sur gages ? demanda Decker.

— Ouais. Comme moi, elle est pas payée non plus.

— Oh, pour l'amour du Bon Dieu, grogna Finn en se redressant. Je suis sûr qu'elle préférerait continuer de toucher son salaire du **FBI** plutôt que le putain de salaire minimum chez le prêteur de Shadow Valley. C'est probablement leur employée la mieux payée.

Le ricanement grave de Fletch résonna dans le portable.

— C'est vrai. Et elle a pas besoin de faire beaucoup de route pour se rendre au boulot.

— T'as oublié que vous avez aussi un abonnement gratuit à la salle de sport et accès vingt-quatre heures sur vingt-quatre et sept jours sur sept à leur stand de tir ? demanda Finn au vice-président du MCBA.

— Et toutes les putains de munitions qu'il nous faut pour nous entraîner, ajouta Fletch.

— Alors arrête de râler, dit Rez. La seul point négatif, c'est de pas pouvoir passer du temps avec nous tous. On sait que c'est une profonde souffrance pour toi et qu'on te manque un peu, beaucoup, à la folie.

Il fronça les sourcils et lui envoya des bisous bruyants.

— *Uh huh*. T'oublies qu'on doit se farcir les Angels et les Demons, qui nous traitent tout le temps comme de la merde, dit Fletch. Même si c'est pour des raisons différentes, ajouta-t-il ensuite.

— Les Angels vous détestent parce que vous portez des badges, les Demons parce que... vous êtes vous ? plaisanta Rez.

— Enfin bref, s'écria Decker pour les remettre sur les rails, entre Fletch qui fait des allusions à Wolf, et Sapphire qui fait la même chose avec Saint, je doute qu'ils se contentent de lui prendre son cuir, de lui donner une tape dans le dos et de lui souhaiter bonne continuation.

—Jamais, putain, ils feront jamais ça, souffla Fletch.

— Encore une fois, espérons qu'ils mordront à l'hameçon, poursuivit Decker. Je préfère éviter de foutre le bazar avec les Russo, si possible.

— Si Crew découvre qu'on envisage de balancer T-Bone

aux Russo, dit Finn avant de siffler doucement, il va avoir un infarctus.

— Bon, je dois aller…

— Faire sa fête à Wilder, termina Rez à la place de Fletch.

— Hé, avant que j'y aille... appela Fletch en ignorant Rez. Deckathlon, c'est quand l'enterrement de la sœur de Sloane ?

— On est encore en train de prendre des dispositions. Ses parents sont pas coopératifs. Ils veulent pas aider à payer mais ils veulent avoir leur putain de mot à dire sur comment ça se passera et quand.

— C'est Sloane et toi qui allez payer la facture ?

— Ouais.

— Putain, murmura Fletch. Ça craint pour elle. Et pour toi. Désolé, mon frère, tu sais que Nova et moi on serait là pour vous si on pouvait. Mais on est à deux putains de doigts d'être enfin transférés chez les Demons. J'ai travaillé beaucoup trop dur pour tout foutre en l'air maintenant.

— Je comprends.

— Mec, j'aurais jamais pensé dire ça un jour, mais... tu nous manques, dit Finn.

— Parle pour toi, dit Rez.

Finn rit.

— Oh, arrête, tu vas me dire que Fletch te manque pas ? Ils sont tellement doux ses câlins.

— Quand est-ce que je t'ai déjà serré dans mes putains de bras ? hurla Fletch.

— On est entre nous, c'est un endroit sûr ici, t'as pas besoin de le cacher, dit Finn.

— Désolé, Prince Harry, les rouquines c'est pas trop mon truc.

— Nan, toi ton truc c'est les agentes du FBI dures à cuir. Quand elle te botte le cul, t'appelle ça des préliminaires.

— Crache pas dessus avant d'avoir testé, dit Fletch avant

de continuer. D'une certaine manière, je suis content qu'on soit en hiver, parce que si on est encore dans cette merde au printemps et que le vieux Finny commence à programmer des virées, ça va me faire chier de les rater. J'en ai déjà manqué plein la saison dernière à cause de cette mission.

— Au moins tu roules avec les Dirty Angels, lui rappela Finn.

— Pour eux aussi il fait trop froid pour faire des virées. Mais même les quelques sorties qu'on a faites avec eux quand le temps le permettait encore, c'était pas la même chose. On est tolérés là-bas, et à peine, mais clairement pas les bienvenus. Donc c'est pas le même délire. Vous, vous êtes tous mes frères, pas eux.

— La dernière fois que je t'ai vu, t'avais l'air de faire partie de la meute, dit Decker. J'ai failli pas te reconnaître.

— Ouais, eh bien, heureusement, comme on utilise la salle de sport de leur club, on peut au moins rester en forme sans que ça ait l'air suspect. Mais les cheveux en bataille sur mon crâne et la merde que j'ai sur le visage... J'ai hâte de m'en débarrasser. Et payer une hypothèque sur une maison toujours vide, ça a le don de me mettre le moral dans les chaussettes.

— On s'est tous relayés pour aller voir si tout était OK chez toi, déclara Decker.

— J'apprécie.

Putain, ça donna une idée à Rez.

— Hé, Ghost, tu veux la louer pendant qu'elle est vide ?

— À qui ? Pas à Nox. Il vaut mieux qu'il reste ici à l'étage pour qu'il soit pas seul.

— Non, pas Noxtradamus, répondit Rez.

Est-ce qu'il devrait vraiment aller sur ce terrain-là ? *Et puis merde.*

— J'aime pas l'endroit où vit Sapphire. Sa résidence est pas sûre.

— Elle est où ? demanda Fletch.

— Ici, à Rockvale, croyez-le ou non.

Finn ricana.

— Pourquoi tu fais comme si Rockvale c'était une ville dangereuse ?

— C'est pas la plus sûre de la région.

— C'est pas la pire non plus, rétorqua Finn. Rez-ervoir Dog fait comme si Rockvale c'était Détroit ou un truc comme ça. Alors... quoi... tu veux garder ta copine en sécurité, mais éviter qu'elle emménage chez toi ? Tu veux la garder près de toi mais pas *trop* près non plus ?

— On n'est pas encore prêts à vivre ensemble. On n'est même pas dans une relation sérieuse. C'est juste une petite histoire.

Pourtant, il adorait carrément la voir passer chaque putain de nuit chez lui. Il dormait mieux quand elle était près de lui.

Pour sa sécurité.

Bien sûr.

Decker et Finn laissèrent échapper un rire nasal.

— Tu veux dire que c'est un *flirt*, Rez Taurateur ? demanda Fletch.

— Non. Une *histoire*.

— Ce type pense qu'il va s'en sortir indemne, hulula Finn en prenant sa bouteille de bière sur la table devant lui et en la portant à ses lèvres. Crois-en notre expérience... Admets juste ta défaite. Allonge-toi sur le dos, lève les papattes et supplie-la de te gratter le ventre. Une fois que t'auras fait un petit pipi de soumission et que t'auras remué la jambe comme un bon petit toutou, tout ira bien.

— C'est ce que t'as fait ? demanda Rez.

— Peut-être qu'on a besoin de mettre en place un petit groupe de soutien, dit Fletch en riant. Les anciens célibataires anonymes ou un truc du genre.

— Ou on pourrait l'appeler : Ma bite était à moi avant qu'elle débarque, suggéra Finn.

Decker grimaça.

— On dirait une putain de chanson country.

— OK, il faut vraiment que je me tire, mais avant j'ai besoin de savoir... Il est où Nox maintenant ?

— À l'étage, dans son appartement, répondit Decker à Fletch.

— Il va bien ?

Rez décida de répondre à cette question.

— Je crois pas. Voir Sadie comme ça a déclenché un truc en lui et ça l'a remis dans le même état qu'après la mort de Jackie.

— C'est parce que c'est lui qui a trouvé le corps de Jackie, expliqua Fletch. Et puis il était avec vous quand Sadie a été retrouvée. Quand on souffre d'un syndrome de stress post-traumatique, il suffit de pas grand-chose pour qu'il se déclenche.

— Il souffre de ça depuis l'armée ? demanda Finn en se grattant le front avec son pouce.

— Depuis la mort de sa femme, espèce de crétin, précisa Fletch. Ça l'a frappé plus fort que tout ce qui s'est passé à l'armée.

— Il lui faut une thérapie, murmura Decker.

— Il allait pas dans une sorte de groupe de soutien ? demanda Rez. Il s'est passé quoi ?

— Il y est allé quelques fois mais je pense pas que ça a duré très longtemps.

— Je parie qu'il s'est juste assis là et qu'il a jamais dit un putain de mot, dit Finn. Comme une statue. Éteint et renfermé.

— Il faut qu'il y retourne ou qu'il suive une thérapie avant de...

Fletch laissa la fin de sa phrase en suspens.

— Peut-être que quelqu'un devrait le prendre entre quatre yeux et avoir une vraie conversation avec lui.

— T'es volontaire ? demanda Rez.

— Je dis que c'est Crew qui devrait le faire, dit Finn. Le mec se prend pour le leader du monde libre.

— Ou on fait une intervention de groupe, suggéra Decker.

— Je suis d'accord avec l'idée et je suis sûr que ça se passera à merveille, dit Rez sèchement avant d'avaler une autre gorgée de sa bière maintenant chaude. Je suis sûr qu'il sera ravi de nous voir tous se liguer contre lui.

— D'accord, eh bien... On est là pour le soutenir, alors on fera ce qui est le mieux pour lui. Parlez à Crew. Parlez à Jamison. Tenez-moi au courant. Si je dois me retirer de cette mission pour aider Nox, je le ferai. Il est plus important que tout le reste pour nous. On doit jamais oublier ça, dit Fletch avant de s'en aller avec classe. OK, bande d'enfoirés, on se capte de l'autre côté.

Chapitre Vingt-Sept

Même si Nox était toujours dans un état second, il était venu à l'enterrement, ce qui les avait tous surpris. Il avait serré Sloane dans ses bras et lui avait marmonné quelque chose à l'oreille.

Ce qui avait le plus touché tout le monde, c'était lorsqu'il avait pris la main de Val pendant la froide cérémonie funéraire afin que Decker et Sloane puissent faire ce que les adultes font dans ces moments-là sans être interrompus.

Une fois l'urne remplie de cendres placée dans le caveau familial, l'utilisation de ce caveau étant l'un des conflits entre Sloane et ses parents, Nox avait soulevé Val dans ses bras et l'avait portée jusqu'au véhicule de Decker. Val en avait profité pour passer ses petits bras autour de son cou et appuyer son front contre sa joue.

C'était comme si Valou Chérie savait ce dont son tonton Nox avait besoin.

Malgré ça, son visage était resté vide, voire sinistre.

Une fois les funérailles terminées, il s'était renfermé dans sa coquille et lorsqu'ils étaient tous arrivés à La Planque pour la réception post-funérailles, il s'était éclipsé discrètement dans son appartement à l'étage.

À ce moment-là, Rez avait échangé un regard avec chacun de ses frères, en finissant par Jamison, qui lui avait répondu d'un hochement de tête pour lui laisser entendre qu'il avait compris.

Ils devaient faire preuve de prudence avec Nox, mais avant tout, ils devaient être présents pour lui, puisqu'il faisait partie de leur famille. Ils ne voulaient pas le pousser dans ses derniers retranchements, mais ils ne pouvaient pas non plus ignorer le problème.

L'atmosphère au sein du club était sombre. D'autant plus qu'ils avaient tous espéré que Sadie finirait autrement.

Comme Saint avait refusé de lui donner sa soirée, Sapphire avait assisté au service commémoratif avec Rez et était également restée près de lui au cimetière, puis une fois la cérémonie terminée, elle s'était immédiatement rendue au Peach Pit pour bosser.

Un être humain lui aurait permis de prendre sa soirée pour assister à un enterrement, mais une fois de plus, Saint avait prouvé que c'était juste un pauvre con.

La mère de Decker, Ophélie, avait ramené Val chez elle, et la mère de Rez l'avait accompagnée pour qu'elles puissent passer un peu de temps ensemble. Au funérarium, Rez avait présenté Sapphire à sa mère comme une « amie », mais il avait bien vu que les rouages s'étaient mis à tourner dans sa tête.

Ce qui voulait dire que la prochaine fois qu'il passerait chez elle, il devrait penser à enfiler une armure, car elle lui taillerait un costume à l'aide d'un discours tranchant et culpabilisant qui donnerait quelque chose comme ça : « Il faut que tu te cases rapidement et que tu me donnes des petits-enfants. Si je meurs avant d'être une *abuelita*, je te hanterai pour l'éternité. »

Il n'avait aucun doute que c'était exactement ce qu'elle ferait. Cette femme ne plaisantait pas et serait un fantôme implacable.

Il prit un œuf mimosa sur la table où était disposé un large éventail de plats préparés par un traiteur et l'enfourna dans sa bouche avant de se diriger vers Sloane et Decker qui discutaient avec Axel et Bella Jamison.

— Je vois tes célèbres cupcakes sur la table, Bella. On remercie tous la reine des cupcakes de nous avoir apporté notre dose de sucre.

Il s'arrêta devant elle et s'inclina en signe d'admiration éternelle.

La femme de Jamison leva les yeux au ciel, mais afficha tout de même un large sourire.

— Comme si je pouvais débarquer ici sans en avoir au moins une douzaine.

— Tu vois ? Contrairement à ton idiot de mari qui porte le nom d'une figure de patinage artistique, tu sais que venir les mains vides provoquerait une émeute. Comment vont les enfants ?

— Comme des enfants, répondit sèchement Bella. Des adolescents typiques, leurs émotions sont en dents de scie, comme tu le sais très bien puisqu'ils passent pas mal de temps ici. Tu sais jamais s'ils vont te dire qu'ils t'adorent ou qu'ils te détestent. Ils me donnent le tournis.

— Je vois le carnage quand ton chéri les amène. Mais te poser des questions sur eux me donne une excuse de te mater, parce que t'es plus belle que Jamison ne le mérite.

Lorsqu'elle rit, le président du MCBA passa un bras autour de sa femme et la rapprocha de lui.

— Arrête de fourrer ton nez dans mes affaires et va trouver les tiennes.

— En parlant de ça, commença la belle brune, c'était qui avec toi à l'enterrement ? J'ai pas eu l'occasion de la saluer et j'espérais qu'elle serait là.

— Quelqu'un qui a pas encore appris sa leçon à propos de ce type, dit Decker.

— Elle travaillait avec Mel, répondit Rez.

— Au club de strip-tease ?

— Oui. Elle était l'hôtesse.

— Était ? demanda Bella.

— Je t'ai parlé du Peach Pit et des Demons, murmura Jamison.

— Ah, oui. Tu sais, notre MC a aussi un club de strip-tease, si elle a besoin d'un autre boulot. Je suis sûre que je peux en toucher un mot à Caribou. Elle est absolument magnifique et attirerait une foule monstre.

Rez haussa un sourcil.

— Caribou ?

— C'est le gérant, expliqua Jamison.

— On l'a forcée à remonter sur scène, mais son vrai talent c'est d'être hôtesse.

Rez ne voulait vraiment pas que Sapphire passe d'une scène à l'autre. Il préférait qu'elle garde ses vêtements lorsqu'elle se trouvait dans une salle remplie de mecs excités comme des bêtes.

— Il se trompe, dit Crew en se joignant à la conversation. Je l'ai vue danser. Son talent c'est la danse.

Rez ouvrit la bouche pour demander à Crew quand il avait vu Sapphire danser, mais il réalisa qu'il l'avait probablement regardée sur les vidéos de surveillance. Il n'avait pas envie de parler des caméras installées par l'unité d'intervention au Peach Pit, puisqu'ils étaient en compagnie mixte, c'est-à-dire en compagnie de conjoints et d'autres personnes qui ne devraient pas être au courant des détails de leur enquête.

Mais ça ne voulait pas dire qu'il ne pouvait pas lancer un regard assassin à Crew.

Le chef de l'unité d'intervention lui répondit par un sourire radieux.

Connard.

Il reporta son attention sur Bella.

— Je vais lui demander si ça l'intéresserait de bosser là-bas. Ce serait que temporaire. Elle attend que Mel ouvre son propre club.

— On pourrait promouvoir ses prestations comme si c'était une invitée spéciale. Ça attire généralement beaucoup de monde. J'en parlerai à Caribou et à Axel pour qu'il te transmette l'info.

Il ne pouvait pas imaginer que travailler dans un club appartenant aux Dirty Angels serait pire que de bosser dans un club appartenant aux Deadly Demons.

— Merci, Bella. T'es la meilleure. Désolé que tu sois coincée avec ce type.

Rez fit un geste du pouce vers Jamison.

— Et sur cette note...

Il se tourna vers Sloane, qui était appuyée sur Decker.

— Toutes mes condoléances, Sloane. On voulait tous que les choses se passent différemment.

— C'est ce que j'espérais aussi.

Elle tapota la poitrine de Decker.

— Le seul point positif dans tout ce bordel, c'est que j'ai rencontré Decker et Val. Et bien sûr, vous tous. Vous êtes devenus ma nouvelle famille maintenant que ma sœur est partie. Après la dispute que j'ai eue avec mes parents à propos de l'inhumation de ses cendres dans le columbarium, j'ai l'impression qu'il me reste plus de vraie famille. Je crois que c'est la goutte d'eau qui a fait déborder le vase.

Son doux soupir le toucha en plein cœur. Rez avait déjà perdu son père. Il ne pouvait pas s'imaginer perdre sa mère aussi, surtout alors qu'elle se portait si bien. Ils s'étaient souvent disputés, mais ils s'étaient réconciliés à chaque fois.

— Quoi qu'il en soit, poursuit Sloane, je vous remercie tous et j'apprécie tout ce que vous avez fait pour m'aider.

Decker resserra son bras autour d'elle.

— T'as tous les droits d'être triste, lui dit Rez. Il faut du temps pour faire son deuil.

— Je fais le deuil de Sadie depuis que j'ai découvert qu'elle se droguait.

— Elle t'a fait morfler, murmura Decker.

Apparemment, la conversation était trop déprimante pour Crew, qui jeta un coup d'œil autour de lui en fronçant les sourcils. Il profita de l'arrivée de Finn et Mel dans le petit groupe pour changer de sujet.

— Monty et son mec étaient pas censés venir après le service ?

— C'est ce qu'elle avait dit.

Rez sourit.

— Tu crois qu'elle voulait pas prendre le risque qu'un d'entre nous le prenne entre quatre yeux ?

— Elle est restée collée à lui comme un pot de colle à la fête de Noël, donc on n'a pas eu l'occasion de faire ça, dit Crew.

— Tu lui en veux ? demanda Bella. Vous pouvez être assez brutaux, les mecs. Et elle avait l'air heureuse quand je les ai vus tout à l'heure. Alors gâchez pas tout.

Crew rit.

— On va pas tout gâcher. On prend juste soin d'elle.

— Elle va bien. Elle est capable de prendre soin d'elle toute seule, insista Bella.

— On ferait la même chose pour n'importe lequel d'entre nous. Puisqu'elle veut pas être traitée différemment du reste, on va être sur son dos et tester le mec qui lui grimpe sur le dos quand les lumières s'éteignent, expliqua Crew en haussant les épaules.

— Quelqu'un a remarqué qu'à chaque fois qu'elle le présente à une nouvelle personne, elle utilise que son prénom ? demanda Jamison.

— Sans déconner, répondit Crew. C'est pour qu'on puisse pas vérifier ses antécédents.

Rez resta bouche bée.

— Oh, putain, j'y avais même pas pensé. C'est carrément pour ça qu'elle a pas mentionné son nom de famille. Et comme ils viennent toujours dans la voiture de Monty, on peut pas non plus vérifier sa plaque d'immatriculation. Bon sang, cette femme est plus intelligente que je le pensais.

Finn ricana.

— Ouais, parce qu'à la seconde où elle est partie le soir de la fête de Noël, on se serait tous précipités à l'étage sur l'un des ordinateurs de l'unité d'intervention pour faire une recherche approfondie sur lui.

— Laissez le pauvre gars tranquille, insista Sloane alors que Bella se contenta de grogner.

— On aurait fait ça uniquement parce qu'on s'inquiète de sa sécurité, expliqua Crew d'un air pas si innocent que ça.

— Vous avez vérifié ma plaque ? demanda Sloane.

Quand tous les regards se tournèrent vers Decker, ce dernier haussa les épaules.

— Elle sait déjà que j'ai vérifié ses antécédents. Elle emménageait chez moi pour s'occuper de ma gamine.

— Et moi ? demanda Mel.

Tous les regards se tournèrent ensuite vers Finn, qui affichait un visage suspicieusement vide.

— T'as vérifié mes antécédents ? grinça-t-elle.

— Eh bien, ouais, j'ai d'abord vérifié ta plaque d'immatriculation. Je veux dire, on allait t'utiliser comme informateur rémunéré, donc...

Les femmes se tournèrent vers Bella. Elle sourit.

— C'était pas nécessaire. On se connaît depuis qu'on est gosse. Il sait tout de moi. Et je dis bien tout. J'ai aucun secret pour lui.

— Eh bien, commença Rez, quelqu'un doit la prendre en filature et obtenir la plaque de ce type pour qu'on puisse vérifier ses antécédents et voir quelles saletés on peut déterrer sur son compte.

— Non, dit Bella, vous devez surtout la laisser tranquille.

— Hé, ce mec ça pourrait être un meurtrier à la hache. Les tueurs en série portent pas toujours de nœuds papillon ?

— Monty est parfaitement capable de se protéger toute seule, dit Jamison. Elle travaille dans une putain de prison, bon sang.

— Et si c'était là qu'elle l'avait rencontré ? demanda Rez. C'était peut-être un prisonnier.

— Ça arrive ces trucs-là, reconnut Crew. Si c'est un tueur en série, normal qu'il soit en prison.

— Occupez-vous de vos affaires, putain, ordonna Jamison. La pauvre femme essaie juste de prendre son pied et vous essayez tous de tout gâcher.

— La pauvre femme, répéta Rez en reniflant d'un air cynique.

— D'accord, fermez-la maintenant, siffla Bella. Elle vient d'entrer par la porte de derrière avec son homme derrière elle. Faites rien de stupide.

—Je me demande ce qui leur a pris autant de temps ?

Le coin des yeux de Decker se plissa, visiblement amusé.

— Ils ont probablement fait un petit détour pour qu'elle puisse se faire pilonner rapidement.

Crew frappa son poing dans sa paume.

Rez grimaça.

— Tu fous quoi, connard ?! Arrête ça. C'est comme si j'imaginais ma sœur en train de s'envoyer en l'air.

— T'as pas de sœur.

— Ouais, donc c'est elle qui tient ce rôle et maintenant j'ai des images dans la tête qui…

Rez fit semblant de vomir.

Jamison pinça les lèvres.

— Tu crois qu'il sait ce qu'il fait ?

Crew s'exprima à voix basse.

— Les tocards sont trompeurs. Il a probablement une bite de cheval et baise comme une machine.

— On dirait que tu parles en connaissance de cause. T'as quelque chose à partager ? demanda Jamison.

— Non. J'aime pas les bites de cheval.

— Eh bien, ouais, si tu les aimais je m'inquiéterais. On pourrait devoir organiser une intervention pour toi plutôt que Nox.

— Est-ce qu'on va essayer de le coincer tout seul ? demanda Finn.

Bella secoua la tête.

— Vous êtes horribles.

Sloane acquiesça.

— Ils m'obligent à sortir la gazeuse.

— Ajoute du vinaigre et vise les yeux, dit Bella.

— Je vais la prendre à part.

Rez fronça les sourcils et se frotta les mains.

— Laisse-la tranquille, prévint Bella.

Rez secoua la tête.

— Impossible.

Il jeta un coup d'œil à Crew et Finn.

— Peut-être que pendant que je la distrais, l'un de vous deux peut le kidnapper et le bousculer un peu. Quelqu'un a du ruban adhésif ?

— *Ohhh*, fit Bella. Regardez sa façon de la regarder. Vous avisez pas de foutre tout ça en l'air.

— Il la regarde avec des yeux de merlan frit, dit Sloane.

— Des yeux de merlan frit ? demanda Rez.

— T'as jamais entendu parler de ça ? C'est quand quelqu'un est fou amoureux de quelqu'un d'autre.

— Beurk ! Et en plus ils se tiennent la main ! frémit Finn.

— Nous aussi on se tient la main, dit Mel.

— Mais pas comme ça, insista Finn.

— Il y a différentes façons de se tenir la main ? demanda Mel.

— Cette conversation est totalement ridicule, dit Bella

en secouant la tête. Pourquoi les hommes se comportent tout le temps comme des gamins ?

Son regard vacilla d'une femme à l'autre, chacune haussant les épaules.

— Bon, je me lance, annonça Rez. Quelqu'un essaie d'attirer... Comment il s'appelle déjà ?

— Clark, répondit Jamison.

— Clark, répéta Rez. Quelqu'un essaie d'attirer Clark Kent et de l'interroger pendant que je la distrais.

— Bonne chance, mon frère, dit Finn.

Rez renifla, s'écarta du groupe, attira l'attention de Monty et l'appela d'un geste de la tête.

Elle plissa les yeux vers lui et serra la main de Clark plus fort.

— Juste toi, dit-il en la pointa du doigt.

Elle pinça les lèvres et secoua la tête.

— Si, murmura-t-il à nouveau.

Comme elle ne réagit pas, il avança vers eux, le regard brûlant de Monty rivé sur lui tout le long. Quand il arriva près d'eux, il se tourna vers Clark.

— Ça te dérange si je parle à Monty seul à seule une minute ? J'ai quelque chose de personnel à lui demander. À propos de moi. Pas d'elle, mentit-il.

— Pas de problème, répondit Clark avec un sourire en arrachant sa main de celle de Monty même si elle luttait pour la garder. Je serai juste là, chérie, quand t'auras fini.

Il se pencha vers elle et l'embrassa sur la joue.

Rez retroussa les lèvres pour s'assurer que les mots vicieux qu'il avait sur le bout de la langue ne s'échappent pas de leur prison. C'était une lutte difficile, donc il lui attrapa le coude et la guida rapidement vers un coin vide de la salle avant de la faire pivoter vers lui.

Monty soupira. Est-ce que son œil tressaillait vraiment ?

— T'es un connard et je te fais pas confiance.

Rez rit et se posa une main sur son cœur.

— Je suis blessé. Tu sais que je t'aime et que je veux que le meilleur pour toi…

Ses yeux s'étaient rétrécis au point de n'être plus que des fentes.

— C'est des conneries. Tu manigances quoi ?

— Rien. On n'a pas eu l'occasion de papoter avec lui vu que tu le quittes jamais d'une semelle. Histoire de voir si on approuve ton choix.

— Je sais très bien que j'ai pas intérêt à le laisser seul avec des gros cons comme vous. Vous essaieriez de l'intimider. Ou de comparer la taille de vos queues.

— En parlant de taille de queue, Crew a dit que les intellos étaient bien membrés. C'est vrai ?

— Il va falloir que tu le découvres par toi-même.

— Je vois toujours pas ce que tu lui trouves, Monty. Qu'est-ce que je rate ? Les mecs discrets ont toujours quelque chose à cacher. Il a un penchant secret ? C'est une fourrure ou un truc comme ça ?

Elle fronça les sourcils.

— Une fourrure ?

— Ouais, c'est un fétiche où... Peu importe. S'il faut que tu poses la question, t'as répondu à la mienne. C'est quoi son nom de famille ?

— Je vous le donnerai pas. Je vous connais trop bien. Vous iriez creuser jusqu'à ce que vous trouviez de la merde.

— OK, t'as dit qu'il était actuaire, peu importe ce que c'est ce putain de truc. Alors, il travaille où ? Dans le coin ? À Pittsburgh ? À Greensburg ?

— Non.

— Allez !

— Non, Rez. Va te faire foutre.

— Putain de merde, tu l'aimes *vraiment* bien.

— Pourquoi t'es surpris ?

— C'est la dernière personne avec qui on te verrait. On est inquiets.

C'était une bonne excuse, même s'ils étaient plus curieux qu'autre chose.

— Vous pensez que je sortirais avec quelqu'un comme vous, bande de crétins ? J'ai affaire à des trous du cul alpha toute la journée au boulot. Des prisonniers qui se frappent la poitrine comme des gorilles en manque et des collègues arrogants qui pensent être un don du ciel pour les femmes, et puis je dois me coltiner toute votre bande de connards. J'ai pas besoin des mêmes conneries quand je sors avec quelqu'un.

— On veut que tu sois heureuse, c'est tout.

— Bien sûr. Eh bien, je vais vous donner un conseil sur comment me rendre heureuse. Laissez-le tranquille. Je jure que si vous le faites fuir...

— On peut au moins vérifier ses antécédents pour être sûr que c'est pas un tueur en série et qu'il va pas t'écorcher et porter ta peau sur son dos comme un manteau d'hiver ?

— S'il avait besoin d'un manteau d'hiver humain, il aurait choisi une personne plus dodue que moi. Je le tiendrai pas vraiment chaud.

— Et s'il te cuisine et te bouffe comme Jeffrey Dahmer ? Ce psychopathe, c'était un intello lui aussi.

— Alors il pourra profiter de quelques bons repas.

Rez se suça les dents.

— Tu crois qu'on a aucune raison de s'inquiéter ?

— Parce que c'est le cas et que vous êtes que des putains de fouineurs. J'aime son physique. J'aime sa façon de s'habiller. Il est gentil, attentionné et c'est un gentleman. Tout ce que vous êtes pas.

Rez couvrit son bâillement factice d'une main.

Elle lui mit un petit coup de poing dans le bras.

— Écoute, j'apprécie que vous soyez tous inquiets, si c'est vrai.

Elle pencha la tête et écarquilla les yeux.

— Mais vous croyez pas que j'ai fait mes recherches de mon côté avant de me lancer ?

Rez releva la tête brusquement.

— Vraiment ?

— Si vous êtes pas encore au courant, on a une unité intervention fédérale qui loue le troisième étage. Ils ont ce qu'on appelle des ordinateurs. On tape des infos sur le clavier et ensuite des infos s'affichent à l'écran.

— Ha. T'es une comique, c'est ça ? Mais... T'as demandé à quelqu'un de vérifier ses antécédents ? Qui ?

— Je t'emmerde. Je vous donnerai pas de nom parce que l'un d'entre vous ira harceler cette personne pour lui soutirer des infos. Et c'est pas à vous de les avoir.

Putain. C'était sûrement Nox. Et Nox pouvait garder des secrets comme une tombe.

— Monty...

— Non, Rez. Cette conversation est terminée. Je suis heureuse, alors laissez tomber.

Rez n'aima pas le sourire qu'elle lui fit.

— En parlant de bonheur... Il est arrivé quoi à ton rencard ? Tu l'as clairement surveillée de près pendant les deux services. Pourquoi... Sapphire, c'est ça ?... pourquoi elle est pas là maintenant ? T'as déjà fait fuir la pauvre femme avec ton gosier sans filtre ?

— Elle devait aller travailler.

Monty fronça les sourcils.

— Qui peut pas s'absenter pour un enterrement ?

— Quelqu'un qui bosse pour un con.

— Elle travaille où ?

— Il travaille où, Clark ?

Monty pinça les lèvres et inspira.

— Très bien. C'est pas comme si elle allait rester avec toi très longtemps de toute façon. Tu feras ou diras quelque chose de stupide et elle se tirera en pleine nuit comme une voleuse.

— On n'a pas ce genre de relation.

— Quel genre de relation ?

— On se tient pas la main et on se regarde pas avec des yeux de merlan frit.

Le visage de Monty devint un masque de confusion.

— Des yeux de merlan frit ?

Au moins, il n'était pas le seul à n'avoir jamais entendu cette expression avant.

— Google est ton ami.

— Donc, tu l'as payée pour qu'elle soit ta cavalière, conclut-elle avec un sourire en coin. C'est *ce* genre de relation.

— J'ai pas...

Il soupira.

— J'ai la dalle. Je crois qu'il est temps d'aller manger un truc.

Monty ricana.

Sa tentative de détournement fut noyée par le cri de Jamison.

— Au printemps, si on organisait un poker run de charité en mémoire de Sadie Parrish ? L'argent qu'on récoltera sera reversé à une organisation à but non lucratif qui s'appelle le Projet SAFE.

Des accords sonores retentirent dans toute la salle.

Un poker run, c'était toujours amusant, mais en organiser un pour récolter de l'argent pour une bonne cause rendait ça encore meilleur.

Alors que son regard balayait la salle pour voir si quelqu'un était en train d'interroger le mec de Monty, Luke Rodgers, de l'unité d'intervention, fit irruption de la salle de réunion du premier étage.

— Désolé de déranger votre…, dit-il en jetant un coup d'œil autour de lui, rassemblement. Je cherche Rez.

Chapitre Vingt-Huit

PUTAIN, pourquoi est-ce que Rodgers le cherchait ?

— Par ici. Qu'est-ce qu'il y a ?

— J'ai besoin de toi à l'étage, répondit-il.

Rez fronça les sourcils.

Toute la pièce devint silencieuse et les regards vacillèrent entre Rodgers et Rez.

— Encore une fois, désolé de vous interrompre. Euh… Je suis également désolé pour ta sœur, Sloane.

Il pencha la tête vers la salle de réunion.

— Rez…

C'était quoi ce bordel, putain ?

Il avança à grandes enjambées vers l'agent de la DEA.

— Y a un problème ?

— Je dois te montrer quelque chose.

Rez le suivit à travers la salle où se réunissait le comité exécutif du MCBA, sortit par la porte latérale et monta les escaliers jusqu'au troisième étage.

Rodgers composa le code pour déverrouiller la porte et Rez le suivit à l'intérieur.

— Qu'est-ce qui se passe ? demanda Rez en commençant à s'inquiéter.

— J'ai besoin que tu voies quelque chose. Tu... euh... sors avec la brune sexy du Peach Pit, c'est ça ? Sapphire ?

On ne *sort* pas exactement ensemble, mais...

— Ouais.

— Eh bien mon frère, ta meuf, c'est une dure à cuire.

Il fronça les sourcils.

— Qu'est-ce que tu racontes, putain ?

— Je savais pas si t'étais au courant ou pas, mais vu ta façon de réagir, je vois que non. Je pensais qu'elle était en bas avec toi jusqu'à ce que je fasse défiler les images d'il y a une heure ou deux. À ce moment-là, je suis tombé sur quelque chose qu'il faut que je te montre. J'ai revérifié l'heure, puis j'ai réalisé que t'étais en bas quand c'est arrivé.

— Qu'est-ce qui s'est passé ?

Son cœur, qui s'était déjà emballé, était maintenant coincé dans sa gorge.

Rodgers s'enfonça dans la chaise de l'un des bureaux installés pour visionner les images des caméras de surveillance. Après quelques clics, il fit un geste de la tête vers l'écran.

— Laisse-moi retourner en arrière pour que tu vois le scénario en entier. Comme ça tu verras la cause, puis l'effet.

Le mec avait l'air amusé, pas inquiet. Malgré tout, Rez n'aimait pas où ça allait.

Derrière lui, il entendit la porte se déverrouiller et s'ouvrir, puis quelques bottes avancer vers l'endroit où il se tenait, derrière la chaise de Rodgers. L'agent de la DEA se leva et l'invita à s'asseoir.

Rez secoua la tête.

— Vas-y, montre-moi ce que tu veux me montrer.

Et magne-toi le cul, putain !

D'un signe de tête, Rodgers se pencha et tapa sur la touche Entrée du clavier.

Il ne savait pas qui était dans son dos pour assister à leur petite projection privée, car il ne voulait pas détourner le regard de l'écran et manquer quoi que ce soit. Les images qui défilaient sous ses yeux provenaient de la caméra du bureau de Saint au Peach Pit. Dès le départ, ce n'était pas bon signe.

— C'est quoi ?

— Regarde juste, insista Rodgers.

Il avait bien l'intention de regarder, mais il avait déjà l'estomac retourné.

Dans l'enregistrement, Saint était assis derrière son bureau lorsque quelque chose attira son attention dans le couloir. Il se pencha en avant et cria vers la porte ouverte. La danseuse Cherish apparut dans l'embrasure de la porte d'un air réticent, et Rez eut l'impression de voir un petit fauve craintif.

Oh ouais, Rez n'allait pas aimer ça. Mais alors pas du tout, putain. Cherish était nerveuse à propos de quelque chose et il était certain qu'elle avait de bonnes raisons de l'être.

Saint n'avait aucune qualité capable d'en racheter une autre. Il traitait les filles comme de la merde, donc ce n'était pas surprenant qu'elles ne veuillent pas passer une seconde en sa présence.

Surtout seules.

En l'absence de son, il ne pouvait que deviner ce qui se disait. Même si leur langage corporel était assez facile à interpréter.

Quand Saint haussa la tête brusquement, c'était pour ordonner à Cherish de fermer la porte derrière elle. Elle n'en avait clairement pas envie, mais Saint n'était pas prêt à accepter un refus.

Les yeux de Rez passèrent de l'écran au membre de l'unité d'intervention sans arrêt.

— J'aime pas ça, grogna-t-il.

— Continue de regarder.

Devant le refus de Cherish de fermer la porte, Saint se

leva, la tira dans le bureau violemment et claqua la porte. Puis il saisit Cherish par la gorge et la poussa contre le mur.

L'air du troisième étage devint électrique, faisant se dresser les poils fins sur sa nuque. Derrière lui, les respirations étaient sèches, tandis que celle de Rez avait tellement diminué qu'elle semblait avoir disparu complètement.

Sa colère grimpait déjà en flèche et pourtant, rien de ce qui se passait à l'écran n'impliquait Sapphire.

Du moins, pas encore.

Mais ça allait arriver et il savait qu'il allait être furax.

Il sentit son pouls cogner contre ses tympans alors qu'ils regardaient Saint malmener Cherish, déchirant sa robe en l'arrachant d'une de ses épaules. Il continua de l'agresser en lui attrapant un sein exposé et en pressant ses hanches contre son bassin tout en la plaquant contre le mur.

Même sur ce fichu enregistrement, il voyait le blanc de ses yeux. Cette femme était morte de trouille. Et elle avait toutes les raisons de l'être. Le motard faisait presque deux fois sa taille et, malheureusement, elle n'avait pas la force de le repousser.

Le truc, c'était que les hommes comme lui cherchaient la résistance. C'était la lutte, la peur et la domination qui les faisaient bander.

Malgré ça, elle resta figée sur place.

Le cœur de Rez battait à tout rompre et il pinça les lèvres en grognant. Cet enfoiré allait faire quelque chose dont il ne pourrait revenir…

Et pour cette raison, il venait de signer son arrêt de mort.

Il était sur la même voie que T-Bone. Si ce dernier n'était pas déjà mort.

Lorsqu'il déchira sa robe un peu plus, Cherish sortit enfin de son état de torpeur et commença à se débattre contre lui.

Elle lui donna des coups de griffes. Se tordit le cou pour

l'empêcher de poser ses lèvres putrides sur sa peau. Elle ferma les yeux et ouvrit la bouche.

Même si les caméras n'étaient pas équipées de micro, Rez entendait ses hurlements dans sa tête comme s'il était là.

Il *entendait* sa peur et sa panique.

Ses pleurs.

Ses supplications et ses appels.

Quand Saint remonta sa robe jusqu'à ses hanches et attrapa sa fermeture éclair, la porte de son bureau s'ouvrit avec fracas.

Rez ignorait si ce connard ne l'avait pas verrouillée ou si Sapphire l'avait carrément défoncée. Dans les deux cas, ça n'avait pas d'importance. Elle se précipita vers Saint pour l'arracher à Cherish en lui hurlant dessus comme une furie. Puis elle cria quelque chose à Cherish.

En quoi consistait ce quelque chose était facile à deviner. La danseuse courut vers la porte tandis que Sapphire occupait Saint.

Elle lui criait au visage, son langage corporel sans équivoque. La fureur emplissait son regard et déformait son visage. Ses bras balançaient sauvagement comme des branches dans une tempête. Ses épaules, au contraire, étaient rigides et droites. Ses yeux brûlaient d'une intensité à faire pâlir le soleil.

Elle était tellement en colère qu'elle ne se rendait pas compte du danger qu'elle encourait.

Ou bien elle s'en moquait seulement.

La femme ne voyait que du rouge.

Mais lorsqu'elle poussa Saint violemment à deux mains, les poumons de Rez se contractèrent et il voulut lui hurler de sortir de là. Même si les événements qu'il avait sous les yeux avaient déjà pris fin et qu'il était bien trop tard pour arrêter quoi que ce soit.

Toutefois, il ne connaissait toujours pas le résultat de cette échauffourée. Pas encore.

La scène continuait de se dérouler devant lui, le torturant comme le plus atroce des supplices, car il était impuissant. Il ne pouvait pas intervenir. Il ne pouvait pas la protéger.

Il ne pouvait pas massacrer cet enfoiré.

Il ne pouvait *rien* faire de plus que de regarder, comme au ralenti, le bras de Saint se replier et, utilisant toute sa puissance, filer comme un éclair et finir par gifler Sapphire du revers de la main, la faisant presque tomber au sol.

Des murmures, des jurons et des cris s'élevèrent derrière lui, mais il ne détacha pas son attention de l'écran.

Sors de là, Sapphire.

Sors de là, putain.

Il ne pouvait même pas dire un putain de mot parce que ses dents étaient tellement serrées que ses mâchoires étaient totalement bloquées.

Il avait serré les poings sans même s'en rendre compte. Il voulait passer la main à travers l'écran et lui balancer son poing dans la trachée, faire tomber ce fils de pute au sol et le piétiner jusqu'à ce qu'il soit méconnaissable.

Une main sur la joue, les lèvres toujours en mouvement, Sapphire affronta Saint les deux pieds vissés au sol. Elle ne recula pas, ne s'enfuit pas du bureau, ne se recroquevilla pas dans un coin.

Pour l'amour du putain de ciel, cette femme aurait dû battre en retraite quand elle en avait l'occasion.

— Putain de Bon Dieu, lâcha-t-il à la seconde où elle se jeta sur lui.

Il répéta la même formule lorsque Saint passa la main dans son dos sous son cuir et en retira un objet.

Son visage perdit toutes ses couleurs lorsqu'un flingue apparut dans sa main.

Est-ce qu'il allait lui tirer dessus, putain ?

— Sors de là avant qu'il te tue !

Si d'autres dirent autre chose derrière lui, il ne les

entendit pas. Il n'entendait rien d'autre que les pensées qui se bousculaient dans sa tête.

Quand Saint leva son arme, Rez réalisa que le motard n'allait pas lui tirer dessus, mais lui mettre un coup de crosse.

Il allait la tabasser à putain de coups de crosse !

Avant que l'arme n'entre en contact avec sa peau, elle montra les dents et se jeta à nouveau sur lui, lui griffant le visage de ses ongles acérés.

Il faillit perdre le contrôle de son arme et elle tenta de la lui prendre. Alors qu'ils se battaient tous les deux pour en prendre possession, Rez espérait comme un dingue que la sécurité était toujours enclenchée pour éviter qu'un coup de feu parte tout seul et qu'elle soit abattue accidentellement.

Lorsque l'arme tomba au sol, ils se jetèrent tous les deux dessus comme deux rugbyman.

Mais au lieu de l'attraper, elle l'écarta d'un coup de pied et arracha une de ses chaussures compensées avant de se mettre à le frapper au visage.

— Putain !

— Putain de merde !

— C'est quoi ce bordel !

— Botte-lui le putain de cul !

Les cris derrière lui pénétraient à peine son cerveau.

Saint avaient les bras levés pour tenter de protéger son visage, mais Sapphire le frappait encore et encore avec son talon de dix centimètres.

Même à travers l'écran, on voyait le sang couler.

Lorsqu'il se couvrit la tête de ses bras, elle s'attaqua à son oreille, la frappant avec la même rage et la même arme mortelle.

Elle fit ensuite un pas en arrière et lui envoya un coup de pied dans le ventre qui le déséquilibra. Avant qu'il ne puisse se rattraper, elle lui donna un autre coup de pied tellement rapide qu'il n'eut pas le temps de lui attraper la jambe et de la jeter au sol.

Alors qu'il se redressait lentement, elle chercha son arme au sol et se jeta dessus quand elle l'aperçut, puis roula sur le dos et la braqua sur lui.

Purée ! Est-ce que tu sais au moins manier un putain de flingue ? hurla-t-il dans sa tête. La voir tenir ce flingue l'effrayait presque autant que de voir Saint le tenir.

Pourquoi elle ne se tirait pas de là pendant qu'elle en avait l'occasion au lieu de se retrouver face à face avec un motard qui la tuerait sans sourciller ?

Ses lèvres remuaient à toute allure alors qu'elle s'approchait de lui. Elle fit pivoter l'arme dans sa main et l'attrapa par le canon avant de se mettre à le tabasser avec la crosse.

La poitrine soulevée et les yeux hagards, son bras continuait de se soulever et de s'abattre sur sa cible.

Elle ne s'arrêta pas. Ne ralentit pas. Pas avant que Saint soit étalé au sol, immobile et incapable de se protéger.

Son visage n'était plus qu'une bouillie sanguinolente.

Puis elle planta le bout du canon dans sa bouche béante.

Encore une fois, l'air crépita et explosa autour de lui alors qu'ils attendaient qu'elle appuie sur la gâchette.

Dieu merci, elle ne le fit pas, putain.

Au lieu de ça, elle inspira une telle bouffée d'air qu'ils purent la voir sur l'écran. Elle secoua la tête, retira l'arme de sa bouche et se redressa.

Elle le fixa pendant quelques battements de cœur et dit une dernière chose avant de retirer son autre chaussure, de prendre le pistolet et de marcher pieds nus, plus calmement qu'elle ne l'aurait dû, hors du bureau.

— Comme je l'ai dit, une vraie putain de dure à cuire.

Rez cligna des yeux.

Il se tourna vers Rodgers et le fixa un moment. Ce dernier haussa les épaules.

— Je voulais juste que tu voies ce qui s'est passé. Tu devrais aller la voir. Elle vient peut-être de tuer un homme.

Rodgers avait dit ça avec la même insouciance que s'il avait dit à Rez que Sapphire venait de faire tomber son foutu cornet de glace.

La différence, c'était qu'elle ne finirait pas en prison pour avoir gaspillé un peu de nourriture.

L'excuse de l'autodéfense avait ses limites. Dans ce cas, elle ne pouvait se défendre, ou même défendre Cherish, que jusqu'au moment de pouvoir battre en retraite.

Et voilà que Rodgers la traitait de dure à cuire.

De putain de dure à cuire !

Prendre un risque qui aurait pu mal finir, ce n'était pas être une dure à cuire.

C'était inconscient.

Dangereux.

Un arrêt cardiaque en puissance.

Une main se posa sur son épaule. Déjà prêt à la repousser, il jeta un coup d'œil derrière lui pour voir de qui il s'agissait.

Crew.

Il s'attendait à ce que le chef de l'unité d'intervention fasse un commentaire de petit malin, ou qu'il fanfaronne en disant être impressionné par ce que Sapphire avait fait. Au lieu de ça, son visage était sombre. Comme celui de toutes les personnes qui étaient montées à l'étage.

— Va la chercher. Maintenant. Sloane et Decker comprendront pourquoi t'es parti. Je leur dirai ce qui s'est passé.

Rez pointa l'écran du doigt.

— Détruis ces images.

— Rez...

— Tu l'as fait pour Mel, maintenant fais la même chose pour Sapphire.

Crew resta quelques secondes silencieux, mais il finit par hocher la tête.

— Si cet enfoiré respire encore, on va régler ça à notre façon. Comme avec T-Bone, grogna-t-il en passant devant Crew, Finn, Rodgers et Jamison pour se diriger vers la porte.

Pour la première fois depuis qu'il l'avait rencontrée, il était content qu'elle vive à Rockvale.

Ça voulait dire qu'il pourrait être devant sa porte en quelques minutes.

Chapitre Vingt-Neuf

— MERDE, murmura-t-elle lorsque quelqu'un cogna à la porte.

Elle n'avait pas besoin de deviner qui c'était, elle le savait.

Elle ne voulait pas ouvrir. Elle ne voulait pas qu'il la voie dans cet état.

Elle ne savait même pas pourquoi il était à sa porte puisqu'elle devait travailler jusqu'à la fermeture ce soir. Comment est-ce qu'il savait qu'elle était chez elle ? Est-ce qu'il la faisait suivre ? Est-ce *qu'il* la suivait ?

Elle grimaça lorsque le martèlement continua. Il allait foutre en rogne ses voisins et s'ils se plaignaient, elle risquait d'être expulsée. Venir de perdre son putain de boulot était déjà assez difficile. Si elle perdait en plus son logement...?

Avec un soupir, elle jeta un œil à travers le judas et confirma qu'elle ne s'était pas trompée. Cela lui arracha un autre soupir, bien plus bruyant et dramatique.

— Va-t'en, Rez !

— Ouvre cette putain de porte, Sapphire !

— Les voisins vont appeler les flics !

— Alors ouvre cette putain de porte ! Et peut-être que tu l'as oublié, mais je *suis* un putain de flic !

— Pas à Rockvale. Retourne avec tes amis, Rez.

La réception post-funérailles ne pouvait pas déjà être terminée. Il avait dit qu'il serait là tard.

— Je suis fatiguée et je vais me coucher. Je te parlerai demain.

— Tu peux toujours courir, putain. Je bougerai pas d'ici. Si tu veux que j'arrête de cogner à ta porte, ton seul choix c'est de me laisser entrer.

Elle ferma les yeux et secoua la tête.

— C'est pas un choix s'il y a qu'une seule option.

— Je te donne deux options alors. Ouvre la porte ou je la défonce. Voilà. Maintenant t'as le choix. Choisis sagement.

Il deviendrait dingue quand il verrait l'ecchymose sur son visage. Il exigerait alors qu'elle lui raconte ce qui s'était passé et si elle le faisait, il perdrait encore plus les pédales.

Elle ne voulait pas qu'il aille confronter Sot et qu'il se mette dans une position où il pourrait faire quelque chose qui lui ferait perdre son travail. Elle ne voulait pas qu'il se retrouve au chômage par sa faute. Qu'elle se retrouve sans emploi était déjà assez catastrophique sans en rajouter.

— On peut discuter demain.

Peut-être que demain elle pourrait camoufler son ecchymose avec une épaisse couche de maquillage et qu'il ne remarquerait pas. Si elle se débrouillait bien.

— On discute ce soir ! hurla-t-il. Ouvre cette putain de porte !

— Tu me fais peur.

C'était un mensonge, mais elle espérait que ça le ferait reculer.

— Je *sais* que c'est un putain de mensonge.

Soudain, un silence s'installa et elle entendit son cœur battre dans ses oreilles.

— Très bien. Tu veux pas ouvrir la porte ?

Oh, merde. Qu'est-ce qu'il allait…

Le montant de la porte se fendit en éclat avec un bruit assourdissant.

Elle bondit en arrière.

— Rez !

Il balança un autre chassé dans la porte et elle s'ouvrit complètement.

— Bon sang, Rez ! Mon propriétaire va m'expulser pour ça !

En plus de ça, comme elle avait perdu son boulot, elle n'aurait pas les moyens de payer les réparations.

Il entra chez elle.

— Pas une grosse perte. Tu vas partir d'ici de toute façon.

Elle allait faire quoi ?

— C'est pas à toi de prendre cette décision.

— Cause toujours. Si t'es incapable de prendre les bonnes décisions, je vais les prendre à ta place.

Oh. Non. Il. N'avait. Pas. Osé.

— T'es pas mon mari. T'es pas mon petit ami. On sort même pas ensemble ! On est…

Elle faillit dire « rien », mais ce n'était pas vrai non plus.

Ils étaient quelque chose qu'ils n'avaient pas encore défini.

Et peut-être qu'après ce soir, ils n'auraient plus besoin de le faire.

Il releva la tête d'un coup.

— J'en ai rien à foutre, Saph. Rien. À. Foutre. Et t'en as fini avec le Peach Pit. Pour de bon, putain.

Ils étaient d'accord sur ce point.

— T'as raison, j'en ai fini. Mais pas parce que c'est ce que tu veux, parce qu'on a pris cette décision à ma place.

— Prépare ton sac. Tu vas pas rester là dans un appartement non sécurisé, lui ordonna-t-il après l'avoir regardée de haut en bas.

— Il est pas sécurisé parce que tu viens de défoncer cette putain de porte ! hurla-t-elle.

Les lèvres serrées, il s'approcha d'elle, nez à nez, lui passa un doigt sous le menton et lui fit relever le visage pour étudier l'hématome apparu après la gifle de Sot.

Il lâcha un grognement. Après avoir fermé les yeux, il se pinça le nez, inspira profondément et baissa la tête d'un air défait.

Lorsqu'elle tenta de se dégager, il agrippa son menton plus fort et ouvrit les yeux.

— Cet enculé, grinça-t-il en plongeant son regard dans celui de Saph.

Il savait comment elle s'était fait ce bleu, tout comme il savait qu'elle était chez elle. Comment ? Ou bien il avait juste deviné qui l'avait frappée ?

— Laisse tomber, Rez. Perds pas ton boulot en faisant quelque chose de stupide. Il en vaut pas la peine.

— Mais toi, oui.

Mais toi, oui. Ces trois mots tout simples la frappèrent en plein cœur.

Et lui firent comprendre que quelque chose avait changé entre eux. Leur « relation » décontractée et légère était devenue autre chose. Ses réactions ce soir prouvaient qu'ils n'étaient plus dans une sorte d'amitié ambiguë. Ils étaient bien plus que ça.

Mais ça ne voulait pas dire qu'il pouvait lui dicter sa conduite.

— Alors laisse tomber. Pour moi. Tu voulais que je quitte le Pit. Ton souhait a été exaucé.

Il lui relâcha le menton et fit un pas en arrière, mais il était évident que sa colère mijotait toujours sous la surface.

— Mais je voulais pas que tu sois blessée, Sapphire. Est-ce que j'aimais que tu bosses pour ces enfoirés ? Non. Mais même si tu penses le contraire, je voulais que tu démissionnes selon tes conditions.

Elle haussa les sourcils.

— Ou tes conditions, n'est-ce pas ?

Il pinça les lèvres.

— Dis-moi, Rez... Comment tu sais ce qu'il s'est passé ?

Quelqu'un l'avait appelé ? Et si oui, qui avait son numéro ? Il avait demandé à d'autres danseuses de la surveiller et de le tenir au courant ?

Si c'était le cas...

— Puisque tu bosses plus là-bas, je suppose que je peux t'en parler... L'unité d'intervention a fait installer des caméras dans le club quand le premier fourgon d'approvisionnement est apparu dans le parking de derrière. On avait besoin de preuves solides qu'ils organisaient un trafic de drogue dans le Peach Pit.

Ils avaient installé des caméras.

Comment c'était possible, putain ? Comment elle avait pu ne pas le remarquer ? Comment Sot ne l'avait pas remarqué ?

— Où ? Y a des caméras dans la salle principale du club ?

Les lèvres serrées, il hocha la tête.

— Ton équipe peut tout voir ? Ils peuvent nous regarder danser gratuitement ?

Il plissa les yeux.

— C'est de *ça* que tu t'inquiètes, putain ? Que l'unité d'intervention profite d'un peep-show gratuit ?

— La danse, c'est notre gagne-pain...

Elle secoua la tête. Il avait raison. Ce n'était pas important. Elle le regarda fixement.

— Mais c'est pas arrivé dans...

Elle fronça les sourcils.

— Vous avez aussi une caméra dans son bureau.

Évidemment. Maintenant tout s'expliquait. Pourquoi Rez était en rogne. Pourquoi il savait qu'elle était chez elle.

Mais ça voulait dire aussi qu'il n'avait pas besoin d'être au club pour retrouver T-Bone ou même d'y passer du temps du tout. Il aurait pu voir tout ce qui se passait à l'intérieur à l'aide des caméras de surveillance.

Putain. Cette prise de conscience lui fit presque l'effet d'une trahison.

— Oui, admit-il.

— Pourquoi tu me l'as pas dit ?

— Parce que je pouvais pas. C'est une enquête fédérale, Saph.

— Mais tu me le dis maintenant.

— C'est inévitable à ce stade. En plus, t'es plus employée là-bas.

— Mel savait pour les caméras ?

— Oui. Elle a aidé notre équipe à entrer pour les installer.

Sapphire pressa ses doigts sur sa bouche.

— Elle m'a jamais rien dit.

— Parce qu'on lui a dit de rien dire à personne. On voulait que tout le monde agisse naturellement sans être conscient d'être surveillé. On voulait que la vie du club continue comme d'habitude.

Logique, mais tout de même…

— Ça veut dire que t'as vu ce qui est arrivé à Cherish.

Putain, il avait probablement tout vu depuis le début.

— Pas en direct, mais oui. J'ai aussi vu ce qui t'est arrivé.

La raison pour laquelle il s'était présenté à sa porte ce soir.

— Pourquoi tu visionnais les caméras ? Je croyais que t'étais à la réception post-funérailles avec tes amis ?

— Je regardais pas les images, mais un collègue de l'unité d'intervention se repassait les enregistrements de la soirée, et quand il a vu ce qui s'était passé et que t'étais impliquée, il a voulu que je le voie aussi.

— Depuis quand t'es mon gardien ? Je t'ai pas demandé ça.

Il ouvrit la bouche, puis la referma.

— Bon sang, Sapphire. Pourquoi t'es tellement indépendante que tu peux pas voir que quelqu'un se soucie vraiment de toi ?

—Je...

Ses poumons se vidèrent d'oxygène. Elle ne savait pas quoi répondre à ça. Elle se voilait la face en s'imaginant qu'ils flirtaient seulement. Ce qu'ils avaient était bien plus sérieux que ça.

— Tu t'es mise en danger inutilement. T'aurais dû appeler le 911 à la place, lui dit-il en l'arrachant à ses pensées.

— Appeler le 911 ? Tu te fous de ma gueule ? Ils seraient jamais arrivés à temps, Rez. Je vais pas laisser une femme se faire agresser sous mes yeux. Pas si je peux l'empêcher.

Elle espérait qu'une autre femme ferait la même chose pour elle.

— Il aurait pu te faire plus mal qu'il ne l'a fait. T'as eu de la chance de pas avoir subi plus de dégâts, t'as vraiment pris un risque démesuré, Sapphire. Cet enculé en a rien à foutre de toi.

Il pointa le doigt brusquement vers elle.

— Il en a rien à foutre de vous toutes. Des femmes en général. Pour lui vous êtes que des biens qu'il utilise à sa guise. C'est leur putain de façon de voir tordue. Il pense qu'il peut faire ce qu'il veut, quand il veut, à chacune d'entre vous.

— Tu me dis rien que je sais pas déjà, Rez. Mais ça veut pas dire que j'allais le laisser faire. Pas sans me battre.

— Eh bien, tu t'es battue.

Il inspira une grosse bouffée d'air et ses narines se dilatèrent.

— Il était encore en vie quand t'es partie ?

— Je sais pas.

Elle croisa ses yeux sombres.

— Et s'il a rendu l'âme, j'en ai rien à foutre.

— T'en auras quelque chose à foutre quand tu seras en taule pour avoir tué un homme à coups de putain de chaussure.

— J'aurais dû l'abattre et m'assurer qu'il toucherait plus jamais une femme contre sa volonté.

Il lui attrapa le bras et la tira vers lui avant de plonger son nez dans ses cheveux et de la serrer si fort qu'elle eut du mal à respirer.

— Tuer un autre être humain, c'est pas aussi facile que tu le crois. Ça te hanterait pour le reste de ta vie, même s'il le méritait. Prendre une vie laisse toujours une trace, Sapphire, alors je suis content que t'aies pas appuyé sur la gâchette.

Le motard méritait de bouffer une balle. Même si ce serait une fin bien trop douce pour lui.

— Je l'aurais fait pour sauver Cherish de quelque chose qui l'aurait hantée, *elle*, pour le reste de sa vie.

Il l'écarta de lui légèrement et plongea son regard dans le sien.

— Comment elle va ?

Le visage de Rez était plein d'inquiétude. Pas seulement pour Sapphire, mais aussi pour Cherish.

— Elle en a fini avec les Demons, elle aussi. Elle était vraiment secouée, même si on savait toutes comment était Saint et qu'il était possible qu'il fasse un truc comme ça. Je l'ai aidée à vider son casier et à rassembler ses affaires, ensuite je l'ai raccompagnée à sa voiture et elle est partie.

Cherish avait été secouée, mais elle s'en remettrait. Elle n'avait pas cessé de remercier Sapphire d'être intervenue. Et rien que pour ça, elle considérait que ça valait tous les risques qu'elle avait pris.

Sapphire passa les bras autour de la taille de Rez et pressa sa joue intacte contre sa poitrine imposante, écoutant le battement régulier de son cœur.

Elle comprit alors que Rez avait eu peur pour elle comme elle avait eu peur pour Cherish. Elle ne pouvait pas rester les bras croisés et regarder sa collègue se faire agresser, tout comme Rez ne pouvait pas supporter de regarder Sapphire subir le même sort sans rien faire.

Elle avait vu rouge et n'avait pas les idées claires lorsqu'elle s'était jetée sur Sot. Elle avait agi par pur instinct. Elle ne pouvait donc pas reprocher à Rez d'avoir fait la même chose en voyant ce qui lui était arrivé.

Elle serait contrariée et en colère si elle voyait des images de Rez se mettant en danger ou étant blessé.

— Bon sang, meuf, murmura-t-il en lui prenant l'arrière de la tête et en la serrant contre lui. Devant mon écran, je savais pas si je devais être excité ou horrifié de te voir lui mettre une branlée avec une putain de chaussure.

— Et donc, la réponse ?

Il expira bruyamment.

— Sincèrement ? J'ai eu les putains de chocottes.

— Je suis désolée. Je savais pas que tu pouvais voir ce qui se passait.

Il recula suffisamment pour poser les yeux sur elle.

— Ça veut dire que si j'avais pas été témoin de la scène, tu me l'aurais peut-être pas dit ? Tu m'aurais menti quand je t'aurai demandé comment tu t'étais fait ce bleu ?

Elle se frotta le front.

— Je sais pas. Mais entre le bleu et mon chômage, je suis sûre que t'aurais fini par le découvrir. Je veux dire, t'es flic. T'es doué pour assembler les pièces d'un puzzle.

— Putain, murmura-t-il.

— Comme je te l'ai dit, je veux pas que tu fasses quelque chose de stupide à cause de ça et que tu détruises ta carrière.

— J'espère que j'ai quand même un peu plus de sang-froid que ça.

Elle se dégagea de son étreinte et pointa du doigt sa porte défoncée.

— Vraiment ?

Il grimaça.

— Ouais, eh bien... je l'admets, j'ai pas beaucoup de self-control quand il s'agit de toi.

— Et je vais perdre ma caution, grâce à toi.

— Je paierai pour les dégâts.

— Tu devrais pas avoir à payer de réparation du tout, s'exclama-t-elle. T'avais aucun droit de faire ça.

— Tu te trompes, Saph. J'avais besoin de te voir pour m'assurer que t'allais bien. Non, pas seulement de te voir, mais de te toucher aussi. Je m'inquiétais pour toi, putain.

— Je comprends.

— Je sécuriserai la porte avant qu'on parte. Et encore une fois, je paierai les réparations pour que tu perdes pas ta caution. Mais au moins, ça prouve que t'es pas en sécurité ici. N'importe quel connard pourrait venir défoncer ta porte.

— C'est comme ça que tu justifies que je doive trouver un nouvel endroit où vivre ?

Il haussa les épaules.

— Ça sonnait bien, non ?

Elle leva les yeux au ciel puis soupira.

— Je sais pas ce que je vais faire maintenant.

— Tout ira bien. On trouvera une solution.

— C'est pas à toi de trouver quoi que ce soit, Rez.

— Pas moi seul, non, mais ça veut pas dire que je peux pas te donner un coup de main. En fait, j'ai peut-être une opportunité d'emploi pour toi. Au moins jusqu'à ce que Mel ouvre son club.

— Je devrais faire quoi ?

— Ce que t'aimes faire.

Elle cligna des yeux.

— Mais tu veux pas que je danse.

— Et tu veux pas que je te dise quoi faire.

— Donc on est dans une impasse.

— Non, pas du tout. Je suis là pour toi. Pas pour prendre des décisions à ta place, mais pour être ta caisse de résonance. Ou pour te soutenir dans les décisions que tu souhaites prendre. Sapphire, si t'as besoin de moi, je serai là. Si t'as pas besoin de moi, je serai à tes côtés et j'essaierai d'utiliser ma grande bouche pour t'encourager.

Il fit pause et prit une grande inspiration.

— Ce que j'ai compris en regardant ces images, c'est que je veux pas te perdre. Et j'ai été trop près de le faire aujourd'hui.

— Qu'est-ce que t'es en train de dire ? chuchota-t-elle.

— Tu sais ce que je suis en train de dire.

— J'ai besoin de l'entendre. Je veux pas jouer aux devinettes, Rez.

— Et tu vas me rejeter si je te le dis ?

— Pourquoi je te rejetterais ?

— Parce que t'es têtue et indépendante et je sais que t'as pas *besoin* de moi. Mais j'espère que tu *veux* me garder dans ta vie. Malgré les conneries que je raconte ou que je fais.

— C'est là que tu te trompes. Pas sur le fait que je veux de toi ou sur mon côté borné et indépendant, mais quand tu dis que j'ai pas besoin de toi. J'ai besoin de toi. J'aurais jamais pensé dire ça un jour, mais j'ai besoin de toi, Rez. Pas que tu sois mon protecteur ou que tu prennes mes décisions à ma place, mais que tu sois juste là pour moi. Que tu m'acceptes comme je suis. Comme je serai toujours. Que tu te sentes pas menacé par mon choix de carrière, c'est ce qui m'a attirée vers toi au départ.

— C'était la seule raison ?

— T'as d'autres qualités, dit-elle d'un ton taquin.

Sa gaieté s'estompa lorsqu'elle continua.

— Mais ensuite, t'es devenu possessif.

— Et tu sais pourquoi j'aimais pas que tu travailles au Peach Pit. C'était parce que tu travaillais pour ce MC hors-la-loi, pas parce que tu te mettais à poil devant des tas d'inconnus.

Il grimaça rapidement.

Elle pinça les lèvres.

— Alors, ça te dérange pas si je me déshabille autre part ?

— *Uh huh.*

— *Uh huh*, répéta-t-elle. Je suppose qu'on sera fixés si je saisis l'opportunité dont tu parles.

— Je ferai avec puisque je sais que ce sera temporaire.

— Tu sais que j'adore danser.

C'était vrai. Elle danserait toujours, même si ce n'était que pour elle. Ça lui permettait de s'aérer l'esprit, de se maintenir en forme et de se sentir capable d'affronter le monde entier.

Ou un connard de motard.

— Y a d'autres types de danse qu'on peut faire avec des vêtements sur le dos.

— Ah bon ? Mais danser nu c'est tellement libérateur.

Elle étouffa son sourire quand il fronça les sourcils.

— Tu peux aller préparer ton sac pour qu'on puisse enfin se tirer d'ici ? S'te plaît. Avant que je dise quelque chose qui te poussera à prendre une chambre d'hôtel ce soir.

Elle rit.

— Et si j'allais préparer mes affaires pendant que tu t'occupes de sécuriser ma porte pour éviter que quelqu'un se pointe et me pique ce que j'aurais pas pu déménager.

— T'es prête à déménager ?

— Eh bien, j'ai pas de travail pour le moment, donc je sais pas où je déménagerais, mais oui, si je peux trouver le bon endroit au bon prix.

— J'ai un appartement qui correspond à ce que tu veux.

— Vraiment ?

— Oui. Va chercher tes affaires et je te ferai visiter.

Hmm.

— Je crois que je l'ai déjà vu cet endroit.

Est-ce qu'elle envisageait vraiment d'emménager chez Rez ? Peut-être temporairement, le temps qu'elle se remette sur pied... Mais définitivement ? Ça ne faisait qu'un mois qu'ils se « voyaient ». C'était trop tôt, non ?

— L'endroit a quelques avantages.

— Oh ? Comme ?

Il sourit et pointa son pouce vers sa poitrine.

— Moi.

— Et c'est censé me convaincre ?

— J'ajouterai d'authentiques repas vénézuéliens préparés par ma mère.

— Alors *maintenant* tu m'as convaincue.

Il grimaça.

— Aïe.

Il l'attira à nouveau contre lui, baissa la tête et sourit contre ses lèvres.

— Tu peux rester aussi longtemps que tu le souhaites. Et si tu pars jamais, je me plaindrai pas.

— Même si j'apprécie l'offre, commença-t-elle, si on prenait les choses au jour le jour et qu'on voyait comment ça se passe ?

— Je peux vivre avec ça.

— Tant mieux. Parce que c'est ton seul choix.

Il haussa les sourcils.

— *Huh.* Quelqu'un m'a dit un jour qu'il fallait plus d'une option pour que ce soit un choix.

— Cette personne est vraiment intelligente ! s'exclama-t-elle.

Il s'esclaffa.

— Ça c'est vrai. Tellement intelligente qu'elle

comprendra rapidement qu'elle peut pas se tromper en s'installant avec moi.

— *Mmm hmm.*

Il lui prit la bouche et ils s'embrassèrent jusqu'à ce qu'ils soient tous les deux à bout de souffle, ses seins brûlant contre sa peau et son érection pressant contre son bas-ventre.

— Peut-être que ce premier avantage sera pas si terrible, souffla-t-elle lorsqu'ils se séparèrent enfin.

— J'ai bien d'autres avantages à te montrer, y compris celui qui se cache dans mon pantalon. Alors dépêche-toi d'aller chercher tes babioles.

Avec un sourire sexy et tordu, il lui mit une petite claque sur les fesses.

Alors qu'elle se dirigeait vers sa chambre, elle s'arrêta avant de se retourner.

— Hé.

— Ouais ?

— Merci d'être là pour moi.

— Toujours, Sapphire. Toujours.

Elle se détourna avant que les picotements dans ses yeux ne deviennent de véritables larmes. Avec un sourire, elle alla « chercher ses babioles ».

Cette journée avait commencé par l'enterrement de Sadie, puis était devenue un bordel monstre, mais peut-être, juste peut-être, qu'elle se terminerait beaucoup mieux qu'elle n'avait commencé.

Chapitre Trente

Même si le jacuzzi était conçu pour quatre, lorsque deux des occupants étaient des hommes assez corpulents, il était un peu serré.

Mel était assise en biais sur les genoux de Finn, tandis que Sapphire était assise sur ceux de Rez. Les jets propulsaient de l'eau chaude et une brume de vapeur les enveloppait dans l'air froid de la fin du mois de mars.

Un bras enroulé autour des hanches de Sapphire, Rez buvait une bière avec sa main libre.

Comme ils vivaient ensemble depuis environ deux mois, ils faisaient des activités officielles de « couple ». Comme passer du temps avec sa meilleure amie et son mec sexy à mourir.

L'eau chaude apaisa ses pieds endoloris, car elle sortait de cinq nuits passées à danser sur la scène du Club pour Hommes du Paradis des Anges. Un club de strip-tease qui appartenait ironiquement à un autre MC, les Dirty Angels.

Mais contrairement au style de management de Saint, ou à son absence de management justement, Caribou, le gérant du Paradis des Anges, savait ce qu'il faisait. Il s'assurait également de faire ce qui était le mieux pour le club *et* pour les danseuses. La plupart du temps, il les traitait avec respect et tenait même compte de leurs opinions.

C'était presque aussi bien que de travailler pour Mel.

Presque, mais pas tout à fait.

Caribou était principalement motivé par l'appât du gain, il savait que plus le club gagnait de l'argent, plus il en gagnait lui aussi. Pour cette raison, le club était bien entretenu, les danseuses professionnelles et aimables, mais…

Pour elle, ce n'était que temporaire. De plus, le trajet qu'elle devait se taper pour aller et revenir du boulot était insupportable. Elle passait la majeure partie de sa journée sur la route, ce qui lui laissait moins de temps à passer avec l'homme dont l'érection était en train de gonfler sous ses fesses.

Comme elle portait un bikini, les yeux de Rez étaient constamment attirés par son décolleté mouillé, ce qui lui faisait remarquer très clairement la lutte acharnée qu'il menait contre son envie d'enfoncer son visage dans sa poitrine. C'était l'endroit dans lequel il préférait le fourrer ailleurs qu'entre ses cuisses.

— Je vois à quel point c'est dur pour toi, murmura-t-elle en pressant ses lèvres contre son oreille.

— De plus d'une façon, murmura-t-il en retour.

— Si vous avez pas remarqué, on est assis juste à côté de vous, dit Finn sèchement.

— *Alooooors*, commença Mel en riant, comment se passe la recherche d'un nouvel appartement ?

Puisqu'elle vivait toujours chez Rez et qu'ils ne s'étaient pas encore entre-tués, ils avaient décidé de trouver un endroit plus grand pour continuer à vivre en concubinage. Son appartement n'était pas mal, mais ce n'était pas le plus spacieux puisqu'il l'avait acheté en pensant qu'il resterait célibataire.

— On a encore rien trouvé parce que le marché est en hausse et que Rez veut un endroit avec assez d'espace pour qu'on puisse s'agrandir. On cherche un endroit assez grand pour ça.

— Pour s'agrandir ? Genre, avec des enfants ? demanda Mel avec un mélange de surprise et d'excitation.

Ils étaient loin d'être prêts pour ça.

— Plutôt genre un chien ou un chat pour l'instant. C'est nouveau pour nous deux. J'ai jamais vécu avec quelqu'un, alors je suis encore en période d'adaptation.

— Je m'attendais à ce que Rez dise un truc comme ça, pas toi.

Rez soupira.

— Mon adaptation consiste à apprendre à plier le linge dès que je le sors du sèche-linge et à pas oublier de baisser la lunette des toilettes. Je suis pas encore prêt à ajouter à tout ça les couches sales et apprendre à un humain miniature à aller sur le pot.

Leur relation était encore bien trop récente pour qu'ils pensent à fonder une famille. Ils commençaient à peine à s'habituer à vivre l'un avec l'autre.

Pour le moment, ils faisaient des pas de bébé.

Sapphire resserra son bras autour de son cou.

— Je suis d'accord. Il est encore en formation, c'est pour ça qu'il se plaint de la lessive et de la cuvette des toilettes.

Finn ricana.

— Tu ris, dit Mel en lui donnant un coup de coude, mais il m'a fallu du temps pour te sortir de cette mentalité de célibataire endurci.

Elle porta à nouveau son attention sur Sapphire.

— Je suppose que ça veut dire que vous déménagerez pas de sitôt.

— On cherche le logement idéal et on est prêts à attendre qu'il pointe le bout de son nez. En parlant de marché immobilier... Et toi ? T'as trouvé quelque chose ? demanda-t-elle à Mel.

— Oh, merde ! Je vous l'ai pas dit ! Pendant ses allers-retours, Axel est tombé sur un bâtiment abandonné qui a beaucoup de potentiel. On a fait une offre il y a deux jours. Croisez les doigts pour qu'elle soit acceptée. Si c'est bon, il y aura pas mal de travaux à faire. Mais le bon côté, c'est que ce sera une page blanche, si on trouve assez de fonds, je pourrai construire le club de A à Z.

Le cœur de Sapphire accéléra quand elle entendit cette nouvelle.

— C'est où ?

Elle était tellement excitée à l'idée que Mel puisse enfin réaliser son rêve qu'elle faillit sauter sur les genoux de Rez. Seulement, si elle faisait ça, elle risquait de le blesser à un endroit particulièrement important.

Et ce serait tragique.

— Juste à la sortie d'Uniontown.

Rez siffla bruyamment.

— Putain, c'est parfait. Tu seras en concurrence directe avec le Peach Pit.

— Ce sera pas un match équitable. On a bien l'intention de leur mettre une putain de raclée, dit Finn. On devrait appeler notre club, le club Karma.

Rez ricana.

— C'est exactement ce que mérite cet enculé de Saint.

Un enculé qui respirait encore, malheureusement. Ou heureusement, selon le point de vue.

— C'est pour ça qu'on espère trouver un endroit à proximité, dit Finn à Rez.

Tout ça redonna espoir à Sapphire.

— On va avoir besoin de beaucoup d'argent pour mettre le train en marche, alors on a parlé de chercher des investisseurs. Même s'ils veulent juste nous avancer l'argent. Une fois que le club sera dans le vert et générera du profit, je pourrai les rembourser avec des intérêts, expliqua Mel.

— J'ai quelques économies dans lesquelles je peux piocher, dit Finn, mais même combinées à celles de Mel, c'est pas suffisant pour faire les choses bien. Avoir au moins deux autres partenaires nous permettrait d'ouvrir le club plus rapidement. On doit frapper un grand coup au départ et frapper encore plus fort ensuite pour faire de cette entreprise un succès.

— Je le ferais dans la seconde, dit Sapphire, mais malheureusement je peux pas me le permettre, même si je gagne très bien ma vie au Paradis des Anges en ce moment. Mieux que ce à quoi je m'attendais.

— Alors ça vaut le coup de te taper tout ce trajet ? demanda Finn.

— Pour l'instant. Mais apprendre que tous les deux vous avez trouvé en endroit rendra mon travail plus supportable et me donnera quelque chose à attendre avec impatience. Dès que ce sera ouvert, je viendrai travailler pour vous. Si tu veux toujours de moi, Mel.

— J'ai décidé que je voulais pas de toi comme hôtesse, Saph, annonça Mel d'un air sombre.

Vraiment ? Elle remua sur les genoux de Rez lorsqu'il lui agrippa les hanches sous l'eau.

— Je pensais que…

— J'ai quelqu'un d'autre en tête pour le poste d'hôtesse.

Elle adressa un grand sourire à Sapphire.

— Je te veux comme gérante à la place. Et j'envisage de faire de Raven la gérante adjointe.

— Attends. Tu veux que je sois la gérante ?

Rez lui agrippa la taille encore plus fort et elle serra la nuque de l'homme avec excitation.

— Je pensais que c'était toi qui gérerais le club.

— Bien sûr, je serai la propriétaire et je superviserai tout, comme Laura quand elle était au Peach Pit, mais tu t'occuperas de la gestion quotidienne avec Raven, qui t'assistera et te remplacera quand tu seras absente. Comme ça, on pourra garder le club ouvert sept jours sur sept sans qu'aucune d'entre nous soit forcée de bosser plus de cinq jours d'affilée. Ça nous fera des horaires de travail normaux.

— C'est vraiment génial.

Rez posa les lèvres sur la tempe de Sapphire et l'embrassa.

Elle lui jeta un coup d'œil rapide.

— Pas étonnant que tu penses ça.

Il préférait qu'elle ne se déshabille pas.

— Eh bien, commença Mel avec un sourire taquin. Tu pourras toujours danser sur scène quand tu voudras. Ou faire des danses privées pour gagner plus d'argent. Ce sera ta décision. Tu sais que t'attires toujours la foule.

Soudain, autre chose que son érection se raidit contre elle.

— Mais en tant que gérante, elle aura pas besoin de faire ça, insista Rez.

— Non. Seulement si elle en a envie. J'ai aussi préparé un business plan et j'ai plein d'idées pour tirer le meilleur parti du club.

— Comme ? demanda Rez.

— Faire venir les Quéquettes une fois par mois.

— Putain, *Blaze*, bah voilà, dit Rez en riant. Je sais que ça te manque de te déhancher sur scène.

Mel poursuivit en ignorant la remarque de Rez.

— On aura aussi des soirées à thème. On pourrait aussi organiser des spectacles de travestis, des soirées où des groupes locaux viendraient utiliser la scène pour montrer leur talent. On ferait venir des comiques et...

— Des soirées karaoké ! s'écria Finn.

Le grognement de Rez vibra contre Sapphire.

— Les possibilités sont infinies, conclut Mel.

— Putain, t'as vraiment bossé dur sur ce business plan, hein ? demanda Sapphire. Je peux te faire une autre suggestion ?

— Je suis tout ouïe. Je suis prête à envisager toutes les

possibilités pour faire de ce club un succès et attirer les bons investisseurs.

— Le matin, avant l'ouverture du club au public, propose des cours de pole dance. Si elles veulent participer, ça donnera aux filles l'occasion de se faire un peu d'argent en plus. Ça pourrait être des cours de remise en forme ou même des cours pour toutes celles qui veulent apprendre le strip-tease. Pour le boulot ou juste pour le plaisir.

Elle fit un clin d'œil à son amie.

—J'adore cette idée ! s'exclama Mel. Et comme la mère de Finn est professeur de danse, elle pourrait parler de ces cours aux parents de ses élèves.

—Umm... Bien sûr, marmonna Finn.

Le rire de Rez la secoua.

— Peut-être que ta mère pourrait aussi enseigner, Woody Woodpecker. Tu la voies pas se trémousser sur une barre pour rester agile ?

—Je m'arracherais les yeux si je voyais ça.

Finn frémit.

Sapphire était ravie que les choses se concrétisent enfin. Non seulement pour l'avenir de Mel, mais aussi pour le sien. Elle avait hâte de recommencer à travailler avec sa meilleure amie. Elles avaient toujours formé une équipe très soudée et hyper performante.

Puisque Mel aurait le contrôle total de son club et qu'elle aurait Sapphire à ses côtés, la femme serait inarrêtable.

— Je vais d'abord voir si un de nos frères est intéressé par un petit investissement. Plus vite on trouvera des soutiens financiers, plus vite on pourra faire la rénovation, dit Finn. Et avec un peu de chance, commencer à gagner de l'argent.

— Le plus tôt sera le mieux. Les derniers mois ont été difficiles, vu que j'ai essayé de pas puiser dans l'argent que j'avais mis de côté pour ce projet. Sans Finn, j'aurais pas pu faire autrement.

Mel déposa un baiser sur la joue de son homme.

— Tout ça c'est grâce à ton aide.

— Hé, je pourrais vouloir investir moi aussi et devenir proprio d'une part de ce gâteau, annonça Rez en laissant Sapphire sans voix.

Cette dernière tourna la tête brusquement et ils se retrouvèrent pratiquement nez à nez.

— Tu veux être un investisseur ?

Ça ressemblait plus à un couinement qu'à une question intelligible.

— Pas seulement un investisseur, mais un copropriétaire.

— Si tu fais ça, on devra repousser le déménagement, l'informa-t-elle.

— Tu peux supporter de vivre dans mon appartement un peu plus longtemps ? On a besoin de plus d'espace rien que pour ta collection de vêtements.

Si ça lui permettait de travailler pour Mel beaucoup plus rapidement, absolument.

— On continuera de se débrouiller. On a tout le temps de trouver un endroit plus grand.

— Rez, commença Mel, t'es prêt à devenir un partenaire et pas un investisseur temporaire ?

Rez haussa les épaules.

— En tant que copropriétaire, je toucherai pas un pourcentage des bénéfices ? À mes yeux, ce club sera pas juste avantageux pour Sapphire, mais pour moi aussi, si j'investis.

— En quoi ce serait avantageux pour toi ? demanda Finn.

— Premièrement, ça m'apporterait des revenus passifs à long terme. Deuxièmement, si Sapphire travaille là-bas, elle aura plus besoin de monter sur scène comme maintenant. Et troisièmement, je me sentirai tellement mieux si elle travaille pour Mel, et pas pour un putain de MC quelconque. Ça va réduire mon stress de moitié.

— Même si l'ambiance est bien meilleure au Paradis des Anges qu'au Pit, il aime toujours pas que je travaille pour un MC, expliqua Sapphire.

Le problème ce n'était pas juste le MC, mais il avait toléré qu'elle continue de se déshabiller parce qu'il n'avait pas d'autre choix.

— Je peux pas lui en vouloir, murmura Finn. Je veux pas non plus que d'autres hommes fantasment sur ma femme.

— Bébé, ça arrive aux femmes régulièrement, qu'elles soient strip-teaseuses ou non.

— J'ai jamais...

Finn serra les lèvres et grimaça.

— Laisse tomber.

Mel rit et tapota son large torse couvert de taches de rousseur.

— Le fin mot de l'histoire, c'est qu'elle fera ce qu'elle aime, mais en restant habillée, dit Rez avec un sourire satisfait.

Sapphire secoua la tête.

— Si c'est principalement pour ça que tu veux investir...

Rez écarta une mèche mouillée sur la joue de Sapphire.

— C'est pas le cas. Je pense que c'est un bon investissement. Et en prime, j'aurai droit à tous les divertissements gratuits que je veux.

Elle leva les yeux au ciel.

— Attends. Ça te pose un problème que d'autres hommes la regardent danser, mais elle est pas censée s'opposer à ce que tu regardes d'autres femmes se déshabiller ? demanda Mel.

Rez sourit.

— Bingo.

— Les hommes ! hurla sa meilleure amie dans le ciel nocturne.

Ses deux dobermans, enfermés à l'intérieur à cause de l'hiver, se mirent à aboyer.

— Apparemment, Minx et Jinx sont pas d'accord avec ton évaluation de la situation, plaisanta Finn.

— Mais c'est la vérité pourtant. Vous les hommes, vous êtes les rois du double standard.

Mel secoua la tête.

— Mieux vaut un double standard que pas de standard du tout, non ? la taquina Rez.

Finn se retint de rire.

— D'accord, j'aimerais bien m'envoyer en l'air plus tard. Alors avant que je gâche tout ça, retournons à notre club Karma.

— Il s'appellera pas Karma, grommela Mel.

— Mel détiendra la majorité des parts de l'entreprise. Tous les autres, sauf moi bien sûr, seront des partenaires silencieux. Rez Taurateur, tu penses être capable de la boucler ?

Sapphire éclata de rire.

— Tu demandes l'impossible. Il risque d'imploser s'il peut pas dire tout ce qui lui passe par la tête.

— Je dois admettre que j'ai un problème…, murmura Rez.

— Oh, il peut faire des suggestions, mais j'aurai pas la moindre obligation d'en tenir compte.

Mel sourit.

— Il peut parler autant qu'il veut, ça veut pas dire que je vais l'écouter.

— *Hmm...* Ça me dit quelque chose, dit Sapphire.

Les sourcils foncés de Rez grimpèrent sur son front.

— T'es en train de dire que tu m'écoutes pas ?

Sapphire lui palpa les joues.

— Je bois tes paroles.

— Mensonges ! éclata Rez.

— Elles écoutent jamais, grommela Finn.

— Excuse-moi ? grinça Mel. Si vous voulez qu'on vous écoute, dites quelque chose qui en vaille la peine.

— Tout ce que je dis vaut la peine d'être écouté, affirma Finn.

Mel balança la tête en arrière et rit tellement fort que les chiens recommencèrent à aboyer.

— Heureusement que vous avez pas de voisins.

— Oh, on a des voisins, assura Mel à Sapphire. Ils écoutent pas Finn non plus.

— Putain, meuf ! cria Finn. T'as le couteau entre les dents ce soir.

— Ils ont pas d'oreilles, les fantômes ? demanda Rez.

— Demande-leur, l'invita Sapphire.

— Attrape une planche de Ouija ! ordonna Rez.

— Non ! crièrent Mel et Finn en même temps.

— Je préférerais que nos voisins restent sagement où ils sont, dit Mel à un volume plus raisonnable.

Finn frémit.

— Je suis d'accord. C'est à la fois cool et flippant de vivre entouré d'un cimetière, mais je préférerais éviter de ressusciter les morts, merci beaucoup. J'ai vu assez de films et de séries pour savoir que rien de bon arrive jamais quand les zombies sortent de terre.

— Ils se nourrissent que de cerveaux. Ça veut dire que t'es en sécurité, Poil de Carotte.

— Alors toi aussi, rétorqua Finn à Rez.

— Eh bien, commença Mel, vous deux vous avez été assez intelligents pour attraper des femmes comme nous, alors vous devez avoir quelques cellules cérébrales en état de marche.

— C'est vrai, dirent les deux hommes en même temps et en se regardant.

Quand Sapphire s'agita sur les genoux de Rez, il grogna, inspira, puis ouvrit la bouche.

— Aïe, je suis censé prévenir un médecin si mon érection dure plus de quatre heures et je commence à m'inquiéter un peu vu qu'une heure vient déjà de s'écouler. Je vais peut-être devoir faire quelque chose de radical pour m'en débarrasser.

— Ce jacuzzi n'accepte aucun dépôt d'ADN, annonça Mel.

— C'est vrai ? C'est pas ce que t'as dit quand...

Mel plaqua une main sur la bouche de Finn pour le faire taire.

— Dégueu, mec ! cria Rez en se levant d'un bond et en faisant tomber Sapphire de ses genoux dans l'eau bouillonnante.

Elle retint sa respiration juste à temps lorsque sa tête passa sous la surface. Des mains puissantes la tirèrent vers le haut.

Rez grimaça.

— T'as pas bu la tasse, n'est-ce pas ?

— Bon sang, Rez ! bredouilla-t-elle. Je voulais pas avoir les cheveux trempés. Il fait encore très froid dehors !

— Tu peux emprunter un sèche-cheveux avant de partir, dit Mel maintenant debout en riant.

— Mais d'abord, on va rester assis ici et vous regarder sortir du jacuzzi toutes les deux, annonça Finn, toutes mouillées et luisantes.

— Et avec ça, il est temps qu'on s'en aille, répondit Sapphire.

Elle jeta un coup d'œil à Mel.

— Comment on s'est débrouillées pour se retrouver coincées avec des pervers ?

Mel haussa un sourcil.

— Mais est-ce qu'on est vraiment coincées ?

— Hé ! cria Finn. Vous êtes coincées avec nous. Pas d'échange ni de remboursement.

Mel jeta un coup d'œil à Sapphire.

— Ils pensent qu'on peut pas vivre sans eux.

— On peut facilement leur prouver qu'ils ont tort.

— Pas de raison de se précipiter. Personne a besoin de prouver quoi que ce soit, dit Rez.

— Inquiet ? demanda Sapphire en sortant du bassin et en attrapant une serviette à proximité.

Rez la suivit rapidement et prit une serviette également.

— Non, pas du tout. Parce que tu peux pas résister à cette bite.

Il agrippa son entrejambe recouvert de tissu éponge.

— Si c'est ce que tu penses, c'est que tu connais pas mon Orgasmic-tron 5000. Il s'arrête pas tant que les piles sont pas mortes.

— T'en as un aussi ? demanda Mel en s'enveloppant elle aussi d'une serviette épaisse. Oh mon Dieu, oui ! Meuf, il me donne les orgasmes *ultimes*.

Finn fronça les sourcils.

— Pas meilleurs que ceux que je te donne.

— Cinq mille fois meilleurs, dit Mel en jouant le jeu puisque l'Orgasmic-tron 5000 n'existait pas.

— Peu importe. Il peut te donner de superbes orgasmes, mais il peut pas t'aimer comme je le fais.

— C'est vrai, et tu fais aussi de bons câlins, avoua Mel.

Elle se posa un doigt sur les lèvres.

— Mais Minx et Jinx m'aiment inconditionnellement et me font de *super* câlins.

— Putain. Facilement remplaçable par un vibromasseur monstrueusement gros et deux chiens.

— Putain de merde, ce que tu dis ça craint sérieusement, dit Rez.

— Ouais. Je devrais reformuler ?

— Nan, trop tard. Laisse tomber, conseilla Rez à son frère du MCBA. OK, allons nous habiller pour rentrer à la maison. J'ai *hâte* de me sentir bon à rien !

Sapphire détourna la tête pour cacher son rire.

— Eh bien, maintenant t'as un objectif à atteindre.

— J'ai déjà tout ce que je veux, déclara-t-il alors qu'ils se dirigeaient tous à l'intérieur.

— Tout ?

— Eh bien, la chose la plus importante.

— Qu'est-ce que c'est ?

Il s'arrêta juste derrière la porte et se retourna, bloquant son chemin.

— Toi.

Elle haussa un sourcil.

— Je suis tout ce que t'as toujours voulu ?

— Tu ferais mieux de dire que oui, abruti ! hurla Finn depuis l'intérieur de la maison. Surtout si tu veux un peu d'aide pour te débarrasser de ta trique.

— Oui, répondit Rez. Ma vie est maintenant complète avec toi.

Elle rit à nouveau.

— Pourquoi tu ris ? Je suis sérieux !

— T'en fais un peu beaucoup, n'est-ce pas ?

Alors qu'elle commençait à passer devant lui, il l'arrêta en lui attrapant le bras et la fit pivoter vers lui. Il baissa le menton et la voix pour que Finn et Mel ne l'entendent pas.

— Tu crois que je plaisante, Sapphire, mais c'est pas le cas. Je peux pas imaginer ma vie sans toi. Je sais pas comment je me suis débrouillé pour survivre avant ton arrivée.

— Rez, murmura-t-elle avec une chaleur inconnue dans les yeux.

— C'est vrai. J'espère que tu ressens la même chose.

Elle tendit la main et la posa sur sa joue barbue.

— Je...

Il haussa les sourcils en attendant la suite.

— Te tolère, termina-t-elle avant de lui tapoter la joue.

Elle ouvrit la bouche et inspira à pleins poumons.

— Mais j'apprécie ta queue, ajouta-t-elle rapidement.

— Je me sens tellement mieux, putain.

Elle laissa le sourire qu'elle combattait se dessiner sur son visage.

— Je déconne. Je sais qu'on n'est pas comme les autres couples, parce qu'à ce stade de notre relation, la plupart des gens se seraient déjà déclaré leur amour.

— Je veux juste que tu le dises si c'est vrai.

— D'accord.

Il attendit.

Elle attendit.

Sa pomme d'Adam grimpa et retomba lourdement.

— C'est vrai ? demanda-t-il enfin. Attends. Je veux pas que tu me le dises ici, chez Fifi Brindacier. Je veux dire, *si* tu veux me le dire.

— Tu veux que je te le dise où ?

— Pendant que tu chevauches ma queue ?

— Je suppose que c'est un endroit aussi sympa qu'un autre.

Rez sourit.

— Content que tu sois du même avis.

— Maintenant... On peut rentrer à la maison pour que je puisse te chevaucher et te dire à quel point je t'aime ?

— Bon sang, Sapphire !

Elle jura qu'elle rit pendant tout le trajet.

Et bien sûr, elle le lui répéta plus tard, alors qu'elle le chevauchait vite et fort.

Mais pas avant qu'il ne lui ait murmuré à quel point il l'aimait lui aussi.

C'était la meilleure chose qu'elle avait entendue de toute sa vie.

Du moins jusqu'au premier cri de leur fille, née deux ans plus tard.

Épilogue

Un an plus tard…

Rez scruta le club bondé. Il n'aurait jamais cru que son investissement porterait ses fruits aussi rapidement. Mais Mel et Sapphire formaient un duo dynamique.

Le Pink Pearl gagnait désormais de l'argent à tour de bras. Notamment parce qu'elles n'engageaient que des danseuses de haut niveau, la plupart travaillant au Peach Pit lorsque Mel était la gérante du club aujourd'hui aux abois. En plus de ça, le club proposait de nombreux autres divertissements pour adultes.

Les lundis soirs étaient réservés aux événements spéciaux. Qu'il s'agisse d'un humoriste, d'une revue exclusivement masculine comme les Quéquettes, d'un groupe local ou autre. Tous les événements payants affichaient toujours complet.

Dès que Mel et Finn avaient acheté le vieux bâtiment, ils s'étaient mis immédiatement à en faire un club pour hommes de grande classe, avec l'aide de l'investissement de Rez.

Ainsi que celui de Crew.

Le chef de l'unité d'intervention et membre du MCBA avait sauté sur l'occasion de posséder une partie du club de « divertissement » le plus prospère de l'ouest de la Pennsylvanie.

Sapphire enseignait le pole dance deux fois par semaine, tôt le matin, à tous ceux et celles qui voulaient se remettre en forme ou le rester.

Rez avait essayé une fois.

Il ne recommencerait plus jamais.

Il avait failli se froisser l'aine et ça aurait pu être une véritable tragédie.

Il appréciait maintenant les capacités athlétiques nécessaires pour devenir strip-teaseuse. N'importe qui pouvait se déshabiller. Mais peu de gens étaient capables de danser sur une barre en donnant l'impression que c'était un jeu d'enfant.

Un courant d'air passa près de lui puis une voix suave lui remplit l'oreille.

— Salut, beau gosse, tu te sens seul ? T'as l'air d'avoir besoin de compagnie pour te changer les idées.

Une odeur très familière de lavande lui remplit les narines.

— Attention. Ma copine est super jalouse. Si elle te voit accrochée à moi, elle pourrait se ramener et te tabasser à coups de chaussure.

Sapphire claqua la langue.

— Je parie que je pourrais lui mettre une raclée.

Rez sourit.

— Je suis sûr que oui.

Elle fit glisser le bout de ses ongles le long de sa nuque en tournant autour de sa chaise avant de s'installer sur ses genoux.

— Oh. C'est que toi.

Il s'assura d'avoir l'air déçu.

Les commissures des lèvres de Sapphire tressaillirent.

—Je peux appeler une autre fille si tu veux.

Il enroula les doigts autour de ses hanches.

— C'est gentil, mais je vais me contenter de celle que j'ai maintenant. C'est plus sûr.

— Ça a l'air un peu barbant.

—Jamais. Elle me garde en haleine.

— Tu pourrais manquer de souffle à force.

— Je connais une femme qui est un peu douée pour le bouche-à-bouche, donc ça aide.

—Juste un peu ?

Elle joua avec les mèches qui tombaient sur la nuque de Rez.

Elle pourrait avoir une surprise si elle continuait de faire ça.

— Eh bien, je veux pas dire que c'est une pro. Quelqu'un pourrait se faire des idées.

— Je comprends, tu voudrais pas qu'elle prenne la grosse tête, dit-elle avec sérieux.

— En plus, je veux que ses compétences restent secrètes pour que je puisse continuer d'être le seul à en profiter.

— T'aimes pas partager, conclut-elle.

— Pas du tout, putain. Elle est à moi. Personne d'autre a le droit de l'avoir.

— Elle est au courant ? demanda-t-elle.

— Je m'assure de lui rappeler ça tous les putains de jours.

— Ça la dérange que tu sois si possessif ?

— Elle fait comme si ça la dérangeait, mais au fond elle adore ça.

Sapphire baissa la tête et leurs regards se croisèrent.

— T'es sûr de ça ?

Il soutint son regard et lui répondit avec toute l'assurance du monde.

— Sans l'ombre d'un putain de doute.

Elle pencha la tête et ses lèvres rouges dessinèrent un sourire sur son visage amusé.

— T'as peut-être raison.

— On a d'yeux pour personne d'autre.

— Vous avez de la chance. Pour moi, c'est ça l'amour véritable.

Il haussa un sourcil.

— T'es sûre ?

Elle hocha la tête une fois.

— Sans l'ombre d'un putain de doute.

— T'as peut-être raison, dit-il en écho à sa réponse précédente.

— Peut-être ?

— Non, t'as absolument raison, lui assura-t-il. Et c'est pour ça que je suis un putain de chanceux.

Elle se pencha en avant jusqu'à ce que ses lèvres soient à un cheveu de celles de son homme.

— T'es pas le seul.

Merci pour ça, putain.

———

Inscrivez-vous à la lettre d'information de Jeanne pour connaître ses prochaines sorties, ses ventes et bien plus encore (En anglais):
http://www.jeannestjames.com/newslettersignup

———

Au-delà de l'insigne: Crew

***Quand la vie vous donne des citrons, balancez-les.
Faire de la limonade, c'est bien trop de travail…***

Lorsqu'un membre doit quitter l'unité d'intervention fédérale anti-narcotique de la région Tri-State, Colin Crew, malgré son rôle de leader, n'a pas le luxe de choisir son remplaçant. Au lieu de ça, on lui assigne une nouvelle recrue. Une recrue qu'il n'approuve pas du tout.

Non seulement parce que cette femme n'a qu'un an d'expérience en tant qu'agent de la DEA, mais également parce qu'elle est plus jeune qu'il ne l'aurait souhaité. Sans compter qu'il a travaillé avec son père dans le passé. Un homme qui occupe aujourd'hui un poste important au sein de l'agence et qui, en cas de faux pas, pourrait briser la longue carrière de Crew en un claquement de doigts.

Pire encore, cette femme est un challenge permanent. Avec sa répartie assassine, elle est capable de charrier aussi bien que lui.

Il doit marcher sur des œufs tout en gardant le contrôle de

son équipe. Malheureusement, c'est une tâche difficile, car Camila Cabrera est le fantasme de tous les hommes.

D'accord, peut-être pas celui de tous les hommes, mais le sien à coup sûr.

Et c'est là le plus gros problème.

Tournez la page pour lire le premier chapitre de Au-delà de l'insigne: Decker :https://books2read. com/Crew-FR

Au-delà de l'insigne: Crew

LIVRE 5

LE GRONDEMENT rauque de sa copine lui emplit les oreilles et fit palpiter son pouls.

Ça faisait un moment qu'elle n'avait pas été entre ses cuisses. Ça lui avait manqué de la chevaucher. De la démonter brutalement. De la pousser à ses limites.

Elle avait tout pour elle. De la puissance, de superbes courbes et une vitesse à lui serrer les couilles.

Certains hommes de son âge achetaient une Corvette. D'autres, comme lui, préféraient le genre de monture qui faisait grimper leur tension artérielle et leur donnait l'impression d'être vivants. Une monture capable d'épouser la courbe des virages à grande vitesse.

Son ex, Sasha, avait peut-être gagné sa précieuse Harley lors du divorce, mais lui avait gagné sa liberté.

À la seconde où l'encre sur le contrat du divorce avait séché, il avait pris l'argent qui lui restait, s'était précipité chez le concessionnaire Harley-Davidson du coin et avait apposé sa signature au bas d'un nouveau contrat. Cette fois, un contrat qui l'aiderait à surmonter cette épreuve douloureuse.

Une Harley-Davidson FXDR 114 noir et argent,

assortie à ses cheveux poivre et sel. Il avait également ajouté une selle personnalisée pour pouvoir emmener l'un des enfants faire un tour.

Non pas que ses enfants réclamaient d'aller rouler avec leur vieux père.

Mais s'ils le faisaient un jour…

Son bébé, bien nommé Silver Foxy, avait une vitesse de pointe de 250 km/h et était capable de passer de zéro à cent en moins de trois secondes.

Non pas qu'il l'ait déjà testé.

Du moins, pas souvent.

Il avait eu de la chance. Il était impatient de sortir son bébé du garage, maintenant que l'hiver avait décidé d'aller se faire foutre, et aujourd'hui, le temps était idéal pour faire une longue balade panoramique jusqu'aux bureaux de la DEA, juste à l'extérieur de Pittsburgh. Il espérait seulement que les choses ne se gâteraient pas, mais comme on était en début d'avril, le temps pouvait changer d'une minute à l'autre.

Un jour, il faisait chaud à faire fondre le bitume, et le lendemain, une tempête de neige leur tombait sur la tête.

Mère Nature était tellement imprévisible qu'elle avait dû acheter de la méthamphétamine aux Demons.

Avec l'arrivée du printemps, Finn, en tant que Capitaine du Bitume du MCBA, ne tarderait pas à programmer des virées mensuelles ou bihebdomadaires. Crew était prêt à prendre la route avec ses frères.

Ça ferait également du bien à Nox d'enfourcher sa bécane. L'intervention qu'Axel Jamison avait programmée pour lui était maintenant derrière eux. Ça n'avait pas été facile de trouver le temps de réunir presque tous les membres du MCBA, car chacun avait des horaires différents.

Mais pour Jamison et les autres, une intervention était une priorité, car Nox avait besoin d'un peu d'amour vache en ce moment et personne n'était plus en mesure de faire ça pour lui que ses camarades des Blue Avengers, qui le considéraient tous comme un membre de leur famille.

Crew trouva une place de parking occupée par une autre moto et posa les deux pieds au sol avant de reculer Foxy à côté, et de couper le contact.

Après avoir retiré son demi-casque, il l'accrocha sur un côté du guidon, gratta ses cheveux courts et balança sa jambe par-dessus la selle. Une fois descendu de sa meule, il tendit les bras vers le ciel et cambra le dos en grognant pour tenter de détendre ses muscles crispés.

Même s'il n'avait que la petite quarantaine, ce court trajet avait suffi à le laisser endolori et courbaturé. Un rappel inutile que vieillir, ça craignait.

À vingt ans, il aurait pu se rendre au bureau de la DEA en enchaînant les saltos arrière. Aujourd'hui, il ferait ce même trajet d'un pas légèrement clopinant.

Putain, sa vessie avait aussi décidé de lui rappeler qu'elle n'aimait plus beaucoup être pleine.

Il trottina vers le bâtiment pour s'occuper de ses petites affaires personnelles avant de se rendre dans le bureau de son supérieur afin de traiter des affaires officielles de l'unité d'intervention fédérale anti-narcotique de la région Tri-State.

Alors qu'il s'apprêtait à tirer sur la poignée de la porte en verre réfléchissant, celle-ci s'ouvrit brusquement et un tourbillon le percuta de plein fouet. Même si la femme était petite et mesurait environ trente centimètres de moins que lui, l'impact le fit reculer d'un pas, avant qu'il ne se ressaisisse et ne l'attrape par le coude pour l'aider elle aussi, à reprendre l'équilibre.

— Bon sang, regardez où vous allez !

Elle plissa ses yeux marron sur lui et arracha son coude de sa main.

—Je pourrais vous dire la même chose.

Elle l'observa de haut en bas alors qu'il faisait pareil.

Son pantalon gris bien ajusté et son blazer assorti mettaient en valeur sa silhouette élancée. Sous sa veste, une chemise blanche à col à revers offrait un contraste saisissant contre son teint fauve, qui n'était pas sans lui rappeler celui de Rez. Soit elle aimait vraiment beaucoup faire bronzette, soit c'était son teint naturel.

— Vous êtes sortie d'ici en courant comme si vous aviez le feu au cul. Il faut que vous fassiez plus attention.

— Je pourrais vous dire la même chose.

Ses cheveux brun foncé, peut-être même noirs, étaient tirés en un chignon bien soigné, et elle portait juste assez de maquillage pour mettre en valeur sa beauté naturelle.

— Le verre est réfléchissant. J'pouvais pas vous voir arriver, expliqua-t-il.

— Je pourrais vous dire la même chose.

Putain de merde, elle ne savait pas dire autre chose ?

— J'accepte vos excuses, dit-il sèchement.

L'un des sourcils foncés de l'étrangère se souleva.

— J'vous en ai pas fait vu que vous m'êtes rentré dedans.

D'après lui, elle n'avait pas la petite vingtaine, mais elle n'avait pas non plus quitté cette décennie. Et qu'elle ait vingt et un ou vingt-neuf ans, elle était trop jeune pour lui, même si elle était bandante au possible.

— Clairement, vous avez tort.

Les lèvres de cette femme s'incurvèrent légèrement et ses yeux se remplirent d'une lueur qu'il n'appréciait guère.

— *Je pourrais vous dire la même chose.*

Putain de merde.

— J'ai une réunion.

Il leva la main quand elle ouvrit la bouche.

— Vous avisez pas de recommencer.

Il remarqua qu'elle ne portait pas de badge d'identité, ce qui était pourtant obligatoire pour entrer dans le bâtiment.

— Vous êtes censée être ici ?

La lueur dans ses yeux devint un éclat qu'il n'appréciait *vraiment* pas.

— Et vous ?

Il serra la mâchoire.

— Est-ce que vous travaillez même pour l'agence ?

— Et vous ?

Il en avait sa claque de cette conversation ridicule, qui n'en était d'ailleurs même pas une. Il ne savait pas ce qu'était cette putain de farce. C'était agaçant, voilà ce que c'était. Et une perte de temps.

— En fait, j'ai une affaire importante à régler ici.

Elle haussa ses épaules étroites.

— Moi aussi.

Il en doutait.

— Alors, allez-y.

Elle haussa les sourcils et toute trace d'amusement dans ses yeux disparut.

— J'ai pas besoin de votre permission.

Elle passa devant lui en prenant soin de lui bousculer l'épaule et se dirigea vers le parking d'un pas ferme.

— C'était pas un plaisir de vous rencontrer ! cria-t-elle par-dessus son épaule.

— Je pourrais vous dire la même chose ! répondit-il en secouant la tête.

Il fallait qu'il entre dans le bâtiment pour ne pas être en retard, mais putain, il ne pouvait pas s'empêcher de la regarder partir.

Il se la taperait bien.

Si elle n'était pas si jeune, putain.

Et s'il avait un rouleau de ruban adhésif sous la main pour lui fermer sa grande bouche.

Il souhaita bon courage au pauvre con qui devait supporter ses conneries. Il en aurait besoin.

Heureusement, ce n'était pas lui.

———

— C'est moi qui vais choisir le remplaçant de Butler ? C'est pour ça que je suis là ? Pour qu'on me donne des options ?

Pour l'amour du putain de ciel, dis oui. Me colle pas quelqu'un que je ne veux pas, ça ferait dérailler mon équipe bien huilée.

Malheureusement, le caporal Ian Butler de la police d'État de Pennsylvanie avait dû se retirer de l'unité d'intervention. Sa femme vivait une grossesse difficile et était alitée jusqu'à l'accouchement. Ce qui voulait dire que Butler était plus que jamais nécessaire chez lui, pour s'occuper d'elle et de leurs deux autres enfants en bas âge. L'unité d'intervention lui prenait plus de temps qu'il ne pouvait lui en accorder actuellement.

Ça craignait, mais Crew comprenait que la famille passait avant tout. Cependant, ça le laissait avec un membre en moins. C'était la raison pour laquelle il était assis de l'autre côté du bureau de l'agent spécial superviseur qui dirigeait l'enquête du groupe un.

Et de l'homme à qui Crew devait rendre des comptes.

— Non, répondit Bob Williams.

— J'ai choisi le reste de l'équipe.

— Et j'ai choisi votre nouveau membre.

Crew regarda fixement le bureau, n'appréciant pas le ton de Williams. Il sentit les poils fins sur sa nuque se hérisser. L'ASS était normalement un homme facile à vivre, mais il y avait quelque chose qui clochait.

— Je le connais ?

— Non.

Ça voulait dire que cet agent venait probablement d'un autre bureau.

— Il vient d'où ? Il est nouveau dans l'organisation ?

— Elle est arrivée récemment, mais elle n'est pas exactement bleue.

Elle ? Il dut étouffer sa réaction initiale, car elle avait failli jaillir de ses lèvres et ça n'aurait pas été très bien vu.

Il n'avait aucun problème avec les femmes qui travaillaient dans les forces de l'ordre.

Aucun.

Pas même un tout petit.

Il se racla la gorge.

— Récemment, ça veut dire quoi ?

— Elle est sortie de l'académie dans le top un pour cent de sa classe.

— Ça ne veut rien dire.

Et ça ne répondait pas à sa question.

— Pour toi, peut-être, puisque t'as pas fini dans le top un pour cent.

Putain.

— Je me suis bien débrouillé à l'académie.

Obtenir son diplôme était tout ce qui comptait, pas faire le lèche-cul.

— « Bien », c'est un terme subjectif.

Bon sang. Williams voulait voir couler du sang aujourd'hui.

— Elle a eu son diplôme quand ?

— Il y a un an. Elle a plus de cran et de détermination que beaucoup de nos agents seniors.

Est-ce qu'il avait mis les pieds dans un massacre organisé sans gilet pare-balles ? Crew avait maintenant tellement de plaies ouvertes qu'il commençait à se vider de son sang.

— C'est parce qu'elle est fraîche et déterminée à rendre le monde meilleur. Une fois qu'elle aura appris que c'est une bataille presque impossible à gagner, elle sera aussi ternie que le reste d'entre nous.

— Et si tu la laissais conserver cet enthousiasme pendant un certain temps ? Tu pourrais la prendre sous ton aile. Je la vois faire de grandes choses et je crois qu'elle sera un atout pour l'agence, ainsi que pour ton unité d'intervention.

— Elle a quel âge ?

Si elle était sortie de l'académie il y a tout juste un an, elle pourrait bien n'avoir que vingt et un ans. Un vrai bébé qui aurait besoin qu'on lui tienne la main du matin au soir. Pour le moment, il n'avait pas besoin de micro-gérer son équipe.

Et il n'en avait d'ailleurs pas la moindre envie.

— Elle est jeune, donc je pense qu'elle se débrouillerait bien avec les Demons.

Crew sentit une vague d'effroi emplir sa poitrine.

— Elle peut pas être infiltrée. C'est des..., dit-il avant de s'arrêter brièvement pour retenir le putain qu'il avait sur le bout des lèvres, des motards !

Williams s'adossa à sa chaise de bureau en cuir.

— Ils n'ont pas de femmes qui traînent dans leur organisation ?

Organisation ? Williams parlait d'eux comme si c'était une entreprise légale.

— Pas sans payer en nature. Les gazelles et les jolis culs n'ont pas le plaisir de passer du temps avec ces charmants gentlemen sans passer à la caisse. Je doute qu'elle ait envie de remuer le popotin pour une bande de motards hors-la-loi. Et pas qu'un seul.

Crew haussa les épaules.

— À moins qu'elle essaie de devenir une vieille dame. Et même si elle faisait ça, tu veux vraiment qu'elle couche avec ne serait-ce qu'un seul d'entre eux ?

En réalité, aucun motard ne prendrait une vieille dame qui ne lui laissait pas tâter le terrain. Et ce n'était pas non plus du sexe romantique. Parfois, c'était carrément brutal, dégradant et à la limite de l'abus.

Il avait vu beaucoup de cette espèce de fornication animale sur les caméras de surveillance. Rien de tout ça n'était excitant, au contraire, ça faisait franchement froid dans le dos. Pour les Deadly Demons, le sexe n'était pas une manière d'établir une connexion intime, c'était uniquement un moyen de se vider les couilles.

— Non. Alors trouve-lui autre chose à faire. Elle sera un atout pour ton équipe, quelle que soit la tâche que tu décideras de lui confier.

Putain de bordel de merde. Il aurait préféré ne rien lui confier du tout. Il valait mieux qu'ils restent avec un membre en moins.

— Pourquoi t'insistes pour que je la prenne avec moi ?

— Parce qu'il te manque un membre et qu'elle serait parfaite dans ce rôle-là.

Parfait était un terme subjectif.

— Non.

Williams fronça les sourcils.

— Non quoi ?

— On est une équipe en cohésion. On se débrouillera très bien avec quatorze membres.

— Tu refuses un ordre ? Est-ce que je dois te rappeler que c'est de l'insubordination ?

Merde.

—J'ai pas encore entendu d'ordre.

Williams se leva, prit un papier sur son bureau et le balança à Crew.

— Voici l'ordre officiel.

Le papier papillonna sur ses genoux.

Putain ! Crew saisit le mémo, le plia et le fourra dans sa poche arrière sans même le lire.

— Elle commence quand ?

Williams contourna son bureau, ouvrit la porte et passa la tête dans le couloir.

— Cabrera, appela-t-il.

Cabrera ? Pourquoi ce nom de famille lui disait-il quelque chose ?

Et Crew n'avait remarqué personne assis devant le

bureau de Williams quand il était entré, à l'exception de son assistante.

Est-ce qu'il devait rester assis ? Se lever ? Il n'avait aucune putain d'idée de ce qu'on attendait de lui. Avec un grognement, il poussa sur ses pieds et se retourna pour voir une femme entrer dans le bureau en saluant Williams d'un hochement de tête en passant.

Pas une femme, *la* femme.

Putain de fils de pute.

Ses yeux marron à couper le souffle étaient braqués sur lui. Crew perçut un léger plissement aux commissures de ses lèvres et un discret tressaillement avant que son visage ne redevienne totalement neutre.

Impossible, putain.

— Colin Crew est le chef du groupe un de l'unité d'intervention fédérale de la région Tri-State dont je vous ai parlé. Il sera votre supérieur direct.

Elle s'approcha de lui et lui tendit la main.

Il la fixa une seconde, remarquant ce qui lui avait échappé plus tôt, sa manucure très subtile et ses doigts sans bijoux, avant de laisser son regard remonter vers son visage. Mais lors de cette analyse rapide, il remarqua qu'elle portait désormais un badge d'identité autour du cou.

Elle l'avait probablement oublié dans sa voiture tout à l'heure.

Pour l'amour du putain de ciel.

— Camila Cabrera, se présenta-t-elle avant de pencher la tête pour lui faire remarquer qu'il ne lui avait toujours pas serré la main. Vous préférez Colin, Crew… ou Monsieur ?

Il cligna des yeux. *Quoi ?*

Il ouvrit la bouche, puis la referma pour s'éclaircir la gorge en attrapant finalement sa main, la serrant plus fermement qu'il ne l'aurait fait normalement. Autant établir sa domination dès le départ, car il avait l'impression qu'après leur échange à l'extérieur, elle allait contester son autorité.

À chaque putain d'occasion.

Lorsqu'elle tenta de retirer sa main de la sienne, il la garda quelques secondes supplémentaires avant de la relâcher.

— Crew, ça marche. Et vous ? Camila ou Cabrera ?

Elle haussa les épaules.

— Personne m'appelle Camila, sauf mes grands-parents. Je réponds à Cam, Cami ou Cabrera. Ou même C.C. C'est comme ça que mon papa m'appelle.

— C'est bon à savoir, dit-il en sifflant pratiquement, car il avait tout le mal du monde à respirer normalement après avoir entendu la dernière partie de sa phrase.

Non seulement son nom de famille lui était familier, mais le surnom C.C. également, et pourtant son cerveau avait du mal à la situer.

— Eh bien, j'ai hâte de travailler avec vous et votre équipe, dit-elle alors qu'une étincelle dansait dans ses yeux sombres.

Putain de merde, elle allait poser des problèmes. Elle allait foutre un coup de pied dans la putain de fourmilière. Il en était juste certain.

Il ouvrit la bouche pour dire à Williams qu'il voulait que quelqu'un d'autre prenne la place de Butler. N'importe qui d'autre que la femme debout en face de lui.

Mais alors que les mots commençaient à se former dans sa bouche, Cabrera se tourna vers l'agent spécial superviseur.

— Je commence quand ?

— Aujourd'hui.

Aujourd'hui ? Il n'avait même pas une putain de minute pour digérer tout ça ? Pour préparer son équipe ?

— Très bien, j'ai une autre réunion dans cinq minutes. Je voulais juste vous présenter tous les deux.

Il jeta un coup d'œil à Cabrera.

— Venez me voir en cas de problème.

Venir le voir en cas de problème ? Ça voulait dire quoi, bordel ?

— Je n'y manquerai pas, Monsieur, répondit-elle avant de se tourner vers Crew. Vous me raccompagnez ?

Bien sûr que non, putain. Son regard croisa celui de Williams et il ravala cette réponse.

— Bien sûr.

Il fit un geste de la main vers la porte ouverte et elle la franchit.

Il la suivit jusqu'à l'ascenseur. Ils n'échangèrent pas un mot en attendant l'arrivée de la cabine et une fois à l'intérieur, ils scrutèrent tous les deux les portes fermées pendant tout le temps qu'il leur fallut pour atteindre le rez-de-chaussée.

Ils ne se dirent rien non plus lorsqu'ils sortirent en plein soleil. En grimaçant, il retira ses lunettes de soleil du col de sa chemise et les glissa sur son nez.

Si elle voulait qu'il la raccompagne pour une raison bien précise, elle la gardait bien cachée pour le moment.

— Eh bien…, commença-t-il déjà prêt à se tirer d'ici.

— Je parie que vous connaissez mon père. Vous semblez avoir à peu près son âge.

Il n'y avait aucune putain de chance qu'il ait l'âge de son père. À moins qu'elle n'ait été conçue par un garçon, et non par un homme.

Il referma sa bouche entrouverte.

— C'est qui votre père ?

— Williams vous l'a pas dit ?

Comme tout à l'heure, il n'aimait pas la tournure que prenait cette conversation. Pas le moins du putain de monde.

— Il aurait dû ?

— Je me suis dit que c'était pour ça que vous aviez pas

l'air très heureux que je rejoigne votre unité d'intervention. Pas à cause de notre accrochage de tout à l'heure.

— J'ai…

Pas eu le choix, c'est pour ça que je suis pas aux anges.

Crew secoua la tête. Lui dire qu'il avait été forcé de l'accepter dans son équipe ne rendrait les choses plus faciles ni pour l'un ni pour l'autre. Il n'avait pas d'autre choix que d'accepter l'inévitable.

— Non, apparemment, il n'a pas ressenti le besoin de partager cette information avec moi. Vous voulez bien m'en parler vous-même ?

— Mon père vous connaît.

— Ah oui ?

Il se frotta le front, comme si ça allait l'aider à retrouver la mémoire.

— Son nom de famille, c'est Cabrera ?

— Oui. Normalement, je devrais utiliser le nom de famille de ma mère, mais on a décidé de suivre la tradition américaine en utilisant le nom de famille de mon père.

Il avait plein de questions sur ce petit détail, mais pour le moment, il était plus intéressé par l'identité de son père que par la raison pour laquelle elle utilisait son nom de famille, une tradition normale pour les gens vivant aux États-Unis.

Pour l'amour du putain de ciel, est-ce qu'il devrait même se soucier de ça ?

— Je suis presque sûre que vous avez travaillé ensemble.

— Ah bon ?

Il se creusa la tête, tentant de se souvenir d'un agent de la DEA portant le même nom de famille.

— Je crois que c'était il y a environ dix-huit ans. Luis Cabrera. Vous vous souvenez de lui ?

Oh, putain.

Crew faillit avaler sa langue et une douleur vive lui traversa la poitrine.

Comment il avait pu oublier ? Pas leur collaboration,

parce qu'ils avaient bien bossé sur une affaire ensemble, mais l'information la plus importante le concernant. Luis Cabrera était désormais l'administrateur adjoint principal de l'agence.

Et c'était une putain de grosse affaire.

— Vous avez raison. Je connais votre père. Mais vous avez aussi tort. J'ai pas son âge.

Un petit sourire ourla les lèvres de la nouvelle.

— *Hmm.*

Elle prit le temps d'observer ses cheveux et sa barbe poivre et sel.

— Vous en avez l'air.

Mon Dieu.

— J'ai vécu un divorce difficile. Bon, je dois y aller.

Il commença à s'éloigner du bâtiment rapidement et se dirigea vers le parking.

Elle le suivit, réussissant tant bien que mal à rester sur ses talons malgré ses jambes bien plus courtes.

— J'ai entendu dire que votre divorce avait été moche, mais ça date pas d'il y a des années ? Vous vous en êtes pas encore remis ? Vous continuez de pleurer votre ex ?

— Je regrette déjà cette histoire, murmura-t-il en allongeant le pas et espérant ainsi la laisser loin derrière. J'ai eu des cheveux blancs assez tôt, dit-il par-dessus son épaule.

— À cause du divorce ?

— À cause des femmes qui me font chier en général.

Et elle était certainement l'une d'entre elles.

Heureusement, il s'était garé sur une place visiteur près du bâtiment. Ce qui voulait dire qu'il pourrait s'éclipser plus vite. Il s'arrêta à côté de son bébé et attrapa son casque.

Et à ce moment-là, ça le frappa. Qui elle était vraiment. Comme une planche en pleine tête.

Sa poitrine se serra douloureusement et il pivota vers elle.

— Je me souviens pas seulement de votre père, je me souviens aussi de vous.

Ça pouvait sonner comme une accusation, mais il n'en avait rien à foutre.

Oh ouais, il se souvenait d'elle maintenant.

À l'époque où il l'avait rencontrée, c'était une gamine de dix ans extravertie et avec la langue bien pendue. Et aussi, à l'époque, elle était mignonne. Elle portait des petites nattes.

La femme devant lui n'était plus mignonne. Et ne portait plus de petites nattes.

Il se frotta la poitrine, de plus en plus brûlante.

— On s'est déjà rencontrés ? demanda-t-elle en haussant les sourcils.

Sa tentative d'avoir l'air innocente était franchement risible.

Risible sans le faire rire du tout.

— *Mmm.*

Et maintenant, même si c'était une putain d'adulte, il avait l'impression d'être un vieux pervers pour l'avoir reluquée plus tôt.

Si elle avait dix ans à l'époque, il fit un rapide calcul dans sa tête et conclut qu'elle devait maintenant en avoir vingt-huit ou presque.

Assez âgée, mais aussi *pas du tout*.

Il espérait être parvenu à masquer la panique sur son visage. Il tira le frein à main de son cerveau en surchauffe.

— Comment va ton père ? Je me permets de te tutoyer, vu qu'apparemment on se connaît.

— Alors je ferai la même chose. Et il est occupé. Mais il trouve toujours du temps pour moi, et je suis sûre qu'il sera intéressé d'apprendre que je vais travailler avec quelqu'un qu'il connaît et avec qui il a travaillé personnellement.

Tout simplement génial, putain.

Un seul faux pas et elle pourrait aller se plaindre à son père. Un homme qui dirigeait une agence composée de milliers d'agents spéciaux et d'analystes du renseignement à travers les États-Unis et le reste du monde.

Cet homme-là.

Un homme qui pourrait facilement mettre les couilles de Crew dans un casse-noix et les broyer.

Williams l'avait baisé et pas comme Crew l'appréciait normalement. Et ce connard connaissait probablement toutes les informations que Crew venait d'obtenir, mais avait décidé de les garder pour lui.

Il passa une jambe par-dessus son bébé et s'installa sur la selle.

— C'est ta moto ?

Il jeta un coup d'œil vers Cabrera qui se tenait toujours à quelques mètres de lui.

— Ouais.

— Plutôt risqué. Je pensais que quelqu'un dans ta tranche d'âge roulerait plutôt sur un trike. Pas de problème d'équilibre ?

Bon sang. Il n'avait que quarante-trois ans ! Un homme de quarante-trois ans distingué.

— Pas encore besoin de déambulateur ni de canne.

— Impressionnant. Rien de tel que de s'accrocher à sa jeunesse du bout des ongles.

— Je vais vraiment regretter cette histoire, grommela-t-il dans sa barbe.

— On est qu'à la moitié de la journée. Tu veux que je fasse quoi cet après-midi, Patron ?

Putain de merde.

— T'as l'adresse de La Planque ?

— Oui. Williams me l'a donnée quand il m'a confié ma mission.

— Présente-toi demain matin à huit heures précises. T'habites dans le coin ou tu vas devoir trouver un endroit à proximité ?

— Comme je viens d'être transférée de Virginie, l'agence m'a installée temporairement au SpringHill Suites.

— Où ça ?

— Près d'ici.

Crew secoua la tête.

— On est basés à Rockvale. Je te suggère de trouver un endroit plus proche.

— T'as des suggestions ?

Il attacha son bol à cervelle et s'assura qu'il était bien fixé.

— Non, pas du tout. Ta première mission, c'est de trouver une solution.

Il appuya sur le démarreur et réussit à éviter de ricaner lorsqu'il ajouta quelques mots.

— Bienvenue dans l'équipe.

Il fit rugir le moteur de Foxy assez fort pour étouffer la réponse de la nouvelle. Avec un salut à deux doigts, il enclencha la première vitesse et partit en trombe, la laissant debout dans un nuage de poussière.

Disponible ici : https://books2read.com/Crew-FR

Si vous avez aimé ce livre

Merci de votre lecture. Si vous avez apprécié ce livre, merci de publier un avis sur votre site de vente préféré et/ou catalogue en ligne de type Goodreads pour en informer les autres lecteurs. Les avis sont toujours très appréciés et quelques mots suffiront à aider énormément une auteure indépendante comme moi!

Livres en Français

Made Maleen: Un conte de fées moderne revisité
Toi mon tout : Une romance gay de la seconde chance
Endommagé
Raviver Chase

Série Des Frères en Uniforme :
Des Frères en Uniforme : Max (livre 1)
Des Frères en Uniforme : Marc (livre 2)
Des Frères en Uniforme : Matt (Tome 3) - comprend aussi
Teddy (Nouvelle 3.5)
Des Frères en Uniforme : Noël Chez la Famille Bryson
(livre 4)

La Série Dare Ménage :
Osez doublement (livre 1)
Proposition osée (livre 2)
Osez être trois (livre 3)
Un désir osé (livre 4)
Oser s'abandonner (livre 5)
Un voyage audacieux (livre 6)

<u>Les Novellas Obsédées</u> :
Forever Him (livre 1)
Only Him (livre 2)
Needing Him (livre 3)
Loving Her (livre 4)
Tempting Him (livre 5)

<u>La série Dirty Angels MC</u>
Down & Dirty: Zak (livre 1)
Down & Dirty: Jag (livre 2)
Down & Dirty: Hawk (livre 3)
Down & Dirty: Diesel (livre 4)
Down & Dirty: Axel (livre 5)
Down & Dirty: Slade (livre 6)
Down & Dirty: Dawg (livre 7)
Down & Dirty: Dex (livre 8)
Down & Dirty: Linc (livre 9)
Down & Dirty: Crow (livre 10)

<u>La série Blood Fury MC</u>
Blood & Bones: Trip (livre 1)
Blood & Bones: Sig (livre 2)
Blood & Bones: Judge (livre 3)
Blood & Bones: Deacon (livre 4)
Blood & Bones: Cage (livre 5)
Blood & Bones: Shade (livre 6)
Blood & Bones: Rook (livre 7)
Blood & Bones: Rev (livre 8)
Blood & Bones: Ozzy (livre 9)
Blood & Bones: Dodge (livre 10)
Blood & Bones: Whip (livre 11)
Blood & Bones: Easy (livre 12)

<u>La série Blue Avengers MC</u>
Au-delà de l'insigne: Fletch (livre 1)

Au-delà de l'insigne: Finn (livre 2)
Au-delà de l'insigne: Decker (livre 3)
Au-delà de l'insigne: Rez (livre 4)
Au-delà de l'insigne: Crew (livre 5)
Au-delà de l'insigne: Nox (livre 6)

LA SUITE EST À VENIR !

À propos de l'auteur

JEANNE ST. JAMES est une auteure de romances, dont les best-sellers sont en vente dans le monde entier et figurent au classement de *USA Today*. Elle adore mettre en scène des femmes fortes et des mâles alpha. Elle n'avait que treize ans quand elle a commencé à écrire. Son premier texte publié était une nouvelle érotique, dans le magazine *Playgirl*. Elle a écrit sa toute première romance en 2009. Depuis, elle est l'auteure de plus de cinquante romances contemporaines. Ses sujets de prédilection sont les histoires M/F et M/M, les trios M/M/F et les couples mixtes. Elle écrit aussi sous le nom de plume J.J. Masters. Envie de découvrir un peu plus ses œuvres ? Téléchargez un extrait gratuit en anglais : BookHip.com/MTQQKK

Pour ne rien rater de ses actualités et de ses parutions, consultez son site web www.jeannestjames.com ou inscrivez-vous à sa newsletter (en anglais): http://www.jeannestjames.com/newslettersignup

www.jeannestjames.com
jeanne@jeannestjames.com

Jeanne's Groupe de lecteurs: https://www.facebook.com/groups/JeannesReviewCrew/
TikTok: https://www.tiktok.com/@jeannestjames

facebook.com/JeanneStJamesAuthor

instagram.com/JeanneStJames

bookbub.com/authors/jeanne-st-james

goodreads.com/JeanneStJames

Aussi par Jeanne St. James

Double D Ranch (An MMF Ménage Series)

Dirty Angels MC®: The Next Generation

WRITING AS J.J. MASTERS

The Royal Alpha Series:

(A gay mpreg shifter series)

www.ingramcontent.com/pod-product-compliance
Lightning Source LLC
Chambersburg PA
CBHW061333310726
48974CB00001B/29